À PI

Lyla Mars a toujours aimé transmettre des émotions à travers différentes formes d'art. C'est donc tout naturellement qu'elle s'est tournée vers l'écriture dès le plus jeune âge. Aujourd'hui citoyenne engagée, elle est ambassadrice jeunesse de l'UNICEF et défend les causes qui lui tiennent à cœur.

The Perfect Match

I'm Not Your Soulmate #1

LYLA MARS

The Perfect Match

I'm Not Your Soulmate #1

Harper
Collins
POCHE

HARPERCOLLINS FRANCE

83-85, boulevard Vincent-Auriol, 75646 PARIS CEDEX 13
Tél. : 01 42 16 63 63

www.harpercollins.fr

ISBN 979-1-0339-1696-3

À ma Maya Joestar, qui croit
en mes propres rêves plus que moi.

À tous ceux à qui on a essayé d'imposer un
chemin ; ne doutez pas : le vôtre est meilleur.

Prologue

Amour [amuʁ], du latin amore. *Message chimique nerveux envoyé d'un individu vers un autre, qui précède l'activation de 250 hormones et neurotransmetteurs dans le cerveau (ces derniers sont principalement, dans les processus d'attirance et d'attachement : les phényléthylamines). Ce message est suivi de sécrétions chroniques de dopamine, de sérotonine et d'adrénaline. Le taux d'adrénaline à la hausse entraînant divers effets : une tachycardie – accélération de la pression artérielle et de la respiration – et une vasodilatation provoquant un rougissement facial.*

Les effets psychologiques de la passion amoureuse et du plaisir qu'elle procure sont similaires à ceux observés lors de la consommation de drogue ou d'alcool, pouvant générer une dépendance, une addiction à la personne « aimée », et conduire à des états de « manque » lorsqu'elle est inaccessible.

ALGORITHMA®

Souvenez-vous.

La solitude, la suractivité et l'insécurité furent le fléau des sociétés passées.

Les hommes de Mars. Les femmes de Vénus. Et entre eux, un monde obscur et silencieux – l'inconnu. Comment se comprendre ? Comment avancer main dans la main et rebâtir un monde meilleur ?

L'amour est la fondation indispensable à la famille ; la famille est le ciment de toute société humaine. Sans famille stable, pas d'évolution psychologique stable. Et les maux qui ont secoué les siècles précédents découlent, certes, de l'instabilité humaine.

DOSSIER n° 85337

Administré par Sofía Rivera

Nom : Wager (Edison)

Prénom : Eliotte

Sexe : féminin

Parents : mariage 2665-C

Résidence(s) : 6445th Lenion St., Lake City, Seattle, Nouvelle-Californie – 73th Cherry Blossom Av., Portland, Nouvelle-Californie – 789th Minetee St., Residence Roovery, Portland, Nouvelle-Californie

Nombre de test(s)-paire(s) : 2 avec MEEKA Ashton les 30/05/2165 et 26/12/2168

Mon amour,

Si tu savais à quel point écrire ces mots m'est dur, à quel point ma main tremble, mon cœur bat.

Si tu savais à quel point je m'en veux, à quel point j'ai mal et à quel point je t'aime.

Mais si tu savais surtout à quel point il fallait que je le fasse.

Je t'en supplie, pardonne-moi. Je me devais de le faire. En fait, je n'ai jamais vraiment eu le choix. Pas vrai ?

N'imagine pas un instant que ça a été facile, que je n'y ai pas réfléchi chaque seconde, que je n'ai pas pesé le pour et le contre encore et encore, et encore... Toute la nuit, toute la journée, toute l'année. Presque toute ma vie. Ne va pas t'imaginer l'imaginable. Je te l'interdis.

Mais j'ai conscience que, quelque part au fond de toi, tu sais ce qui est juste et droit ; tu sais la vérité. Mets tout de côté, oublie-toi toi-même pour l'affronter. Regarde-la en face.

Peut-être que rien ne sera plus jamais comme avant, que tout va changer, que tout va sombrer ou s'éclairer. Peut-être.

Ce qui est sûr : je t'aime. Ça ne change pas. Souviens-t'en, je t'en prie.

Pardonne-moi.

Ton âme sœur

1. Les résultats

Eliotte

44,7 %.
44,7 %.
44,7 %...

Je contemple mes jambes ballantes et resserre mes bras autour de la barrière qui encadre le toit de la gare abandonnée. Mes ongles tapotent frénétiquement la barre métallique dans un petit tintement strident.

— ... alors j'ai dit que ce serait plutôt bien qu'à la place on parte plutôt dans l'Est floridien cette année, poursuit Ashton. Mais mon père a répliqué qu'il valait mieux qu'on reste en Nouvelle-Californie pour qu'il continue sa campagne électorale. Franchement, j'en ai ras le cul de la plage.

— Oui, j'imagine, répliqué-je, le regard toujours perdu devant moi. Le sable, la chaleur, tout ça...

— Exactement ! J'aurais voulu aller en randonnée à la montagne. Je sais qu'on en a déjà à une heure d'ici, mais elles ne sont pas aussi boisées que dans l'Est. Et je sais de quoi je parle.

— C'est quoi cette nouvelle lubie de bûcheron, Ash ?

— Non, pas de bûcheron. D'homme qui veut se reconnecter à sa nature profonde au milieu des peupliers et des coquelicots... je crois que c'est à cause de mon père, tout ça : quand on était petits, il nous amenait H24 en forêt, Izaak et moi.

Je m'apprête à lui répondre mais il ajoute :

— Et tu ne peux pas nier que c'est sexy, ce petit côté sauvage qui m'anime.

Je souris à moitié, les pensées toujours en ébullition.

— Enfin, bref, tout ça pour dire que je pense partir en week-end avec Matthew dans l'Est floridien après les examens, poursuit Ash. Il m'a parlé de toi y a pas longtemps, en plus… Je crois que tu devrais te joindre à nous, Eliotte. On reformerait notre petit trio, comme au lycée !

Notre petit « trio »… Il s'agissait plutôt d'un duo auquel il m'avait greffée, oui.

Je voudrais rire mais, à la place, je soupire et tourne la tête vers lui.

— Ash… On va vraiment continuer à faire comme si c'était une journée parfaitement normale ?

— Bien sûr. Pourquoi ? Un truc cloche ?

Il me décoche un de ses plus beaux sourires ; ceux qui ont le don de détendre les tissus de mon cœur et de vider deux tonnes de problèmes hors de ma tête.

Pourtant aujourd'hui, ça ne produit pas d'effet.

— Comment tu fais pour être aussi détendu ? On va nous donner les résultats finaux, le pourcentage qui définira le reste de nos vies dans à peine une demi-heure. T'imagines si… s'il était néga…

— Il ne le sera pas, me coupe-t-il en passant son bras autour de mes épaules. Sors-toi ça de ta jolie tête, et arrête d'imaginer le pire. On est ensemble depuis nos seize ans, Eliotte. On s'est toujours aimés comme des dingues… Pourquoi est-ce qu'on ne serait pas compatibles, hein ?

— Parce que c'est ce que nous a dit le test-paire de nos dix-huit ans, peut-être ?

— En trois ans, je suis sûr qu'on a pu augmenter notre compatibilité pour dépasser la foutue barre des 50 % ! Il nous manquait seulement 5,3 putains de points. J'ai confiance, moi. Bien sûr qu'on est compatibles. Et puis, soyons logiques trente secondes : on ne s'aimerait pas autant sinon, Eliotte.

J'esquisse un vague sourire en regardant l'horizon baigné par le soleil orangé du petit matin. J'ai le cœur serré.

Le souvenir du moment où on a appris les résultats de notre premier test est encore intact dans ma mémoire.

On était tombés de si haut.

Entretenir une relation de nature romantique avec quelqu'un est fortement déconseillé, et même très tabou, tant que le couple officiel n'a pas été désigné par Algorithma – l'agence scientifique derrière tout ce système basé sur les gènes et l'amour. Malgré tout, chaque paire peut demander au Bureau matrimonial de passer à deux reprises un test-paire. Cela afin de mettre à l'épreuve sa compatibilité. Un résultat inférieur à 50 % équivaut à une incompatibilité de la paire. Au-dessus de ce chiffre, les citoyens testés peuvent être reconnus « âmes sœurs » et se marier.

À nos dix-huit ans, Ash et moi avons eu 44,7 %. Il faut croire que s'aimer profondément n'est pas un critère de compatibilité. Ce jour-là, on est restés toute la journée roulés en boule sur mon lit, à écouter de la musique. On a fixé le plafond et changé de playlist à chaque nouvelle crise de larmes.

Bien heureusement, les résultats peuvent évoluer avec le temps. En quelques années, le pourcentage est susceptible de varier d'une quinzaine de points selon notre état psychologique. On peut alors espérer qu'au test-paire ultime, à vingt et un ans – juste avant le mariage de majorité –, notre compatibilité soit supérieure à 50 %. Ainsi, on se présenterait devant le Marieur avec le test positif et deux anneaux, avant même qu'Algorithma nous propose un lot d'âmes sœurs éventuelles.

La plupart des paires recevant un résultat négatif à leur premier test ne prennent pas le risque de rester ensemble. Ils préfèrent garder ces dernières années avant le mariage pour rencontrer de nouvelles personnes.

Mais tout cela était inconcevable pour Ash et moi.

On a attrapé cette dernière étincelle d'espoir et nous l'avons entretenue et protégée dans le creux de notre paume. Trois ans pour modifier nos résultats ? Très bien. On y arriverait.

D'ici une demi-heure, il est impératif qu'Algorithma nous dise qu'on est compatibles. Ashton Meeka est le seul garçon avec lequel je peux me marier. *Le seul.*

Une brise passe dans mes cheveux. Je frissonne en regardant les rails de train rouillés sous nos pieds. J'ai l'impression que cette journée a commencé il y a une semaine. Je n'ai pas dormi de la nuit. 44,7 %. 44,7 %. 44,7 %. Les chiffres tournaient en boucle dans ma tête. Je m'entendais à peine reprendre mon souffle.

— On va se taper un de ces burgers une fois qu'on sera sortis des labos, Eliotte…, souffle Ash en plissant les yeux. T'imagines même pas. Et puis on ira chez moi et je me mettrai en caleçon et j… Non, mais qu'est-ce que je raconte ? Je me foutrai à poil direct, puis on se jettera sur mon lit et on matera tous les films de ma vidéothèque.

Là comme ça, avec son visage doux, ses yeux rieurs et son sourire indécrochable, il a l'air détaché du monde, complètement détendu. Mais tout le trahit. À commencer par sa main qui ne lâche pas la mienne depuis qu'on a posé les fesses sur le rebord du toit. Il la tient si fermement, à s'en rompre les phalanges.

— Je t'aime, Ashton. Tu le sais, ça ? Et un peu trop pour que ce soit normal.

Ses lèvres s'étirent de plus belle.

— Je sais bien que tu es un brin psychopathe, Eliotte. Je le sais ! Mais t'inquiète, j'ai l'habitude : tu n'es pas la seule à être obsédée par ma personne. Il y en a beaucoup d'autres. Beaucoup, beaucoup, beaucoup d'autres…

J'éclate de rire.

— Où ça ? Dans ta tête ?

Il s'esclaffe en se penchant légèrement en arrière, sans lâcher ma main.

— Mais c'est toi que je veux, Eliotte. Toi et personne d'autre. Quoi qu'il puisse arriver. Tu le sais, ça ?

Quoi qu'il puisse arriver.

Il attrape mon visage et s'incline vers mes lèvres. Comme à chaque fois, il me scrute d'abord quelques secondes, droit dans les yeux… puis m'embrasse. Je ne me lasserai jamais de la manière dont ses lèvres murmurent contre les miennes dans un silence des plus apaisants. Sa bouche a le goût du bubble-gum qu'il mâche et du stress qui bouillonne en lui.

Quand il se détache de moi, je garde une main dans sa chevelure blonde. Elle est toujours impeccablement décoiffée.

— Quoi ? L'iconique Ashton Meeka se la joue romantique ?

— Eh oui, c'est un grand jour : on va enfin nous annoncer qu'on est compatibles et qu'on peut se marier.

Mon souffle se bloque dans ma gorge.

Compatibles.

— Ils ne veulent vraiment pas comprendre que leur parfum d'ambiance sent le désodorisant pour toilettes…, me lance Ashton, alors que nous patientons dans la salle d'attente. On se croirait dans mes chiottes après une soirée mexicaine. J'ai envie de gerber.

— Ça sent toujours mieux que ce que tu mettais à l'époque…, rétorqué-je. Attends, c'était quoi déjà ? « Forêt lugubre et sauvage » ?

— Ah non, non ! Arrête ! Tu sais très bien que je le portais seulement pour faire plaisir à ma mère. Elle aurait le cœur brisé si elle savait que… j'ai grandi. C'était vraiment le parfum de ma crise d'ado ; je croyais que ça augmenterait mon taux de testostérone à l'époque.

Ash s'esclaffe à s'en crever les poumons. Il est du genre à rire pour tout et pour rien, mais aujourd'hui, son hilarité est presque compulsive. Il est de ces gens qui préfèrent sourire plutôt que de péter les plombs. Moi, je suis plutôt de ceux qui réalisent qu'ils sont en train de se noyer avant même de sauter dans l'eau.

Soudain, une femme en tailleur bleu s'approche de nous, une tablette tactile à la main. Je secoue le bras d'Ashton pour qu'il revienne sur terre, mais il l'a déjà aperçue. Elle s'arrête pile devant nous et sourit presque mécaniquement. Sa broche en forme de brin d'ADN, qui entoure un cœur humain, a un éclat étrange sous l'ampoule blanche au-dessus d'elle.

— Eliotte Wager et Ashton Meeka ?

— C'est nous, dit-il d'une voix moins assurée que d'habitude.

— Veuillez me suivre, s'il vous plaît.

Ni une ni deux, on bondit de notre chaise. Avant de suivre la femme, on se lance un regard à la dérobée. La main d'Ash effleure timidement la mienne ; il hésite à la prendre : on est en public, et au Bureau matrimonial, qui plus est.

— Je suis sûr que tout va bien se passer, murmure-t-il. On sera compatibles.

« On *sera* compatibles. » Mais pourtant, on est censés l'être depuis le début, ou alors on ne se serait pas autant compris, autant saisis, autant aimés dès le premier regard. Je suis incapable de lui répondre, comme si ma gorge était fermée à double tour. Je me contente de lui sourire discrètement et de suivre la marche.

On traverse de grands couloirs aux murs blancs – différents de ceux qu'on avait empruntés la dernière fois pour récupérer nos résultats. Sur ces derniers est placardé à plusieurs reprises le portrait d'un des plus grands scientifiques du XXIIe siècle. Joshua Meeka, l'arrière-arrière-grand-père d'Ashton. L'une des personnes ayant découvert le gène de compatibilité humaine, il y a de cela près de soixante-dix ans. C'est grâce à lui que sa famille a gagné en influence et en notoriété, au point d'avoir aujourd'hui le contrôle de la Nouvelle-Californie, un des dix Districts-États des États-Unis tels que nous les connaissons aujourd'hui. « Meeka » est bien plus qu'un nom de famille. « Meeka » est un blason, un héritage. Des lettres dorées.

Dans les années 2050, quand les épidémies mondiales se sont multipliées et que la Première Guerre chimique a explosé, ont alors débuté les Décades Sombres – une période dominée par la peur, l'incertitude et la montée en puissance de partis conservateurs et de gouvernements autoritaires. À la suite de celles-ci, la population mondiale ayant significativement baissé, on a dû repenser le système de décentralisation de certains pays, comme les États-Unis, pour s'adapter au mieux à la densité humaine des territoires. Dorénavant, ce territoire n'est plus découpé en cinquante États, mais en dix « Districts-États » plus ou moins indépendants.

De ces Décades Sombres sont sortis comme véritables héros et sauveurs absolus de l'humanité les scientifiques, qui ont alors brandi leurs vaccins et leurs découvertes comme de réelles solutions pour tendre vers un avenir meilleur.

Nos aïeux se sont rués vers ces sorties de secours.

Certains pays comme la Corée du Sud ou la Norvège ont décidé de mettre en place des gouvernements scientifiques provisoires – qui sont devenus permanents face à l'approbation du peuple – tandis que petit à petit émergeaient des partis politiques régis par la Science dans chaque région du monde. Aujourd'hui, la plupart de nos politiciens portent une blouse blanche. Ces derniers ont la confiance totale du peuple. Et pour cause : la Science fait autorité. Qui contredirait des chiffres ? Des expériences ? Des lois physiques ? Dès lors que l'on aperçoit la tenue traditionnelle des savants sur un plateau télé, il n'y a plus de débat. Ou du moins, celui-ci est gagné d'avance par l'évident, le sûr, le rationnel : par la Science.

Une des valeurs conservatrices héritées de cette période obscure, comme réel ciment de la société, est la famille – composée d'un homme, d'une femme et de leurs enfants – mais cela va de pair avec le travail ou encore la morale religieuse.

Alors, des années plus tard, dans ce climat de confiance regagné par les dirigeants est né le premier prototype d'Algorithma : d'abord en Asie, puis en Amérique du Nord. Selon cet organisme, la combinaison du gène de compatibilité et d'une technologie psychologique de pointe permettrait de trouver la meilleure personne pour chaque individu, et ainsi de construire une famille – *une société* – stable.

Le projet fit très rapidement ses preuves et fut adopté par les générations descendantes des Décades Sombres, plus que jamais convaincues que la solitude est le poison de l'humain. Celui qui crée les cassures de l'âme, les fissures du cœur et qui alimente les troubles sociétaux.

Et voilà où j'en suis. Voilà où nous en sommes tous. Parce que j'ai grandi dans un monde construit par des foules shootées à l'espoir.

La femme qui nous a pris en charge s'arrête devant le bureau d'une certaine « Aglaé Desroses ». Elle ouvre directement la porte et nous invite à entrer. Derrière un long meuble en chêne, une scientifique aux cheveux roux plaqués en arrière nous considère.

— Meeka Ashton et Wager Eliotte, c'est un plaisir de vous recevoir. Prenez place.

Sa voix a quelque chose qui m'angoisse.

Soudain, la personne qui nous accompagnait jusque-là s'éclipse. J'entends le clic de la poignée, le boum-boum de mon cœur. Je me sens tout à coup à l'étroit dans cette immense pièce.

Tout va bien se passer. On est *compatibles.*

Ashton s'assied immédiatement. Ses joues ont rosi, sa mâchoire est crispée. Il a l'air d'étouffer, dans son sweat à capuche jaune. Je gagne le siège que Mme Desroses me désigne, en essayant de calmer ma respiration. Mes doigts se cramponnent aux accoudoirs. Qu'est-ce que j'aurais voulu prendre la main d'Ashton, là tout de suite…

Sans un mot, on glisse devant nous deux dossiers.

— Qu'est-ce que c'est ? demandé-je du tac au tac.

Aglaé Desroses humecte ses lèvres, sans bouger un millimètre de son visage.

Puis, d'un calme absolu, elle lâche :

— Nous avons reçu les résultats de votre dernier test-paire. Il est de 39,4 %.

J'entends un bruit blanc crever l'air.

Trente-neuf virgule quatre pour cent.

Putain de merde, quoi ?

Je me tourne vers Ashton, pour attraper son regard comme s'il s'agissait d'une corde qui m'aiderait à remonter le précipice. Mais il ne bouge pas. Il ne dit rien, reste immobile et dévisage la scientifique, attendant la suite.

— Vous êtes incompatibles. Ayant tous les deux vingt et un ans révolus, vous avez six mois pour vous marier. Nous vous proposons donc les éléments les plus compatibles avec votre profil, vivant dans le District-État de Nouvelle-Californie.

Silence.

Ses ongles brillants tapotent deux pochettes en carton. Je ne veux même pas regarder ces deux foutus dossiers. Pourtant, je ne peux pas m'empêcher de remarquer que le mien est étrangement fin comparé à celui d'Ashton.

— Il est compréhensible que cette nouvelle puisse vous surprendre, d'autant plus que, d'après votre dossier, vous avez déjà passé le test-paire il y a trois ans, et que son résultat a significativement baissé… Mais réjouissez-vous ! Réjouissez-vous d'être au XXIIe siècle, dans un pays possédant la pointe de la technologie, qui peut prédire les échecs et les bonheurs de la vie !

Notre compatibilité a baissé ? C'est possible, ça ?

— Grâce à nos avancées technologiques et scientifiques, nous sommes désormais capables d'assurer l'avenir des générations futures. Grâce à la Science, nous évitons aux familles d'évoluer au sein d'un foyer instable dans lequel des enfants – nos futurs citoyens – pourraient être gravement affectés, autant sur les plans physique, financier, que psychologique. J'ai le bonheur de vous annoncer que vous venez de gagner un temps et une énergie considérables. Toutes ces années que vous auriez pu passer à subir un mariage malheureux, une vie de misère émotionnelle… ont été balayées par ce nouveau test. Et, en prime, la Science vous livre sur un plateau votre vraie âme sœur.

La gorge me brûle, mes mains deviennent moites. Elle est si sûre de ce qu'elle dit, si fière, si heureuse de la situation. J'ai envie de lui arracher son petit sourire condescendant, la bousculer, la… Je veux sauter de ma chaise, grimper sur le bureau et lui hurler : « C'est impossible ! Refaites ces calculs ! »

Est-ce qu'Ashton a envie de faire la même chose ? Je n'en sais rien. Il ne réagit pas. Il a toujours la même expression collée au visage, la même posture figée.

La scientifique se tourne vers moi, le regard animé.

— Mademoiselle Wager, pour votre cas… Il est particulier.

2. Izaak Meeka

Eliotte

« Particulier » ?

La rousse marque un temps de pause pour me scruter plus intensément encore. Elle me donne la chair de poule.

— Nous avons détecté un individu avec lequel vous avez un taux de compatibilité très rarement égalé : 98,8 %. C'est pourquoi vous devrez vous marier avec ce cas le plus tôt possible. Dans un mois environ.

— Pardon ? Combien de pourcents ?

— Vous m'avez bien entendue : 98,8 %. C'est… fascinant. Nous suivrons attentivement votre couple dans ses débuts, un peu plus que les autres. Nous voulons perfectionner nos logiciels psychologiques, vous comprenez ?

— Non, je…

— Qui est cette personne ?

Je me tourne vers Ashton : il a enfin parlé.

— Qui est cette personne avec qui Eliotte est compatible à 98,8 % ? précise-t-il, la voix rugissante.

— À vrai dire, monsieur Meeka, le sujet est assez délicat…

Elle prend mon dossier et l'ouvre d'un geste sec. Mon cœur manque un battement.

C'est impossible. Non, non, non, non…

Je vois au coin de la fiche, attachée avec un trombone, la photo d'Izaak. Même imprimé sur du papier pelliculé, son regard de glace me foudroie.

— Mademoiselle Wager est compatible à 98,8 % avec votre grand frère, Izaak Meeka. Ce qui est encore plus intéressant, car il faisait partie des rares personnes qui n'avaient pas encore trouvé d'âme sœur dans notre base de données, ces trois dernières années. Il faut croire qu'il attendait Eliotte.

— Personne ne m'attendait, lançai-je, cinglante, sans pouvoir me retenir.

Un long silence envahit la pièce. Je reste figée sur ma chaise, les yeux rivés sur la photo d'Izaak.

Moi, compatible avec ce type ? Et à presque 100 % ?

C'est impossible.

Il. Faut. Refaire. Les. Calculs.

— Mon… mon frère ? finit par lâcher Ashton. Et c'est le seul qui a été trouvé ?

Je manque de tomber par terre.

Non, Ash. Il n'y a que toi.

— Nous n'avons pas pris la peine de nous pencher sur d'autres éventuels cas quand nos tests ont associé M. Meeka à Mlle Wager avec un taux si haut de compatibilité. Quant à vous, Ashton, vous avez trois potentielles âmes sœurs : Emily De Saint-Clair à 66,5 %, Chloé Johnson à 52,4 % et Amy Roger à 52 %. Cela va de soi, nous vous conseillons de multiplier les rencontres avec Emily car vous n'avez plus que six mois pour vous présenter à la mairie avec votre future épouse… Ne perdez pas de temps.

Ash se racle la gorge en fixant ses Nike.

Emily. Chloé. Amy.

Mais j'ai déjà gravé « Eliotte » sur son cœur, moi.

— Votre premier rendez-vous imposé aura lieu dans trois jours : nous vous enverrons les invitations par courriel. Bien sûr, les déplacements seront à la charge de l'État. Si vous avez la moindre question, la moindre angoisse, n'hésitez pas à vous adresser à votre psychologue-amoureuse. Elle était déjà là pour vous durant votre adolescence, afin de vous préparer à la vie de couple, et elle continuera à être présente si besoin. Ne vous en faites pas. Par ailleurs, chacun de vous devra la rencontrer à la fin de chaque semaine pour établir un bilan, dans le but de vous aider au mieux jusqu'à vos mariages respectifs.

« Bonjour, madame Field, j'ai un très gros problème : je ne peux pas me marier, et encore moins avec son frère. »

J'ai l'impression que ma tête va exploser.

— Toutes les informations nécessaires pour contacter vos âmes sœurs sont renseignées dans le dossier… Sur le plan légal, qu'on ne peut survoler, je vous rappelle qu'à compter de ce soir vous êtes considérés comme « ex-paire » aux yeux de la loi : vous ne pourrez plus demeurer ensemble seuls dans un espace public ou privé. Dans le cas contraire, vous serez considérés comme hors la loi et recevrez une amende allant de 20 000 $ à 350 000 $ ou même encourir une peine de prison pour adultère.

Hors la loi.

— N'est-ce pas incroyable ? Nous avons tous sur cette terre au moins une âme sœur. Mais il y a un siècle, selon nos statistiques, les gens comme vous et moi avaient très peu de chance de parvenir à la rencontrer. Heureusement, l'humanité a refusé de s'accrocher à cette notion sordide qu'est le « destin ». Aujourd'hui, nous avons tous du mal à concevoir un monde dans lequel nous devrions nous-même chercher la personne avec qui nous finirons le reste de nos jours. Un monde dans lequel nous devrions nous engager avec elle, sans savoir si c'est vraiment la bonne, si nous ne perdons pas notre temps…

Mme Desroses se lève, contourne lentement son bureau, les bras derrière le dos.

— Les Décades Sombres ont terriblement heurté les cœurs de nos aînés, déjà meurtris par les troubles du XXIe siècle… mais ils ont eu le courage de se relever, de faire confiance à nouveau les uns aux autres, pour bâtir une meilleure société, une plus belle Amérique ! Le taux de criminalité a chuté, tout comme celui des suicides, des burn-out, et j'en passe… À présent, nous sommes en sécurité émotionnelle et physique.

Son regard bleu se pose à nouveau sur nos visages.

— Eliotte, Ashton, en vous donnant corps et âme à vos couples respectifs vous promettez de protéger cet héritage, tout en assurant la sérénité de votre avenir dans les bras de la personne qui vous correspond.

À nouveau, ses lèvres s'étirent dans un sourire sardonique. Mais cette fois, je n'ai pas envie de la bousculer et de grimper sur son bureau, juste de me crever les yeux pour ne plus rien voir. Plus rien.

Est-ce que je suis bien éveillée ? Qu'est-ce que c'est que ce putain de cauchemar ?

Ashton se lève le premier ; il m'attend avant d'engager la marche vers la sortie. Je ne cesse de le regarder, à l'affût de la moindre de ses réactions.

Mais il reste détaché, muet, livide.

Nous n'avons évoqué, ensemble, la possibilité de ne pas être « compatibles » aux yeux de la Science qu'une fois. Rien qu'une. Et, à ce moment-là, nous étions d'accord sur une chose : il n'était pas question de nous séparer. Ce serait de la folie.

De retour sur le parking, nous prenons place chacun notre tour dans la voiture sans rien dire. Je voudrais désintégrer le silence entre mes lèvres. Lui dire à quel point je suis en colère, à quel point je suis choquée et à quel point je l'aime. Mais qu'en est-il pour Ash ? Je n'en sais fichtrement rien. Il regarde devant lui, la bouche serrée.

— Tu crois qu'on va…

— Non, s'il te plaît, Eliotte, me coupe-t-il. J'ai besoin… de réfléchir, là.

— Réfléchir ? Mais réfléchir à quoi ?

Il secoue la tête et se tait un instant en regardant derrière la vitre. J'aperçois sa cage thoracique se gonfler et s'abaisser à une vitesse folle sous son sweat à capuche.

— Je te dépose chez toi ? demande-t-il finalement, l'air de rien.

— Ash… On… On doit parler de ce qu'il vient de se passer. On ne peut pas agir comme si de rien n'était.

— Eliotte…

— On ne va pas se laisser déstabiliser comme ça ! Il y a peut-être eu une erreur, et on v…

— Eliotte ! s'exclame-t-il. J-Je peux pas, là. Je dois réfléchir, je dois me calmer, je dois…

Il passe sa main sur son visage, et laisse tomber son crâne contre l'appui-tête, dans un long soupir douloureux. Je n'ai qu'une envie : le prendre dans mes bras, le serrer fort et lui dire à quel point je l'aime. À quel point on va se battre pour rester ensemble.

Mais je reste assise sur mon siège, sidérée.

Ash met le contact et se tourne enfin vers moi.

— T'as mis ta ceinture ?

— Je… oui.

— Je te dépose chez toi, alors ?

Je réponds d'un simple signe de tête… et on part. Dans le silence.

Que se passe-t-il, bon sang ? Et pire : que va-t-il se passer ?

3. Eliotte Wager

Izaak

Je refais mes lacets avec des gestes précipités. Il faut que je me casse au plus vite avant qu'ils ne se pointent. Au plus vite.

Soudain, je sursaute. La porte d'entrée vient de grincer.

Merde.

— Ashton ? je lance. T'es rentré plus tôt que prévu.

Sa silhouette apparaît dans le hall. Il s'arrête net en me voyant. Il a les yeux gonflés.

— Ça va ? Qu'est-ce qu…

Un éclair fuse. Je n'ai même pas le temps de cligner des yeux que ma mâchoire se décroche.

— Mais putain qu'est-ce qui te prend ?! m'écrié-je en portant la main à mon nez qui pisse déjà le sang.

Ashton rebalance son poing dans mon visage.

— Quatre-vingt-dix-huit…, affirme-t-il en essayant de me donner un troisième coup. Virgule huit…

J'essaie d'attraper ses bras mais c'est une furie, il ne s'arrête pas… Bordel de merde, qu'est-ce qui lui arrive ?

— 98,8 putains de pourcents !

Alors qu'il tente une nouvelle attaque, j'attrape fermement ses poignets et lui fais une clé de bras. Il se débat, mais je le plaque contre le mur.

— C'est quoi ce délire ? Qu'est-ce qui te prend ?

— Izaak… Putain…

— Quoi ?

Je le libère de ma prise, et il se tourne aussitôt vers moi. Je n'ai même pas le temps de voir son visage qu'il le laisse tomber contre mon épaule.

— On a été convoqués plus tôt que prévu au Bureau matrimonial.

Oh ! merde ! Il n'est donc pas « compatible » avec Eliotte…

Tout de suite, une autre pensée fuse :

« 98,8 putains de pourcents »… de compatibilité ?

— C'est toi, Izaak… T'es compatible avec Eliotte.

J'ai un mouvement de recul.

— Je suis quoi ?

— Vous allez devoir vous marier dans un mois, et moi je…

— C'est impossible, Ash.

— Puisque je te l'dis ! Vous êtes compatibles à presque 100 % ! Ils vont même vous suivre de près pour perfectionner leurs analyses !

J'essuie une goutte de sang qui perle sur ma lèvre. C'est quoi ce bordel ? Comment ça, je suis compatible avec sa meuf ? Et à 98,8 % ? Je vais me marier dans un mois ?

Soudain, mon petit frère éclate en sanglots ; sa détresse déchire l'air.

— Qu'est-ce que je vais faire, Izaak ? C'est… c'était pas prévu, putain ! On devait être compatibles et j-je…

— Ash…

Ses yeux noisette me dévisagent. Sans même réfléchir, je lui ouvre mes bras ; il vient s'y réfugier dans la seconde. Je sens son cœur battre furieusement, et ses mains moites s'accrocher à ma veste en jean. Pendant une seconde, j'ai l'impression d'être transporté à cette époque où il me voyait comme son grand frère qui le protégerait de tout.

— J'ai tout l'empire sur moi, murmure-t-il en serrant un peu plus sa prise sur mon vêtement. Comment je vais faire ?

Ah, ce putain d'héritage.

— Je vais devoir me marier avec une autre, Izaak, construire une famille avec quelqu'un qui n'est pas celle que j'aime depuis toujours. C'est comme ça. J'ai pas le choix.

— Ouais, dans cette société de merde…

Je l'écarte de moi pour lui faire face, les mains de part et d'autre de ses épaules.

— Écoute-moi bien, Ashton. Si tu aimes autant Eliotte, tu dois te battre pour elle. On s'en bat les couilles de leurs idées, de l'avis de papa, de son empire politique…

— Arrête avec ces conneries, s'exclame-t-il en se détachant de moi. Tu sais très bien que c'est impossible ! Sois sérieux deux secondes ! Toi et moi, on n'a pas la même vision de la Science, mais tu ne peux pas…

— Ash, tu l'aimes.

Il mord sa lèvre en retenant un sanglot.

— Bien sûr, m-mais… et papa, putain ? Et la réputation des Meeka ? Je…

— La réputation ?

Je n'aurais jamais cru que la réponse logique à une question d'amour contiendrait ce mot. C'est comme entendre :

« Comment tu t'appelles ?

— Moi ? J'habite dans le Connecticut. »

Mais après tout, il a été construit pour penser comme ça. Et je n'ai pas pu l'en protéger : toutes les pièces étaient déjà assemblées et bien huilées quand je m'en suis rendu compte.

— Tu sais très bien qu'il y a une solution, Ash.

— Izaak. Je peux pas… C-C'est trop…

Il baisse la tête et se met à fixer le sol en reniflant.

Pourquoi ne pas saisir la chance de vivre avec celle qu'il aime ?

Je sais pertinemment qu'il est dingue de cette fille… et qu'il ferait aussi tout pour rendre fier notre père. Quand il m'a annoncé vouloir repasser le test-paire avec Eliotte, je lui ai parlé de toutes les éventualités, comme celle qu'il soit négatif. Il refusait d'y croire, de se projeter dans cette hypothèse. Et maintenant, je comprends : ce n'était pas pour fuir cette possible réalité, non, mais pour fuir la lâcheté qu'il ressentirait si jamais il devait faire le choix.

Le pire, je crois, est que sa réaction ne m'étonne pas.

Je me demande juste ce qui le rendrait le plus heureux : Eliotte ou le sourire de notre père ?

— Et cette histoire de pourcentage, merde…, lâche-t-il, subitement. J-J'y aurais jamais cru, Izaak : on est bien en dessous des 50, elle et moi ! Ça a même baissé depuis la dernière fois, bordel… On est *incompatibles*.

Il essuie ses larmes en inspirant fort.

Bien sûr que vous êtes compatibles si vous vous aimez.

J'aimerais tellement qu'il se bouche les oreilles pour une fois et qu'il arrête d'écouter ces conneries, d'écouter les voix du dehors.

Mais après tout, peut-être que finalement il y a aussi les voix du dedans ; ces voix qui nous parasitent depuis qu'on est gosses, ces voix qui deviennent progressivement la nôtre si on ne s'en rend pas compte.

— Tu veux que je reste ici avec toi ? lui proposé-je alors qu'il s'essuie pour la énième fois les yeux, en essayant de canaliser une autre crise d'angoisse.

— Non c'est bon, je préférerais rester seul, je crois.

— Tu crois ou t'en es sûr ?

Ses lèvres arrivent à peine à s'étirer dans un petit sourire.

— J'en suis sûr.

Je voudrais encore insister, mais je crois bien être le dernier qu'il veut voir dans ce contexte tordu. Et puis, quoi que je lui dise ou que je ne fasse, je sais que dans quelques secondes il va monter dans sa chambre en saluant les femmes de ménage, il essaiera de faire des exercices de respiration et finira pas vider son flacon d'anxiolytiques.

Je serre le poing.

Dans un soupir, j'attrape mon sac à dos, que j'avais laissé sur le sol en faisant mes lacets, et ébouriffe ses cheveux couleur miel avant de lui lancer :

— Juste un coup de fil, et je serai là, Ashton. Ne l'oublie pas.

Il acquiesce d'une petite inflexion du menton.

— On va trouver une solution, assuré-je avant de lui faire un petit salut en mettant mes deux doigts près de mon front.

Je m'éclipse de la baraque avant qu'un des domestiques ne me voie ici. En sortant, je sens ma poche vibrer : un texto. Je sais déjà qui c'est avant même de lire la notification.

Je réponds avec maladresse entre deux foulées jusqu'à la voiture.

Tout est bon. Chui sur la route, j'arrv.

Quelques jours plus tard
Eliotte

— Tu pars ?

— Oui, le taxi est déjà là, lancé-je en enfilant mes chaussettes dans l'entrée.

— Tu seras peut-être gênée au début, me dit maman, du salon, en haussant le ton pour parler par-dessus le film qu'elle regarde avec Karl. Mais il faut que tu fasses confiance aux pourcentages, Eliotte : ça va bien se passer !

Faire confiance à des chiffres… Je roule des yeux en attrapant mes bottines.

— Ta mère a raison ! fait Karl. Bien sûr que ça se passera bien. Je te rappelle quand même que vous avez eu 98,8 % de compatibilité !

— Merci de me rassurer tous les deux, réponds-je. Mais je ne peux pas m'empêcher de penser qu'attendre que ça se passe bien est le meilleur moyen de tout foutre en l'air, avant même d'avoir commencé quoi que ce soit. Pas d'attente : pas de déception, non ?

Tu parles, « pas de déception »…

J'ai dit ça pour faire la conversation et continuer de les laisser croire que tout va bien, que rien ne cloche chez moi… Mais bien sûr que ma relation avec Izaak est foutue en l'air avant même d'avoir commencé : je suis amoureuse de son petit frère et je ne peux pas voir ce mec en peinture. Alors, non, *rien* ne se passera bien.

— Vous voyez ce que je veux dire ? ajouté-je dans le vide.

Je retrousse les manches de mon sweat en redressant les épaules et me contemple dans le miroir du hall. Je n'ai fait aucun effort vestimentaire. J'arrange quelques mèches de ma frange qui, sous les rayons du soleil de novembre, prend des reflets blond clair. En passant la main dedans, je remarque que mes racines brunes sont revenues plus vite que d'habitude. C'est ma couleur naturelle, mais je me suis teint les cheveux il y a un an ; et après avoir passé plusieurs mois à les éclaircir timidement, j'ai décidé de sauter le pas. Ashton a adoré le changement.

Pas ma mère.

— Maman ? Karl ?

Je quitte l'entrée pour me glisser dans le salon. Ils sont bien là, blottis l'un contre l'autre à regarder je ne sais quel film. Parfois, j'ai sincèrement l'impression que je pourrais claquer la porte et revenir une semaine plus tard sans qu'ils se rendent compte de mon absence.

Je soupire. De toute façon, je préfère savoir ma mère amoureuse au point d'oublier sa propre fille, plutôt que de la savoir malheureuse, seule avec sa fille.

Elle fait partie des personnes sur le banc du système. Son âme sœur – *mon père biologique* – s'est barré alors que j'avais six ans pour aller retrouver clandestinement une autre femme, quelque part dans le pays. Comme un enfant ne peut pas grandir dans un foyer monoparental, car cela menace son bon développement mental, les parents célibataires ou veufs doivent se remarier le plus tôt possible. Ma mère a épousé Karl alors qu'il venait de perdre sa première femme. J'avais huit ans. J'ai arrêté d'attendre mon père quand j'en ai eu douze.

C'est la raison pour laquelle je sais au fond de moi, depuis toute petite, qu'Algorithma n'a rien de fiable, ou du moins, qu'ils *peuvent* se tromper. Et maintenant qu'ils ont reproduit cette erreur pour Ashton et moi, j'en ai la certitude. Ces pourcentages, ces gènes, ces tests… c'est bidon.

Mais cette semaine, je n'ai pas pu m'empêcher de me demander si ce n'était pas… à cause de moi. Mes parents ne s'aimaient pas réellement. Je suis le fruit d'une erreur d'Algorithma. Le fruit d'un bug informatique. Un échec. Est-ce que mes gènes ne faussent pas tout, ou quelque chose comme ça ? Peut-être que je délire, je ne sais pas… mais ces derniers jours, cette idée reste dans les parages, à aller et venir dans ma tête.

Peu importe ce que je suis, c'est fait.

Je me racle la gorge pour qu'ils se rendent compte de ma présence. Ils sursautent, les yeux écarquillés.

— Oh ! Tu m'as fait peur ! s'exclame Karl. Je pensais que tu étais partie.

— Bon… je ne sais pas quand je rentrerai, alors ne m'attendez pas pour dîner, OK ?

— C'est noté, me dit ma mère avec un petit sourire, sans pour autant quitter des yeux la télévision.

Je ne lui ressemble pas vraiment. Je n'ai pas ses taches de rousseur, ni son bonnet D ou encore ses yeux verts. Les miens sont bleus. Comme ceux *d'un certain quelqu'un.*

Je les salue – à peu près certaine qu'ils n'ont rien entendu – et me sauve. Jusque-là, mon jeu d'actrice semble avoir bien fonctionné. Pour eux, je vais parfaitement bien, j'ai hâte de découvrir mon grand amour, Algorithma me ravit, et je n'ai surtout pas envie de foutre le feu à leurs locaux. J'espère simplement qu'au *date,* le masque restera en place.

Est-ce qu'il y aura des psychologues sur le lieu du rendez-vous ?

J'aurais pu poser la question à maman, mais elle était tellement absorbée par son écran…

J'ai déjà essayé de parler de la fiabilité d'Algorithma avec elle, mais maman trouve toujours le moyen de changer de conversation car celle-ci est inéluctablement liée à celle concernant le départ de mon père. En plus, depuis qu'elle a retrouvé l'amour avec Karl, j'ai du mal à l'imaginer douter d'Algorithma. C'est d'ailleurs pour ça que je lui ai caché ma relation avec Ashton pendant toutes ces années ; que je lui ai caché la raison de mes larmes ces derniers jours.

Ash…

Je dévale en trombe les escaliers crasseux de l'immeuble et pénètre dans le taxi qui m'attend déjà depuis une bonne dizaine de minutes. Je n'aurais jamais cru aller un jour à un rendez-vous imposé par l'État avec un autre qu'Ashton. Pis : avec son grand frère.

C'est juste histoire que je ne me retrouve pas avec une fichue amende. Un quart d'heure, et c'est plié.

Je soupire en posant ma tête contre la vitre. Peut-être qu'Izaak, lui, n'en a rien à carrer de l'amende. Au-delà d'avoir plus que les moyens de la payer, il me semble tellement détaché de tout. Oui, on dirait que rien ne le préoccupe. Le monde pourrait s'effondrer, tant que le sien tourne rond : la belle affaire.

Il n'est qu'un fantôme sur le campus ou chez les Meeka : il n'est là-bas que parce que les uns et les autres l'invoquent de leurs paroles ; Izaak n'est présent que sur les bouches, rarement physiquement. Malgré tout, j'ai déjà l'impression de le connaître intimement. J'ai fait sa connaissance il y a déjà des années à travers les mots d'Ashton, qui me racontait les histoires de leur adolescence, tant leurs plus longs fous rires que la manière dont ils se sont infligés tous les deux les plus profondes blessures intérieures – encore pleines de sel à l'heure qu'il est.

De ces longues discussions, j'ai conclu une chose : je ne veux rien à voir à faire avec ce type. Ashton a beau l'aimer malgré ses nombreux défauts, moi non : je ne partage pas son sang et n'ai donc aucune raison de passer l'éponge comme lui l'a tant de fois fait.

Au bout d'un quart d'heure, ou peut-être même trente minutes – j'ai perdu la notion du temps –, on s'arrête enfin devant le lieu du *date*. J'y suis. Le café-bibliothèque dans lequel je vais avoir mon premier rendez-vous avec Izaak Meeka.

C'est l'heure.

4. Le rendez-vous

Je n'ai même pas besoin de chercher quand je rentre dans le café : j'aperçois tout de suite sa haute et large silhouette. Il est dans un coin à l'écart, le nez plongé dans un bouquin. Il porte un col roulé bleu marine, un peu moulant, qui fait ressortir le brun intense des boucles qui encadrent son visage concentré.

J'inspire. Serre les poings. Et me dirige vers lui. Un effluve très agréable plane dans la boutique : un mélange de papier et de grains de café fraîchement moulus. Le café-bibliothèque est le lieu de prédilection des vieilles âmes comme moi.

— Hey, salut, Izaak, fais-je en m'asseyant devant lui.

Il ne répond rien et se met à siroter sa tasse de thé en tournant la page d'un livre qu'il ne lit même pas réellement, je suis sûre.

— J'ai dit : salut, Izaak.

Enfin, ses deux yeux couleur de jade remontent sur moi. Un petit sourire lève la commissure de ses lèvres. Je remarque aussitôt les bleus violacés sur sa tempe et au coin de sa mâchoire. *Il s'est battu ?*

— Salut, Eliotte, répond-il finalement d'un ton enjoué. Ça va ? Le trajet s'est bien passé ?

Il ne me laisse même pas répondre et me tend un des livres de la petite pile qui traîne sur un bout de notre table.

— Tiens, j'ai pensé que ça te plairait.

J'arque un sourcil. Je ne m'attendais pas à cet accueil. Ça ne lui ressemble pas…

— Vraiment ? Tu…

— La page de garde, me coupe-t-il en chuchotant.

Hein ?

Intriguée, j'ouvre le premier roman de la pile à la page qu'il m'indique. Un petit mot est collé dessus.

On est observés, mais ils ne nous entendent pas trop. Je sais que ce RDV est étrange, surtout vis-à-vis d'Ashton, mais il faut vraiment que tu aies l'air enthousiaste. D'ici dix minutes on va sortir discuter dans ma voiture, c'est important. Maintenant, souris en me montrant une page du livre.

Comme je m'y attendais, des équipes de scientifiques sont venues nous observer. Il va falloir que je joue la comédie avec lui, sous peine d'avoir des problèmes. Seul imprévu au programme : je ne pensais pas qu'Izaak serait dans le même état d'esprit que moi… Peut-être est-ce instinctif pour lui vis-à-vis du regard de son petit frère ? Je ne sais pas. Ce dont je suis sûre, en revanche, c'est que ce type me perturbe déjà.

J'esquisse un petit sourire et lui montre la page de garde comme demandé.

— C'est, hum… une œuvre intéressante.

— Ouais… pas autant que notre conversation, de toute évidence, marmonne-t-il pour lui-même avant de boire une gorgée de thé.

Alors que je m'apprête à répliquer sur le même ton fourbe, un serveur vient déposer devant moi une tasse avant de fuir derrière son comptoir.

— T'as commandé ça ? demandé-je.

— Oui. Il y a un quart d'heure, mais je leur ai dit de ne me l'apporter que quand tu serais là.

J'observe le dessin fleuri sur la crème du cappuccino, étonnée.

— Merci.

— Non, tu ne comprends pas…

Il se penche d'un air naturel vers moi et ajoute, tout bas :

— Je n'ai pas fait ça par gentillesse, ou pire, par galanterie. Mais simplement parce que le mec au fond à droite prenait des notes quand j'ai passé ma commande.

J'arque un sourcil. Je le reconnais, maintenant, le Izaak dont j'ai tant entendu parler. Le sans-gêne. Froidement honnête. Rentre-dedans. Et insensible.

— Dis-moi... C'est naturel chez toi ce petit côté antipathique de mes deux ? À vrai dire, je ne sais pas pourquoi je pose la question. Ça colle tout à fait avec l'idée que je m'étais faite de toi.

Il roule des yeux par réflexe, mais se met aussitôt à sourire.

— Ah, Eliotte..., dit-il avant de rire légèrement. Tu m'as percé à jour.

Il marque une pause avant de reprendre, entre ses dents serrées :

— Et si on arrêtait les conneries pour se concentrer sur ce qu'il y a de plus important, là tout de suite. Comme par exemple, le fait que ton sourire soit trop crispé pour sembler sincère. Tu pourrais faire un effort et adopter un ton plus... enjoué, ou impressionné.

Moi, impressionnée... par lui ?

Je ne sais pas ce qui est pire : qu'il me le demande, ou qu'il ait pensé une seconde que ce serait une réaction réaliste.

— Très bien... J'adore le café, comment t'as deviné ? répliqué-je avec une joie exagérée pour que les scientifiques noircissent leur rapport.

— Ouh là, susurre-t-il avant de boire une nouvelle gorgée. Je t'ai dit d'avoir l'air enjoué, pas bourré.

— Je fais de mon mieux pour tenter de déceler où sont si bien cachés les 98,8 % qu'on nous a attribués, Izaak.

Espèce d'antipathique de mes deux.

Un petit rire nerveux m'échappe. J'attrape alors un biscuit posé sur une grande assiette et croque dedans. Je grimace : de la cannelle. Izaak a déjà reporté son attention sur les pages de son livre – comme si nous n'étions pas en pleine discussion.

— Tu lis Schrödinger ?

Sans détacher du regard les mots devant lui, il répond :

— Et ce serait de l'étonnement que j'entends dans ta voix ?

— Non… Enfin si, peut-être bien.

— Désolé de te décevoir, Eliotte, mais je ne porte ni lunettes ni pull à carreaux et j'aime pourtant quand même les sciences.

— J'allais juste dire que c'est un auteur plutôt méconnu… En tout cas ce n'est pas le premier auquel on s'attaque quand on s'intéresse à la physique quantique.

— Parce que c'est ton délire, à toi ?

Ses yeux rencontrent enfin les miens. Je lève un sourcil et croise les bras sur ma poitrine.

— Désolée de te décevoir, Izaak, mais non, avoir un certain taux d'œstrogène n'est pas un barrage à la curiosité intellectuelle. J'adore Schrödinger.

— Pourquoi crois-tu que mon préjugé est nécessairement basé sur le fait que tu es une femme ? J'ai genre, une gueule de misogyne ? Je pose la question parce que je sais que la physique quantique avancée demande un certain nombre d'années d'étude, et tu as à peine fini ton bachelor.

Je baisse les yeux, tentant de cacher tant bien que mal ma soudaine gêne.

Je dois l'admettre : il marque un point.

— Je me suis déjà tapé ce style de remarques en allant à la BU[1] scientifique quand j'empruntais ce genre de bouquins, rétorqué-je. Bref… Je te conseille de sauter les quarante premières pages et de passer directement à la partie deux, c'est la meilleure. J'ai bien aimé le passage qui traite de la fonction d'onde et de son effondrement, c'est assez fascinant.

1 Bibliothèque universitaire.

Il me scrute quelques secondes avant d'acquiescer. Je ne sais pas ce qui se reflète dans ses yeux. Scepticisme ? Intérêt ? Surprise ?

— Je note, finit-il par lâcher avec cette voix condescendante qui me donne envie de vider ma tasse fumante sur son crâne.

Il me la désigne d'ailleurs du menton.

— Quand tu finis on y va pour aller dans ma voiture, OK ?

Je ne me fais pas prier : il a à peine terminé sa phrase que j'attrape le mug et commence à boire son contenu. Le liquide brûlant me donne envie de tout recracher mais, maintenant que j'ai commencé, je ne peux pas m'arrêter, sous peine de perdre toute crédibilité.

— Voilà, on peut partir, déclaré-je avec lassitude, en posant la tasse vide.

Je ne sens plus ma langue.

Je lui offre un grand sourire de plastique, qu'il me rend avec la même sincérité. Il règle l'addition en faisant passer sa carte bleue à l'emplacement éclairé d'un bleu vif, au coin de notre table transparente. Je le remercie et on sort du café, à pas rapides, en faisant mine de discuter. Je reconnais sa jeep, garée à quelques mètres. On l'a quelquefois empruntée, Ashton et moi, pour vadrouiller. Les sièges arrière sont plus confortables qu'on ne le pense.

— Vas-y, grimpe, me lance Izaak en allumant de loin la voiture avec une clé.

C'est un modèle du XXIe siècle dont le moteur a été adapté aux carburants sur le marché. Autrement dit, c'est un bien inestimable. On s'assied à l'avant en poussant le même soupir. De fatigue, de gêne ou d'agacement je ne sais pas trop. *Pour moi, surtout d'agacement.*

Izaak se tourne dans ma direction et me scrute quelques secondes. Il a cet air si singulier sur le visage, un peu sombre et à la fois très éveillé. C'est particulièrement déstabilisant. Mais pas assez pour que je m'empêche de dire :

— Qu'est-ce que je fous là, du coup ?

— Je vais la faire simple : je ne t'aime pas.

— Un autre point commun qui doit expliquer les 98,8 % j'imagine, hein ?

— Je ne t'aime pas, je ne t'ai jamais aimée et je ne t'aimerai sans doute jamais… Pourtant je *dois* me marier avec toi. On est d'accord que quelque chose cloche là-dedans, non ? Les âmes sœurs, le gène de compatibilité, les pourcentages… Ça te surprendra peut-être, mais j'estime que c'est un ramassis de conneries. Crois-le ou non, Eliotte, mais je ne suis pas ton âme sœur.

Quoi ?

Je le dévisage, estomaquée. C'est la première personne que je rencontre qui n'y croit pas non plus, et avec autant de fermeté. Il ose le dire à haute voix, en tout cas.

— Depuis qu'on nous a donné nos résultats, à Ashton et moi, j'estime aussi que c'est un ramassis de conneries, je te rassure.

Ça et puis… depuis que mon père est parti.

Il a un petit mouvement de recul.

— Vraiment ?

— Oui, vraiment, Izaak. Tu ne me choques pas.

Il regarde le plafond de sa voiture, soulagé.

— Alors ce sera plus simple que ce que je croyais… Moi qui pensais que j'allais devoir te convaincre des plombes que je ne suis pas ton âme sœur.

— Bon, je peux sortir de ta voiture maintenant ? dis-je en me tournant vers la portière.

— Non, attends, fait-il en m'attrapant l'épaule. On a un problème : avec notre pourcentage élevé, et mon nom de famille, ne pas faire ce que le gouvernement nous dit est extrêmement risqué. On sera pris comme exemple.

Je dégage mon épaule de sa grande main.

— Où tu veux en venir ?

— On va se marier, Eliotte, prétendre que leurs stupides découvertes sur les gènes et leurs tests disent vrai pour qu'ils nous lâchent, et ensuite… on trouvera un plan pour se séparer.

— Un plan ?

— Fais-moi confiance, j'ai déjà des idées en tête.

Je plisse les yeux. Des idées pour arranger la situation ? En toute légalité ? Ou clandestinement ? Le mariage de majorité est un passage obligatoire et inévitable. C'est comme ça, on ne peut pas faire autrement.

Alors, merde, qu'est-ce qu'il a derrière la tête ?

— Ça ne te dit pas de me développer « tes idées » ?

— Chaque chose en son temps. Pour le moment, contente-toi de prétendre être en train de tomber amoureuse de moi.

Je grimace.

Pitié...

De toute façon, peu m'importe ce qu'il a derrière la tête : je ne lui fais pas confiance.

— Comment va Ashton ? demandé-je sans même réfléchir. Ça fait une semaine qu'il ne veut pas répondre à mes messages ni à mes appels... Je voulais venir le voir chez vous directement, mais on est considérés comme « ex-paire » par la loi, donc c'est impossible.

Izaak pince les lèvres en fixant son regard sur un point devant lui.

— Ash, il est... il est un peu chamboulé par tout ça.

— J'imagine... Il était persuadé qu'on réussirait les tests. Mais ce n'est pas une raison pour éviter la conversation. On sera bien obligés d'en parler un jour ou l'autre.

— Honnêtement, Eliotte, je me demande si ce n'est pas plutôt toi qu'il évite.

Mon corps se contracte.

— Tu sais, Izaak, on avait déjà discuté de l'éventualité de ne jamais pouvoir être « compatibles » aux yeux de la loi, et on était sûrs d'une chose : on ne se séparerait quand même pas après, quitte à vivre dans l'illégalité.

— Peut-être que... que ça lui fait peur tout ça, finalement. Peut-être que, désormais, face aux éventuelles conséquences... il a changé d'avis.

— J-Je ne pense pas.

— Peut-être qu'il préfère tourner la page. Passer à autre chose, pour avoir une vie plus simple, rentrer dans le moule.

Une vie plus simple ? Rentrer dans le moule ?

Mon estomac se retourne.

— Qu'est-ce que tu racontes ? C'est ridicule, je connais Ashton. Comme s'il voulait une « vie plus simple », arrête…

Izaak secoue la tête.

— Tu sais… il a eu son premier rendez-vous hier.

— Et alors ? J'ai le mien aujourd'hui, et je ne vois pas ce que ça change.

— Il m'avait l'air enthousiaste en revenant.

Quoi ?

Ashton, enthousiaste à l'idée de se marier avec une fille qu'il ne connaît pas ? Qu'il n'aime pas ? C'est du pur délire. C'est impossible. *Im-po-ssi-ble.*

— C'est des conneries tout ça… Autant que leur algorithme de merde. Et pourquoi tu me dis tout ça, hein ?

J'ai la gorge nouée.

— Tu m'as posé une question, non ?

— Je t'ai juste demandé s'il allait bien, et toi…

— Tu n'arrives pas à accepter que, oui, Ashton va bien sans toi, Eliotte. Mon frère essaye d'avancer. T'es trop égoïste pour comprendre ça, c'est tout.

— T-Tu te fous de ma gueule ?

— Non.

Je serre les poings. Une lave brûlante me désintègre l'estomac ; elle monte en moi à une vitesse fulgurante. Ce visage fermé, cette voix monocorde, cet air condescendant comme s'il pensait tout savoir, comme s'il parlait à une enfant…

— Je connais Ashton, c'est ridicule ! Comme s'il voulait tourner la page ! Et puis… comment tu peux parler en son nom, toi, hein ? Comme si tu connaissais Ash… Arrête deux secondes ton numéro. T'en as rien à foutre de lui, c'est un secret pour personne…

— Quoi ?! Tu sors de nulle part et tu oses critiquer la relation que j'ai avec mon frère ? Mais t'es qui toi, au juste ?

— Sa copine. Celle qui l'a écouté pendant que tu n'en avais rien à carrer ces dernières années, craché-je.

— Alors sous prétexte que tu t'es emmaillotée avec lui, tu crois le connaître mieux que moi ?

— Ça fait *trois ans* qu'on s'emmaillote.

— T'es vraiment la plus grande blague du siècle.

— Izaak, t'es vraiment qu'un petit c…

Boum. Boum. Boum.

On se tourne brusquement vers la vitre côté conducteur. Un homme vêtu d'une chemise boutonnée jusqu'en haut attend là, une tablette à la main. J'arrive à lire sur ses lèvres : « Ouvrez ! »

Je passe ma main dans mes cheveux en soupirant. J'avais complètement oublié ce foutu protocole joint avec le mail m'adressant l'heure et la date du rendez-vous : nous n'avons bien entendu pas le droit de nous écarter de la zone de rencontre.

Izaak ouvre lentement la vitre, blasé :

— Arrêtez de taper comme ça, on ne s'entend plus.

— Vous n'avez pas suivi le protocole : vous devez rester avec votre paire au minimum deux heures dans le lieu assigné, lequel est le café-bibliothèque. Vous êtes restés ensemble vingt-deux minutes.

— On est toujours tous les deux à dix mètres à peine du café, rétorque Izaak. C'est quoi le problème ?

— Vous devez rejoindre votre table immédiatement sous peine d'être sanctionnés, monsieur Meeka.

Ils n'hésiteront pas à me coller une amende. Hors de question. De toute façon, on en a fini, lui et moi. Je soupire et ouvre ma portière.

— Très bien, monsieur.

Finalement, Izaak rouspète et sort lui aussi de la jeep.

— Je peux quand même m'entretenir avec ma future femme sans qu'on m'épie, vous ne croyez pas ?

« Ma future femme. »

— Le protocole, c'est le protocole. Désolé, monsieur Meeka.

L'homme nous conduit jusqu'à notre table avant de s'asseoir à la sienne, quelques mètres plus loin. Je le dévisage, déconcertée, quand il appuie sur son stylet, penché au-dessus de sa tablette. Il est prêt à écrire.

« C'est toi *qu'il évite, Eliotte. »*

Izaak est là, devant moi, le visage tranquille, comme s'il ne venait pas de rouer mon cœur de coups, dans sa voiture. Je remarque son poing serré sur la table, sa respiration qu'il tente de ralentir. On dirait qu'il cherche à se contenir. Il est tellement… brutal, froid, indifférent. Je ne sais pas quel était son but en me racontant tout ça.

« Oui, il va bien sans toi. »

C'est des conneries. Je secoue la tête en mordant l'intérieur de ma joue. Mon nez me pique, ma gorge est douloureuse.

Sans plus réfléchir, j'attrape un bouquin au hasard sur l'étagère à côté de moi et l'ouvre, les lèvres serrées.

— On disait quoi déjà ? fait Izaak. Schrödinger et la fonction d'onde ?

Je lève lentement mes yeux vers lui.

— Parce que tu crois sincèrement qu'on va reprendre notre conversation comme si de rien n'était ?

— Je peux savoir pourquoi je ne pourrais pas y croire ? Je te rappelle qu'on nous observe toujours.

— C'est stupide. Tu penses vraiment qu'ils n'ont pas vu notre scène dans la voiture ? Ou qu'ils ne se doutent pas que ce *date* n'a aucun sens pour nous deux, sachant que t'es le frère de mon ex-paire ?

— Je te rappelle que tout le monde croit dur comme fer à Algorithma, dit-il plus bas. Ce serait normal pour deux personnes à 98,8 % de compatibilité de vouloir apprendre à se connaître rien qu'un peu. Quand bien même tu as déjà testé ta compatibilité avec Ashton, au vu de vos résultats… ça tient la route.

— Ça m'est égal.

Ses doigts serrent l'anse de la tasse de thé qu'on n'a pas encore débarrassée.

— Je prends sur moi pour essayer d'oublier jusqu'à la fin de ce rendez-vous que tu es assez idiote pour croire connaître Ash mieux que moi. Alors évite de tout envoyer balader pour…

— Toi et ta stratégie débile, allez vous faire foutre, craché-je. Il est 15 h 2, dans une heure quarante je me barre.

Je repose mes yeux sur le livre. J'essaie de lire, mais tout a l'air écrit dans une langue étrangère : je ne vois que des lettres agglutinées entre elles qui défilent sur les pages. Ma gorge se noue un peu plus.

« Peut-être que, désormais, face aux éventuelles conséquences… il a changé d'avis. »

— Tu vois, c'est bien ce que je disais. Tu es trop égoïste pour lever le nez de ton petit monde et regarder en face les enjeux qui pèsent sur nous tous. Tu ne penses qu'à ta petite personne.

Je n'arrive même pas à répondre, je l'entends à peine. Il n'y a que ces mots : *« Il avait l'air enthousiaste. »*

Comme si Ashton allait me laisser tomber. Comme s'il allait effacer les trois dernières années en une semaine. Comme s'il voulait se marier avec une inconnue plutôt qu'avec moi, la fille avec qui il a promis de rester, coûte que coûte.

Izaak pousse un long soupir, m'éclaboussant de toute son arrogance. On reste comme ça, dans le silence le plus total, seulement brisé par le bruit de nos pages qui tournent, des gorgées qu'on prend et du tintement des tasses qu'on repose sur la soucoupe… jusqu'à ce que les aiguilles de ma montre indiquent 16 h 36. Je me lève d'un bond et repose le livre à sa place, sans même lui accorder un millième de mon attention.

Je me barre de ce café-bibliothèque, je me barre de cette journée bordélique, je me barre loin de ce qui me fait monter les larmes ; je me barre.

Je fixe le dernier message que j'ai envoyé à Ashton à 19 h 30, et qui est resté sans réponse depuis.

S'il te plaît réponds-moi, je dois absolument te parler.

Il est 2 heures du matin. La conversation que j'ai entretenue avec Izaak n'arrête pas de tourner en boucle dans ma tête. Et pourtant… c'était complètement absurde. Un tas de mensonges idiots. Je le sais. Izaak disait ça pour me déstabiliser parce que c'est un crétin, c'est tout.

Tu te le répètes un peu trop de fois pour que ce soit vraiment si absurde que ça…

Ça me semble fou qu'Ash veuille m'éviter, qu'il puisse être revenu de son rendez-vous « enthousiaste »… mais les faits sont là. Je suis en train de fixer mon téléphone depuis une foutue éternité devant les douze messages que je lui ai envoyés.

Ça ne lui ressemble tellement pas…

Mon cœur fait un bond dans ma poitrine. Oui… peut-être que ce n'est pas lui, peut-être qu'on le force ! Peut-être que son père a demandé à Izaak de dire tout ça pour me pousser à l'oublier. Je serre le drap entre mes doigts tremblants. Merde, je connais Ashton. Je le connais ! Il ne peut pas du jour au lendemain faire comme si je n'existais pas. Il doit forcément y avoir quelque chose.

J'inspire fort, les yeux fixés sur le plafond.

D'un geste, je me redresse et saute hors de mon lit. J'enfile un sweat-shirt et un jogging, et je m'éclipse en douce. Je vole les clés de voiture de Karl, avant de fermer doucement la porte derrière moi.

Il faut que j'aille voir Ashton.

5. Les risques

Je suis parfaitement consciente que je risque énormément en allant devant chez lui alors qu'on nous a tous les trois à l'œil ; mais je m'en contrefous. À vrai dire, je me fiche des amendes, de la prison, des répercussions. Je me fiche des risques. Ils n'existent plus.

Je conduis en priant pour que personne ne me voie ; ne m'observe. Il est 2 heures du matin, ce serait plus qu'improbable qu'il y ait des scientifiques là à épier le moindre de mes faits et gestes, mais pourtant j'ai l'impression que tous les regards du monde sont accrochés à moi.

Une fois arrivée dans le beau quartier de New Garden, je me gare à quelques pâtés de maisons de distance de chez Ashton, pour faire la route à pied : je serai plus discrète. C'est une partie de la ville où chacune des grandes villas est surveillée par un système à la pointe de la technologie. Peut-être qu'une de leurs caméras me filmera en train d'aller chez les Meeka ? Je rabats ma capuche en cachant un maximum mon visage et sors de la voiture, décidée. Tout va bien se passer, j'ai fait ça un million de fois déjà. Je contourne le pâté de maisons, en passant par le petit parc canin.

Au moment où j'aperçois l'imposante bâtisse des Meeka, j'entends des voix dans la rue d'à côté. Mon cœur s'emballe.

Tout va bien, tout va bien. Du nerf, Eliotte.

Une fois que les voix se sont éloignées, je reprends ma marche.

Habituellement, pour éviter le système d'alarme et les agents postés devant la maison quand je m'introduis en douce chez les Meeka – ou quand Ashton fait le mur – on a l'habitude d'emprunter un passage dissimulé. Il paraît que c'est Izaak qui l'a créé. *Il est con que quand il veut, en fait.*

Les boîtiers de contrôle que je dois désactiver sont installés tout près du passage. Je m'y faufile rapidement et tape à toute vitesse le code appris par cœur. Pourvu qu'il n'ait pas changé en une semaine. Une lumière verte clignote.

Bingo.

Plus de détecteurs de mouvement pendant trente minutes. C'est parti. J'accours au balcon de gauche, qui donne sur les jardins, et allume la lampe-torche de mon téléphone, à la recherche de l'échelle – je prie pour qu'Ashton l'ait laissée contre le mur.

Dieu soit loué, oui !

Je souris de toutes mes dents, la place minutieusement face au balcon et inspire une grande bouffée d'air avant de grimper jusqu'à sa chambre. En un rien de temps, je me retrouve devant sa porte vitrée. À quelques centimètres de lui. Je n'hésite même pas et tape doucement contre la vitre.

Rien.

Je tape à nouveau, un peu plus fort, en croisant les doigts pour ne pas qu'on m'entende.

Il est tard, il est peut-être en train de dormir…

Alors que je m'apprête à refrapper, la porte du balcon s'ouvre dans un grincement pénible.

— Eliotte ? Mais qu'est-ce que tu fous là ?

Ash se frotte les yeux. Il a les cheveux en bataille et son T-shirt est à moitié retourné au niveau de son ventre.

— J'en avais marre que tu ne répondes pas Ash et je…

— Vite, entre, on pourrait te voir, me coupe-t-il en m'attrapant le bras.

Il me fait passer par-dessus la rambarde et m'attire à l'intérieur de sa chambre avant de fermer précipitamment la vitre derrière moi.

— T'es complètement malade ! Tu réalises les risques que t'encoures, là ? On fait quoi s'ils te voient ?

— Je leur dirais que j'étais venue voir Izaak.

— Il n'habite plus ici depuis des mois, Eliotte.

Quoi ?

Je laisse cette information dans un coin de ma tête et rétorque :

— Je n'en ai rien à carrer des risques, Ash. Q-Qu'est-ce qui est en train de se passer là ? Tu ne réponds plus au téléphone, ni aux messages, ni… C'est ton père qui te pousse à faire tout ça, hein ?

Ash se laisse tomber sur son lit et prend sa tête entre les mains. Il pousse un long soupir, à s'en déchirer les poumons.

— Ash ?

— Non, Eliotte…

Il lève doucement son visage vers moi.

— C'est pas mon père. C'est moi.

Ma gorge se serre. J'ai le souffle coupé.

Lui.

— Eliotte… Je crois que c'est… impossible. Ça fait des années, et on est toujours incompatibles. Je me dis que… qu'il faut peut-être se rendre à l'évidence ? J-Je sais pas… Je sais plus rien, Eliotte.

Sa voix n'est pas la même que d'habitude. Elle est tremblotante, épuisée. Je ne la reconnais pas.

— La seule évidence, c'est nous deux, Ash ! Tu ne vas pas me dire que tu préfères croire une putain de machine, un putain de gène, à ce qu'on a vécu, nous ?

— Les pourcentages sont clairs…

— Mais arrête ! Tu sais très bien que ce sont des conneries : mon père ne se serait pas barré pour une autre femme, sinon !

— Toi, arrête ! Tu t'acharnes à croire que tu as raison, que ce qu'on ressent est la vérité… m-mais ça n'a rien de rationnel, rien de scientifique, rien de vrai.

— Tu l'as dit toi-même, Ash : « ce qu'on ressent » !

Ma vision devient floue. J'essaie de m'approcher de lui, mais il m'arrête d'un geste.

— Ne va pas t'imaginer que c'ést facile pour moi. Si tu savais à quel point c'est douloureux … M-Mais c'est la meilleure chose à faire.

— Si c'était vraiment la meilleure chose à faire, pourquoi est-ce que ce serait douloureux ? T'as tout faux, Ashton. T'as tout faux…

Une larme roule sur ma joue, je ne prends même pas la peine de l'essuyer et poursuis, la voix tremblante :

— S'il te plaît, Ash, ne les laisse pas rentrer dans ta tête… Tu sais très bien que ce que je dis est la vérité.

— Non, Eliotte. On se voile la face, c'est ça la vérité.

Il soupire.

— E-Et puis… putain, 98,8 % ! Tu veux me faire croire que tu n'as jamais eu un faible pour mon frère ?

— Quoi ? Mais non ! Jamais ! Je m'en foutais de lui et je m'en fous toujours ! m'exclamé-je, dépassée.

— Arrête, c'est impossible…

Il me regarde en se mordant la lèvre, le visage défait. Tout en reniflant, il essuie ses larmes, que je n'avais même pas vues couler dans cette pénombre.

Il y croit, bon sang. Il croit à cet algorithme, à ces pourcentages. Il y croit, lui aussi, à Algorithma. *Bien sûr qu'il y croit.*

— Ashton, tu ne peux pas m'abandonner comme ça… Tu te souviens de ce qu'on s'était dit ? Tu te souviens ?

Je m'approche du lit et le lui désigne d'une main tremblante.

— Souviens-toi. J'étais juste là, assise sur ton lit et t'étais allongé à côté. Tu me disais que tu ne m'abandonnerais pas, toi, que tu serais toujours là pour moi et que…

Comment est-ce qu'il peut me faire ça ?

Je ne peux plus rien retenir, j'éclate en sanglots, la poitrine en feu. Les larmes coulent sans plus s'arrêter, en emportant tout. Comment est-ce qu'il peut nous faire ça ? J'essaie d'arrêter les spasmes, mais je n'y arrive pas. Je me sens si impuissante ; et pas seulement dans mon propre corps. Après tout ce qu'on a traversé, ce qu'on a construit, ce qu'on s'est promis ?

Soudain, les bras d'Ashton s'enroulent autour de moi, et il m'attire contre son torse. Il me tient fermement contre lui. Je sens ses membres trembler, sa poitrine se soulever péniblement. Il pleure, lui aussi.

— Au fond, toi aussi tu sais que c'est la meilleure chose à faire…, chuchote-t-il d'une voix faible contre mon cou, qu'il mouille de ses larmes. À quoi bon s'accrocher à quelque chose qui est destiné à prendre fin un jour ou l'autre ?

Je cache mon visage contre son épaule, en serrant mes mains derrière son dos.

— Tu ne crois pas un mot de ce que tu dis…

— À quoi bon se faire autant de mal ? Si notre pourcentage est aussi faible… c'est que nous sommes incompatibles, donc que notre couple était voué à l'échec depuis le début et…

— Mais mon père a eu un haut pourcentage avec ma mère et ça ne l'a pas empêché de nous abandonner ! Je sais que ce que je dis peut paraître fou mais… Il faut que tu me croies. Cet algorithme ne peut pas fonctionner. Il ne peut pas…

— S'il te plaît, Eliotte… Je t'en supplie, ne rends pas ça plus compliqué… C'est ce qu'il y a de mieux pour nous deux. Tu le sais très bien.

Je sens sa main caresser doucement le sommet de mon crâne.

— Arrête de dire ça, soufflé-je. Tais-toi, tais-toi, tais-toi…

Ses doigts glissent jusqu'à mon visage. Il attrape mon menton pour me forcer à le regarder. Les rayons de la lune derrière moi l'éclairent faiblement. Ses larmes ressemblent à de longues lignes de peinture acrylique pailletée, striant de toute part son visage. Un visage que je croyais voir chaque matin de ma vie, chaque jour de mon existence.

— Je te jure que je t'aime, Eliotte. Mais… ça n'aurait pas été pour la vie.

— Ash…

— Je ne suis pas ton âme sœur. Ce n'est pas moi que tu aimeras pour toujours.

— Mais bien sûr que si.

Il secoue la tête en pinçant les lèvres. Il essuie mes larmes du bout de son pouce alors que les siennes ruissellent sur ses pommettes saillantes.

— Un jour, on aura quarante ans… on aura notre famille, on respira le bonheur… et on se remerciera mutuellement de ne pas s'être fait autant de mal à s'accrocher l'un à l'autre inutilement.

Il avance son front vers le mien, doucement. Ses cheveux blonds me piquent presque la peau.

— Ne dis pas ça, je t'en supplie…

Mes mains s'accrochent à sa nuque, prêtes à ne plus jamais la lâcher. Je veux qu'il reste là, avec moi. Qu'il me dise qu'il ment. Ou qu'on est dans un cauchemar. Oui, c'est ça, un putain de cauchemar.

— S'il te plaît…, murmure-t-il. C'est la meilleure chose à faire. Pour notre futur.

Mes lèvres s'approchent des siennes… et il m'embrasse. Pas comme toutes les autres fois. Il m'embrasse pour me dire adieu.

Ses bras s'enroulent autour de mon dos un peu plus fort. *Adieu.* Je lui laisse tout mon amour, toute ma peine, tout mon sel sur les lèvres. *Adieu.* Dans les siennes, je sens tout le poids d'Algorithma, celui de cette conviction que l'amour n'est que deux chiffres sur cent. *Adieu.*

Pourquoi est-ce qu'il préfère croire la société plutôt que moi ? Plutôt que ce qu'il ressent ? Pourquoi ?

Soudain, il s'arrache de mes lèvres et recule.

— Tu ferais mieux de rentrer, maintenant… Le soleil va se lever.

Pour la première fois de ma vie, je n'ai rien à dire. Alors j'opine du chef en fixant le parquet blanc.

— Eliotte ?

En m'embrassant comme ça, il a écrit « Fin » sur mes lèvres à l'encre indélébile.

« Quoi qu'il arrive, c'est toi et personne d'autre. »

Je ne sais pas ce qui se passe, mais tout ce que je suis capable de faire, c'est tourner les talons et quitter la maison des Meeka dans le silence le plus profond. Je sors de sa chambre totalement vidée. Je lui ai rendu son cœur, et j'ai laissé le mien en prime.

Tu t'attendais à quoi, Eliotte ?

Je m'assieds dans la voiture, la respiration saccadée. Les doigts sur les lèvres, je sens le mot « Fin » les brûler encore.

Il ne reviendra pas. Personne ne reviendra pour toi.

Comment est-ce possible ? Comment, bordel ? Je croyais qu'avec lui… je… je ne serais plus seule.

Une boule ardente qui s'agitait comme une folle dans mon estomac implose, et avec elle, un milliard de questions. Des questions qui sommeillent en moi depuis toute petite.

Pourquoi est-ce qu'ils partent tous ? Qu'est-ce qu'il me manque pour les faire rester ?

Mon front tombe sur le volant. Je me sens tellement faible. Tellement seule. Je sanglote comme une idiote contre mes bras pliés. *Qu'est-ce qu'il me manque pour les faire rester ?*

Je reste assise sur le siège de la voiture, incapable de démarrer. Mes bras, mes mains… tout mon corps est engourdi. À chaque fois que je tente de partir de cette rue, des images de ce qui s'est passé avec Ashton me reviennent.

Les heures s'écoulent sans que je m'en rende vraiment compte. Et me voilà déjà à regarder les premières lueurs de l'aube s'épandre derrière le pare-brise et le teinter d'un doux orange. Les poumons me brûlent, ils sont pleins de sel. Je ne sais pas ce que j'attends, là, avachie dans cette caisse. Je sais que mon réveil va sonner dans un instant, puis vingt minutes plus tard celui de Karl, qui se préparera pour le boulot avant de voir que sa voiture n'est pas là. Je devrais allumer le contact et filer. Mais je n'y arrive pas.

Personne ne te sortira de là, Eliotte.

J'inspire en hoquetant.

Si je veux un sauveur, je ne le trouverai que dans mon reflet. Parce que personne ne va me sortir de là. Personne ne viendra à ma rescousse.

J'essuie mon visage collant et dégage mes cheveux blonds de mes joues chaudes.

Le soleil se lève, sors de là et sauve-toi, Eliotte.

Vers 11 heures, je m'en vais m'asseoir sur une table excentrée dans le parc du campus pour réviser mon cours d'histoire médiévale – *ou plutôt, me faire croire que je révise mon cours d'histoire médiévale*. Parce que c'est ça, depuis 6 heures du matin. On se force à ouvrir les yeux, à mettre un pied devant l'autre et on marche. On laisse l'instinct de survie faire le travail. On avance, comme on l'a fait des millions d'années auparavant. Parce que, oui, on est faits pour tomber, on est faits pour se relever. Tant pis si on doit le faire seul, on le fera quand même. C'est codé dans nos gènes. Il n'y a aucun autre moyen d'aller de l'avant ; c'est ça ou la mort. Moi, je veux vivre, même si c'est en serrant les dents et en ayant la main collée à ma cage thoracique pour empêcher mon cœur de se décrocher de ma poitrine. Je veux juste vivre. Et tant pis si je dois le faire seule.

Je fais défiler les pages de mon cours sur mon ordinateur, en louchant sur les lettres. Ma tête tourne à plein régime depuis que j'ai décidé de démarrer le moteur de la voiture de Karl puis d'aller à la fac.

Est-ce qu'on peut dire qu'Ashton m'a quittée ? Ou que c'est Algorithma qui l'a fait ?

Je serais, d'après tout ce que j'ai lu depuis mes seize ans, en plein *chagrin d'amour*. D'un point de vue neurochimique, la douleur émotionnelle qui suit une rupture amoureuse est comparable à une douleur physique. Un coup. « Entre l'espoir que l'autre revienne – ou le déni de sa perte ? – et le désir de déchirer la page, de continuer à avancer, la tête droite, pour panser mon ego. »

Je suis censée être dans cet entre-deux, d'après tous les ouvrages portant sur ce controversé, tabou et brûlant sujet qu'est la rupture amoureuse. Je m'y suis intéressée, il y a des années, alors que je venais tout juste de me mettre avec Ashton. Je voulais pouvoir me préparer au pire avant même que ça ne commence. Avec le temps, j'ai même fini par trouver ça stupide, puisque c'était inconcevable que ça nous arrive.

Mais aussi parce que les ouvrages sur la séparation ont tous été écrits par des auteurs anti-paires, des personnes contre les couples avant le mariage ; donc ils sont forcément biaisés. Ces auteurs affirment qu'entretenir une relation amoureuse avant d'avoir testé sa paire est inutile et ne fait que pervertir, amener du désordre inutilement… alors ils écrivent sur les conséquences désastreuses des relations avant le mariage, pour nous dissuader de s'engager amoureusement, pour nous convaincre qu'un couple n'existe que parce que la Science a dit qu'il le pouvait.

Les pro-paires, au contraire, affirment que la Science ne peut pas aller à l'encontre de notre nature, que l'humain est forcé d'éprouver des choses avant ses vingt et un ans. Refréner cela ne conduirait qu'à la frustration et, *in fine,* au réveil de cette nature bridée.

Peu importe.

Moi, je ne ressens rien de ce qu'ils ont décrit dans leurs livres. Il n'y a que ce trou béant dans ma poitrine, qui fait un appel d'air et me gèle l'intérieur.

Je ne peux pas m'empêcher d'intellectualiser ce que je vis, pour essayer de mettre de l'ordre dans le bordel dans ma tête mais je crois qu…

— Je dois te parler.

Je sursaute.

Izaak vient de se poster en face de moi.

6. Je le jure

Je garde les yeux penchés sur mon cahier.

— Eliotte.

— Quoi ?

Il s'assied devant moi sans me répondre.

— Qui t'as permis ? demandé-je.

— Mon bon vouloir, rétorque-t-il sans me lâcher des yeux.

Tant pis, parce que, moi, je rive les miens droit devant moi. Je n'ai pas la tête à ça.

Allez, merde, laisse-moi tranquille. S'il te plaît.

Soudain, mon cahier m'est arraché des mains.

— Hey, mais qu'est-ce que tu fous ?

— Je te rassure, ça ne m'enchante pas non plus d'être là, mais écoute-moi, c'est important.

— Vas-y, déballe. Qu'on en finisse.

— Est-ce qu'ils t'ont envoyé le bilan du *date ?*

— Oui, une heure après. Ils m'ont dit qu'ils pourraient me sanctionner si je ne faisais pas un effort vestimentaire la prochaine fois… je me suis arrêtée à cette ligne.

— De mon côté, ils ont exigé que je t'invite au prochain rendez-vous sans te dire que l'idée vient d'eux – sûrement pour que tu croies que c'est spontané. J'ai choisi le cinéma du coin.

— Pourquoi le ciné ?

— Parce qu'on pourra passer deux heures sans être logiquement obligés de se parler.

Je hausse les épaules. Au moins, on est sur la même longueur d'onde.

— Rendez-vous demain après les cours sur le parking du campus, pour y aller. Ça te va ?

Je le dévisage intensément avant de reprendre mon cahier qu'il a laissé au bord de la table. Silencieusement, je déchire le coin d'une des pages et griffonne dessus. Je le lui tends, d'un air désinvolte et blasé.

— Voilà mon numéro de téléphone. Comme ça, tu n'auras qu'à m'envoyer un message pour me transmettre ce genre d'infos, et tu ne seras plus amené à m'importuner.

Il fixe le papier pendant quelques secondes, outré, avant de crisser des dents.

— Je l'avais déjà. Et si je ne t'ai pas envoyé de message c'est parce qu'il est fort probable qu'ils surveillent aussi nos téléphones.

— Légalement, ils ne peuvent pas faire ça.

— Je te rappelle qu'on est aux États-Unis. La loi que t'apprend dans tes cours n'est applicable pour le Bureau matrimonial qu'en théorie.

— Ah, je vois. T'es un de ces complotistes, c'est ça ?

— Un de ces lucides, plutôt. Ils contrôlent ta vie amoureuse, pourquoi pas ton téléphone ?

Je détourne le regard, un goût âcre dans la bouche. Revoir sa figure me donne envie d'exploser la première chose qui me tombe sous la main. D'exploser en sanglots, aussi. Il me rappelle Ashton. Ils ne se ressemblent pas vraiment tous les deux : il n'est pas blond et n'a pas de fossettes, ni les yeux noisette. Il les a verts. D'un vert intense et reptilien, qui me fout les jetons.

Pour autant, quand il est là, j'ai le sentiment d'être en présence d'Ashton.

Il faut que je l'oublie. Il faut que je l'oublie. Il faut que je l'oublie.

— Alors…, commencé-je sans réfléchir. On va se marier ?

Mon regard remonte sur son visage froid. Qu'on le veuille ou non, qu'on s'aime ou pas, ne pas dire « Je le jure » dans un mois devant le Marieur me mènera devant un tribunal.

— Oui. Ce sera médiatisé et on devra faire bonne figure pendant quelques mois pour ne pas éveiller les soupçons.

— Pourquoi es-tu aussi pressé ? On peut vivre chacun de notre côté en essayant de ne jamais se croiser, et prétendre s'aimer quand il le faut.

Maintenant, je ne vois aucun sens à essayer de se séparer au plus vite. On peut faire semblant aussi longtemps que nécessaire. Tant qu'on me fout la paix. Ça ne me changera pas de mon quotidien.

— Moi, je ne veux pas prétendre. Jamais je ne me contenterai d'une vie avec une fille dont je ne veux pas. Jamais.

Une fille dont je ne veux pas.

J'opine du chef, avec un fou rire dans la gorge. J'ai envie d'éclater de rire ; d'éclater de honte. Il est tellement brutal et vexant.

Il est tellement honnête.

— T'as raison, après tout. Je ne me vois pas tenir un mois à tes côtés, Izaak, lâché-je, cinglante. Pas un seul.

— Tu devras bien le faire le temps que la presse oublie notre mariage et qu'Algorithma nous surveille moins.

— Ils font un suivi quasi continuel des couples, tu rigoles ! Et ce sera sans doute encore plus le cas pour le nôtre au vu de notre pourcentage élevé !

— Fais-moi confiance.

— Et puis, c'est quoi ton plan pour qu'on se sépare sans encombre, hein ?

— Fais-moi confiance, répète-t-il.

Je pouffe.

— Pitié… C'est la dernière chose que je serais capable de faire de ma vie, Izaak. T'es la personne la moins fiable que je connaisse.

Son rire grave surgit dans l'air, comme un coup de tonnerre. Quand il se calme, Izaak plante son regard dans mes iris.

— Tu ne me connais pas, Eliotte. Et, tant mieux, ça n'arrivera jamais.

Sur ces mots il se lève et disparaît entre les arbres du campus.

Je ne peux pas me marier avec ce type.

J'ai l'impression que l'orchestre ne fait que des fausses notes. Aiguës. Graves. Aiguës. Graves. Chacun des accords joués par les cordes me fait mal à la tête. Le son des percussions me donne envie de vomir. On dirait que la salle tourne. Très vite.

Inspire, inspire, inspire…

— Tu es sublime, ma chérie, me chuchote ma mère à l'oreille.

Et elle repart s'asseoir au premier rang. J'ai insisté pour que ce soit elle qui m'amène jusqu'au Marieur, et pas Karl. Au-delà du fait que ce soit mon beau-père, je suis gênée par cette métaphore : le père, tuteur légal, qui amène sa fille vers un nouvel homme dont elle devient la responsabilité. Le mariage serait un genre de transmission de responsabilité, d'homme à homme. Même si ça n'a plus vraiment de sens maintenant avec les droits qu'on a obtenus en tant que femmes il y a quelques siècles, cette idée me mettait vraiment mal à l'aise.

Ça y est, nous voilà tous les trois. Tous les regards, toutes les caméras rivés sur nous.

Je lisse le haut de ma robe, en repoussant un pan de mon voile derrière l'épaule. Je vais me marier. Là, aujourd'hui. Le 5 février 2169. Ça va bien se passer. Je suis obligée. Il n'y a pas d'autres solutions.

Je suis obligée.

— Nous sommes réunis aujourd'hui pour célébrer l'union d'un couple d'âmes sœurs, commence le Marieur de sa voix forte. Izaak Meeka et Eliotte Wager ont été déclarés par la Science compatibles à 98,8 % ! Réjouissons-nous !

Ils applaudissent. Dans ma vie, j'ai assisté à deux mariages : celui de ma mère et de Karl, et celui de la fille de la voisine. Quand je la regardais prononcer ses vœux, je m'imaginais un instant à sa place, à côté d'Ashton. J'imaginais une symphonie derrière nous qui ne me ferait pas tourner la tête, une assemblée qui ne me ferait pas baisser les yeux, des caméras qui ne me rendraient pas anxieuse, mais fière.

Je lance un coup d'œil discret à Izaak. Il est élégant dans son costume noir, le visage impassible, comme si ça ne le dégoûtait pas de se marier avec une fille « dont il ne veut pas ». Je réalise seulement maintenant, en me tenant à son côté, à quel point il est plus grand que moi. Beaucoup plus grand.

Son regard pivote soudain dans ma direction. Un petit sourire lève la commissure de ses lèvres, et il se met à me dévisager intensément.

Les caméras t'ont vu, tu peux arrêter de sourire.

Je reporte mon attention sur le Marieur, légèrement embarrassée. Il commence la tirade officielle, qu'il récite à la syllabe près et qui rappelle à quel point Algorithma a guéri les maux de notre société, ainsi que nos consciences. Mieux encore, à quel point elle a reconstruit l'Amérique.

Et il arrive à l'échange des vœux.

— Izaak Meeka, jurez-vous au nom d'Algorithma d'aimer, de chérir, de protéger et de soutenir votre âme sœur, dans la maladie comme dans la santé, dans la joie comme dans la colère ?

Izaak se tourne vers moi et me prend les mains. Il reste silencieux quelques secondes, plongé dans mon regard, l'air solennel.

Pathétique.

— Eliotte Wager, commence-t-il, je jure au nom d'Algorithma de t'aimer, de te chérir, de te protéger et de te soutenir, dans la maladie comme dans la santé, dans la joie comme dans la colère... jusqu'à ce que le monde s'effondre, que le temps s'arrête, peu importe ce que cela me coûtera.

C'est très intelligent, ça, Izaak : les rouler dans la farine un peu plus en ajoutant tes propres phrases niaises aux vœux officiels.

Il joue bien en plus, le con.

Pourtant je vois, coincé entre les craquelures vert foncé de ses iris, le profond dédain qu'il a pour moi. Pas ce simple manque de considération que j'avais cru entrevoir dans ses yeux le jour de notre rencontre au café, non, du *dédain*. On dirait presque qu'il me méprise parce qu'Algorithlma m'a choisie pour lui, alors qu'il avait réussi à tenir deux ans sans qu'on lui trouve aucune paire.

Je serre de toutes mes forces ses mains. Il sourit encore plus, pour retenir un gémissement de douleur. Alors, je bats des cils en le regardant droit dans les yeux, un sourire tendre aux lèvres.

— Izaak Meeka, jurez-vous de ne jamais oublier qu'Eliotte Wager, ici présente, est votre seule âme sœur ?

— Je le jure.

Le Marieur se tourne vers moi. J'inspire fort en le regardant, avec un millier de chaînes sur la bouche, autour du cœur.

Et il me fait réciter mes vœux.

Ma seule âme sœur.

Je m'efforce de ne pas regarder à gauche, de fixer mon regard sur Izaak.

Je déglutis, en sentant les mots prendre feu dans ma gorge :

— … je le jure.

Ça y est, je l'ai dit. Je l'ai fait.

— Eliotte, Izaak, en vous donnant corps et âme à votre couple, vous promettez de préserver l'héritage de nos aïeux, tout en assurant la sérénité de votre avenir dans les bras de la personne qui vous correspond le mieux… Ne l'oubliez jamais.

J'ai des frissons. Ce sont presque exactement ces mots qu'a prononcés le médecin qui nous a accueillis un mois plus tôt dans son bureau, Ashton et moi. Ces mêmes mots qui m'ont donné envie de réduire en cendres ses dossiers, la pièce et le monde entier ; qui m'ont donné envie de ne plus exister.

Les alliances brillent sous les rayons du soleil de l'après-midi. Izaak prend la mienne et la passe à mon doigt. L'anneau n'a pas la bonne taille, je sens son métal doré brûler ma peau. Ou peut-être que c'est moi qui ai l'impression que tout est trop petit et asphyxiant.

À mon tour, je glisse la deuxième alliance à l'annulaire de celui que je dois appeler « mon mari » tout en essayant de réguler ma respiration.

Ne regarde pas à gauche, ne regarde pas à gauche…

— Au nom d'Algorithma, je vous déclare âmes sœurs réunies par les liens du mariage.

Izaak plante son regard dans le mien et se penche lentement vers moi. Ses lèvres sont tout près. On a convenu de ce baiser il y a quelques jours. Mais je n'arrive pas à croire qu'il va vraiment avoir lieu.

Tu vas l'embrasser, tu vas l'embrasser, tu vas l'embrasser.

Je me crispe en inspirant fort par le nez. Je fixe les lèvres que je m'apprête à toucher, pour la première fois.

Il ne reste plus que quelques secondes avant l'impact.

J'avance à mon tour, pour ne pas avoir l'air figé…

Et puis merde.

J'attrape son visage et écrase ma bouche contre la sienne. Plus vite je l'embrasserai, plus vite je me détacherai de lui. Le grand romantique m'attrape par la taille pour m'attirer encore davantage contre lui. J'entends les « clics » des appareils photos, je sens leurs flashs sur ma peau.

Et puis *ses* yeux sur moi.

Je décolle mes lèvres de celles d'Izaak. J'ai un haut-le-cœur et des bouffées de chaleur. Je me détourne et lance mon regard vers l'assemblée. Dans la salle, la plupart des invités me sont inconnus. Ils sourient en applaudissant, sifflent, nous lancent des vœux de bonheur plus sordides les uns que les autres.

J'essaie de puiser toute la force en moi pour ne pas jeter un œil sur ma gauche ; en fait, je lutte depuis le début de cette foutue cérémonie. Mais c'est impossible. Mes yeux dérivent discrètement vers Ashton, installé à côté de son père.

Nos regards se verrouillent instantanément.

Il applaudit, en tordant la bouche dans un sourire décousu. Des larmes se sont logées dans ses yeux et les font étinceler. Ses lèvres se mettent à trembler. Mon cœur se tord.

Je t'en prie, ne pleure pas. Je t'en supplie, Ash.

Pas pour notre couverture à Izaak et moi, mais juste parce que je sais que c'est tout ce qu'il me faudrait pour craquer. M'effondrer. Et demander qu'on refasse ces foutus calculs.

Il m'est impossible de regarder ailleurs à présent, alors je ferme les yeux pour ne plus le voir. Je sens de l'eau couler sur le haut de mes pommettes. Je n'ai même pas le temps de sécher mes yeux qu'Izaak me prend la main et m'entraîne en dehors du Panthéon matrimonial. Une foule nous accueille à l'extérieur, en lançant des pétales de roses rouge vif. Il y a des journalistes, des admirateurs et des partisans du Gouverneur aussi. J'ai des picotements étranges aux doigts ; je suis à un rien de lâcher mon bouquet. Le sol me semble bancal. Et surtout, j'ai la poitrine en feu. Je suffoque.

Ashton, pourquoi tu me fais ça ? Pourquoi tu pleures à ce mariage alors que tu m'as repoussée ?

— Arrête de tirer la tronche, me chuchote Izaak à l'oreille.

Mince... j'ai laissé tomber le masque une seconde.

— Je peux encore faire ce que je veux à mon mariage, non ? réponds-je, en étirant quand même les lèvres, parce qu'il le faut.

Notre réception se tient dans le jardin de la résidence des Meeka. Ashton apparaît une seconde ou deux et s'éclipse aussitôt. Je n'aurais jamais cru qu'un jour on se trouverait dans la même pièce sans pouvoir se regarder ni se toucher. Quand je le vois, j'ai envie de le prendre dans mes bras, de lui demander de ne plus jamais m'approcher, de lui sourire, de lui lancer des éclairs. De lui murmurer que je l'aime, de lui crier que je le hais. J'ai envie de le détester et de l'aimer tout à la fois.

On se contente de faire semblant de rire, Izaak et moi, de prendre les cadeaux des invités avec gêne, et d'avoir l'air un rien amoureux.

Alors que je m'écarte de l'entrée pour aller près des fenêtres prendre l'air, j'aperçois au loin le Gouverneur ; son regard de glace transperce Izaak, à quelques mètres de moi. Sans même nous approcher, l'homme désigne de son index sa cravate en fronçant les sourcils. Son fils a défait la sienne il y a une demi-heure parce qu'il avait chaud… mais M. Thomas Meeka ne semble pas apprécier. Izaak serre les mâchoires et, sans le quitter des yeux, refait rageusement le nœud de sa cravate dans des mouvements précipités et imprécis. Satisfait, le Gouverneur lui répond d'une inflexion du menton avec le même visage de fer et s'éloigne vers un groupe de vieillards.

— C'est pas vrai…, marmonne Izaak.

Il reste à la même place, le regard braqué sur son père. Il inspire et expire, en pleine ébullition. Un serveur passe, et le brun attrape à la volée un verre sur son plateau. Il le vide d'un trait et le pose sur la table juste derrière lui.

Alors que je m'apprêtais à continuer ma route, j'aperçois le Gouverneur faire demi-tour… dans notre direction.

— Putain de merde, laisse échapper Izaak assez fort pour que je l'entende.

Ce dernier vient m'épauler.

— Que t'arrive-t-il, Eliotte ? me lance M. Meeka avec un grand sourire et en ouvrant les bras. Tu n'as pas mangé de la soirée.

Son groupe de vieux a sûrement dû lui faire la remarque : il ne m'a pas adressé une fois la parole depuis la cérémonie – eh oui, maintenant qu'il n'y a plus les caméras…

Il ne m'a jamais aimée, je le sais. Parce que je représente la seule erreur qu'Ashton ait commise de tout son parcours exemplaire de fils modèle ; la seule tache d'encre sur la liste de ses accomplissements.

— Vous m'observiez, monsieur Meeka ? rétorqué-je du tac au tac.

Cela va sans dire : je ne l'aime pas non plus.

— Il faut dire que personne ne peut vous quitter des yeux... vous formez un si beau couple, affirme-t-il en arrivant à notre hauteur. Mais appelle-moi Thomas, veux-tu... Je n'aurais jamais cru devoir un jour t'appeler « ma belle-fille » !

— Oh ! mais ne vous en faites pas, vous n'êtes pas obligé de m'appeler.

Un petit rire nerveux grince dans la gorge d'Izaak.

— Ce n'est pas trop mal, lance le Gouverneur à ce dernier en se détournant de moi. En quelques semaines de relation, vous avez réussi à devenir iconiques, si bien que la presse n'a pas mentionné une fois le passé de ton frère avec Eliotte...

Un passé qui était encore mon présent, il y a tout juste trois semaines.

— En tout cas, je vois que tu as l'air d'apprécier la réception, Izaak.

Son fils ne dit rien, il reste stoïque. Alors que je m'apprête à combler le blanc qui s'installe, il me devance finalement.

— Pas trop, en fait. Mais, je mens bien. J'ai appris des meilleurs.

— Ah oui, mon fils ? Et de qui ?

Le Gouverneur serre ses poings à s'en blanchir les phalanges ; ses sourcils poivre et sel ne tardent pas à ombrager ses yeux verts.

— Il se fait tard ! Minuit passé, et n'importe qui commencerait à fatiguer. Et puis, on a eu des semaines très intenses, hein, Izaak ? lui dis-je en lui pressant le biceps.

Le Gouverneur fixe ma main quelques secondes, puis son regard perçant glisse sur nous, tandis qu'il a toujours cette expression étrange sur le visage.

— Je vous l'accorde... Mais profitez bien des dernières heures de fête. On ne se marie qu'une fois, après tout !

Sur ces mots, il nous lance un dernier regard et s'éclipse enfin.

— Tout va bien ? demandé-je instinctivement.

— Oui, dit-il en se défaisant de ma prise, comme si ma main lui écorchait le bras.

Il s'élance vers la véranda à pas furieux et précipités.

La fête se termine vers 3 heures du matin. Ma mère m'embrasse, Karl me prend dans ses bras une microseconde, et je rejoins Izaak à l'arrière de la voiture du chauffeur privé. Quand je claque la portière, il retire à toute vitesse sa cravate et sa veste de smoking, puis défait les deux premiers boutons de sa chemise, en poussant un long soupir.

Qu'est-ce que j'aimerais pouvoir retirer ma robe aussi facilement.

J'étouffe dans ce tissu blanc qui gratte.

Izaak se frotte le visage avant de se tourner vers moi.

— Ça va ?

Je me demande s'il dit ça parce qu'il y a le chauffeur ou s'il se pose vraiment la question.

— Je suis épuisée. Et toi ?

— K-O technique. J'ai cru qu'ils n'allaient jamais rentrer chez eux. J'ai horreur des fêtes.

— Moi aussi. Encore plus quand j'en suis le centre d'intérêt.

Les seules célébrations que j'aimais étaient celles auxquelles Ashton, grand fêtard et invité-star de toutes les soirées du campus, me forçait à assister. Parce qu'il s'excusait tout du long en essayant de me faire rire. On finissait toujours par s'éclipser en douce et à terminer une bouteille dans sa voiture, notre playlist préférée en fond sonore. Il m'écoutait cogiter à voix haute à propos de l'Univers et du cosmos, en me regardant paisiblement.

Je laisse tomber mon crâne contre l'appuie-tête de mon siège, en me laissant bercer par les secousses de la voiture qui nous conduit à l'appartement d'Izaak.

Initialement, on était censés rejoindre un complexe animique, pour « profiter au mieux de notre amour » : un genre d'hôtel qui nous permettrait de faire des activités hors du commun à deux, pendant toute une semaine, pour nous « laisser vivre notre passion dans une bulle hors du temps ». D'après Mme Carolina, la psychologue qui nous suit, la première phase de la relation amoureuse, celle dans laquelle nous sommes, est appelée « l'euphorie », « la passion » ou encore « l'engouement ». Cette phase est parfaitement encadrée dans ce complexe conçu exclusivement pour cela. Mais on a refusé, en expliquant qu'on préférait l'intimité de l'appartement d'Izaak. Lui pense que ce complexe est un laboratoire d'observation à taille humaine, qu'il y aurait même sûrement des caméras dans notre chambre pour décortiquer notre vie dans ses aspects les plus intimes.

Le chauffeur nous dépose devant le bâtiment que je vais côtoyer pendant les prochaines semaines. Les lumières de minuit se reflètent sur les grandes baies vitrées et éclairent les plantes grimpantes qui recouvrent l'entièreté de la façade. C'est magnifique. Je suis tout aussi émerveillée quand Izaak pousse la porte de son appart – qui est en fait un loft. C'est épuré, spacieux, raffiné. Rien de ce que je connais dans mon trou, à l'opposé de la ville.

— Te voilà chez moi, dit-il en jetant sa veste sur le long canapé en cuir camel. Enfin… chez « nous ».

Je ne réalise pas encore que je vais devoir cohabiter avec lui. Survivre à sa présence.

— Viens, je te montre ta chambre, me lance-t-il déjà à l'autre bout de la pièce.

— Je te suis.

Il me conduit à l'étage et ouvre une porte au fond d'un grand couloir dont les murs sont décorés de plusieurs tableaux abstraits.

— C'est ici. Il y a une salle de bains à côté, mais tu peux aussi utiliser celle au bout du couloir à gauche, juste là.

Il allait partir, mais je le retiens. Il observe ma prise sur la manche de sa chemise une seconde, avant de se concentrer sur mon visage.

— Mes affaires ne sont pas encore arrivées… tu n'aurais pas un haut et un bas pour moi ? demandé-je, un tantinet gênée.

— Je dois avoir ça.

Il tourne les talons vers une porte un peu plus loin. Je lui emboîte le pas. Je sens que mes yeux commencent à se fermer tout seuls. Alors qu'il allait ouvrir sa chambre, il se stoppe net :

— Tu ne peux pas entrer.

— Quoi ? T'as peur que je voie les cadavres que tu caches ? Je n'ai rien contre ta psychopathie, Izaak. Allez, ouvre maintenant.

— Non, je suis sérieux. Tu peux aller où tu veux, partout dans l'appart… mais pas dans ma chambre.

— OK…

Et il disparaît derrière la porte, pour revenir quelques secondes plus tard, un T-shirt XXL et un short de basket à la main. Il me salue, et je reste plantée au milieu du couloir, à le regarder fermer la pièce dont l'accès m'est interdit. Tout cela avec un million de questions sur le bout de la langue.

Je me réveille autour de midi, avec les yeux qui piquent. Je pensais que j'allais beaucoup pleurer cette nuit, mais non, juste un peu finalement. Je me suis écroulée contre l'oreiller trempé en un rien de temps.

Je meurs de faim !

Comment est-ce que je peux prétendre que je suis ici chez moi, avec Izaak dans les parages ? Pire : comment je suis censée vivre *avec* lui ?

Je m'approche de l'escalier en pandiculant… et m'arrête net. Des voix résonnent dans la salle principale : Izaak est en train de discuter avec quelqu'un près de son canapé. Ils sont debout, le corps dirigé vers la porte d'entrée. Je suis encore en haut, près de la rambarde, dissimulée par les grandes plantes vertes.

Je pourrais me dire qu'Izaak discute simplement avec un ami… mais ils sont en train de chuchoter – et je doute fort que ce soit dans son infinie bonté car il ne veut pas me réveiller.

Quelque chose cloche.

7. Notre couverture

— Écoute, on verra plus tard…, lâche Izaak d'une voix assurée, après un long soupir.

— Tu ne vas pas indéfiniment me dire que tu verras plus tard. On est plus tard, depuis un moment déjà.

Je plisse les yeux derrière les grandes feuilles vertes pour tenter d'attraper les formes d'un visage, d'un corps. Le type m'a l'air plutôt jeune – notre âge. Il a la peau caramel et un bonnet rouge. Il me dit quelque chose.

Je l'ai déjà aperçu ? Croisé au campus ? À une fête ?

— J'ai fait ma part du boulot jusque-là, répond Izaak. Mais je t'ai dit qu'on en parlerait plus tard. C'est ni le moment ni l'endroit.

Une odeur de myrtille et de pancakes un peu brûlés flotte dans l'air. Izaak a dû laisser sa poêle sur le feu. Il n'attendait donc pas la venue du jeune homme, ou alors il a été tellement pris dans la conversation qu'il a oublié sa préparation en train de cuire.

— C'est bon, c'est bon. J'me casse ! Mais tire pas cette tronche, Izaak.

Sa voix grave a un timbre chaud un peu cassé.

— Je ne fais aucune tronche, rétorque-t-il d'un ton détendu, voire chafouin. Allez, décampe maintenant.

— On se voit plus tard, mec.

Les deux masses derrière les feuillages se dirigent vers la porte d'entrée, hors de mon champ de vision. Le petit clac de celle-ci me parvient quand Izaak la ferme doucement.

Il marmonne sans que je puisse saisir une phrase, ni même un mot ou une syllabe.

C'était qui ce mec ? Pourquoi Izaak voulait-il qu'il se barre aussi vite ? Et de quelle « part du boulot » parlait-il ?

Je ne suis pas du genre à mettre mon nez dans les affaires des autres, mais là, quelque chose m'attrape les tripes. On m'a toujours dit que l'instinct était une science inexacte, un truc mystique, une excuse pour les indécis. Moi, je pense qu'il n'y a que ça de vrai quand on le sent se mouvoir au creux de notre ventre, au creux de nos pensées.

— Tu fais quoi ici ?

Merde.

Izaak est tourné dans ma direction, bien qu'à plusieurs mètres de l'escalier, debout de l'autre côté du comptoir de la cuisine. Il est torse nu, habillé d'un simple jogging gris clair. Comment est-ce que j'ai fait pour ne pas le voir traverser la pièce ?

Qu'est-ce que je lui dis ?

— J'ai dormi là-haut, t'es au courant ? réponds-je après un bref silence.

— Ouais, mais pourquoi tu restes immobile en haut de l'escalier ?

— Je…

Il baisse soudain les yeux sur son torse nu.

— Désolé pour ça… J'avais oublié que tu serais là. J'ai pas l'habitude.

— Ouais, moi je pense plutôt que tu voulais te la péter avec ton *six-pack*[1], lancé-je en roulant des yeux. Sérieux, qui d'autre préparerait son petit déjeuner à moitié nu ?

— Mon petit frère, répond-il du tac au tac. Et parfois moins qu'à moitié…

Je pince les lèvres en dévalant les marches. Mon cœur se serre.

Il était obligé de mentionner Ash ?

1 Expression anglo-saxonne qui désigne des abdominaux bien dessinés.

Cela dit, ça ne m'étonne pas tellement de sa part. Je sais pertinemment que ce mec n'en a rien à foutre de ce que je ressens.

Je me poste devant le comptoir, prête à parler, mais le brun me devance :

— J'ai dit ça sans réfléchir. J'aurais pas dû l'évoquer.

— Hum… Peu importe.

Il ne dit rien. Ou ne trouve rien à dire. Je le considère un instant, habillée de son T-shirt immense et de son short deux fois trop grand pour n'importe qui. Il me scrute, silencieusement. Je sens ses pancakes carboniser, et pourtant je n'arrive pas à lui dire ; ses iris m'aspirent dans l'instant T. Tout semble se désintégrer autour de nous. Millimètre après millimètre.

— Fais ta vie, Eliotte, lâche-t-il subitement. Tu habites ici maintenant – même si c'est temporaire.

Je secoue la tête. Il retourne un pancake sur la poêle d'un geste habile du poignet et grimace en voyant la face carbonisée. Ses cheveux sont encore tout humides de la douche qu'il vient de prendre. Quelques gouttes perlent le long de sa clavicule, puis de son large torse. Je ne pensais pas qu'Izaak était mieux bâti qu'Ashton – qui est pourtant capitaine de l'équipe de hockey de l'université. On voit bien derrière ses T-shirts et ses grands blousons qu'Izaak est plutôt imposant ; mais maintenant sans aucun d'eux, c'est flagrant. Intimidant, même, je crois.

Je ne savais pas qu'il était sportif à ce point.

— T'as du café ? demandé-je.

— Ouais, mais j'ai pas racheté de lait.

— Je le préfère noir.

Il arque un sourcil.

— Tu n'es donc vraiment pas humaine…

— Izaak, tu bois de l'eau chaude aromatisée aux plantes.

— Le thé est une boisson pour les êtres intellectuellement supérieurs, Eliotte. Le café noir, c'est comme la cigarette : les premières gorgées ont forcément été dégueulasses, et bues pour se la jouer en société.

— Crois-le ou non, mais j'apprécie vraiment le café, et depuis toute petite.

— C'est bien ce que je dis : tu n'es pas humaine.

Il désigne du pouce un placard derrière lui.

— Vas-y, éclate-toi.

Je roule des yeux et contourne le comptoir. Les placards qu'il m'a désignés sont en hauteur, à environ trois mètres du sol. Quand j'ouvre l'un d'eux, j'aperçois tout de suite le paquet de café moulu, sur la dernière étagère. Je tends le bras pour essayer de le récupérer, sans succès. Je peste et me mets à grimper sur la structure d'appoint en marbre noir. Maintenant à genoux dessus, j'espère ne pas tom…

— Mais qu'est-ce que tu fous ? gronde Izaak dans mon dos.

— Je suis en train de tenter une figure de *pole dance*, tu le vois bien.

Je lance mon bras au-dessus de ma tête pour attraper ce fichu paquet de café.

— C'est ridicule, tu vas tomber.

Et là, il se place juste derrière moi et tend son bras bien plus haut, sans le moindre effort. Mon dos se raidit. Son torse encore humide mouille l'arrière de mon T-shirt. J'inspire en essayant de ne pas bouger. C'est tellement étrange de le sentir si près. Je perçois tout son corps, toute sa taille, tout son poids.

Izaak prend le paquet d'un geste et le laisse tomber sur mes genoux avant de se reconcentrer sur les pancakes en train de cuire. Je saute aussitôt du comptoir.

J'aurais pu l'attraper toute seule.

Alors que je fais chauffer de l'eau, Izaak part s'asseoir à la table juste en face de la grande baie vitrée, une assiette remplie à la main. Quand j'ai fini de préparer ma tasse de café, il a terminé sa pile de pancakes. Il monte alors à l'étage et revient en un rien de temps tout habillé et les cheveux secs. Sa veste sur le dos, il quitte le loft sans un mot, comme si je n'existais pas.

Mes affaires sont arrivées dans l'après-midi. La première chose que j'ai déballée, ce sont mes livres. J'ai passé le reste du temps à me familiariser avec le loft, même si c'est temporaire, et à lire la suite de mon roman. Maman m'a appelée pour savoir comment j'allais. Je lui manque. Paraît-il. Je pense qu'elle est secrètement contente de vivre seule avec Karl maintenant ; on n'a toujours été que tous les trois. Ça doit relancer la phase de l'engouement dans leur couple, ou un truc dans le style.

Vers 19 heures, je décide d'aller me faire à manger. Mais je ne suis pas sûre d'oser ouvrir le frigo ou les placards. Après tout, je ne suis pas *vraiment* chez moi.

En descendant les marches, j'aperçois Izaak, assis sur le canapé, une part de pizza à la main.

— Oh ! t'es rentré, lancé-je en me dirigeant vers lui.

Deux cartons de pizzas sont posés au bord de la table basse ; une d'elles est bien entamée. Izaak doit être revenu au loft depuis un moment déjà.

— Ouais… Viens manger, si tu veux.

— Merci, rétorqué-je en m'asseyant près de lui.

J'ouvre le deuxième carton. C'est une quatre-fromages. J'attrape immédiatement un morceau, affamée.

— C'est l'occasion de remplir HealHearts, non ? propose-t-il soudain en sortant son téléphone.

— Ah oui, j'allais oublier…

Je repose ma part à contrecœur sur la table et ouvre l'application sur mon portable. En faisant de même, Izaak soupire bruyamment.

Alors que la page d'accueil charge, la fameuse icône d'un cœur humain tournant sur lui-même s'affiche.

Prenez le temps aujourd'hui de vous recentrer sur votre cœur, Eliotte…

Dès le XXIe siècle, la conscience du bien-être, de la positivité ou encore de la toxicité de certaines relations s'est affirmée, alors que justement l'homme entrait dans une ère de « stress de masse », comme on l'a appelée. Les troubles psychiques tels que la dépression ou l'anxiété se faisaient de plus en plus fréquents, et à tout âge. Le travail, la scolarité, les relations humaines… Tout était problématique. Les guerres chimiques et les épidémies à la fin du siècle n'ont rien arrangé : les gens se refermaient sur eux-mêmes tandis que, petit à petit, la confiance de la population et son espoir en un monde meilleur partaient en fumée. « Demain » n'était plus qu'une idée vague et incertaine. On ne consommait plus, l'économie était en péril, on avait peur de l'insécurité ambiante, on s'isolait, la vie allait au ralenti… Alors, la santé mentale des citoyens est devenue la responsabilité de l'État.

Selon nos dirigeants, il faut résoudre le problème avant d'essayer de le soigner. Et cela va bien entendu de pair avec le fait qu'une famille stable est le ciment de toute société. En d'autres termes, si un parent va mal, toute la famille va mal, et donc *in fine,* la société aussi. Ainsi, le suivi psychologique, qui n'était assuré que pendant l'enfance avant tout cela, s'est prolongé jusqu'à l'adolescence, puis à l'âge adulte. Et ce, grâce à l'application HealHearts.

Elle a été lancée par le gouvernement en premier lieu pour les personnes désirant un suivi psychologique, puis a finalement été adoptée quelques années plus tard comme application essentielle à notre quotidien, bénéfique pour n'importe qui ayant un cœur et un cerveau. Aujourd'hui, parler régulièrement avec des psys est une norme. Ces derniers sont des guides de vie, des acteurs à part entière de notre société. Cette application, combinée à la stabilité familiale assurée par Algorithma, serait la recette du bonheur, d'une société civile unie et prospère.

Chacun, s'il le désire, remplit un petit rapport quotidien en répondant à des questions bien précises. En fonction de nos retours, un algorithme nous propose de communiquer avec un professionnel spécialisé pour tenter de résoudre d'éventuels problèmes. Chaque question débute par « Honnêtement… » :

… comment vous sentez-vous ?

… une situation vous a-t-elle frustré ces dernières heures ?

… avez-vous des pensées parasites ? Lesquelles sont-elles ?

… avez-vous pris le temps de parler avec un être cher aujourd'hui ?

… de quoi êtes-vous reconnaissant ?

Pour assurer le suivi des nouveaux couples pendant les trois premiers mois de leur vie commune, Algorithma nous demande à tous d'utiliser HealHearts. Mais presque tout le monde le fait déjà naturellement. Dès notre deuxième *date,* Izaak et moi avons convenu qu'il valait mieux pour notre couverture que nos réponses coïncident. D'autant plus que, maintenant, l'onglet « COUPLE » s'est ajouté sur la page d'accueil de l'application.

Honnêtement…

… avez-vous fait part à votre âme sœur de quelque chose que vous appréciez chez elle ?

… pensez-vous être sur la même longueur d'onde, aujourd'hui ?

— Je suggère de dire qu'on n'a pas pu passer la journée ensemble parce que j'avais mes impératifs, et donc que ça a affecté notre humeur, nos discussions avec nos proches…, me propose Izaak en finissant une autre part de pizza. Ça me semble bien, de leur faire croire que le manque est foudroyant pour nous.

— Oui, je suis d'accord. Ça montrerait notre attachement mutuel.

Alors on lit la première question à haute voix et on se plonge, chacun de notre côté, dans la rédaction de la réponse. Au bout de quelques secondes, je lève les yeux de mon téléphone pour regarder Izaak : il peste en tapant sur son écran.

— Qu'est-ce qu'il y a ?

— J'y comprends rien à cette appli…, ronchonne-t-il sans me regarder.

J'arque un sourcil.

— Quoi ? Tu n'as jamais rempli de rapport ?

— Si, à mes seize et vingt et un ans comme ils nous l'obligent… Tu sais, pour perfectionner notre base de données psychologiques, en parallèle des tests de personnalité qu'on passe chaque année. Mais depuis j'ai perdu la main.

Son regard remonte vers moi.

— Toi, tu répondais au rapport même les années où on ne t'y obligeait pas ?

— Bah, comme… tout le monde ?

— Pourtant, tu n'es *pas* aussi convaincue qu'eux de la fiabilité de leur système bidon. Alors pourquoi tu le faisais quand même ?

— Parce que ça m'aide. Quand tu n'as pas une oreille pour t'écouter ou une épaule sur laquelle te reposer, c'est toujours rassurant de savoir que quelqu'un peut être là, derrière un écran ou non.

Il penche la tête et me sonde des yeux.

— Enfin, je veux dire, comme tout le monde, ajouté-je en me raclant la gorge. J'aime parfois être en visio avec un psy et lui parler de ma journée quand je sens que je vais péter les plombs, quand je ne comprends pas ce qui se passe en moi, ou quand je stresse pour mes prochains examens. Et puis, même sans aller jusqu'au rendez-vous avec un pro, l'algorithme HealHearts me pose toujours les bonnes questions pour m'aider à réfléchir sur mes émotions ou mes actions. J'arrive mieux à me comprendre, à me gérer…

L'appli me serait bien utile ces temps-ci… Mais aujourd'hui, je ne peux plus me permettre d'être honnête à 100 % en répondant aux questions.

— À te comprendre ? répète-t-il en pouffant, comme outré. Les mecs nous fliquent pour savoir ce qu'il y a dans notre tête.

— Seulement si tu décides de le partager avec un psy. Et là encore, tu es protégé par le secret médical.

Il lève les yeux au ciel.

— Je suis sûr qu'il n'y a pas qu'un algorithme qui étudie nos réponses. Et puis, dis-moi, comment tu peux être sûre qu'avec leurs questions ils ne te poussent pas à penser d'une certaine manière ?

— Mais, Izaak, tu vois bien que tout est fait pour t'aider à t'analyser et à comprendre tes émotions !

— C'est pour mieux nous contrôler, Eliotte…

— T'es quand même un peu parano, non ?

Le brun agite son téléphone.

— Moi, je te le dis : ce truc est dangereux.

— Je dirais plutôt utile. Vois-le comme du développement personnel…

Il se penche sur la table basse, attrape une part de pizza et lâche :

— C'est des conneries. En tout cas je pense qu'un proche peut très bien faire le travail d'un psy quand il est question d'écouter.

— Faut-il encore avoir un proche…

J'ai dit ça pour moi-même, mais Izaak semble bien avoir entendu. Il plisse les yeux en me regardant. Alors je détourne la tête et termine mon morceau.

Une fois notre rapport fini, Izaak quitte le canapé sans un mot. Chacun repart dans son coin. C'est naturel de s'éviter : on n'a rien à se dire, rien à se demander, rien à faire ensemble.

— Je te dépose ce matin au campus, moi je file à la BU taffer sur un projet et on se rejoint à 16 heures sur le parking pour aller directement chez la psychologue, OK ?

Notre premier rendez-vous avec la psy depuis le mariage…

Mon ventre se noue.

— Ça me va, lancé-je à Izaak en reposant ma tasse de café. Et du coup… devant les autres il faudra qu'on se la joue couple hyper mignon et complice ?

Un rictus anime son visage.

— On peut aussi très bien être le genre pas du tout démonstratif, non ? ajouté-je. Vu nos personnalités, ça serait même logique.

— Je suis d'accord. Il faut trouver un équilibre pour ne pas éveiller les soupçons… De toute façon, on verra comment on le sent devant nos amis.

J'acquiesce. Je ne sais pas comment je vais arriver à jouer du jour au lendemain la fille raide dingue de son fiancé. Et pas de n'importe quel fiancé, en plus. Le fait qu'il s'agisse d'Izaak Meeka complique la tâche.

Et qu'est-ce que ça donne, un Izaak amoureux ?

Même si j'en ai eu un aperçu au mariage, ça promet d'être quelque chose de différent à la fac, et ce, dans la mesure où c'est un nouveau milieu : nos amis, nos profs, nos ennemis entassés dans un même espace. Au-delà de tout ça, je ne sais jamais à quoi m'attendre avec lui, et c'est ce qui me fait le plus peur. Parfois, je crains que la surprise ne brise l'illusion et ne fasse sauter nos plans.

— Tu veux quoi comme surnom mignon ? lâché-je sans réfléchir. « Bébé », « *darling* » ? Un truc dans le style ?

— « Bébé » ? Mais ça va pas !

— Je sais pas, c'est le plus courant qui m'est venu.

— « Bébé », marmonne-t-il à nouveau. Jamais de la vie…

Je hausse les épaules en le dévisageant.

— Monsieur est plutôt du genre nom sucré ? Attends, j'ai une idée… Que dis-tu de « mon petit chou à la crème » ? lancé-je d'une voix lasse et ironique. Attends, y a mieux. Combo bébé animal et sucrerie : « mon chaton en chocolat ».

— On va s'en tenir à Izaak.

— « Mon cœur » ?

— Izaak.

— « Mon chéri » ?

— Izaak. Monsieur Izaak Meeka.

— Très bien, comme tu veux…

Il se lève de la table en roulant des yeux.

— … mon chou, ajouté-je d'un air goguenard.

— Eliotte, je te le jure, tu ne souhaites pas entrer en guerre avec moi… Je peux me montrer *très* créatif.

— Rien n'est pire que « mon chou ».

— Tu serais surprise.

Sur ces mots, il prend son sac et se dirige vers la porte d'entrée. Je prends la vaisselle que j'ai utilisée pour mon petit déjeuner et la mets prestement dans l'évier.

— Dépêche-toi, j'ai pas tout mon temps, tonne Izaak, le dos appuyé contre la porte d'entrée.

— Tu es obligé d'être aussi désagréable ?

— J'agis normalement.

— Ta normalité est flippante, mec.

Je passe la porte d'entrée en l'assassinant du regard. *Crétin.*

Nous montons rapidement dans sa jeep et prenons la route en direction du campus. Il conduit avec une main sur le volant, sans rien dire. J'observe son alliance briller autour de son annulaire, sans vraiment réaliser encore ce qu'elle représente. Aux yeux du monde, pourtant, ce bout de métal est un message d'une puissance et d'un poids sans égal. En à peine un quart d'heure j'aperçois les grilles du campus.

Izaak ralentit. Je retire mes écouteurs en inspirant par la bouche. C'est le moment.

Et… Action !

— Merci, Izaak.

Je me penche vers lui, en attendant sa réaction. Un baiser ? Une simple bise ?

— Attends, on gare la voiture et je t'accompagne jusqu'à ta salle au moins. Ça serait chelou sinon.

— Non, t'embête p…

Il redémarre en accélérant, sans m'écouter davantage.

Une fois garés sur le parking, nous sortons de la voiture, un sourire cousu gauchement sur les lèvres. On marche quelques mètres sans se toucher, faisant mine de papoter avec enthousiasme, affection, joie. Autrement dit, avec mensonges.

Soudain, Izaak me prend la main. Je me crispe. Il me demandait toujours la permission avant, lorsque nous étions en *date*. Je m'apprêtais à lui faire la remarque, quand une voix me devance à quelques mètres de nous :

— Hey ! Meeka !

Mes muscles se détendent. Je comprends tout de suite mieux pourquoi il m'a pris la main aussi furtivement. Un groupe de mecs parés de leur plus large teddy arrivent vers nous à grandes enjambées. Les couleurs criardes de leurs blousons me donnent déjà mal à la tête.

— Quoi de neuf, Izaak ? dit l'un d'eux en arrivant à notre hauteur. Tu vas bien ?

— Je vais super bien, répond l'intéressé.

Et Izaak continue de marcher, me tirant derrière lui.

— Tu fais souvent ça ? demandé-je.

— Quoi ?

— Piétiner les codes du savoir-vivre en société. Je suis à peu près sûre que ces mecs attendaient que tu interagisses avec eux, ou au moins que tu leur retournes la question.

Un rire narquois émerge de sa gorge.

— Le savoir-vivre ? C'est le cadet de mes soucis.

Il tient toujours ma main. C'est si étrange d'être aussi tactile en public avec un homme. Ashton et moi, nous ne pouvions pas l'être – ça aurait été beaucoup trop choquant pour les autres, sachant qu'on se fréquentait avant le mariage sans être compatibles. Alors, en public, on se contentait d'accolades un peu trop longues pour de simples amis et d'intenses regards teintés de complicité.

— Il est 8 heures, je ne fais pas dans le social si tôt, ajoute le brun. Et pas avec n'importe qui.

— Ah, je vois... Puissiez-vous excuser cet humble mortel de vous avoir importuné de si bon matin, Sire.

— C'est juste que je ne vais pas me forcer avec eux. Je n'aime pas faire semblant.

J'éclate de rire.

— Tu te fous de moi ? lâché-je entre quelques inspirations. Est-ce qu'on ne serait pas les plus grands comédiens du XXIIe siècle, là ?

Un petit sourire chatouille la commissure de ses lèvres.

Touché.

— Nous deux, ce n'est pas la même chose. Et justement, pour pouvoir rester *vrai,* fidèle à mes valeurs, à mes croyances, à ce que je suis : je *dois* mentir. Je dois plonger la tête la première dans toutes ces conneries à deux balles, temporairement. C'est un paradoxe… mais il est nécessaire, ou je me perds…

— Je comprends… À vrai dire, moi non plus je n'aime pas faire semblant. Sauf que là, il en va de notre propre survie.

Se plier à cette société et à ses lois, c'est s'assassiner, s'enterrer et se regarder se décomposer sous des couches de silence.

Le brun hoche la tête sans rien ajouter, fermant la conversation l'air de rien, comme si je n'attendais pas de sa part une réponse. Oh ! j'avais oublié : il est tôt, il ne fait pas encore dans le social.

Je remarque bien les regards qui se fixent sur nous depuis notre arrivée sur le parking ; j'essaie de les détacher de mon corps, mais impossible : ils me collent à la peau. Les murmures, les coups d'œil, les chuchotis… C'est tellement étrange. Je n'ai jamais reçu ce genre d'accueil.

C'est Izaak qui fait cet effet.

À mon bras ou non, je sais qu'il a toujours suscité chez les autres cette vague de curiosité. Quand il est dans les parages, les gens réagissent instantanément. On le voit si peu, et il est pourtant présent partout – au milieu des conversations, des débats, partout sur les lèvres des uns et des autres. Alors que son petit frère a un charisme solaire, à attirer tout ce qui bouge grâce à sa lumière, sa vivacité et sa bonne humeur, Izaak a, lui, un charisme lunaire : il attire parce qu'il intrigue, parce qu'on lui soupçonne une face cachée, qu'il est plein de questions dont on veut avoir les réponses, parce qu'il ne nous accorde pas d'attention. Izaak nous fait l'effet d'un blizzard.

— Bon, je te laisse ici… Je t'attendrai sur le parking, à 16 heures.

Il se penche soudain vers moi et me chuchote :

— Et ne sois pas en retard. Souviens-toi : mon temps est précieux, d'accord ?

Mais à quoi il joue, au juste ?

Je le pousse légèrement pour le dégager de mon espace.

— Il faut toujours que tu sois si… si *toi !*

— Mais encore ?

— Tu peux te montrer un peu trop cru à mon goût. Calme-toi.

— En fait, il faut que tu comprennes que je n'en ai rien à carrer de ton goût, Eliotte. C'est tout.

Pardon ?

Un brasier enflamme ma poitrine.

— T'es vraiment pas normal, toi ! m'exclamé-je. On ne supporte pas de faire semblant, OK. Mais on n'est pas obligés de se chier à la gueule, pour autant !

— Arrête tout de suite de parler aussi fort, les gens nous entendent, grogne-t-il tout en regardant autour de lui.

Je porte mon attention au-dessus de ses épaules. Les étudiants marchent plus lentement près de nous, ils nous observent. Mais je m'en moque.

— Il faut que tu comprennes que je n'en ai rien à carrer des gens, Izaak, dis-je plus bas en reprenant ses mots. OK ?

— Arrête, tu vas tout faire capoter.

— Mais c'est toi qui…

— La ferme.

— Jamais !

— La ferme.

— Plutôt mour…

Ma phrase meurt sur ses lèvres.

Car Izaak est en train de m'embrasser.

Mais c'est quoi ce délire ?

Cette fois, c'est sûr : tout le monde a le regard braqué sur nous. Je ne peux pas le repousser.

Fait chier...

Autant leur donner ce qu'ils veulent, dans ce cas. Ou du moins, ce qu'il veut lui.

Je ferme les yeux, décidée, et j'attrape son visage en emboîtant mes lèvres aux siennes. Une émanation boisée aux notes de jasmin et de citron m'enveloppe. Izaak sent presque la même eau de Cologne qu'Ashton. Presque. Il détache ses lèvres pour les plaquer à nouveau contre les miennes, et je sens son souffle mentholé et épicé par les herbes de son thé envahir mes sens.

Je suis vraiment en train de l'embrasser, nom de Dieu. Alors que je ne le voulais pas.

Je glisse mes doigts dans ses cheveux et tire dessus d'un coup sec. En retenant un grognement de douleur, il enroule ses bras autour de ma taille. Ces derniers m'attirent un peu plus contre son torse, et il me pousse contre le mur à quelques centimètres de nous. Une chaleur douloureuse se répand dans mon crâne. Il m'a plaquée assez violemment pour que ma tête se cogne.

Je sais que tu l'as fait exprès, connard.

De qui il se moque ? C'est lui qui est infect et qui, en plus, me force à donner un spectacle érotique au milieu du couloir. Une source bouillonnante se répand partout en moi. Je le hais. *Je le hais.*

Quand il essaie de se détacher de moi, je lui attrape une dernière fois la lèvre inférieure en la mordillant. Fort. Il retient un nouveau gémissement de douleur et écarte son visage d'un geste brusque.

— Je me la suis assez fermée, pour toi ? sifflé-je entre mes dents serrées avec un sourire de plastique.

Il étire son bras à côté de mon visage, la main plaquée sur le mur, et me tient la joue de l'autre. Ses doigts me font mal, j'ai envie de les dégager de ma peau. Et de le gifler. Il m'a embrassée sans me prévenir.

— Ne fais plus jamais ça, si tu tiens à ta vie, ajouté-je sans cesser de sourire.

— Il le fallait bien ou tu étais sur le point de foutre en l'air notre couverture, petite abrutie.

Il parle doucement, avec le même sourire sardonique que moi.

— À cause de qui, hein ? Et, à ce que je sache, les couples ont le droit de se disputer.

— Oui, mais pas en évoquant qu'ils font semblant d'en être un.

— Personne ne m'a entendue.

— Il y a intérêt.

— Tu me menaces ?

— Je dis simplement qu'on aurait pu être foutus à cause de *toi*.

— C'est *toi* qui me pousses à bout.

— Ce n'est pas une putain d'excuse pour tout faire foirer.

J'inspire fort en le considérant et essaie de coller mon dos un maximum contre la surface en béton derrière moi, pour créer de la distance entre nous. Le brun est toujours penché sur moi, sa main appuyée juste à côté de mes cheveux. Il me dévisage intensément, les sourcils froncés. De l'extérieur, on croirait à un geste affectif, comme s'il voulait délimiter l'espace de notre univers intime.

Lui et moi savons très bien que c'est loin d'être le cas.

— Tu as quelque chose ici, lâché-je en pointant sa bouche du doigt.

Il passe le pouce sur sa lèvre. Une goutte de sang perle légèrement sur sa lèvre inférieure. Mon sourire s'étire, mais de satisfaction cette fois.

— Encore une fois : plus jamais de baisers-surprises.

— Si tu la fermes quand il faut, je t'assure qu'il n'y en aura plus. Il en va de ma santé mentale.

— Ta santé mentale…, marmonné-je, outrée. C'est ça. Mon baiser t'a redonné la vie, mec.

Sur ces mots il s'écarte de moi, dans un pouffement narquois.

— Bonne journée, Eliotte, dit-il très fort. On se voit tout à l'heure.

— Bonne journée, mon chaton.

Une ombre passe sur son visage, et il lève discrètement sa main entre lui et moi. Il me fait un doigt d'honneur.

On se lance un dernier sourire artificiel, avant qu'il ne tourne les talons.

Crétin de mes deux.

Tout aurait pu se passer normalement. On aurait pu juste vivre une vie chacun de notre côté en prétendant s'aimer devant les autres. Mais non, il fallait qu'on se haïsse. Qu'*il* me pousse à le haïr.

J'espère que toutes les personnes présentes dans le couloir nous ont vus. Il faut que cette mascarade serve à quelque chose. Je ne supporterai pas un autre de ces baisers à la con.

Le pire reste à venir…

Le rendez-vous avec notre psychologue. Celle qui nous a été assignée et qui va suivre notre couple, comme tous les autres, pendant les trois prochains mois. En général, les couples sont tous désireux de poursuivre ce suivi, en espaçant les rendez-vous dans l'année.

Autant j'aime pouvoir avoir une oreille pour m'écouter, autant faire évoluer mon couple – factice, qui plus est – sous l'œil curieux d'un professionnel me met mal à l'aise. Algorithma les présente plutôt comme des sortes de guides, qui sont là pour « prévenir les crises et cataclysmes au sein de la relation ».

Comment je suis censée faire croire que j'aime ce salaud devant une professionnelle ?

8. L'interrogatoire

— Ça fait une plombe que je t'attends comme un con, ici. On avait dit à 16 heures au parking. Tu foutais quoi ?

— Je posais juste quelques questions à la fin du cours et j'ai été prise dans la conversation.

— Pff… Fayotte.

Izaak soupire une énième fois derrière son volant. Je commence à m'impatienter, là. Je frappe le bas de la vitre entrouverte plusieurs fois.

— Allez, maintenant ouvre-moi cette portière !

— Non. Je veux te faire poireauter encore un petit peu plus pour que tu voies ce que ça fait.

— T'es complètement barje, en fait… Allez, ouvre !

— Pas encore.

— Izaak !

Il roule des yeux en grimaçant et actionne enfin le mécanisme d'ouverture. Je me précipite sur le siège avant, fatiguée.

— Des gens dans les parages ? Bisou sur la joue ? demandé-je.

— OK.

Je me penche vers sa joue mais il se retourne au même moment. Nos nez se heurtent ; et nos lèvres se touchent maladroitement.

— Quelle synchronisation, raille-t-il avant d'embrasser ma joue avec lassitude.

Je me contente de soupirer en baissant les yeux. On s'est déjà embrassés – pas plus tard qu'il y a quelques heures –, mais le faire quand ce n'était pas prévu me gêne à un point… Je m'enfonce dans le siège, les bras croisés contre ma poitrine.

C'est quoi ça ?

Quelque chose est coincé derrière mon dos. Je glisse la main sur le dossier et en extirpe deux livres.

— Niels Durma ?

— Ouais, je t'ai pris ça, répond Izaak en cherchant quelque chose à l'arrière sur les sièges. C'est un mastodonte de la quantique moderne. Tu devrais aimer.

Je fixe les ouvrages entre mes mains, le corps figé. Je ne m'y attendais pas.

— C'est pour te faire pardonner ta scène dans les couloirs ce matin ?

Un rire émerge de sa gorge. Il s'esclaffe en m'arrosant de toute son outrecuidance. J'ai envie de me boucher les oreilles.

— En général je n'aime pas trop me faire pardonner de choses que je n'ai pas faites. Parce que, de nous deux, le fautif reste *toi*.

— Tu vis dans un monde parallèle ? T'es dans la stratosphère, ma parole.

— Je t'ai pris les livres pour que tu les montres subtilement à la psy. Je t'en apporterai d'autres. Ils verront mes emprunts à la BU et on marquera des points. Le gentil mari qui réserve des livres pour sa tendre épouse… Quel homme.

Il se reconcentre sur le parking.

— Bon, on y va, plus de temps à perdre. On va être en retard. Je déteste être en reta…

En faisant marche arrière, il s'arrête net.

— Merde !

Il était à deux doigts de percuter une voiture stationnée juste derrière nous, au milieu de l'allée.

— Il ne nous a pas vus ou quoi ? m'exclamé-je, secouée. Mais quel trou du cul !

— Mais là c'est pas un trou du cul, c'est un trou noir ! Un gouffre sans fond ! Ça doit être encore un mec du lycée d'à côté qui vient squatter une place ici.

Il ajuste son rétroviseur pour mieux voir le conducteur.

— C'est vraiment n'imp…

Son visage se ferme.

— Quoi ? m'enquiers-je en me retournant sur mon siège pour regarder à travers le pare-brise.

Mon cœur se détache de ma poitrine.

Ashton est au volant et nous fixe – sûrement depuis tout à l'heure, arrêté là en plein milieu du parking. Son regard s'accroche au mien une fraction de seconde. Il est toujours marron clair et profond, mais si dur cette fois-ci.

Je suis désolée que tu aies dû voir ça.

Soudain, il tourne la tête et disparaît, accélérant vers l'autre bout du monde, loin, très loin de moi.

Je reste un instant à regarder la vitre, un peu sonnée. Beaucoup. Complètement.

Izaak démarre et nous déguerpissons à notre tour en direction du centre de Suivi matrimonial, à une demi-heure de l'université.

Je fixe la sculpture rouge représentant un cœur humain, posée au coin de la table basse. C'est glauque. Carolina, notre psychologue, nous dévisage, un petit sourire sur le visage et une tablette tactile à la main. Elle se veut bonne copine, guide ultime ; mais elle nous rappelle toujours son rôle premier : s'assurer qu'on forme un couple tenace qui démontre l'efficacité d'Algorithma à chaque seconde. Ses grands yeux gris nous interrogent déjà.

Je suis assise à côté d'Izaak, sur le grand canapé en velours bleu nuit, la main sur son avant-bras. Je m'efforce de respirer normalement, d'être détendue.

— Quelle a été la plus grande difficulté rencontrée dans ce changement de vie, selon vous ?

— Même si on est similaires sur de nombreux points, on a chacun notre manière de fonctionner, dit Izaak. Tu en penses quoi, Eli ?

Il me considère en souriant. Ça semble si naturel pour lui, tout ça.

— C'est vrai que c'est compliqué de s'adapter à un autre mode de vie, réponds-je en essayant de maîtriser ma voix.

— C'est tout à fait normal. Il faut juste prendre le temps et la peine d'accepter les concessions, n'est-ce pas ? Auriez-vous un exemple de situation conflictuelle ?

Mes lèvres s'étirent.

— Izaak est un grand passionné, qui veut m'embrasser à toute heure de la journée. Même tôt le matin, dans un couloir bondé de monde à la fac… sans me prévenir.

Le brun a un petit rire – que je ne qualifierais pas de nerveux si j'ignorais tout de nos réels sentiments l'un pour l'autre.

— Eliotte n'est pas très démonstrative en public, ajoute-t-il d'une voix enjouée.

— Non, *vraiment* pas, lâché-je dans un sourire.

— Mais avoue que tu as aimé mon baiser de ce matin. Hein ?

Il se tourne vers moi et trace avec son pouce des petits cercles sur le dos de ma main posée sur le rebord du canapé. Mon corps se tend.

Je me mets à rire à mon tour.

— Je l'ai adoré, tu n'imagines pas à quel point.

Izaak pivote vers la psychologue.

— J'avais quand même la lèvre qui saignait à la fin, dit-il en lui faisant un clin d'œil.

Je m'esclaffe encore plus fort, sans pouvoir me contrôler.

Pourquoi est-ce qu'il faut que je rie quand je suis mal à l'aise ? Est-ce qu'elle pourrait le deviner ?

Izaak m'accompagne dans mon hilarité nerveuse.

Ah c'est pas mal ça, on a l'air complices. Enfin, je crois ?

Je me tourne vers Carolina. Son sourire a disparu, elle gribouille sur la tablette tactile à l'aide de son stylet. Mon cœur manque un battement.

J'aurais peut-être dû répondre quelque chose de plus doux ? Peut-être que je…

— Mais vous êtes en accord sur d'autres points ? reprend la psy en levant les yeux de sa feuille noircie. Par exemple, sur le plan sexuel ?

Le quoi ?

Je déglutis, mes joues sont en feu. Izaak ne dit rien, tout aussi surpris que moi.

Merde, il faut rétorquer quelque chose… et vite.

— Alors pour être tout à fait honnêtes, me lancé-je sans réfléchir, on n'a pas attendu le mariage pour commencer.

— Oui, en effet, intervient Izaak. En fait, on a toujours été très attirés l'un par l'autre… *surtout* Eliotte, dès les premières secondes où elle m'a vu.

Ah bon ?

— C'est vrai que tu as mis plus de temps…, lancé-je. Toi, c'était dès les premières minutes, mon chaton.

Nous rions tous les trois. Izaak me dévisage en retenant quelque chose au bord des lèvres. Un petit surnom ? Une petite insulte ? Une petite revanche ?

Carolina reprend :

— Donc, si je comprends bien, vous diriez qu'au début c'était presque une urgence… Et maintenant ?

Izaak se penche vers la table basse, en regardant droit dans les yeux de notre psy. Il laisse planer un léger silence avant de dire, en articulant chaque syllabe :

— Pareil. Une urgence.

Le mot, sur sa langue, a différentes nuances. J'inspire fort en regardant ailleurs.

Ne ris pas, Eliotte. Ne ris pas.

— Je ne me suis jamais senti aussi connecté à quelqu'un en fait, ajoute-t-il. C'est encore plus puissant quand c'est physique.

Je sens mes mains devenir moites, et mes joues, cramoisies.

Parler de notre vie sexuelle inexistante ? Sérieux ?

Heureusement qu'aux yeux de la personne en face de nous cette gêne passe pour de la pudeur – surtout alors qu'Izaak a affirmé que je n'aimais pas l'affection en public, ça colle au personnage. Tout va bien.

La voix perchée de Carolina me ramène à la conversation.
— C'est fantastique... Justement, au niveau de la contraception, il faudrait prévoir quand vous souhaitez accueillir un enfant !

9. Le boulet

— U-Un enfant ? répété-je.

Je me redresse, aux aguets. Elle délire, là ?

— Il est très tôt pour en parler, j'imagine, mais vous voyez-vous parents, Eliotte ? me questionne-t-elle. Et vous, Izaak ?

— À vrai dire oui, on en a déjà un peu discuté…, répond le soi-disant futur père de mes enfants. Mais on préfère vivre en ne pensant qu'à nous deux pour le moment. C'est comme si on était dans une bulle, vous voyez, madame.

Il dit ça tout en mimant une sphère avec ses mains. Le voilà reparti dans l'un de ses délires d'acteur en transe…

— Une fois dans cette bulle, c'est comme si plus rien ne comptait autour de nous.

— Oui, je vois, tout à fait. Vous êtes en pleine phase d'engouement, autrement dit : « la lune de miel ». Une des périodes les plus prenantes… Mais il faut tout de même trouver le temps de laisser parler vos cœurs ! Avez-vous commencé à discuter de vos histoires personnelles ?

Une ombre passe sur le visage d'Izaak.

— C'est-à-dire « nos histoires personnelles » ? m'enquiers-je.

— Par exemple, Eliotte, votre père est parti à vos quatre… non, six ans, n'est-ce pas ? Cela fait partie de votre histoire, et Izaak doit le savoir pour mieux vous comprendre et anticiper les conflits.

Mes ongles se plantent dans l'accoudoir du canapé. *Mon père.* Pourquoi est-ce qu'il faut toujours en parler comme s'il faisait encore partie intégrante de mon univers alors qu'il s'en est détaché il y a des années ? Dans son monde à lui, Eliotte n'existe pas, alors pourquoi est-ce qu'il devrait exister dans le mien ?

Mes organes remuent. J'ai envie de vomir.

— Hum... Oui, oui, elle avait évoqué brièvement qu'elle ne voyait pas son père, annonce Izaak dans un mensonge.

— Eliotte, vous savez, il est important de s'ouvrir à votre âme sœur : vous pouvez avoir confiance en elle. Il faut s'exprimer sur ce genre de sujets tabous, et pas seulement brièvement. Prenons le temps de lancer quelques pistes à développer entre vous, le moment voulu. Que représente vo...

— Il n'y a rien à dire, la coupé-je. Mon père a existé quelques secondes, et maintenant ce n'est plus qu'un vieux souvenir. Rien qu'un mauvais rêve.

— Pensez-vous sincèrement ce que vous dites ? N'importe qui serait encore blessé, même traumatisé, d'avoir vu un parent partir. Eliotte... Je comprends que cela puisse vous paralyser d'en parler, mais il faut que vous sachiez que les blessures de l'enfance peuvent être soignées, et par l'être aimé qui plus est. C'est pourquoi la communica...

— Je ne suis pas blessée ! m'exclamé-je, une braise dans la gorge. Arrêtez de me faire passer pour une victime, comme ça... Il est parti, c'est tout. C'est derrière moi depuis longtemps.

Je devrais me contrôler, je le sais, mais je n'y arrive pas. Quand ma mère se permet de le mentionner à travers quelques sous-entendus, j'arrive à engourdir les picotements au bout de mes doigts, autour de mon cœur ; mais quand ce sont de purs inconnus qui pensent avoir une longueur d'avance avec leur pitié tout emballée, prête à être livrée... Tout est là, fois mille.

— Je comprends, Eliotte...

Elle se tait un instant pour baisser les yeux sur ses notes.

— À l'époque qu'avez-vous ressenti quand vous avez réalisé qu'il ne reviendrait pas ?

Je serre les poings, en m'efforçant de garder mon calme.

Elle veut vraiment savoir ? De la honte. De la culpabilité. Je me suis sentie sale, comme un fantôme poussiéreux, un boulet plein de suie. Rien en moi, rien de ce que j'étais n'avait pu le retenir. Rien. Algorithma n'a pas marché pour mes parents : je suis le fruit d'un bug informatique.

D'une erreur.

D'un échec lamentable.

— T'es pas obligée de répondre à cette question, murmure Izaak.

Sa main s'est posée sur la mienne.

Son contact a l'effet d'une morsure froide sur chacun de mes doigts.

Pourtant, mes entrailles sont en feu. J'ai envie d'exploser. En me retenant de taper frénétiquement du pied, je baisse la tête et laisse divaguer mon regard… sur la sculpture en forme de cœur humain.

Algorithma.

Tout s'éteint, d'un coup.

— Je… J'étais en colère à l'époque, lancé-je essayant de tempérer ma voix. Enfin… C'est très flou, ça remonte à longtemps. Mais aujourd'hui, Karl est pour moi comme un père. Il m'a fait oublier que j'en ai eu un autre, un jour.

Bobard. Bobard. Bobard.

— Oui ça, tu me l'avais dit…, intervient Izaak, me suivant dans mon mensonge. Le fait qu'il y ait entre toi et Karl un lien fort et particulier.

— Un grand merci, Eliotte, pour ce partage. Ne vous sentez-vous pas plus légère ? Plus proche de votre âme sœur ?

Je me tourne vers Izaak et fais mine de sourire.

— Si, évidemment… Mais j'aurais voulu lui dire moi-même. Pas… comme ça.

— Je comprends, Eliotte. Mais voyez plutôt ça comme un coup de pouce, d'accord ?

Elle se tourne vers le brun.

— Qu'en est-il pour vous ? Que pouvez-vous dire à votre âme sœur concernant votre histoire personnelle ?

Izaak fait mine de se replonger dans ses souvenirs, l'air serein.

— Eh bien… Eliotte sait que j'ai vécu une enfance dorée, derrière les murs de la villa. Avec mon frère, on était très actifs et un peu espiègles, on a fait quelques bêtises à droite à gauche… Des gosses heureux, quoi. On s'est toujours sentis écoutés, protégés et soutenus. J'ai eu beaucoup de chance, sincèrement.

J'arque un sourcil. Ashton m'avait dit un jour qu'Izaak était un ado plutôt difficile et que leurs parents n'étaient pas du tout présents pour eux. À l'époque, leur père était en pleine campagne pour devenir Gouverneur, et leur mère, elle, venait tout juste d'être promue présentatrice d'un des plus grands journaux télévisés du pays.

— Justement, reprend Carolina, est-ce que vous vous culpabilisez vis-à-vis de votre femme et de son enfance ?

— De quoi ? lâché-je.

— Je veux simplement…

— Eliotte vient de vous dire qu'elle avait finalement bien vécu le départ de son paternel, la coupe Izaak d'une voix tranchante. Karl est pour elle comme son père. Pourquoi vous persistez à croire le contraire ?

— Parce qu'en tant que psychologue je sais à quel point vivre dans un foyer instable peut causer des dégâts. Il est clair qu'Eliotte n'a pas eu la même enfance que vous du fait de son géniteur irresponsable et égoïste. Ceux qui ne croient pas la Science sont de toute évidence limités.

— Tout à fait d'accord, répond Izaak, moins sur le vif. Algorithma assure à nos futurs enfants une certaine stabilité grâce à notre pourcentage de compatibilité. Il faudrait être fou pour nc pas le voir.

Pourquoi Algorithma ne m'a pas assuré une belle enfance ? Pourquoi est-ce qu'ils n'ont pas pu prévoir qu'il claquerait la porte ? Alors qu'il était pourtant « compatible » avec ma mère ?

J'aimerais pouvoir lui hurler à la figure, lui cracher au visage que tout ce qu'elle avance n'est que balivernes, qu'elle peut aller se faire voir… Mais, au lieu de ça, je me contente de regarder Izaak en souriant, l'air de rien.

— On fondera une très belle famille, hein ? dis-je. Stable, unie et sûre.

— Oui, Eli.

Eli.

J'en ai encore des frissons, des haut-le-cœur, des démangeaisons.

— Et si nous parlions de vos projets à plus court terme ? reprend Carolina.

— Quelle conne, cette psy, crache Izaak en montant dans la voiture. J'étais à deux doigts de lui péter le nez.

— Et moi, les genoux.

J'essuie mon visage avec les mains, le souffle encore bloqué dans la gorge.

— J'espère que je n'ai rien fait capoter… Je me suis emportée.

— Tu t'es bien rattrapée… Et puis elle s'attendait à quoi ? Elle te parle de ton père, l'air de rien, avec son ton d'androïde, son regard d'écervelée… Un balai à chiotte comme je n'en avais encore jamais vu, cette femme.

Je rirais de cette insulte si je ne sentais pas ce vide froid dans ma poitrine. Je hausse les épaules en fixant mes mains.

— Pas faux, murmuré-je.

Pourquoi est-ce qu'elle a voulu parler de ça ? Et aussi brutalement ?

— Je ne savais pas que ton père était parti, lâche Izaak.

Je me crispe.

— Tu vas pas t'y mettre, toi aussi !

— Non, mais je me demandais sincèrement… Est-ce que tu as envie de le retrouver ? Est-ce que tu as déjà essayé de le chercher ou de le recontacter ?

Je soupire. Je ne devrais pas répondre, je n'en ai pas envie, je ne vois pas pourquoi je devrais le faire. Pourtant ma langue bouge, mes cordes vocales vibrent et je n'ai pas la moindre foutue idée de pourquoi je dis :

— Quand j'étais ado, vers mes quinze ou seize ans, j'avais envie d'avoir des réponses… Mais j'ai vite compris qu'il s'était simplement volatilisé. Logique, c'est un hors-la-loi maintenant.

Izaak fronce les sourcils en secouant la tête.

— Quoi ?

Il laisse passer un blanc.

— T'as déjà entendu parler d'Alma ? demande-t-il finalement.

Derrière la frontière ?

Un des seuls endroits au monde où on pourrait vivre sa propre vie, en dehors des systèmes politiques internationaux. À ce jour, ce n'est qu'une légende urbaine. Et puis, même si ça existait, où serait-ce derrière les frontières ? Comment y accéder ? Depuis les guerres chimiques, les espaces habitables sur la planète ont été significativement réduits : de larges zones ont été laissées à l'abandon à cause des déchets radioactifs. La fermeture des frontières de chacune des Grandes Nations restantes était nécessaire pour assurer une vie pérenne, en autarcie. Des voyages culturels sont organisés et encadrés de temps à autre entre les Nations ; sinon, pour quitter son territoire et aller vers un autre, il faut une autorisation gouvernementale – rarement délivrée en dehors de raisons professionnelles impératives. Car, derrière les frontières, il n'y a *rien*. Enfin, à vrai dire, on ne sait pas ce qu'il y a réellement, à part le cosmos abandonné, les vestiges d'une ancienne humanité et une nature hostile, à l'état sauvage.

Mais avant même de partir à l'aventure chercher ce havre de paix, il faudrait d'abord avoir le cœur net quant à son existence.

De toute façon, qui voudrait quitter sa vie parmi ces handicapés affectifs qu'a créés Algorithma ?

Pas Ashton, de toute évidence.

Je lui en avais parlé une fois. Ça m'était apparu comme une illumination : c'était le seul moyen de pouvoir s'aimer librement, sans aucun risque, aucun stress. Mais il ne peut pas quitter sa famille, ses responsabilités, le feu des projecteurs.

— Pourquoi tu me parles de ça ? demandé-je.

— Parce que ton père y est peut-être.

— Euh… sans doute. Enfin, si ça existe.

— Alma n'est pas un mythe. Ça existe bien, Eliotte.

Je le dévisage, hébétée.

Alors on a réussi à créer un nouveau système autonome ? Dans lequel on est vraiment libre ?

Et, surtout, comment le sait-il ?

— D-De toute façon, je n'ai aucun moyen de vérifier s'il est là-bas, réponds-je en secouant la tête.

— Moi, si. Je suis un Meeka. J'ai le bras long… Je pourrais demander à un gars sur place si ton père a déjà pris un passeur, voire s'il peut le chercher sur pla…

— Laisse tomber, le coupé-je. Je ne veux plus entendre parler de lui. Qu'il soit là-bas ou non… ça ne changera rien à ma vie.

Il s'imagine quoi ? Que je vais courir à la recherche de mon père pour qu'il me présente à la superbe « famille stable, unie et sûre » qu'il n'a pas pu construire avec ma mère et moi ? « Tiens, voilà la fille que j'ai laissée derrière moi ! Chouette gamine ! »

Je mords ma lèvre inférieure en serrant les poings.

— Enfin, c'est comme tu veux, Eliotte. Je te dis ça comme ça.

Un silence s'empare de l'atmosphère. Izaak inspire fort. Je le sentais déjà tendu dans le cabinet de la psy, mais là, il fulmine. La voiture empesterait presque le napalm.

— Tout va bien ? demandé-je.

— Je suis écœuré…, siffle-t-il entre ses dents serrées. Sérieux, être assis dans cette pièce pendant une heure m'a encore plus donné la rage.

— Tu t'y attendais, non ?

— Oui, mais… Ils m'exaspèrent ! J'ai pas besoin de l'État pour savoir qui je dois aimer, quand je dois faire un gosse, comment consolider mon couple…, dit-il avant de laisser échapper un ricanement sombre. C'est de la pure folie de savoir qu'ils pensent sincèrement avoir ce droit sur moi, ça me… ça me…

Il contracte sa mâchoire en soufflant par le nez. Je ne l'ai jamais connu aussi… pris par ses émotions. Il est d'habitude si lisse. Il ne laisse rien transparaître ; pourtant je sais qu'elles sont bien là, à galoper sous sa peau, à circuler dans ses veines.

— Tu sais…, commencé-je en me laissant aller contre le siège, un jour je me suis dit : pourquoi, putain, est-ce que personne ne se réveille ? Pourquoi est-ce qu'ils acceptent tous gentiment leur âme sœur sans se poser de questions ? Certes, notre société est en bien meilleur état que celle du XXIe siècle : les chiffres, le climat social… Tout le prouve.

Izaak hoche la tête, attentif.

— Mais tu sais quoi ? L'humain est peureux. Pour la plupart, Algorithma doit être l'excuse parfaite. Pour se faire des amis, par exemple, on doit prendre des risques, dépasser nos peurs et nos préjugés, avoir la patience de tisser petit à petit un lien… Là, on te livre l'amour de ta vie sur un plateau. Pourquoi se questionner et douter ?

Je soupire.

— Je me demande comment ils faisaient avant… Les gens ne savent pas s'y prendre en amour, aujourd'hui. Ils se reposent sur Algorithma.

— Oui, mais justement, Eliotte ! Les gens ne *savent* pas aimer : quand bien même la personne qu'ils te désignent est vraiment ton âme sœur… rien n'est réel ! Tout est balisé, contrôlé, artificiel ! On prévoit des rencards à la con, on a des sessions de discussions interminables avec un psy qui nous tient par la main pour qu'on fasse les choix qui arrangent… L'amour, c'est pas ça ! L'amour, c'est dans les galères, dans les petits moments, dans les secousses. L'amour, c'est s'époumoner, éclater en sanglots, s'effondrer de rire, crier, transpirer... L'amour, c'est un truc qui se passe là où ça bat, c'est pas un putain de pourcentage.

Mes yeux ne se détachent pas de son visage animé, de ses traits déformés par l'exaspération, par l'indignation...

Par *l'amour ?*

Oui, Izaak parle comme quelqu'un qui a aimé follement... ou qui aime follement.

Est-il déjà tombé amoureux ? Ce ne serait pas étonnant en soi. Mais je ne me fais pas à l'idée qu'Izaak puisse avoir eu un jour les yeux qui brillent, le cœur qui pulse et les idées en feu. Pas ce mec froid et distant, qui marche sur le cœur de tout le monde.

J'ouvre la bouche pour répondre, mais un morceau de rap se met soudain à résonner dans l'habitacle.

— C'est ton portable ? demandé-je.

Izaak cherche dans ses poches, hagard.

— Sérieux, ta sonnerie, c'est du rap ?

— Tu crois que j'ai pas entendu ta sonnerie, à toi ? Hein ?

— Ne compare pas Vivaldi à ton type qui dit « fuck » tous les trois mots.

— Vivaldi, mon cul. Tu l'as choisi pour te la jouer raffinée et tromper tout le monde.

— Eh ! m'exclamé-je en le frappant à l'épaule.

— Qu'est-ce que je disais ? fait-il en se mettant à chercher dans ses poches intérieures.

Je me retiens de l'insulter – pour ne pas lui donner raison – et le foudroie du regard alors qu'il trouve enfin son téléphone au fin fond de sa veste. Il reste un moment sans rien faire, le portable à la main.

— Tu veux que je sorte, c'est ça ? grommelé-je en détachant ma ceinture.

— Non, c'est juste que... c'est Ashton.

Mon cœur manque un battement.

— Qu’est-ce que t’attends pour décrocher ? C’est peut-être urgent !

— Respire, c’est bon. Je vais répondre.

Il adopte un air outré et prend l’appel.

— Allô ?

10. Prise de contact

Izaak hoche la tête en ponctuant le dialogue de « hum » et de « oui » las et gutturaux. Au bout de quelques secondes à peine, il élargit enfin son vocabulaire.

— OK, ça marche. À plus, Ash.

Et il raccroche, remet son portable dans les profondeurs de son blouson et allume le moteur comme si de rien n'était.

— Il a dit quoi ? demandé-je, sans pouvoir m'en empêcher.

— Rien d'important. C'était qu'une bavarderie entre frères.

— Une bavarderie ? répété-je dans un pouffement, en attachant ma ceinture de sécurité. Vous vous reparlez ?

— Qui a dit qu'on avait cessé de se parler ?

— Arrête, je me doute bien que ça a dû être un peu tendu au début, après l'annonce des pourcentages… Non ?

— Disons qu'Ashton… a peut-être tenté de me refaire le portrait au début. J'ai bien dit « tenté ».

— Quoi ? Les bleus sur la tempe, c'était lui ?

— Ouais. Tu sais comment sont ses nerfs…, marmonne-t-il. Mais après ça, ça s'est calmé : je lui ai dit que toi et moi c'était du pur délire, qu'il était *hors de question* que je passe ma vie à tes côtés.

Je déglutis. C'est pareil pour moi et on a été très clairs là-dessus dès le début, pourtant, entendre ces mots si crus, dits sans la moindre gêne et avec *ce* regard… ça plante une poignée d'épingles dans mon estomac.

— Donc vous êtes en bons termes ?

— Ouais. Disons qu'on est comme avant.

Ça en dit long… Je suis sûre qu'ils s'aiment, mais un paquet de non-dits et des brûlures d'enfance foutent encore le bordel entre eux.

On a passé des heures, Ashton et moi, à en parler en tournant autour du pot. Il me confiait à demi-mot son ressenti vis-à-vis d'Izaak – et du reste de sa famille – et parfois, avec un sourire détaché et amer, il me confiait des morceaux de souvenirs, des bouts de son enfance soi-disant « dorée ». J'ai appris beaucoup d'Izaak grâce à Ashton. Beaucoup trop, même. Assez pour que je me méfie.

Mais quand je vois Izaak là devant moi, alors qu'il n'est pas qu'un fantôme ou le sujet d'une phrase, je me demande ce qu'il a vécu, lui, pendant son enfance, dans un foyer aussi tordu que celui tenu par le Gouverneur, aux côtés de son petit frère.

Ashton…

— Avec… Avec quelle fille il va se marier, tu crois ? lâché-je sans réfléchir.

— De ce que j'ai cru comprendre, il ne fréquente plus qu'Emily… Mon père l'aime bien.

— Comment ça ? Il a quand même eu le choix…

— Le choix ? Tu crois vraiment qu'il a le choix, Eliotte ? Ils nous donnent l'illusion du choix : « Qui de Jenny, Anna ou Karen, trois femmes que *nous* avons sélectionnées pour toi, choisis-tu comme épouse ? » Pfff… Et nous, comme des gamins, on tombe dans le panneau, en pensant avoir la main sur notre avenir.

Emily.

C'est donc elle, alors ? Elle qu'il a choisie à ma place ?

Izaak me regarde sans rien dire.

— Tu sais, je… il y a quelque chose en moi qui me hurle de m'accrocher, de croire encore que tout n'est pas fini, lâché-je sans pouvoir me contrôler. Mais je sais que c'est égoïste, et tu l'as toi-même dit lors de notre premier *date*. Lui veut tourner la page et enfin avoir accès à son bonheur ultime. Et ce truc en moi veut l'en empêcher. Sauf que… aimer véritablement, c'est laisser l'autre partir. Et ce, même s'il emporte notre cœur avec lui.

Ma main couvre ma bouche d'un geste. Je ne sais pas ce qui m'a pris de dire tout ça, et à lui. Je ne peux pas revenir en arrière.

— Bien sûr que c'est égoïste, tranche Izaak d'une voix grave. Mais est-ce que ce n'est pas ça, l'amour ? Enfin, le type d'amour qui cimente notre société.

— Comment ça ?

— Regarde : tu tombes amoureux de l'autre parce qu'il t'apporte tout un tas de choses sans lesquelles tu ne pourrais pas vivre – de l'attention, de la valeur, de la sécurité, des rires, parfois pour certains un sentiment de domination… Donc on aime, parce qu'on obtient quelque chose de l'autre. L'être aimé est littéralement un putain de shoot de dopamine pour notre cerveau. On crève d'avoir ce bonheur instantané dans nos vies, à chaque moment. On en crève. Parce que c'est quelque chose de primitif : respirer, manger, aimer

J'arque un sourcil, les pensées en ébullition.

— Tu as remarqué comme ton cœur bat, comme tu transpires, comme tu ne vois plus normalement quand tu es amoureuse ? Un peu à la manière d'une proie en pleine fuite. Aimer tient de l'instinct de survie. Les humains tombent amoureux pour leur propre survie. L'amour est avant tout profondément lié à soi. C'est égoïste par essence.

— Dit comme ça… Mais c'est quoi le rapport avec notre société, du coup ?

— Pour que les gens veuillent rester ensemble en tant que société, il faut que chaque individu y trouve son compte. Et notre gouvernement l'a très bien compris : pour être certain que la nouvelle communauté politique tiendra, ils ont décidé de concentrer leurs efforts sur le contrôle des relations amoureuses et de la famille. Enfin, c'est ma théorie. Quoi de mieux pour faire tenir les gens en communauté que leur égoïsme ? Que leur désir ardent le plus primitif – survivre ?

— Tu es bien sûr qu'on a absolument besoin de l'autre pour survivre ? demandé-je.

Je pince les lèvres. Je ne peux pas supporter l'idée que mon existence puisse dépendre de quelqu'un. Parce qu'on ne peut pas contrôler ce quelqu'un. Il peut s'éloigner, partir, revenir, s'enfuir à tout jamais…

— Je veux dire, poursuis-je, on peut très bien exister par soi-même. On peut très bien trouver au fond de nous ces choses que l'autre peut nous apporter. On peut être… *seul*. Et très bien comme ça.

— Oui, totalement, mais ce que je veux dire, c'est que ce n'est pas instinctif. Réussir à vivre par soi-même, à *s'aimer* soi-même, c'est de l'amour-propre, tu es d'accord ? Mais débloquer quelque part en soi l'amour-propre n'est pas toujours naturel pour les autres.

L'amour-propre…

— Mais tu ne peux pas réduire l'amour à un sentiment primitif, de survie, Izaak. Comme tu l'as dit plus tôt, l'amour c'est des émotions qui te transcendent, qui te poussent à agir de la manière la plus folle, qui te font voir un milliard de couleurs, affirmé-je, le cœur serré. En fait, je doute même que l'amour ne soit qu'un sentiment : c'est une chose qui dépasse la propre condition de ton existence…

Izaak hoche la tête, assimilant lentement chacun de mes mots.

Je n'aurais jamais cru tomber amoureuse. Je pensais que j'avais verrouillé mon cœur à double tour et que mon père, ce lâche, en avait pris la clé avant de claquer la porte. Mais un jour, c'est arrivé. Et je l'ai aimé.

Au début, à chaque instant, j'étais terrifiée à l'idée de tomber de haut et de me casser la gueule. Mais, justement, il y avait ces émotions qui me transcendaient, qui me poussaient à agir de la manière la plus folle, qui me faisaient voir un milliard de couleurs. Et puis la terreur était engourdie.

Izaak lève les yeux un instant, en pleine réflexion. Lorsqu'il tourne enfin le regard dans ma direction, ses yeux me clouent brusquement sur le siège de la jeep.

— En fait, dit-il subitement, ce dont tu parles *là*, ce n'est pas de l'amour à l'état le plus brut. C'est de l'amour *pur*.

Un dévouement, une fascination qui te pousse à risquer même ta propre vie pour l'autre. Ce sentiment revient à aller au-delà de toi-même, à nier ton instinct de survie, tes réflexes les plus primaires… L'amour pur est *rare,* car c'est complètement inouï de parvenir à dépasser sa propre nature humaine. Ça paraît même impossible… Mais je pense que ça existe.

Il fixe ses doigts sur le volant et répète dans un souffle :

— Ça existe.

Il se racle la gorge.

— Enfin, vouloir l'autre près de soi, être égoïste… c'est l'*amour naturel* dans toute sa splendeur, celui qu'il y a entre quasiment tous les couples, dit-il d'une voix claire et assurée. Accepter de laisser partir quelqu'un, alors même qu'il a notre cœur entre les mains, c'est… c'est juste pur.

Je le dévisage, bouche bée.

L'amour naturel. L'amour propre. L'amour pur.

Je ne sais pas si tout ce qu'il avance fait sens. Ce dont je suis sûre, en revanche, c'est que ça en a un dans sa bouche : il parle du sentiment amoureux avec une telle certitude qu'il pourrait presque convaincre un scientifique. Il n'essaye pas de m'amadouer comme le ferait un politicien, tel que son père. Non. Il me parle avec une certitude brûlante, comme s'il s'était penché sur le sujet un milliard de fois auparavant, qu'il l'avait disséqué filament par filament, l'avait observé au microscope obsessionnellement jusqu'à trouver une réponse nette à toutes ses questions. Il en parle comme si c'était une vérité brute et universelle. Une science.

Choisir Emily… était-ce pour Ashton un acte dicté par l'amour naturel, par son instinct ? Pour sa propre survie, pour qu'il puisse vivre sereinement ?

Quoi qu'il en soit, je doute qu'il ait pu être guidé par l'amour pur dont parle Izaak : comment être transcendé par quelqu'un que l'on me connaît que depuis trois rendez-vous ?

Après quelques secondes de silence intense, Izaak demande :

— Bon. Je te dépose où ?

— Je pense aller au café près de la fac, pour travailler. Et toi, tu vas faire quoi ?

— Je vais à la BU bosser aussi.

— Tu passes beaucoup de temps là-bas ?

— Plutôt, oui…

— Pourquoi je ne t'y ai jamais vu toutes les fois où j'y allais ?

— T'insinues quoi ?

— Rien. Tu vas où, du coup ?

— À la BU, je te dis… Et même si je n'y allais pas, en quoi ça te regarde, Eliotte ?

— Je…

Il a raison. En quoi ça me regarde ? Qui suis-je pour le questionner ? Mes doigts se resserrent sur la ceinture qui barre ma poitrine.

— J'entretenais juste la conversation, du calme, le mystérieux prince des ténèbres…, rétorqué-je en regardant ailleurs.

— Je t'ai déjà dit qu'on n'était pas obligés de se forcer à parler, tous les deux.

— On n'est pas non plus obligés de se faire la gueule, à ce que je sache.

Silence.

Je cale mon menton sur la paume de ma main en regardant le paysage défiler derrière la fenêtre. S'il m'avait posé certaines questions personnelles, je l'aurais sûrement tout de suite rembarré aussi. Mais pas aussi froidement. Izaak est sacrément cash. Brutal.

Je ne dis plus un mot pendant le reste du trajet. J'aurais voulu lui montrer que je ne suis pas touchée par son attitude ; mais j'en suis incapable.

— Salut, dit-il brièvement avant que je claque la portière derrière moi quand on arrive devant le café.

J'ai à peine le temps de lever la main pour le saluer qu'il a déjà disparu au coin de la rue.

Je passe la suite de ma journée à travailler sur un devoir. Je meurs d'envie de lire les bouquins qu'Izaak a empruntés pour moi, mais savoir qu'il les a surtout pris pour impressionner notre psy-amoureuse me met mal à l'aise. Me jeter dessus reviendrait à jouer à la lettre le scénario qu'il a inventé.

Je soupire quand je pousse la porte du loft ; le soleil couchant plonge celui-ci dans une atmosphère éthérée. Les murs, décorés ici et là de tableaux, sont baignés d'un orange profond. Je file à l'étage d'un pas pressé. Je suis épuisée.

Mes écouteurs dans les oreilles, je rentre dans la salle de bains de ma chambre, en bougeant la tête en rythme avec la musique.

Quand soudain j'entends un bruit grave derrière moi. Je me retourne en sursautant.

Oh ! nom d'un…

Izaak est en train de hurler. À poil sous la douche. Il cache ses parties intimes avec sa main en se tortillant. Je retire mes écouteurs, en panique, et m'écrie :

— Mais qu'est-ce que tu fous là ?!

— Ferme tes yeux !

— Oh bordel, oui, dis-je, obéissante.

J'ai à peine eu le temps de l'apercevoir. Je n'ai décelé qu'une masse de muscles recroquevillée sur elle-même et des boucles brunes trempées. Quelle idée aussi, une salle de bains sans verrou !

— Attends une seconde… T'as pas une salle de bains perso, toi ? le questionné-je en sentant la gêne s'emparer de mon corps. Qu'est-ce que tu fous dans la mienne ? Ce sont les litres de thé que tu ingurgites qui te montent à la tête ?

— Il y a un problème d'eau chaude dans les autres salles de bains ! La tienne est la seule qui est alimentée indépendam…

— Non mais, t'aurais pu mettre un truc sur la porte ou me prévenir ! le coupé-je.

— Je ne savais pas que tu rentrerais si tôt ! Et puis toi, t'aurais pu remarquer toute la buée dans la pièce au moment où tu es entrée !

Je secoue la tête, tellement mal à l'aise. Je ne m'attendais pas à le voir là, nu sous ma douche. Seigneur. J'ai le visage en feu.

— Maintenant sors d'ici, allez ! m'exclamé-je en fixant le carrelage.

— Je vais pas me balader dans la baraque à poil avec toutes les baies vitrées qu'il y a ! Donne-moi quelque chose !

— Hum, quelque chose…, murmuré-je en tournant sur moi-même, pressée.

— J'arrive pas à croire que t'aies qu'une seule serviette de propre ! dit-il en me désignant celle qui est accrochée sur le radiateur mural.

— Non, oublie celle-ci ! Je m'essuie le visage avec !

— On la mettra à la machine ! Allez, donne !

— Tu sais le temps que je passe à faire ma *skincare routine ?*

— Je crois que tu ne réalises pas le nombre de personnes qui rêveraient de mettre sur leur visage la moindre chose qui aurait été en contact avec ma…

— Alors là, non, t'as raison : je ne réalise franchement pas !

— Bon, la serviette !

— Oui !

Je me précipite vers le porte-serviettes, les yeux mi-clos et… Oh bordel ! Je tombe sur les fesses et m'avachis sur le sol. J'ai dérapé sur une foutue flaque d'eau. Que dis-je ? Une piscine ! Ce mec ne sait même pas prendre sa douche. La moitié de mes vêtements est déjà trempée…

Allongée sur le sol, je m'exclame :

— Izaak, c'est quoi cette eau ? T'as quoi ? Cinq ans et dem…

Oh ! putain de merde.

La partie inférieure de son corps, vu d'en bas c'est…

— Mais t'es une putain d'obsédée, ma parole ! rugit-il, en gesticulant pour essayer de cacher davantage sa nudité.

J'ai envie de me gifler. Le rouge aux joues, je ferme les yeux à nouveau, tout en essayant de me relever.

— Je suis vraiment désolée, c'est juste que la chute m'a f…

— La chute t'a fait perdre les trois derniers neurones qu'il te restait ! me coupe-t-il, outré. Je rêve, t'es une vraie perverse ! Je vais mettre un verrou à toutes les portes de cet apparte…

— Désolée, désolée, désolée ! le coupé-je. Je te jure que je n'ai pas fait exprès…

Je continue de me confondre en excuses, en tâtonnant autour de moi pour trouver un appui. J'agrippe le mur latéral de la douche.

Merde !

Je chancelle dans un faux mouvement, en entraînant tout ce que je trouve à portée de main dans ma chute. À savoir : Izaak et le pommeau de douche.

Mon colocataire, encore dégoulinant, est allongé sur moi et grogne de douleur. Mon coccyx et ma cuisse souffrent eux aussi le martyre, mais je reste paralysée en retenant un cri.

Izaak. Est. Nu. Sur. Moi.

— T'es une catastrophe ambulante, Eliotte !

Ma frange trempée me barre la vue. Je reste étendue sur le carrelage en marbre noir. Le pommeau de douche est la seule chose qui sépare nos deux corps. Mon Dieu. Je dégage mes mains de sa peau humide et les lève pour être sûre de ne rien toucher par mégarde.

Ressaisis-toi !

Je me racle la gorge en essayant de me convaincre que tout est parfaitement normal.

— Je… Je propose que tu te lèves pour aller chercher la serviette, dis-je d'une voix calme. Je reste ici ou je vais perdre un bras.

J'ai toujours les yeux fermés, mais je perçois le ventre d'Izaak, contre moi, ruisselant d'eau ; les contractions saccadées de ses abdominaux quand il respire ; ses coudes de part et d'autre de mon visage, sur lesquels il est appuyé. Je perçois tout. Je reste immobile. Et étrangement, là, tout de suite, je regrette d'avoir volontairement écarté mes mains. Je donnerais n'importe quoi pour connaître la sensation de sa peau chaude encore savonneuse.

Qu'est-ce que je raconte ? Je débloque. La chute m'a fait perdre des neurones, il a raison.

Soudain, la chaleur de son corps s'évapore. Il s'est redressé. Mes paupières sont toujours fermement closes. Je sens une goutte d'eau froide tomber sur le bout de mon nez et perler sur ma lèvre. Est-ce qu'il est toujours à quelques centimètres de moi ? Son soupir chaud m'effleure avant qu'il ne peste, en se relevant complètement.

— Tu as intérêt à garder les yeux fermés, obsédée.

— Rah… ! Je t'ai dit que ce n'était pas ma volonté ! Je suis tombée, ce sont les circonstances qui…

— J'ai bien compris que c'étaient les circonstances qui te poussaient à me mater, gronde-t-il.

Je cache mon visage dans mes mains, honteuse.

— T'abuses pas un peu, l'apollon en carton, là ? rétorqué-je. Pourquoi je voudrais te regarder ? T'as vraiment trop confiance, tu crois pas ?

— Tu veux que je te liste les raisons qui t'ont fait zieuter mon entrejambe ? La première se calcule en centimètres, et la deuxième…

— Mon Dieu, Izaak, la ferme !

— Tu m'y as obligé.

— Déguerpis de ma salle de bains.

— Oh que oui, je vais déguerpir…

J'entends un « perverse » avant le claquement sourd de la porte. J'ouvre enfin les yeux et reste sur le sol, recouverte d'éclaboussures de shampoing parfumé au lilas, et de honte. J'ai la tête qui tourne. Je me lève avec précaution et quitte le bac de douche. Je n'arrive pas à croire qu'il était nu, juste là.

Et je n'arrive pas à croire que j'ai gardé les yeux ouverts.

La notification signifiant l'arrivée d'un message sur mon téléphone me fait sursauter.

Il est quelle heure, bon sang ?

J'attrape mon portable, les yeux à moitié ouverts. 2 h 36 du matin. J'ai reçu deux messages d'un numéro que je ne connais pas, à une heure d'intervalle :

On peut se voir ?

STP ☆. Je sais que tu me détestes mais j'ai besoin de te parler.

Quand on avait seize ans, Ashton m'appelait « Étoile », le quasi-anagramme français de mon prénom, avant de me lancer une de ses répliques de drague lourdes.

Une alarme se met à retentir dans ma poitrine.

Pourquoi m'écrit-il à une heure pareille ? A-t-il des problèmes ?

Je me passe une main sur le visage, en inspirant fort. S'il avait de réels ennuis, il n'irait pas contacter illégalement son ex.

Qu'est-ce qu'il me veut ?

Mon cœur a envie de le revoir, mais mon cerveau me hurle de rester collée à mes draps. Pas seulement parce que je m'attirerais de sacrés problèmes si jamais on me surprenait… mais surtout parce que cela fait trois semaines qu'il m'a dit ne plus jamais vouloir de moi. Pourquoi, à quelques mois de son mariage, aurait-il subitement changé d'avis ?

Dire que je commençais à l'oublier serait un mensonge. Malgré tout, mon cœur s'était plutôt bien débrouillé pour anesthésier la douleur causée par son absence ces derniers jours.

Qu'est-ce que tu veux ? Rien de grave ?

Une réponse surgit avant même que j'aie eu le temps de me réprimander pour ce message impulsif :

Je vais bien, tqt. On peut se voir à la gare ? Stp je dois te parler.

Deux autres bulles suivent aussitôt :

Stp
Stp

Je soupire en laissant ma tête retomber sur mon coussin.

C'est une mauvaise idée. Une très mauvaise idée.

Mais je ne me vois pas éteindre mon téléphone et fermer les yeux pour me faire croire que tout est normal. Ashton veut me parler.

Et moi aussi.

On pourrait nous surprendre.

Pour autant, je suis déjà en train de me lever de mon lit et d'aller chercher ma veste en cuir. Je l'enfile par-dessus mon pyjama à la va-vite et vole les clés de la deuxième voiture d'Izaak, qu'il a laissées sur le comptoir de la cuisine. En deux temps trois mouvements, je quitte l'appartement à pas feutrés et me retrouve au volant du véhicule, en route pour la gare abandonnée.

J'envoie un nouveau message à Ash :

J'arrive.

Au bout de vingt minutes de trajet, je me gare enfin à quelques mètres du point de rendez-vous habituel – un des bâtiments, pas loin des rails – et cherche des yeux la silhouette d'Ashton.

Je frissonne. Il caille, vraiment. J'aurais dû penser à prendre une écharpe. Je tente de me réchauffer en faisant des petits pas sur place, les mains dans les poches de ma veste. Au bout d'un certain temps sans signe de vie de sa part, je me décide à sortir mon téléphone.

T'es où ?

Sur le toit. Bouge pas j'arrive.

Je croise les bras sur ma poitrine et les frictionne du bout des doigts. Maintenant que l'adrénaline est un rien retombée, tout un tas de questions arrivent dans mon esprit.

Qu'est-ce qu'il veut ? Pourquoi ne pas me l'avoir tout simplement écrit ? Et si c'était un genre de piège d'Algorithma pour tester ma fidélité ? Et si là, tout de suite, des scientifiques me scrutaient cachés dans les buissons ? Ou que…

— T'as froid ?

Je sursaute.

— Putain tu m'as fait peur !

Ashton est là. Juste devant moi. Il me sourit, les yeux moqueurs. Les contours de son visage sont obombrés par la capuche de son sweat vert kaki.

— J'aime faire frissonner les gens, tu vois ?

Je m'apprête à répliquer mais il me devance :

— Tu veux ma veste ?

— Non, c'est bon.

— Arrête, je sais que tu cailles…

Il esquisse un, deux, trois pas vers moi. Il retire son teddy et le met au-dessus de mes épaules en fermant le bouton du haut.

— Eh… sympa le pyjama à motifs hiboux. Je ne l'avais pas encore vu celui-là.

Je m'apprête à lui sourire, tout naturellement… mais je me retiens. J'ai tout autant une folle envie de le serrer dans mes bras… que de faire volte-face pour rentrer au loft. Je lui en veux. Terriblement. Tout ce que j'ai ressenti lors de notre rupture se ravive ; tout flambe, tout me pique encore plus fort.

Et en même temps je… je…

Je secoue le visage.

— Sérieusement, Ashton, qu'est-ce que tu veux ? Pourquoi me contacter à 2 heures du mat' ?

11. Plus jamais

La commissure de sa bouche se lève discrètement. Son sourire m'est si familier…

Un courant électrique traverse tout mon corps.

Non, non, non…

Plus jamais.

Mon cœur tambourine dans ma poitrine – d'amour ou de colère, je n'en sais rien, et je ne veux pas savoir.

Et puis c'est quoi ce sourire qu'il a, plaqué au visage ? C'est quoi ce ton mielleux ?

— C'est quoi tout ça, putain ? craché-je en désignant sa veste que je retire de mes épaules.

Je lui balance son foutu teddy dans les bras, avec toute la rage que j'ai emmagasinée ces dernières semaines. Oui, je veux tout lui rendre : mes sentiments, mes souvenirs, les cris qui m'ont déchiré la gorge lorsqu'il est parti… Parce que, quand je le vois là juste devant moi, avec *ce* visage, *ces* yeux je… je…

Le sourire d'Ashton fane. Il baisse le regard, l'air grave.

— Je te comprends, Eliotte, ça n'a aucun sens mais…

— Non, m'exclamé-je, avec une boule de feu dans la gorge. Non, Ashton. Non, non, non ! Tu ne peux pas te pointer devant moi et faire comme si tout était normal ! Je te l'interdis !

— Je sais ! Je le sais, putain… m-mais j'ai merdé ! J'ai paniqué, et puis il y avait mon père, et ce pourcentage et je… j'ai flippé ! J'ai fait une putain de grosse connerie !

Il pince ses lèvres, en haussant les sourcils. Ses yeux sont humides. Le vent souffle autour de nous, je suis frigorifiée.

— Eliotte… c'est… C'est toi et moi. Ça a toujours été comme ça. Tu connais tous mes secrets. J'ai une centaine de photos de toi en train de dormir dans mon téléphone. Mes oreillers sentent encore ton parfum. J'ai tes vêtements dans mes placards. On avait la vie devant nous. Et ce que j'ai dit ne peut pas effacer ça. Toi et moi… Il n'y a pas d'autre combinaison possible.

Sa voix est calme. Elle résonne dans le silence de la nuit.

— Je t'aime, Eliotte, et je ne m'arrêterai jamais de t'aimer. Ce que je ressens pour toi n'a pas changé, peu importe ce que j'ai essayé de me faire croire… de *te* faire croire.

Il soupire.

— Quand je t'ai vue à côté d'Izaak à l'autel, puis dans les couloirs, dans les rues, dans sa bagnole, j'étais… je me sentais…

Il secoue la tête en serrant les mâchoires, le regard fuyant. Comme s'il contenait tout un tas de choses en lui ; un tas de choses qui remontent au bord de ses orbes.

— J'ai compris que je ne pourrais *jamais* vivre comme ça.

Ses mains attrapent doucement les miennes ; mais je m'en détache d'un geste instinctif, un peu comme si je venais de passer mes doigts au-dessus d'une flamme.

— Je n'ai fait que penser à toi pendant ces dernières semaines. J'avais ton nom collé à la bouche, au cœur, à la peau … partout. Je ne peux *pas* oublier ça. C'est impossible.

Et pourtant, ça ne l'a pas empêché de me quitter, de m'abandonner, de me laisser seule dans le noir. Tout ce que je craignais quand je me suis mise avec lui pour la première fois, à seize ans, toutes mes angoisses se sont révélées des putains d'intuitions ; parce que j'avais raison. C'était écrit en gros, en rouge, en gras : « Ils partiront tous. »

Mon cœur se serre. J'ai les yeux qui piquent.

— Alors quoi ? Tu viens ici, avec tes paroles en l'air, en espérant que je te retombe dans les bras ? C'est ça ton plan, Ashton ?

— Quoi ? Des paroles en l'air ? Mais tu me connais ! Tu sais très bien que…

— Non, je *croyais* te connaître, le coupé-je. Le Ashton que je pensais être le bon n'aurait jamais tiré un trait sur nous aussi facilement. Et pourtant, dès que tu as eu les résultats tu… tu m'as jetée. Tu m'as évitée pendant des jours, pour finalement me dire que c'était idiot d'y croire pendant toutes ces années. T'as fait une croix sur ce qu'on a construit, ce qu'on a vécu pour… pour un putain de pourcentage ?

Le mot « pourcentage » s'est craquelé dans ma voix pleine de larmes. Elles arrivent, je les sens monter… mais, merde, je ne veux pas.

— Oui, mais pas n'importe quel pourcentage et tu le sais très bien ! répond-il en haussant le ton. Toute notre vie, depuis la maternelle, à la télé, dans les bouquins, dans les journaux on nous a rabâché que ce test de compatibilité était la seule chose fiable, la seule chose sur laquelle on pouvait compter pour être heureux. Et celui qui m'a répété ça le plus souvent, c'est mon père. Ô grand Gouverneur conservateur, arrière-petit-fils du célèbre scientifique Joshua Meeka…

Il soupire en tapant dans un caillou avec son pied.

— Tu ne peux pas le nier. Depuis qu'on est gosses, on nous apprend que notre âme sœur est celle que nous désigne la Science.

— Je pensais que tu avais dépassé ces croyances depuis longtemps, Ash… On était ensemble depuis cinq ans ! Cinq ans qu'on défiait les pourcentages, tout à fait conscients de ce que ça impliquait !

— S'il te plaît, crois-moi. J'avais peur, Eliotte. Comme toi, tu es en train d'avoir peur.

Je pince les lèvres.

Oui, je flippe. Mais pas pour les mêmes raisons.

J'ai peur qu'il m'abandonne une fois de plus, alors que je pensais qu'il serait toujours là pour moi. En un claquement de doigts, en une fraction de seconde, tout a basculé et m'a foutue de l'autre côté : toutes mes croyances sont tombées en pièces. Comme elles l'ont fait aussi quand j'ai réalisé que mon père ne reviendrait pas me chercher.

Comment le croire cette fois-ci ?

Ashton fait un pas vers moi. Les reflets blonds de ses cheveux en bataille scintillent sous la nitescence de la lune.

— Ces dernières semaines ont été… insupportables. Pour moi comme pour toi, j'en suis sûr. Je ne suis assurément pas le seul à avoir perdu l'appétit, le sommeil, ou le sourire. Toi aussi tu as sans doute vécu ça et je… j'en suis tellement désolé. Si tu savais à quel point je m'en veux de t'avoir dit toutes ces choses.

Il mord sa lèvre en détournant le regard.

— Je pensais faire ce qui était juste mais… sans toi rien ne l'est plus.

Sa voix s'est brisée sur cette dernière phrase.

Il tourne le visage vers moi. Ses yeux noisette sont brillants.

« C'est toi et moi. »

— S'il te plaît, Eliotte… J'ai besoin de toi.

« J'avais peur. »

Tout disjoncte dans mon cerveau. Je n'aurais jamais cru qu'il serait là, face à moi, à me dire qu'il m'aime toujours. Même si j'en rêvais du plus profond de mon cœur, et chaque soir de chaque jour, je ne peux pas acquiescer. Je ne peux pas lui dire que moi aussi je veux de lui, qu'on peut faire comme si ce foutu adieu dans sa chambre n'était qu'un cauchemar. J'en suis incapable. Mes poings sont liés, mes lèvres, bâillonnées.

Je me sens complètement paralysée et, en même temps, j'ai envie de me mouvoir pour le prendre dans mes bras, l'embrasser, lui parler, lui crier ma colère aussi, et à quel point j'ai eu mal ces derniers jours, à quel point je me suis sentie toute petite et insignifiante. À quel point…

Je sursaute.

— C'était quoi ça ?

— De quoi ? dit-il en s'essuyant les yeux.

— J'ai entendu du bruit.

Il fronce les sourcils et s'approche de moi en étirant son bras, dans un élan protecteur.

— Où ça ?

— Là-bas, fais-je en lui désignant du menton l'arrière de la gare.

— C'est peut-être une biche ou un chien errant ?

Soudain, je vois une lumière s'épandre sur le bitume à quelques mètres de nous. Une lampe-torche.

— Ashto…

— C'est une propriété privée ! lance une voix masculine au loin. On a appelé les flics, petits squatteurs de merde ! Restez où vous êtes ! On vous aura cette fois !

Les flics.

Mon corps se fige. Ma poitrine se contracte.

— Putain, Eliotte, il faut qu'on se casse !

Ashton attrape ma main et se met à courir, en me traînant derrière lui. Je suis le mouvement, complètement pétrifiée. Les flics. Les flics. Les flics.

S'ils nous trouvent, on ira au poste pour la nuit. Et, en tant qu'ex-paire, il nous est interdit de passer du temps ensemble. Peu importe l'activité qui nous a réunis ce soir, aux yeux de la société, nous sommes des hors-la-loi.

Ashton saute par-dessus un buisson, toujours en me tirant derrière lui. Mes pieds trébuchent dans les feuillages, je m'écrase de plein fouet au sol. Mon genou me fait un mal de chien.

— Putain ! Eliotte ! dit Ashton en se retournant.

Je glisse désespérément sur la boue en essayant de me relever.

— Allez, Eliotte, du nerf ! murmure-t-il en me reprenant les mains.

— Arrête de dire mon prénom, merde ! Ils vont t'entendre !

Il m'aide à me remettre sur pied à la force de ses bras, et on reprend notre course effrénée. J'en ai déjà fait deux ou trois quand on était ados, lui et moi, mais là on ne risque pas de simples réprimandes. On risque une amende que je ne peux pas payer, les gros titres dans les journaux et la colère noire du Gouverneur Meeka.

— On prend le chemin qui conduit au bois, OK ? chuchote Ashton en prenant un virage.

— Je te suis !

Nous sprintons sur plusieurs mètres en lançant des coups d'œil effrayés par-dessus notre épaule. J'entends toujours la voix des types au loin. Est-ce qu'elle est dans ma tête, ou bien là, à quelques mètres ?

— On va courir combien de temps comme ça ? lui demandé-je, à bout de souffle.

— Jusqu'à les semer me semble être plutôt pas mal ?

Je roule des yeux et accélère ma course. Je sens sa main presser un peu plus fort la mienne. Elle est chaude, un peu moite, mais douce malgré les pansements autour de ses phalanges. Ça faisait longtemps que je ne l'avais pas tenue. La dernière fois, c'était dans sa chambre, cette nuit-là.

« Je te jure que je t'aime, mais ça n'aurait pas été pour la vie. »

Je me mordille l'intérieur de la joue. Ces images repassent en boucle dans mon esprit, d'abord au ralenti, puis en accéléré, dans toutes les couleurs.

C'est pas le moment de flancher.

Je secoue la tête, sans m'arrêter pour autant. Une fois bien enfoncés dans les bois, on décide d'aller se cacher derrière un buisson. On se serre l'un à côté de l'autre, les jambes repliées contre notre poitrine, les doigts toujours enlacés. On halète, complètement époumonés. Je pourrais entendre d'ici son cœur battre la chamade.

— Ça va ? m'interroge Ashton.

Il fait plutôt sombre au milieu de ces feuillages, mais j'arrive pourtant à discerner l'inquiétude coincée entre quelques paillettes vertes dans ses yeux, tout autant que son grain de beauté au coin de l'œil et sa cicatrice à la mâchoire.

Je le vois, lui. Mais je ne le reconnais pas.

— Tu t'es blessée pendant ta chute ? ajoute-t-il en prenant mon mollet dans sa main.

— J'aurai peut-être un bleu demain, mais rien de bien méchant.

Silence.

Je ne le quitte pas des yeux.

— Et toi ? Ça va ?

— Ouais, mais j'aurais dû mieux vérifier les lieux, c'est toujours vide à cette heure-ci d'habitude. Je suis tellement désolé. Je voulais pas t'infliger une course-poursuite comme ça… mais je devais te parler le plus tôt possible.

Je me détourne de lui en posant mon menton sur mes genoux. J'ai la tête qui va exploser.

— Eliotte ?

Tout au fond de moi, j'entends hurler. Il y a un gouffre qui s'ouvre, dont remonte tout ce que j'ai essayé d'oublier ces derniers jours. Ça me noie de l'intérieur. Je n'arrive plus à penser.

— Eh… ça va ? Réponds-moi… S'il te plaît, mon cœur

Mes yeux s'écarquillent.

— Ne m'appelle plus jamais comme ça, lâché-je en me tournant vers lui. Plus jamais. Qu'est-ce qui te prend ?

Son visage est encore plus hébété que tout à l'heure.

— Je crois que je n'aurais jamais dû venir, assuré-je. Non, en fait j'en suis sûre. C'était une terrible erreur.

— Tu as toutes les raisons du monde de me repousser mais, je t'en prie… fais-moi confiance.

— Je… Je ne peux pas, murmuré-je avant de pincer les lèvres.

— Comprends-moi, s'il te plaît. J'étais choqué, je ne savais pas quoi faire et je, je… Pardonne-moi. Je t'en prie.

Tout à coup, j'entends le bruit de brindilles qui craquent derrière nous.

Merde.

— Et tu…

Je plaque ma main contre sa bouche en lui désignant le chemin de sable à une vingtaine de mètres. J'articule : « Ils sont là. » Ashton ouvre grand les yeux en opinant du chef.

— Tu crois qu'ils traînent dans les parages, Fred ? lance l'un de nos poursuiveurs. J'suis certain d'avoir entendu quelque chose.

— Allez, viens, on se casse, il est tard… Ces cons reviendront demain saccager le bâtiment, mais cette fois on les prendra la main dans le sac.

— Mouais, si tu l'dis…

Je soupire.

C'était moins une.

Je sens les lèvres d'Ashton remuer sous ma main. Je la retire aussitôt, mal à l'aise. Il s'apprête à me parler mais quelque chose dans son teddy vibre.

Puis la sonnerie stridente de son téléphone se met à résonner dans tout le bois.

12. Je (te) le jure

Eliotte

Mon cœur manque un battement.

Le single *We Are The Champions* de Queen résonne dans tout le bois.

— Putain de merde ! s'écrie Ashton en remuant sur lui-même.

— Il est dans ta veste ! m'exclamé-je en lui prenant des mains.

Je la déplie et, dans des mouvements précipités, fouille ses immenses poches. J'attrape enfin l'appareil et l'éteins en appuyant plusieurs fois sur l'écran tactile. Mais c'est trop tard. Les deux types à notre recherche ont sûrement eu le temps de nous repérer. Il faut qu'on se tire d'ici… au plus vite !

Je m'apprête à me lever, mais Ashton m'attrape le bras.

— Mais à quoi tu joues, là ? chuchoté-je en retenant un cri de réprobation.

— J'ai une idée. Reste ici, et moi je me casse avec la sonnerie de mon téléphone enclenchée pendant quelques secondes. Ils essaieront de me trouver, et toi tu pourras te barrer tranquille. Tu ne risqueras rien, comme ça.

— Et toi ? S'ils te tombent dessus ?

— Un peu de respect pour mes dix heures d'entraînement par semaine, j'te prie ! Ces types ne me rattraperont même pas dans leur rêve.

— Oui, mais…

— Au pire, je ferai une garde à vue. Et encore, ils n'ont aucune preuve contre moi… Allez, arrête de débattre et reste assise ici, Eliotte. Il faut qu'on se sépare au plus vite.

Je prends une longue respiration.

— OK… Fais attention.

— Toi aussi. Envoie-moi un message quand tu es arrivée chez… q-quand t'es arrivée. Juste pour me rassurer. S'il te plaît.

— Très bien.

Et il file.

Je vois ses jambes remuer sur le sentier sableux qui va vers les deux hommes. Sa silhouette s'efface progressivement dans l'horizon, et, au bout de quelques secondes, j'entends sa sonnerie retentir. Puis plus rien.

D'instinct, je bondis et m'enfonce dans un chemin entre les arbres, à l'opposé de la direction prise par Ashton et les hommes.

Pourvu qu'il ne se soit pas empêtré dans une situation impossible…

Mon cœur se serre.

J'espère qu'il va s'en sortir, que ces types ne lui feront rien – ni eux ni la police. Si ça ne tenait qu'à moi, je ne l'aurais pas laissé derrière… mais les conséquences seraient bien plus graves si on nous trouvait tous les deux *ensemble.*

Mais il n'y a pas que ça qui me serre le cœur, les poumons, la gorge, le corps tout entier.

Est-ce qu'il dit vrai ? Il ne m'a pas oubliée ? Il veut se battre pour nous ? Malgré les risques, les conséquences et toutes les difficultés qu'impliquerait cette vie hors la loi, hors du système ?

Je secoue la tête en déglutissant. Une voix au fond de moi voudrait qu'en courant seule dans les bois loin de lui, je le laisse derrière moi pour de bon. Et pourtant, elle n'a pas compris qu'il sera toujours là dans un coin de mon cœur, incrusté dans l'une de ses fissures.

J'ai un grand sourire quand j'aperçois *enfin* la voiture. Je grimpe et démarre dans des gestes précipités pour me tirer hors de ce pétrin au plus vite. Il faut que je fasse quelques détours pour m'éloigner un maximum du périmètre de la gare abandonnée et ainsi m'assurer de ne croiser personne. Je soupire. Quel merdier.

Quand j'arrive au loft, je sors mon téléphone de ma poche pour envoyer un message à Ashton comme il l'a demandé, mais mes doigts s'immobilisent. Je fixe l'écran noir, la boule au ventre.

Allez, c'est juste pour le rassurer. Rien de plus.

Je ferme les yeux quelques secondes pour reprendre mon inspiration, puis tape à toute vitesse :

Je suis arrivée. Tout va bien. Et toi ?

Une bulle de dialogue apparaît quelques secondes plus tard.

Ouf. Moi, je suis caché en haut d'un arbre. J'attends qu'ils se barrent.

J'allais ranger mon téléphone, mais il vibre de nouveau.

Eliotte, je t'en prie, réfléchis à tout ce que je t'ai dit.
Je suis désolé. Pour tout. Je t'aime.

Mes pouces survolent le clavier… et puis se figent. Parce qu'il n'y a rien à répondre. Ou peut-être que si, mais les câbles de mon cerveau sont trop entortillés pour que je puisse réfléchir avec clarté. Et je suis épuisée. Il est tard, j'ai mal à la tête, et il y a cette boule… cette boule de barbelés qui me brûle le creux du ventre. Et du cœur.

Je prends soin de garer la voiture là où Izaak l'avait laissée et, avant d'en sortir, je reprends le teddy d'Ashton, que j'ai emporté dans ma course. Il sent l'eau de Cologne à la lavande que sa mère lui a offert pour ses vingt ans, qu'il déteste, mais porte quand même pour lui faire plaisir.

Je secoue la tête et rejoins le loft. Une fois à l'étage, je m'arrête net devant la chambre d'Izaak. Mon cerveau se rallume. Est-ce que je devrais entrer pour vérifier qu'il dort bien ? Je pourrais juste entrouvrir la porte et jeter un œil à la pièce, c'est l'affaire de quelques secondes. Mais il me l'a formellement interdit.

J'expire un long souffle et m'éloigne de sa chambre pour pénétrer dans la mienne. Je plonge la tête la première sur mon lit et m'enroule dans la veste d'Ash. Je ne peux pas m'empêcher de humer le tissu.

Et s'il m'aimait encore ?

Et s'il m'aimait encore ?

Et s'il m'aimait encore ?

Et s'il m'aimait encore ?

Je ne sais pas si j'arriverai à fermer l'œil avec toutes ces images qui défilent, toutes ces voix, ces pensées, ces parasites. Mais je vais essayer.

Avant ça… Je plie le teddy et m'en vais le cacher dans l'armoire, près de mon lit. J'espère qu'Izaak ne le verra pas. Il pourrait comprendre que j'ai vu son frère… et je ne sais jamais à quoi m'attendre avec lui. Il m'en voudrait sûrement d'avoir fait encourir des risques pareils à Ashton. Ou alors, en voyant le vêtement, il pourrait croire que je suis toujours aussi désespérée au point de garder les affaires de mon ex. Il est hors de question qu'il ait pitié de moi. Condescendant comme il est… il ne manquerait plus que je lui donne une autre flèche avec laquelle m'atteindre. Son carquois m'a l'air bien assez rempli.

J'enfonce le teddy entre deux de mes gilets.

Izaak

— Sérieusement, Ash ? Un rendez-vous à 3 heures du mat' dans les bois ?

— Je…

— Mais dans quel genre de film tu crois jouer, là ?

Je le foudroie du regard avant de me reconcentrer sur la chaussée défoncée devant moi.

Il est vraiment con !

Mes doigts se referment plus fort sur le volant. Je tente de calmer ma respiration, en vain. Je n'ai pas l'habitude de sentir mon rythme cardiaque aussi irrégulier. Ce n'est pas moi, le nerveux de la famille. Et heureusement, je ne suis pas non plus le plus con de la fratrie…

Ashton m'a appelé à 4 heures du mat' pour me dire qu'il y avait des flics près de sa voiture, au beau milieu d'une gare abandonnée, qu'il était « dans de putains de beaux draps »… Et, en somme, qu'il fallait que je vienne le sauver. Moi.

— Et t'as même pas vérifié les lieux avant de lui donner rendez-vous, en plus ? Non mais, Ashton, bordel, t'es timbré ! Tu sais seulement ce que vous risquez en agissant aussi débilement ?

— Bien sûr que oui ! Mais on devait se voir… Je devais lui dire la vérité.

Je me crispe.

— Qu'est-ce que t'es allé raconter ?

— Que… Que j'ai eu tort de lui tourner le dos, que j'aurais dû rester, que je ne veux pas la perdre…

Il a le front baissé, les épaules affaissées. On dirait une fleur flétrie.

— On en a déjà parlé hier, après ton appel : si c'est vraiment ce que tu veux…

C'était l'une des rares fois qu'on parlait sérieusement d'amour, lui et moi. Qu'on parlait d'Eliotte, aussi.

Un reniflement suivi d'un sanglot perfore l'air.

— De toute façon, ça ne sert plus à rien. Je l'ai perdue. Je suis tellement con, putain…

— Eh, Ash…

Je ralentis et me gare près d'un trottoir désert. Le blond cache honteusement son visage.

— C'est foutu…

— Qu'est-ce que je t'ai dit l'autre fois, hein ? lancé-je tout bas. On peut trouver des solutions. Il y aura des sacrifices, mais ce n'est jamais trop pour ceux qui en valent la peine.

— Izaak, tu ne comprends pas… Elle m'a repoussé.

— Évidemment qu'elle t'a repoussé ! Moi, à sa place, je me serais même battu avec toi !

Je soupire en posant une main sur son épaule.

— Ashton. Elle est blessée, perdue… Comprends-la. Et puis il y a ce passé avec son père, elle a du mal à faire confi…

— Ah, parce que tu la connais par cœur maintenant ?

Il relève son visage dégoulinant de larmes et s'essuie les yeux.

— Bien sûr, dit-il avant que je puisse répondre. Bien sûr que tu la connais déjà si bien. C'était évident…

— Eh, on a juste eu un rendez-vous avec la psy. Je sais lire entre les lignes, j'arrive à percer les autres à jour, tu le sais. Rien de plus.

Sa respiration se bloque dans sa gorge avant qu'il ne reprenne :

— Vous êtes ensemble maintenant et…

— Ouh là, mec. Je t'arrête tout de suite. On n'est *pas* ensemble. C'est ni réellement ma meuf ni ma femme. Qu'on soit clairs là-dessus.

Au-delà du fait que je ne veux *rien* avoir à faire avec Eliotte d'un point de vue sentimental, il y a des limites qu'on ne peut pas franchir. Sous aucun prétexte.

— Mais vous êtes compatibles à presque 100 %, vous vivez au loft, vous sortez ensemble, vous passez vos journées l'un avec l'autre…

— Mais…

— Puis un beau jour, tu verras chez elle tout ce que j'aime, ajoute-t-il. Tout ce que seuls les aveugles ne voient pas encore. Tu te rendras compte qu'elle est incroyable, Izaak. Qu'elle n'est pas juste belle, intelligente, drôle, parfois bornée… folle, douce, fragile et en même temps si forte et curieuse…

Ses lèvres tremblent ; comme ses yeux dont les iris ondulent sous les larmes.

— C'est Eliotte, ajoute-t-il en haussant les sourcils. Bien sûr que tu tomberas amoureux d'elle. Et réciproquement, parce que tu es Izaak. Elle finira par m'oublier. Parce que je suis juste Ashton.

Je n'ai pas le temps d'ouvrir la bouche pour lui répondre qu'il se laisse tomber sur moi, pris de plus belle dans un torrent de larmes.

Oh ! Ash…

Mes bras se referment derrière son dos, instinctivement, comme si c'était codé dans mes gènes.

Qui seraient à 98,8 % compatibles avec ceux de la fille qu'il aime comme un dingue.

J'inspire fort. Je déteste le voir flancher, le voir douter de lui comme ça. Pas lui. Pas mon petit frère.

Je resserre mes bras sur son dos et souffle doucement :

— Ash… Eliotte t'aime toujours. Elle ne me parle que de toi. Je vois ton visage dans ses yeux à chaque seconde. Elle essaie de t'oublier pour se protéger, parce qu'elle ne veut plus se sentir abandonnée, mais… mais elle reviendra. Parce que tu es Ashton. Parce que, putain, *tu* es incroyable.

Je prends son visage entre mes mains pour le dégager de mon épaule et le fixe droit dans les yeux pour lui transmettre toute la conviction, la rage et la volonté qui bouillent en moi. Parce que je suis sûr à 300 % de ce que j'avance :

— Tout s'arrangera, Ash. Laisse-lui du temps. Et moi, j'essaierai de lui parler.

Je marque une pause.

— Mais avant ça, je veux que, là, maintenant, tu me jures que tu es sûr de toi. Il est hors de question que tu flippes une seconde fois et que tu lui tournes le dos. Elle ne s'en remettra pas.

— Oui, je te le jure, é-évidemment.

— Est-ce que tu es bien conscient des risques que tu encourras si tu es avec elle ? Des sacrifices que tu devras faire ? Des choses auxquelles tu devras renoncer ? Rien ne sera facile, Ashton… mais je te le promets, tout sera plus beau. Il faut que tu y croies. Arrête de renoncer au premier obstacle. Il faut que tu t'accroches, que tu n'abandonnes sous *aucun* prétexte. C'est clair ?

Il acquiesce.

— Plus jamais… Plus jamais je ne la ferai souffrir, susurre-t-il, comme si c'était une promesse qu'il se faisait à lui-même.

— T'es enfin debout, lancé-je à Eliotte en posant ma tasse de thé sur la table basse devant moi. J'ai cru que tu étais tombée dans le coma… Mais en fait t'es juste une larve.

— Bonjour, ça va super bien, merci, répond-elle avec son sarcasme habituel. Et toi ?

Ma colocataire descend l'escalier à toute vitesse, en faisant flotter ses ondulations blond foncé derrière elle. Elle porte un long pull qui lui arrive à mi-cuisse et des collants noirs semi-opaques. Elle s'en va préparer son petit déjeuner derrière le comptoir de la cuisine, les yeux dans le vague.

Toujours assis sur le canapé, je me tourne de trois quarts pour lui faire face. Alors que je m'apprête à lui lancer une réplique avec le tact qui m'est propre, son ronchonnement m'arrête. Elle sort des tiroirs plusieurs feuilles volantes de différentes tailles.

Je me crispe.

— Qu'est-ce que ça fout là, Izaak ?

— Si c'est là, c'est que c'est important, réponds-je sans quitter ses mains des yeux.

Elle prend l'une des feuilles au hasard dans la liasse qu'elle a saisie grossièrement.

Pourvu que ce ne soit pas mes notes…

Eliotte plisse les yeux et me dit :

— Qui écrit encore ses recettes de cuisine à la main, sérieux ? T'as un téléphone pour ça, Izaak.

Ouf.

— Mon téléphone ? Tu parles de l'outil préféré du gouvernement pour nous surveiller ?

— Tu ne vas pas recommencer avec ça… Comme si on allait fouiller les notes de ton téléphone, Izaak. Tu débloques.

— Je n'ai pas confiance. Je préfère utiliser le papier.

Eliotte s'esclaffe.

Elle fait partie de ces rares personnes qui ont un rire mélodieux mais qui, pour des raisons physiologiques inconnues, peut devenir complètement surprenant selon le degré d'hilarité. Eliotte monte dans les aigus et reprend sa respiration de manière saccadée. Rit-elle ? Meurt-elle ? Parfois, je me le demande. J'ajoute encore une couche à la blague ? J'appelle les pompiers ?

Ma « femme » hausse les sourcils en me dévisageant.

La vérité, c'est que j'ai toujours un carnet ou un bloc-notes à portée de main. Pour tout. Je n'utilise que très rarement mon téléphone. Et qui nierait que transmettre un message à l'ancienne n'a pas son charme ? Les mots ont un petit quelque chose en plus quand ils sont tout nus sur le papier. Et puis, je ne sais pas… la sensation que procure l'écriture plaît à mes doigts. Ce n'est pas lisse, plat ou froid comme avec un écran. C'est granuleux, avec des plis parfois, pas tout à fait blanc, et on peut se couper si on est trop pressé. Il faut prendre son temps avec le papier.

Eliotte n'est pas du même avis. Elle prend un air sceptique avant de reposer les yeux sur les notes qu'elle tient.

Allez, lâche les feuilles.

— Quoi ? fais-je pour la distraire. Tu te demandes si je suis un illuminé ? Admets que ça a plus de charme qu'une vulgaire note digitale.

— Oui, c'est vrai…

Je sais qu'elle aime les livres – peut-être même plus que la lecture elle-même. Je le sais car elle en a fait apporter plusieurs ici et les collectionne dans la bibliothèque de sa chambre.

— … mais, je ne dirais pas que tu es un illuminé, reprend-elle. Juste un type parano. On est peut-être même sur un cas clinique, là.

Je vais la tuer.

— On peut ne pas adhérer au fonctionnement de notre société, sans pour autant la trouver fondamentalement malveillante, conclut-elle. Ce n'est pas parce que le système est mal foutu que notre gouvernement est pervers au point de nous surveiller H24.

Il se trouve là, l'abysse entre nous. Cette société *est* malveillante. Ils nous contrôlent gentiment en prétendant que c'est parce qu'ils se soucient de notre bien-être et de notre santé mentale.

— Si son fonctionnement est problématique, c'est que l'idée et les valeurs qui la portent le sont aussi, rétorqué-je.

— Hum… Je ne suis pas de cet avis. Il y a des choses qui méritent d'être sauvées, malgré la suie et la poussière qui les recouvrent.

Malgré le sang qui les recouvre, aussi ?

J'aimerais lui répliquer ça, mais je suis trop absorbé par ce qu'elle fait de mon tas de papier.

Lorsqu'elle referme le tiroir après avoir remis à leur place mes notes, je soupire. Mon corps s'enfonce sur le canapé et mes doigts se détendent autour de ma tasse brûlante.

J'ai oublié de cacher des fichiers importants avant qu'elle s'installe… Je vais devoir y remédier très rapidement.

Il y a des morceaux de feuille sur lesquels je griffonne des banalités, comme à mon habitude pour me souvenir de quelque chose ; et il y a d'autres morceaux que personne ne devrait jamais voir.

Je secoue la tête en portant la tasse à ma bouche. Je ne peux pas nier qu'avec elle, à un moment ou à un autre, j'ai l'esprit qui crépite, les méninges qui étincellent. Une simple conversation peut devenir un débat où on se pousse dans nos retranchements. Cette fille en a là-dedans, personne ne peut lui retirer ça.

Je la regarde du coin de l'œil touiller une petite tasse à café d'une main, alors qu'elle cache un bâillement de l'autre.

Est-ce qu'elle va garder son escapade nocturne avec Ashton pour elle ?

— Pour répondre à ta première question, dis-je après avoir bu une gorgée de mon nouveau earl grey, je vais bien. Toi, en revanche… on dirait que tu n'as pas bien dormi. T'as l'air claqué.

— Bien vu. J'ai eu du mal à fermer l'œil…

— Ah oui, pourquoi ?

— Tu veux aussi savoir si je me suis bien lavé les dents avant de me coucher, Izaak ?

Je ne sais pas si c'est son sale caractère, le manque de sommeil ou sa conversation avec Ashton qui la poussent autant à se mettre sur la défensive.

— Je crois que tu devrais arrêter la caféine. Voire peut-être même te mettre au thé… Tu sais, ça détend, apaise les nerfs. Je dois avoir deux ou trois sachets de tisanes dans le tiroir de gauche. Je t'en fais don.

Elle lève les yeux, tout en remuant son – *beurk* – expresso.

— C'est seulement que… depuis quand tu te soucies de tout ça, Izaak ? Y aurait-il notre psy cachée derrière ton immonde fauteuil jaune ?

Ou alors c'est simplement moi qui la pousse à agir comme ça ?

Elle marche jusqu'au canapé, une tasse fumante à la main, laissant un effluve très doux flotter dans l'air. Ça sent bon. Même très bon. Le café est pourtant dégueulasse. C'est une boisson fourbe, en fait. Ça me la fait détester deux fois plus.

— Enfin, bref, dit-elle dans un soupir en passant une main dans ses cheveux. Je vais y aller… Je dois étudier à la BU avec des amis.

J'inspire.

C'est le moment ou jamais…

— Avant que tu partes, je voulais te parler de quelque chose.

— Je t'écoute.

— C'est au sujet de ton père.

13. Mon Roméo

« Ô Roméo ! Roméo ! Pourquoi es-tu Roméo ?
Renie ton père et abdique ton nom. »
« Mon nom, sainte chérie, m'est odieux à moi-même. »

Eliotte

Mon père ?

— Comment ça ? Tu veux parler de Karl ?

— Non… Je parle bien de ton père biologique.

Un courant me traverse tout le corps. De peut-être deux cent mille, trois cent mille volts. Que peut-il bien vouloir me raconter au sujet de mon père ? Sans plus réfléchir, je vais m'asseoir sur le canapé assez loin d'Izaak. Il a le visage calme, mais quelque chose dans ses yeux s'agite.

— Je t'avais dit que j'avais quelques contacts à Alma, m'annonce-t-il. Et… Je crois que ton père n'y est pas allé. En fait, il semblerait bien qu'il n'ait jamais quitté les États-Unis. Donc peut-être qu'en me renseignant je pourrais savoir où…

— Attends, mais pourquoi tu me dis tout ça ? le coupé-je.

— Je sais pas, je pensais que ça t'intéresserait. Pour savoir où est ton père.

Tous mes muscles se contractent, d'un coup.

Pour savoir quoi ?

— Qu'est-ce que je peux en avoir à faire de savoir où il est, Izaak ? Tu penses que je vais aller à sa rencontre ? Pourquoi au juste ?

— Pour avoir des réponses, j'en sais rien… Enfin, je voulais au moins que tu saches qu'il n'est pas à Alma.

Je baisse les yeux en serrant les poings. J'aimerais que ce sujet ne soit pas capable de me retourner l'estomac comme il le fait. J'aimerais plutôt qu'il me fasse l'effet d'une simple conversation sur la météo.

Pourtant, ce qui me cloue sur place et me serre la gorge… c'est *lui*. Izaak est parti chercher des informations à *mon* sujet. Comme ça. Du jour au lendemain.

Qu'est-ce qu'il a derrière la tête ?

Je me tourne vers lui et le dévisage intensément.

— Pourquoi t'es parti fouiller dans ma vie, Izaak ? Qu'est-ce que tu cherches ? Qu'est-ce que tu veux ?

Il arque un sourcil, outré :

— Quoi ? Mais je ne veux rien ! Je pensais juste bien faire.

— Mais depuis quand est-ce que tu veux bien faire avec moi, hein ? On ne se supporte pas ! Je suis « l'égoïste » avec qui tu es obligé de vivre !

— Ça n'a rien à voir…

— Alors quoi ? C'est un test tordu d'Algorithma, c'est ça ? C'est eux qui t'ont demandé de me dire ça ?

— Arrête cinq secondes cette paranoïa : Algorithma ne sait même pas qu'Alma existe réellement, et pour eux, ton père est un hors-la-loi banni du système !

— Justement… laisse-le là où il est, je t'en prie !

— Eliotte, je ne voulais pas…

— Tu sais très bien ce que tu fais, arrête deux secondes !

Son visage se fige.

— Je t'ai dit que je voulais bien faire ! C'est tout !

— Peut-être, mais tu t'es trompé sur mes intentions à son égard ! m'exclamé-je en posant ma tasse sur la table basse. Et même s'il y avait une explication logique à tout ça, tu n'avais pas à le faire sans me consulter, Izaak !

— Fais-toi une infusion et calme tes nerfs, bon sang…

— Reste en dehors de ma vie !

— Camomille ou verveine ?

Argh ! Il est vraiment…

Je prends une longue inspiration en fermant les yeux. Calme. Calme. Calme. Quand je les rouvre, je découvre Izaak qui me dévisage, impassible, tout en sirotant sa tasse de thé. Un mélange de confusion et de condescendance flotte dans ses yeux.

Je soupire.

La vérité, c'est que je ne sais pas réellement ce qui m'énerve, outre le fait que tout cela soit lié à mon père. Ne pas comprendre le comportement d'Izaak ? Me sentir analysée ? Le fait qu'il ait pitié au point de vouloir « m'aider » ?

Même ça, ça n'a pas de sens…

Pourtant, il agit comme si c'était parfaitement naturel pour lui d'avoir voulu me soutenir. Mais ça ne *peut pas* l'être. Au-delà de sa personnalité déroutante, de sa sympathie polaire et de son indifférence la plus totale à ce qui peut arriver à cette terre ; on ne s'aime *pas*. Ça me paraît clair. Limpide. Net. Alors pourquoi devrais-je trouver ça normal qu'il s'intéresse à ma vie ? Qu'il veuille m'aider à la remettre à l'endroit ?

Je me demande sincèrement à quoi il s'attendait quand il m'a annoncé ce qu'il savait sur mon père.

« Il semblerait qu'il n'ait jamais quitté les États-Unis. »

Je secoue la tête.

— T'es en train d'échafauder un plan pour m'assassiner, là ? C'est ça ? demande-t-il.

Je n'arrive même pas à réagir à sa remarque. J'aurais voulu répondre « Oui », rire ou au moins sourire. Mais rien.

Après de longues secondes, je finis par dire :

— Je vais y aller.

J'attrape mon sac de cours, lance un « Salut » un peu trop timide à mon goût et ferme la porte derrière moi.

Si mon père n'est pas à Alma… où est-il ? Où a-t-il bien pu aller dans ce bordel de pays ? Et pourquoi, merde, est-ce que je me pose la question ?

J'attends le bus près d'une demi-heure, toute seule, et arrive enfin à la bibliothèque universitaire. Je cherche ma place habituelle – dans le fond à gauche près de la fenêtre – pour avoir vue sur les jardins extérieurs recouverts de givre. J'ai une dissertation à terminer, et une autre à commencer.

Mais j'ai beau mettre toute l'énergie du monde, concentrer toutes mes forces… Rien ne me vient. Je m'essuie le visage en soupirant.

Une fille s'assied à deux chaises de moi. Elle pose une pile de bouquins sur un coin de la table, ouvre son ordinateur et se lance sur son traitement de texte avec dynamisme. Mes yeux louchent sur ses emprunts.

Les Cinq Roses. Classique. *L'homme qui rit*. Pourquoi pas. *Roméo et Juliette*.

Je cligne des yeux. J'ai bien lu ?

Roméo et Jean.

Je secoue la tête.

Évidemment, ça ne pouvait pas être ce livre.

Pas *Roméo et Juliette*.

Un souvenir me percute. Le genre de souvenir qui ne s'infiltre pas doucement par les ouvertures bâillantes, qui ne vient pas sur la pointe des pieds, qui ne toque pas avant d'entrer. Non, le genre qui arrive d'un coup et frappe d'un autre.

— Eliotte, t'es sûre que tu ne veux pas faire autre chose ?

— J'ai vraiment envie de lire cette pièce, Ash… Mais t'es pas obligé de lire avec moi. T'inquiète.

— Non, mais je vais pas rester là, à côté de toi, à observer les fissures du plafond.

On devait avoir dix-sept ans. C'était le deuxième jour de mes règles : les antidouleurs ne faisaient effet qu'à moitié. La seule chose qui me restait à faire était de m'allonger. Les crampes m'avaient gardée éveillée toute la nuit ; alors je l'avais passée à discuter par messages avec Ashton. Au petit matin, il m'avait rejointe dans ma chambre avec un sac rempli de barres chocolatées, de paquets de chips et de bonbons.

J'étais allongée dans ses bras, et on lisait *Roméo et Juliette*. C'est un des nombreux classiques écrits bien avant les Décades Sombres et censurés par notre gouvernement car jugés dangereux pour les citoyens.

J'ai compris que c'était un récit interdit quand, petite, je l'ai découvert caché dans le grenier de mon ancienne maison à Seattle, au milieu d'un carton rempli de livres. Ils appartenaient tous à mon père. Il m'avait fait promettre de ne jamais en parler à personne. C'était la première fois que j'apprenais qu'Algorithma pouvait décider de nous cacher la vérité. Tout ce qu'on apprenait, tout ce qu'on voyait, qu'on écoutait n'était pas le fruit du hasard. Mais de leur volonté.

Quand ma mère a emménagé chez Karl, j'ai emporté le carton avec moi et l'ai caché à mon tour. J'ai lu son contenu bien assez vite : une vingtaine de romans qui parlent d'amour – et ne se limitent pas à des histoires entre un homme et une femme, comme ils veulent nous le faire croire –, de défaillance des systèmes politiques, de rébellion… Des lectures qui m'ont attrapé le cœur, l'ont électrocuté pour le remettre en route avant de le rebalancer dans ma poitrine plus battant que jamais. J'ai partagé ce secret avec Ashton au bout d'un an de relation. J'espérais qu'il les lise aussi pour que sa vision d'Algorithma évolue et rejoigne la mienne, mais il n'en a rien fait.

Il déteste la lecture.

Ashton tient fermement le livre dans ses mains, tout en mâchant un bonbon :

— Oh non, Roméo ! Qu'est-ce que tu fais à mon balcon ?

— Y a pas écrit ça, Ash.

— Ô Juliette, ma Juliette aussi belle que la lune, et le ciel, et tout le cosmos… je suis venu te sauter ! Laisse-moi entrer, je t'en supplie !

Je m'esclaffe.

— Arrête d'insulter Shakespeare comme ça !

— Ah parce que tu crois que quand il dit : « J'ai escaladé ces murs sur les ailes légères de l'amour : car les limites de pierre ne sauraient arrêter l'amour », ça veut dire quoi ? C'est une invitation limpide à se déshabiller, ça. Roméo n'a pas escaladé un putain de mur en briques, la nuit, dans le jardin du clan ennemi, pour jouer à Jacques-a-dit une fois là-haut.

On se regarde quelques secondes avant d'éclater de rire, ce qui me vaut une nouvelle crampe. Mais c'est plus fort que moi. C'est lui. L'aurore dessine sur son visage des ondulations orangées. Son regard est tellement doux, tellement serein.

— T'es sûre que tu veux pas un truc à bouffer ? lâche-t-il soudainement en reprenant le sachet qu'il avait abandonné au milieu de la couverture. Je pense que tu devrais reprendre des forces ! Alors on a : Haribo, Snickers, Maltesers… Des Mars aussi. C'est bon, les Mars. Ah, et des…

— Non, vraiment, j'ai pas faim je te jure. Mais merci beaucoup, Ash.

La commissure de ses lèvres s'incline vers le bas.

— J'ai horreur de te voir comme ça, mon cœur. Je me sens tellement impuissant.

Il me serre un peu plus fort contre son torse et embrasse le sommet de mon crâne. On reste ainsi quelques minutes, dans le silence. J'ai des crampes qui me déchiquettent le bas du ventre, un mal de dos insupportable… et pourtant je me sens bien. Le monde s'est arrêté de tourner autour de nous.

On était dans notre îlot imaginaire, loin de tout, allongés dans mon lit une place, bien trop petit pour nous deux… quand soudain Ashton se redresse et récupère le livre.

— Donc ! Où j'en étais ? Ah oui !

Il se racle la gorge de façon théâtrale.

— Ô Roméo ! Mes parents… S'ils te voient ils te tueront. Je ne voudrais pas pour le monde entier qu'ils te vissent ici. Alors tu…

La sonnerie de son téléphone l'arrête en pleine phrase.

— C'est mon alarme : ça fait deux heures que t'as pris ton médoc, dit-il en l'éteignant. C'est bon, tu peux en reprendre un.

— Non, ça va, je me sens un peu mieux, réponds-je en lui souriant. Grâce à toi.

— T'es sûre ?

J'opine du chef.

— Bon, alors si tu te sens mieux, on n'est pas obligés de lire cette daube ?

— Si t'en as vraiment marre, on peut faire autre chose.

— Oh ! Dieu soit loué !

Il balance mon exemplaire à l'autre bout de la chambre.

— Eh ! Déjà qu'il est hyper abîmé ! m'exclamé-je avant de pouffer.

— Désolé… Ne me tue pas ! Je suis trop jeune pour mourir !

Il s'esclaffe avant de reprendre, d'un air plus grave :

— Pourquoi est-ce que tu l'aimes tant, cette histoire, Eliotte ? Ils ne se connaissent que depuis un jour et ils sont déjà prêts à mourir l'un pour l'autre… C'est pas réaliste, sérieux.

— Oui mais… Attends. Imagine qu'ils ont un coup de foudre alors même qu'ils se connaissent à peine, mais qu'ils sont compatibles à plus de 50 %… Est-ce que, dans ce cas, ça te semble plus réaliste qu'ils soient prêts à mourir l'un pour l'autre ?

— Bah, pour le coup oui ! Ils ont eu le coup de foudre, la magie a bien opéré, et ils ont la garantie que ça va marcher. Ils peuvent se donner corps et âme dans leur relation.

À l'époque, je n'ai pas été plus surprise que ça de sa réponse. Mais je me souviens d'avoir voulu lui demander ce qu'il pensait de Roméo, sans pourtant y parvenir. Ce personnage qui va à l'encontre de sa famille pour la fille qu'il aime, défiant la société, le monde tout entier. Je n'ai pas non plus eu l'occasion de lui demander s'il serait prêt à agir comme ce héros dans l'éventualité où nous ne serions pas compatibles aux yeux d'Algorithma. Mais je pense avoir tout de même eu ma réponse…

Alors pourquoi m'a-t-il fait croire le contraire hier ?

La lueur dans ses yeux ne trompait pas. Ses larmes, non plus. Je ne peux pas le nier : ce qu'il a dit semblait sincère. J'ai retrouvé, l'espace de quelques secondes, le garçon dont je suis tombée amoureuse. Pas le lâche qui m'a repoussée en me disant que tout était foutu.

Mais pour combien de temps l'as-tu retrouvé ? Pour combien de temps ?

Soudain, mon téléphone vibre dans ma poche.

J'ai reçu un mail d'Algorithma.

14. Nomade

Je le lis en diagonale, déjà agacée. « Rendez-vous avec votre âme sœur au cinéma Richard Hills pour une séance immersive, dans l'intimité du septième art. »

Je soupire. Et c'est reparti pour un tour…

Bon, allez. Reconcentrons-nous. Encore trente minutes, et c'est plié.

Je fais danser mes doigts sur le clavier sans plus réfléchir.

La prise de position d'Ashton Kannam quant aux poussées libérales de la période est tout à fait intéressante. La création d'unités sublatérales au pouvoir mis en pla…

Ashton ?

Je soupire et corrige aussitôt :

Ashley Kannam.

Mes doigts reviennent se poser au-dessus du clavier.

Mais rien. Ils restent figés.

Comment est-ce que je peux rester assise là, à faire une dissertation d'histoire complètement débile, après ce qu'*il* m'a dit hier ? Comment est-ce que je peux encore jouer l'indifférente ?

Un éclair passe. Je me lève, range mes affaires et attrape mon courage à la volée en me lançant vers la sortie de la BU.

J'ai attendu un discours comme celui qu'il m'a déclamé hier pendant des jours. Je ne peux pas continuer à me mentir à moi-même, comme ça. Je dois le retrouver. Je n'ai plus rien à perdre – si ce n'est tout, à rester là à ne rien faire.

Il est midi. Je sais qu'Ashton finit son entraînement de hockey à 11 heures. Il rentre directement chez lui pour regarder un film ou une série, c'est son rituel. Il doit être dans sa chambre, en ce moment même, à commenter chaque réplique en éclatant de rire. Je vais aller le retrouver. Je vais lui parler. Je vais tout arranger.

Juste avant, je prends soin de lui écrire en utilisant le numéro avec lequel il m'a envoyé ses derniers messages.

T'es chez toi ?

Impatiente de pouvoir lui parler, je sors en trombe de la BU, en bousculant un type qui ne manque pas de me faire un doigt. Et j'arrive à attraper le bus de justesse en quelques foulées.

Je prends certainement un risque en me pointant chez lui en plein jour. Mieux vaudrait préparer le terrain et prévenir Izaak… Si jamais je me fais prendre, je pourrai dire qu'il m'avait donné rendez-vous ici.

Alors qu'il a son propre appart ?

Non… cette excuse est ridicule.

Et puis, bon sang, est-ce que j'ai vraiment envie qu'Izaak sache que je veux me remettre avec Ashton ?

Je n'ai pas osé lui dire la vérité ce matin, quand il m'a demandé pourquoi j'avais mal dormi. Je me demande s'il ne se doute pas de quelque chose… Le connaissant, je pense qu'il empêcherait Ashton de faire quoi que ce soit, pour le protéger. Comme il m'a défendu de lui reparler le jour de notre premier rencard au café-librairie. Mon Dieu, il a été *infect* ce jour-là. Je m'y étais préparée pourtant… mais cet idiot a réussi à se surpasser. Il a réveillé une animosité sourde que je ressentais à son égard sans même m'en rendre réellement compte. Je voudrais ignorer silencieusement cette émotion, je suis douée pour ça ; mais avec lui, j'ai beau essayer, je ne peux tout simplement pas. Et ça a le don de la décupler.

Une fois arrivée dans le quartier résidentiel des Meeka, je reste postée dans une allée perpendiculaire à leur villa, un œil posé prudemment sur l'arrière du jardin. J'ai le creux du ventre qui pétille, les mains moites. Je ne sais pas exactement ce que je vais dire à Ashton, ni même ce que je *veux* lui dire, mais je n'ai jamais été aussi persuadée qu'il faut que je le voie.

Il n'a toujours pas répondu à mon message. À tous les coups, il s'est endormi. Ses entraînements sont épuisants. Il m'a toujours dit détester le hockey, mais quand son père lui a conseillé de rejoindre l'équipe du lycée alors qu'il ne savait même pas ce qu'était une crosse, il a redoublé d'efforts pour devenir le meilleur. Et il a réussi : capitaine Ashton Meeka. Centre attaquant. Numéro 4. C'est ce que j'adore chez lui : sa niaque. Quand il a quelque chose en ligne de mire, il se donne tous les moyens possibles pour l'atteindre. Peu importent les obstacles, le nombre de bleus et de galères, il donnera toujours son maximum.

Et si je l'appelais ? Je vais peut-être le réveiller mais je ne peux pas attendre plus longtemps. C'est urgent.

Ça sonne, dans le vide. Mon regard se perd sur la villa, tandis que je garde le téléphone collé contre ma joue.

Soudain, une silhouette apparaît devant la maison. Je me redresse et plisse les yeux pour tenter de mieux discerner ses traits.

C'est lui !

Il sort par la porte d'entrée, salue un garde du corps, le sourire aux lèvres… En tenant par la taille une fille.

Bouche bée, j'écarte le téléphone de mon oreille et appuie sur « raccrocher ». Cinq lettres de feu se gravent sur mes lèvres.

Emily.

Ses boucles blondes voltigent dans l'air, alors qu'elle rit avec lui. Il lui prend la main, et quelque chose se tord dans ma poitrine. Quelque part, dans ses traits, je me reconnais.

Ce nez, ces yeux un peu tirés… Oui, elle est comme moi. Mais en mieux. Tout est parfait chez elle, droit, lisse, sans fioritures. Et quand je vois ses cheveux d'or flotter en bas de son dos, près de la main d'Ashton, je comprends mieux pourquoi j'ai voulu teindre les miens de la même couleur. J'avais compris inconsciemment qu'il avait un faible pour les blondes.

Je n'étais pas Eliotte. *Mais juste son genre de fille, en fait.*

Ils avancent dans l'allée fleurie de la villa, l'un à côté de l'autre. Algorithma n'impose jamais d'amener nos *dates* chez nous. C'est donc Ashton qui a voulu la ramener, elle, dans sa villa. Dans sa chambre. Mes poumons se compressent d'un coup. J'ai envie de pleurer, je sens la boule dans ma gorge… mais rien ne sort.

Comme si, finalement… je m'y attendais.

Oui, c'est ça. Je m'y attendais.

Je serre les poings et leur lance un dernier regard ; leurs rires débiles m'écorchent les tympans.

Et je pars.

J'attends le bus à un arrêt plus loin, pour être sûre de ne pas croiser Ashton et son « âme sœur ». J'ai encore le souvenir de son sourire de platine qui me carbonise la rétine. De son gloss couleur cerise qui brillait au soleil et de la blondeur de ses cheveux qui lui retombaient sur les fesses.

Tu t'y attendais. Tu t'y attendais. Tu t'y attendais.

Je monte dans le premier bus qui vient. Je ne sais même pas où il va, je sais juste que je veux partir. Ma tête se cale sur la vitre, se cognant à chaque nid-de-poule. Les paysages défilent, la neige devient une légère pluie. Le soleil de l'après-midi tournoie dans le ciel, entre les gouttelettes gelées.

Je ne peux pas m'empêcher de toucher mes cheveux, abîmés aux pointes par la décoloration. Je ferme les yeux qui commencent à me piquer. Mes poings sont toujours aussi serrés, mes ongles pourraient perforer ma chair.

Tu t'y attendais.

Une larme roule sur ma joue. Je n'ai même pas la force de l'essuyer. Je me sens tellement idiote. J'étais censée savoir à quoi m'attendre. Alors comment j'en suis arrivée là ?

Mon téléphone vibre dans ma poche.

C'est Ashton.

Oh merde j'avais pas vu ton message, désolé. J'étais K-O après mon entraînement. Rien d'urgent ? Tout va bien ?

T'étais trop K-O après ou avant d'avoir couché avec ton date *?*

J'ai envie de balancer mon téléphone à l'autre bout du véhicule. Il se fout vraiment de moi. Je verrouille l'écran, en ressentant une boule me comprimer la gorge.

Je ne crois pas que j'en aurais vraiment voulu à Ashton si je l'avais vu avec Emily *avant* hier soir. Avant sa déclaration. Avant qu'il me dise droit dans les yeux m'aimer. C'était quoi tout ça ? Un mensonge ? Un jeu ? Une énième tribulation à la con ?

J'enfouis mon visage dans mes mains en soufflant tout l'air de mes poumons.

J'attends d'être arrivée au terminus pour descendre, puis prends finalement un nouveau bus jusqu'au terminus suivant… Je fais ça jusqu'à ne plus sentir le temps passé.

Il est environ 22 heures quand je décide de poser pied à terre, comme une nomade complètement déboussolée. D'après les panneaux, il semblerait que je sois à Blossom City, à quelques communes de Portland. Je me mets à déambuler dans les rues, les mains dans les poches de ma large veste. Quand j'étais petite, il arrivait que Karl nous amène ici avec ma mère. On rentrait ensuite à la maison, tout sourires. Le ventre rempli, on pense beaucoup moins aux problèmes. À ce qu'on n'a plus. À ce qu'on veut.

Mais je n'ai pas envie de manger, là tout de suite. Je veux boire. Je veux noyer les problèmes, pour les étouffer, puis peut-être les tuer.

Je m'engouffre dans une allée animée. J'y trouve des bars, des restaurants, des lanternes colorées, des éclats de rire.

Une enseigne au loin capture mon attention ; les lumières intérieures sont bleues, mauves et indigo : La Tulipe.

Sans plus réfléchir, j'y entre d'un pas décidé. Je m'assois au comptoir et demande un cocktail pour démarrer.

Vite, je veux penser à autre chose.

La musique en fond est plutôt sympa et assez forte pour couvrir les voix dans ma tête.

Je soupire en fixant mon reflet sur le marbre du comptoir. J'ai l'impression d'être dans une boucle infernale depuis qu'on nous a annoncé les résultats de notre second test-paire. J'essaie de me relever à chaque chute, mais j'ai l'impression que c'est pour mieux tomber la seconde d'après.

Je ne cherche pas à ce qu'on me tende une main, mais la vérité, c'est que ce soir je ne suis pas solitaire. Je suis seule.

Bon sang, je veux sortir de ce cycle. Je refuse de m'y morfondre. Je refuse d'accepter mon état.

J'essuie mon visage, le souffle court.

— Tenez votre blue philippines.

Je fixe la boisson bleu turquoise ; la glace pilée à la surface dégage une légère fumée. Je me laisse à peine le temps de sentir l'odeur de la myrtille, ma bouche se jette sur la paille.

Après quelques secondes seulement, mon téléphone s'allume. Ashton m'envoie des points d'interrogations, des inquiétudes en carton, des smileys torturés…

Va au diable.

Je repose l'appareil et sirote le fond de mon verre.

— Eliotte ?

Je me tourne brusquement vers la voix grave qui vient de m'appeler et qui m'est familière.

15. Juste un whisky

— Je peux m'asseoir ou tu attends quelqu'un ?

— C'est libre, vas-y.

Matthew Rivera s'assied sur le tabouret à côté du mien et impose sa carrure dans l'espace. Il passe une commande au barman. J'en profite pour demander un nouveau verre.

Mon cœur a un petit sursaut quand je vois Matthew, assis là, à côté de moi. Cela fait peut-être une ou deux éternités que je ne l'ai pas vu.

Le barman ne nous fait attendre qu'une poignée de minutes avant de faire glisser devant nous nos boissons.

Aussitôt, Matthew laisse échapper un rire rauque.

— Waouh, il sait à quel point j'en ai besoin, lui… Merci !

Il se tourne vers moi.

— Et toi, un *whisky*, carrément ? Ça ne va pas trop ?

— Mon choix de boisson a vraiment laissé aussi facilement transparaître mon état émotionnel, là ?

— Alors, j'ai raison ? lâche-t-il avec un demi-sourire.

— Non, en fait… C'est juste que j'adore le whisky, dis-je sans réfléchir en buvant une première gorgée. Je suis venue ici avec une amie, mais elle vient de partir. Et toi, qu'est-ce que tu fais là ? On est loin de Portland.

— J'ai envie de me détendre un peu… et c'est un des meilleurs bars que je connaisse, figure-toi.

Il sirote sa boisson avant de dire :

— Je suis content de te trouver là, Wager. On s'est pas vus, toi et moi, depuis… Waouh. Au moins depuis la rentrée à la fac.

— C'est vrai que ça fait longtemps…

Il me donne un coup d'épaule.

— Allez, tu peux le dire.

— Dire quoi ?

— Dire que je t'ai manqué.

Je souris.

— Oui, Matt, tu m'as manqué.

Il s'esclaffe.

Est-ce que c'est un mensonge ?

Je fixe la surface de mon verre. Je ne sais même pas.

Je me suis toujours gardée de tisser un lien avec quiconque. Et, quand Ashton m'a intégrée à son cercle amical, sans doute pour passer un maximum de temps avec moi sans que ça paraisse suspect au vu de notre relation hors mariage, je suivais le courant, sans jamais y mettre d'attache. Mais j'ai toujours apprécié la compagnie de Matthew, plus que celle de tous les autres parmi les amis d'Ashton. Quand on n'était pas deux, avec Ashton, on était trois avec Matthew. En présence de ce dernier, j'arrêtais de me poser des questions. Sûrement parce qu'il y avait Ash, plus solide que jamais, à côté de moi. Je ne sais pas.

Mais tout a changé. Et, maintenant sans Ashton, l'équation est déséquilibrée. Qu'est-ce que ça vaut un Matthew et une Eliotte sans lui ?

Est-ce que Matthew n'est plus que le fantôme d'une ancienne vie, dans laquelle je croyais finir avec Ashton ? Le fantôme de mes rêves désabusés d'adolescente ?

— Alors, comme ça… Je te laisse tranquille un automne, et je te retrouve mariée. C'est dingue, lance Matthew en souriant.

— C'est vrai que je ne m'y attendais pas moi-même.

— C'est-à-dire ?

— Je… Je pense que personne n'est prêt à ressentir ce genre de connexion, balbutié-je à moitié, dans un mensonge.

— C'est vrai qu'avec presque 100 % de compatibilité…

Je me retiens de rouler des yeux. S'il savait.

— Eliotte…, dit-il doucement. À la différence de tous les autres, je savais bien que toi et Ashton étaient… plus qu'amis.

Tous les trois, on se le disait à demi-mot, car entretenir une relation hors mariage est bien trop mal vu. Ashton *Meeka* n'aurait jamais pu l'admettre devant qui que ce soit – en dehors de son frère, puis de son père, les constantes indispensables de sa vie.

— Donc je me doute bien qu'au début les choses n'ont pas été simples…, poursuit-il.

Je serre les mâchoires en essayant de ralentir mes inspirations. Un millier de souvenirs plantent leurs crocs dans mon cœur.

— Peut-être même que… qu'elles sont toujours aussi compliquées ?

Je lève la tête vers Matt. Il me regarde, le visage peiné.

— N-Non, non, réponds-je sans réfléchir. Enfin, oui, c'était une situation *particulière* au début. Mais aujourd'hui tout est parfaitement normal… évident je dirais même. Notre compatibilité amoureuse *est* une évidence.

Personne ne peut savoir la supercherie que je mène avec Izaak.

Les traits de Matt se détendent, mais je les sens toujours aussi effacés, comme s'il était mal. Il faut qu'il me croie. Je reprends une gorgée de ma boisson.

— Et toi, alors ? reprends-je d'un air enjoué. Tu m'as dit être venu pour te détendre. Semaine chargée ?

— *Tête* chargée.

— Tu veux en parler ? lui proposé-je instinctivement en reposant ma boisson.

— T'inquiète… C'est juste que je croule sous les rendus et j'ai bientôt un rendez-vous avec ma première âme sœur. Elle s'appelle Hanna. Je sais pas à quoi m'attendre.

— N'attends rien, ça ne te mettra que des bâtons dans les roues.

Sur ces mots, je bois la moitié de mon verre. Un grand frisson me traverse l'échine. Je crois que j'ai bien fait de venir. Je sens une nouvelle énergie crépiter dans mon abdomen, dans mes veines.

— On dirait que tu parles en connaissance de cause, Eliotte…

— Disons juste que si tu n'attends rien, tu n'as aucune raison d'être déçu.

— Pas faux…, fait-il avec un mouvement d'épaule. Toi, tu attendais des choses d'Izaak au début ?

— Hum…

— Ne te sens pas obligée de répondre ! J'aurais même pas dû demander en fait, désolé. C'est juste que… comme t'as toujours été la « lucide » du groupe, celle vers qui on se tournait en cas de besoin, ou pour demander un conseil… Ça m'a paru naturel de le faire.

J'étais celle que tout le monde laissait entrer, sans jamais ouvrir ma porte en retour.

— C'est rien, Matt… C'est vrai que j'ai toujours été là pour vous. Pourquoi ça changerait ?

Le coin de ses lèvres s'étire timidement. Il se penche plus près de moi. Ses yeux pétillent.

— Tu sais aussi que je suis là, hein ? Même si beaucoup de notre quotidien a changé, ça ne doit pas être le cas dans notre amitié. Tu peux compter sur moi, autant que tu le faisais avant.

— Je le sais, oui.

C'est faux. Tu mens, Eliotte. Tu ne t'es jamais autorisée à te reposer sur lui ou qui que ce soit d'autre qu'Ashton.

Il passe une main dans ses cheveux et incline la tête. Sa mâchoire et une partie de son cou, plongées sous la lumière du bar, se colorent de bleu et de fuchsia…

Concentre-toi.

Je me racle la gorge.

— En vérité… c'est sûr qu'avec presque 100 % de compatibilité, ça paraît compliqué de ne pas avoir d'attente. On s'imagine ressentir un coup de foudre, une connexion immédiate, ou au moins apprécier rapidement la compagnie de l'autre.

— Ça n'a pas été le cas ?

Non pas du tout.

— Si ! Vraiment. C'était instantané.

— Donc pas de bâtons dans les roues pour toi !

— Non, aucun. Merci, Algorithma, réponds-je dans un rire nerveux.

Je me tourne vers le barman pour lui demander un autre whisky. Et un shot de vodka… non, deux.

— Bon, et maintenant, si tu me disais pourquoi t'es vraiment là ? lâche soudain Matt.

Je me retourne brusquement vers lui, prise d'un éclat de rire.

— Mais je t'ai dit pourquoi !

— Je sais pas… tu bois beaucoup. Plus que normalement. Et surtout, t'as l'air totalement perdue, ça ne te ressemble pas, dit-il en essayant de parler au-dessus de la musique dont le volume vient considérablement d'augmenter. Je vois bien qu'un truc ne va pas, Wager. Tu peux me parler, tu sais ?

Une onde de chaleur se propage dans ma poitrine.

— Merci, Matt. Mais je te jure que tout va bien. Je suis juste un peu fatiguée… il est tard.

Il s'approche de moi. L'odeur de son parfum et celle de la menthe dans son verre se confondent dans l'air.

J'ose enfin le considérer. Son regard me sonde, à deux doigts de me liquéfier.

— Je ne vois pas que de la fatigue sur ton visage, Wager.

J'inspire un grand coup et tourne la tête ailleurs. Ses yeux bleus sont une épreuve. Le barman revient – Dieu merci – et me sert mon whisky et mes deux shots. Matthew pianote en même temps sur le comptoir du bar, en rythme avec la musique. Je n'avais pas remarqué ses nouveaux tatouages. Des serpents qui entourent son avant-bras musclé jusqu'à ses phalanges, et qui se mêlent à une branche de cerisier en fleur. Ces dessins sur sa peau hâlée sont magnifiques…

Soudain, un mec qui passe à côté de moi me lance :

— Jolie, la robe… Fais-moi signe, si jamais tu veux que je te la retire.

— Mais ta gueule, connard, crache Matthew avant moi.
L'intéressé se retourne vers nous.

— Faut se détendre, mec, je savais pas qu'elle était avec toi.

— Je suis pas avec lui, mais ferme quand même ta gueule, réponds-je en pivotant mon visage vers ce crétin.

Le type affiche un air goguenard et va se perdre dans la foule sans plus nous chercher de problème. Matthew le dévisage jusqu'à ce qu'il disparaisse, la mâchoire crispée.

— Laisse tomber, Matt…

Je jette un œil aux collants noirs qui me moulent les cuisses. J'essaie de baisser ma robe un maximum pour cacher quelques centimètres carrés de peau en plus. Je me sens tellement nue tout à coup.

— Tu veux ma veste ? propose-t-il en retirant son cuir. Même si c'est certainement pas à toi de changer quelque chose. Ce qu'il vient de se passer n'est en rien ta faute, qu'on soit bien clairs.

Il a raison…

Mais je ne peux pas m'empêcher de dire, avec un petit sourire ridicule :

— Ouais… je veux bien, s'il te plaît.

L'embarras me chauffe les joues. Alors que Matt pose sa veste sur mes cuisses, j'attrape mon verre et le finis d'un trait.

— Enfin bref… Qu'est-ce qu'on disait avant que ce trou du cul ne prenne la parole ? dit-il en portant les lèvres à son shot de tequila. Ah oui, tu étais en train de me mentir sur la véritable raison de ta venue ici.

Il boit cul sec. Je soupire.

— Matt… Je sens l'alcool monter, et je vais dire des conneries ce soir. On devrait zapper les questions profondes, d'accord ?

— J'aime beaucoup de choses chez toi, mais cette manie de tout intellectualiser…

J'arque un sourcil, en le dévisageant.

— L'alcool ne ferait-il pas déjà effet de ton côté ? l'interrogé-je.

— Peut-être bien. C'est grave ?

— Si tu continues de parler, oui.

Un regard. Et on éclate de rire pendant une bonne dizaine de secondes.

Ça fait du bien…

Je me sens flotter là, maintenant. Ça faisait tellement longtemps que je ne m'étais pas sentie aussi légère, que je n'avais pas senti ma tête hors de l'eau. Comme si je venais tout juste de réaliser que, tout ce temps, j'étais en train de me noyer.

Et merde, qu'est-ce qu'il est beau…

Mais qu'est-ce que je raconte ?

Je passe une main sur mon visage en respirant fort.

Soudain je sens la sienne sur mon dos, ses lèvres près de mon oreille.

— Ça va, Eliotte ? T'as l'air bizarre.

Je sursaute. Des frissons courent dans mon dos.

— Ouais, ouais… ça va.

Ça ne va pas. Du tout.

Je me lève de mon siège, loin de sa grande main que, bon sang, j'aimerais sentir à nouveau sur moi. Il faut que je reprenne mes esprits.

— Je vais aux toilettes, j'arrive dans cinq minutes.

— *No problema.*

Mes hormones dansent un tango dans ma tête, là. C'est n'importe quoi. Et puis cet alcool… Je me plonge dans la foule qui danse de tout son soûl. Je m'apprête à pousser la porte battante des W-C, mais je m'arrête net.

Merde, mon sac.

Vu comme Matt est pompette, il ne le surveillera pas, cet idiot.

Je fais marche arrière, en bousculant des filles sur ma route. Je vois Matthew au loin.

Il est vraiment pas mal sous ces lumières colorées.

Il passe sa main au-dessus de mon verre.

Est-ce qu'il est en train de vider quelque chose dedans ?

Mon cœur cesse de battre. J'ai la tête qui tourne.

Il a mis quelque chose dans mon verre. C'est évident.

Qu'est-ce que je dois faire ? Là ? Tout de suite ? Vite. Réfléchis !

Soudain, les yeux bleus de Matthew rencontrent les miens.

— Eliotte…

Ma respiration s'accélère. Je ventile.

J'avance à grandes enjambées vers ma place, attrape mon sac et poursuis ma route vers la sortie.

— Où tu vas, Eliotte ? Tout va bien ?

Il me saisit le bras, me stoppant dans ma fuite.

— Lâche-moi ! m'écrié-je en tentant de me dégager.

— Qu'est-ce qui te prend ? Tout va bien ? C'est le mec de tout à l'heure qui…

— Mais tu te moques de qui, là ? J'ai vu ta sale main mettre un truc dans mon verre ! Dégage !

Ma voix est cassée, faible… Je voudrais pouvoir gronder et rugir. Lui faire peur. Mais j'en suis incapable.

— Quoi ?! Mais tu délires ! Je n'avais rien dans la main ! C'est l'alcool qui te fait halluciner, Eliotte… Je n'ai *rien* mis dans ton verre. Je te le jure !

— Matthew, lâche-moi ou je me mets à hurler. Lâche-moi, tout de suite.

— On passait une si bonne soirée, je ne comprends pas ce qui se passe là…

— Ce qui se passe ? Toi qui me lâches le bras, moi qui vais partir de ce bar. Tout de suite.

Sa main tombe aussitôt contre sa cuisse. Je me retourne et fuis.

— S'il te plaît, Eliotte… Arrête d'être parano comme ça.

Matthew me rattrape en quelques enjambées.

— Va-t'en ! craché-je en regardant par-dessus mon épaule.

— Mais je ne veux pas que tu t'en ailles en pensant que j'ai mis un truc dans ton verre !

Je sais ce que j'ai vu !

— Eliotte !

Je ne réfléchis pas. Je me mets à courir. Je sprinte vers la sortie, puis tout au long de la rue. Mais je l'entends toujours derrière moi. Il me poursuit.

Putain ! Mais dégage !

Et s'il avait déjà mis quelque chose dans mon verre quand je faisais la débile à rire à ses blagues pourries ?

Mes poumons se contractent. Je sens les yeux me piquer.

Les rues sont vides, les lampadaires fonctionnent à peine, il fait si noir… Où je suis, bon sang ?

C'était à gauche ou à droite déjà ?

Mais je ne sais plus !

Qu'est-ce que je fais, qu'est-ce que je fais ?

Courir. Matthew est toujours là, à crier mon nom. Je reprends ma course en essayant de ne pas glisser sur le béton mouillé. Il pleut des cordes. Au bout de quelques secondes, j'aperçois un croisement. Je pourrai lui échapper si je l'atteins assez vite…

Allez, Eliotte !

Je pousse davantage sur mes jambes et tourne à droite. Il y a une laverie à quelques mètres de là. Je me précipite à l'intérieur en priant pour avoir semé Matthew. Je me jette au sol et me cache en dessous des fenêtres. S'il ne m'a pas rattrapée au croisement, Matthew pensera que je cours toujours.

Je vois une ombre serpenter sur le carrelage blanc… Je reste immobile en mordant ma lèvre inférieure pour calmer ma respiration. Est-ce qu'il pourrait m'entendre ? Je fixe les gouttelettes qui glissent le long de mes cheveux jusqu'au sol.

J'attends une bonne minute, peut-être trois… ou dix, avant de me lever discrètement pour regarder derrière la fenêtre.

Rien.

La rue est vide.

Je me laisse coulisser le long du mur, pour m'asseoir. Mes mains tremblent.

Qu'est-ce qu'il me voulait ?

Je ne m'y attendais tellement pas… venant de Matthew Rivera, putain ! Pas lui !

Le pire, c'est que j'aurais pu faire l'immense connerie – gravement punie par la loi – de passer la nuit avec lui si je m'étais laissée encore aller. Je m'en veux tellement d'avoir ressenti ça.

La gorge me brûle et les larmes coulent sur mon visage sans s'arrêter. J'essaie de les sécher, mais je sens mon estomac se retourner. Je vomis sur le sol.

Tout ça pour oublier quelqu'un qui t'a oubliée en un claquement de doigts… Sérieusement, Eliotte ? Tu es ridicule.

Je tousse pendant quelques secondes avant de me redresser. Je me jette sur mon sac pour prendre ma bouteille d'eau et en avale les trois quarts pour chasser ce goût infect dans ma bouche. Je vaporise ma langue de spray fraîcheur à la menthe, en continuant de renifler pour estomper les larmes. J'essuie mon visage trempé et dégage quelques mèches collantes de ma peau. J'ai des nausées, la pièce tangue.

Je renverse ma tête vers le plafond et ferme les yeux en tentant de calmer mes inspirations folles, concentrée sur le bruit des machines à laver qui tournent. La pluie battante contre la vitre. Le tic-tac de l'horloge.

Qu'est-ce que je fais maintenant ?

Je regarde mon téléphone. Il est 1 h 30 du matin. Le prochain bus doit partir dans un siècle. Je ne peux pas attendre aussi longtemps dans un coin mal famé comme celui-là avec Matthew qui rôde…

Je me sens comme une proie, enfermée dans une cage.

Eliotte, hors de question que tu sois une proie. Réveille-toi. Tout va bien se passer.

Oui tout va bien se passer. Je pourrais appeler ma mère… ou même Karl pour qu'il vienne me chercher ?

Aussitôt, je fais sonner chacun de leur téléphone trois fois. Répondeur. Répondeur. Répondeur. Je serre les poings.

Tant pis, je ferai sans eux…

Je consulte les horaires de bus du bout de mes doigts encore tremblants : le prochain est à 3 heures du matin, à vingt-cinq minutes de marche. Là tout de suite, j'aurais vraiment aimé avoir une super amie à appeler. Mais je n'ai personne. Ni de super, ni d'amie, ni de rien du tout.

Mécaniquement, mes doigts défilent la liste de mes contacts. Que des noms « 8 heures 18 heures » ; ces noms que l'on a le droit de connaître seulement le temps d'une journée de cours ou d'un travail de groupe. Des « amis » par convention.

Mon regard s'attarde sur un nouveau nom dans mes contacts.

Izaak MEEKA

J'appuie sur le bouton « appeler » sans réfléchir.

16. Le choix

Après cinq sonneries dans le vide, je raccroche. C'est complètement débile. Comme s'il allait venir. On est toujours en froid depuis ce matin, et quand bien même, il n'a aucune raison de venir. Je ne lui en voudrais même pas.

Je m'apprête à ranger mon téléphone, quand il se met à vibrer. Izaak m'appelle. *Quoi ?*

J'ai peur de répondre dans l'état où je suis. Mais il pourrait s'inquiéter si je ne décroche pas tout de suite.

Izaak ? S'inquiéter ? Je suis si ivre que ça pour penser à une telle improbabilité ? Je devr...

Mon téléphone ne vibre plus. L'appel est déjà terminé.

J'ai à peine le temps de cligner de l'œil qu'un nouvel appel fait sonner mon téléphone. Est-ce que je devrais... ? Je fixe l'écran entre mes mains, les lèvres pincées.

Et puis merde.

— Allô ?

— Eliotte ? Ça va ?

Sa voix est beaucoup moins lasse que d'habitude. Elle est vibrante... et beaucoup plus grave qu'à l'accoutumée. Un peu enrouée.

— Oui, ça va.

— Tu aurais répondu tout de suite à mon appel si ça avait été le cas.

— J'avais rangé mon téléphone dans mon sac, le temps que je le reprenne...

Ma voix est maîtrisée, Dieu soit loué. Je me remets à respirer normalement.

— Le temps que tu le reprennes ? marmonne-t-il. Enfin bref, pourquoi tu m'as appelé ?

Je soupire.

Même si c'est l'idée la plus ridicule que je pouvais avoir le connaissant, je lâche :

— J'ai une petite galère, tu… Tu pourrais venir me chercher à Blossom ?

Silence.

Je me sens ridicule.

— Qu'est-ce que tu fous à Blossom ?

— Après nos révisions on a voulu sortir avec une amie, et elle est partie plus tôt que moi. J'ai voulu rester…

— Tu entends quoi par « petite galère » ?

— J'ai pas de quoi payer un taxi jusqu'à Portland… et puis la plupart de mes amis ne répondent pas au téléphone – ils doivent être en soirée.

Je baisse les yeux sur ma robe froissée, sur mon collant noir qui s'est effilé à la cuisse droite. J'attends sa réponse, en essayant de dénouer ma gorge de quelques inspirations.

— Je suis là dans trente minutes, annonce-t-il après un silence. Je suis dans le coin. Envoie-moi l'adresse du bar.

— Merci, Izaak.

— Je…

Un bâillement lui arrache ses mots. J'arque un sourcil.

— Tu dormais avant mon appel, Izaak ?

— Non.

Je m'apprête à répliquer mais il raccroche. Je me sens mal. Je l'ai sûrement réveillé… J'aurais dû y penser avant.

Je tente de faire taire ma culpabilité et lui envoie aussitôt l'adresse de la laverie en me géolocalisant. Je soupire de soulagement. Il va arriver. Je vais rentrer au loft.

Je n'arrive pas à croire qu'il ait accepté.

Au bout de quelques minutes mon téléphone sonne à nouveau.

— Oui ?

— Je suis sur la route, j'arrive.

— OK… Merci.

Silence.

— Hum… À tout de suite alors ? dis-je en m'apprêtant à raccrocher.

— Attends. Reste avec moi.

— Mais tu…

— Oh le con ! Non mais, et le stop, putain ! Le STOP, sombre merde !

J'écarte le téléphone de mon oreille tandis qu'il hurle sur je ne sais quel malheureux, en klaxonnant comme un forcené.

— Izaak, tu devrais raccrocher, dis-je en prenant le risque de mettre le téléphone près de mon oreille. T'es au volant, c'est dangereux.

— Ce qui est dangereux, c'est que tu sois dans une ville paumée de la Nouvelle-Californie, à 2 heures du mat'.

— C'est super animé ici, t'en fais pas. Je serais bien rentrée en bus, mais le prochain arrive dans deux heures. Donc, t'as aucun souci à te faire.

Non.

— C'est hyper dangereux !

— Moins que de rester sans contact dans cet endroit.

— Je raccroche.

— Eliotte, si tu fais ça…

Je raccroche sans plus attendre. Je refuse qu'il ait un accident par ma faute. Je m'apprête à fermer les yeux quand mon téléphone vibre contre ma cuisse une nouvelle fois.

Izaak…

Je raccroche. Il m'appelle à nouveau. Je raccroche. Il me rappelle.

Après plusieurs secondes, je décroche finalement :

— Tu sais combien de points sur ton permis, tu risques, là ? Et puis accessoirement ta vie aussi, hein.

— On n'est pas obligés de parler. Tu laisses le téléphone allumé et c'est tout.

— S'il se passe quelque chose, tu feras quoi ? À part m'entendre prier et appeler ma mère en pleurant ?

Je crois l'entendre étouffer un rire.

— Bon, très bien. J'accepte de te laisser raccrocher.

— Tu « acceptes » ?

— Je t'autorise, si tu préfères.

— T'es con.

— … plexe ? Compatissant ? Compétent ? Con…

— Non, je pensais plutôt à compliqué, contraignant… condescendant, aussi. Hum… Juste con, en fait.

— Je pense qu'il y a erreur sur la personne ou le lexique employé.

Mes lèvres s'étirent d'elles-mêmes.

— D'accord, Izaak.

— Tu ferais mieux de raccrocher, maintenant que je t'y ai autorisée.

— T'as craqué.

— C'est toi qui insistes pour rester en ligne, là.

— Arrête, ça fait très couple *cringe*[1] qui se chamaille pour savoir qui raccrochera le premier, Izaak.

— Ah, dégueulasse… M'en dis pas plus.

L'appel est coupé dans la seconde. J'inspire un grand coup, le sourire aux lèvres. Toujours assise sous la fenêtre de la laverie, je rabats mes genoux contre ma poitrine. Je tiens fermement le téléphone dans ma main. Cela fait un petit moment que je n'entends plus de rires étranges qui résonnent dans la rue ni de passants aussi soûls que moi. La pluie battante qui ruisselle contre les vitres me berce un rien. Je ferme les yeux et j'attends.

Au bout d'un moment, je sursaute. Mon téléphone a vibré.

Je suis là.

J'ai envie de sourire de soulagement, mais j'ai peur que tout ça soit une grosse blague. Izaak se déplacerait si tard pour aider quelqu'un ? Et moi, qui plus est ?

Je ne réfléchis pas plus et sors de cette foutue laverie. Je m'arrête net sur le trottoir. Sa jeep est là, à l'arrêt sur la

1 Terme anglo-saxon qualifiant une situation ou un comportement qui provoquent le malaise ou la gêne.

chaussée, sous la pluie battante. J'entends bien le moteur ronronner, ce n'est pas un rêve ni l'alcool qui me fait halluciner.

J'accours vers le véhicule et me jette sur le siège avant. L'odeur du petit sapin en suspension, le cuir des sièges, le repose-tête… Je n'aurais jamais cru me sentir autant en sécurité dans cette voiture. Un petit rire nerveux m'échappe. Ça y est, c'est terminé. Un autre rapplique, et je dois cacher ma bouche de mes deux mains pour m'arrêter. *C'est terminé.*

Izaak me regarde sans rien dire pendant quelques secondes.

— Eliotte, tu sais qu'il y a de la lessive au loft ?

Je ne peux pas m'en empêcher. Un autre rire fuse.

— Et vachement animé, ce quartier-là…, ajoute-t-il en regardant les rues désertes.

Je pince les lèvres et ose enfin croiser son regard. Il a les yeux plissés de fatigue. Ses cheveux bruns sont en bataille, et il est vêtu du jogging et du sweat-shirt gris qu'il porte pour traîner au loft.

— T'étais pas dans le coin, mais chez toi, hein ? J'ai attendu moins d'une demi-heure, en plus… Comment t'as fait pour venir aussi vite ?

— Les feux rouges et les limitations de vitesse, c'est surfait.

Je souris timidement.

— Merci d'être venu… Et du coup, excuse-moi pour le dérangement.

— Je ne t'excuse pas… Parce que tu me mens. Il est clair que t'étais pas à l'aise dans cette ruelle vide. Et je suis à peu près sûr que tu es venue *seule* à Blossom.

— Qu'est-ce que ça change ? Je vais bien. J'ai juste eu une petite galère.

Il serre les mâchoires.

— Tu sens l'alcool et le parfum d'homme, Eliotte…

— Je vais bien, répété-je.

— Qu'est-ce qui t'es arrivé ? Est-ce que ça va ?

— Oui, il ne s'est rien passé… Arrête de te faire des films.

Je baisse les yeux sur mes doigts qui s'emmêlent et se démêlent depuis tout à l'heure.

— Je suis juste allée me prendre un verre ou deux pour décompresser. Les cours me stressent.

Je sens ma voix se fissurer. Mon cœur se serre à nouveau, comme il l'a fait au moment précis où j'ai vu Mathew penché au-dessus de ma boisson ; où je me suis sentie comme une proie.

« Mais tu délires ! Je n'avais rien dans la main ! »

— Quelques verres, r-rien de plus. Tout va…

Toute l'angoisse qui s'était collée à ma poitrine ; toute la peur qui remuait mon ventre ; *tout* explose.

— … bien.

Je lève les jambes sur le siège et cache mon visage entre mes genoux.

Quelle soirée chaotique.

Je suis à la fois terrifiée et soulagée d'être là. Bordel, j'ai eu tellement peur. Je me suis sentie tellement idiote, et faible, et…

— Eliotte, tout va bien. T'es avec moi maintenant. Je te jure que rien ne peut plus t'arriver… C'est fini.

Sa main se pose sur mon dos et le frictionne doucement. Sa voix est… Elle est apaisante. Je ne l'ai jamais entendu parler avec autant de coton sur la langue.

— Hé…

Je sens ses mains se poser sur mon visage… Je me laisse faire, épuisée. Il retire ses doigts de ma joue quand nos regards se croisent. Ses yeux verts me fixent quelques secondes ; ils ont moins d'allure reptilienne que d'habitude. Je ne sais pas si ce sont les reflets des lampadaires, ou l'atmosphère pluvieuse, mais ils sont beaucoup plus doux. Presque tendres.

— Tu peux m'en parler… Mais si tu ne préfères pas, on rentre et on fait comme si de rien n'était, OK ?

Izaak serre les lèvres en inspirant fort.

— Mais quoi que tu veuilles faire, sache que je suis là, et je ne vais nulle part ailleurs.

Une claque. Je viens de me prendre une immense claque. Une claque de douceur. Bordel, ça fait autant de bien que de mal.

J'éclate en sanglots. Je ne sais pas pourquoi mais… je me laisse tomber dans ses bras. Je suis épuisée. Je ne veux rien d'autre qu'être dans une bulle. Ses bras me paraissent une bonne bulle. Oui. Mon ventre se crispe de plus belle, mes doigts tremblent à nouveau.

Izaak referme son étreinte sur moi et me dit, d'une voix un peu plus grave que tout à l'heure :

— Tout va bien. C'est fini…

— J'aurais jamais dû aller dans ce bar, Izaak.

Il ne dit rien, me laisse parler.

— Il y avait ce type avec qui j'ai bu… Je le connais bien, enfin je croyais… Il était super gentil, charmant et… je suis allée aux toilettes…

Ses doigts se resserrent sur ma veste.

— En revenant… je crois l'avoir vu mettre un truc dans mon verre. J'ai pris mes affaires pour me barrer, mais il m'a poursuivie. J'ai dû me cacher dans la laverie, comme une idiote.

— T'es pas idiote. Et te connaissant, s'il t'avait rattrapée, je suis sûr que tu lui aurais pété la gueule. Il ne te serait rien arrivé. T'as rien fait de mal, Eliotte. *Rien*.

Je reste dans ses bras, à tremper son T-shirt de mes larmes. Les gouttes de pluie s'écrasent moins violemment contre la vitre, elles la tapotent doucement. *Pop. Pop. Pop.*

— Eliotte.

— Oui ?

— Le mec est encore dans le bar ? Tu crois que tu peux m'attendre ici ?

Je me détache de ses grands bras.

— J'en sais rien. Je veux juste rentrer.

— Moi, je veux juste le rencontrer. Je serai là dans dix minutes au grand maximum.

— Non, il est sûrement parti et…

Je baisse les yeux. Et si Izaak se pointait là-bas alors que… que Matthew n'a rien mis dans mon verre ? Peut-être que je délirais vraiment.

J'ai tellement bu…

Je suis à peu près sûre d'avoir vu sa main au-dessus du contenant… mais rien y verser.

Izaak soupire. Et démarre le moteur.

Je m'écarte sur le coin du siège. J'ai la tête qui tourne.

C'était cool, ce câlin. Très, très cool.

— T'es censé être un gros connard, mais… j'aime bien quand t'es gentil.

Il se tait un instant, avant de dire :

— L'Eliotte non alcoolisée ne m'aurait jamais dit ça.

— Parce qu'elle ment et cache beaucoup de choses.

— Je le sais bien. Il faut croire qu'on n'est pas si différents.

— Pourquoi tu tires cette tête ? C'est la gueule de bois qui tape ou c'est le plaisir que tu ressens en me voyant ?

Je dévisage Izaak tandis qu'il descend l'escalier pour venir dans la cuisine.

— On n'a plus de café. Comment je suis censée continuer à vivre ?

Il lève son index comme pour me dire d'attendre et s'en va derrière le comptoir. Il fouille dans l'un des placards et en sort une boîte en bois décorée d'un ruban violet.

— J'ai acheté un nouveau thé mardi. Un tamaryokucha mélangé avec un classique earl grey. Boisé, franc et légèrement sucré… Incroyable.

— Je préfère dormir debout que de te donner le plaisir de boire ton thé.

— Parce que tu crois vraiment que je comptais te laisser y toucher ? Je veux bien te donner les sachets instantanés de thé à la menthe, mais cette merveille… jamais. T'en es bien trop indigne.

— Pfff… Je suis sûre que ça a un goût de grenadine, mais que tu l'as payé trop cher pour le foutre à la poubelle.

Il se passe la main sur le visage, outré.

— Tu sais quoi ? Je veux bien te faire goûter. Mais c'est seulement pour te donner tort. Et en plus, il paraît que ça soigne les gueules de bois.

Je souris à demi.

Il comptait me le donner depuis le début alors... Vraiment ? Mais pourquoi ?

Pourquoi ne pas être égoïste et je-m'en-foutiste comme tu en as le don, Izaak ?

— OK, réponds-je après quelques secondes. Goûtons ça.

Il me lance un regard assuré, puis sort tout un tas d'ustensiles d'un tiroir. Minutieusement, d'une précision scientifique, il verse alors les herbes séchées, mesure leur quantité, les mélange, les remue…

— Izaak, c'est du thé, pas du canab…

— Silence. Je suis concentré.

Je reste debout appuyée au comptoir pendant de longues minutes à l'observer préparer sa potion. Pour *moi*. C'est comme s'il y avait un bug dans son système depuis hier. Erreur 404. Je m'attendais à tout sauf à ça, venant de lui. Je me prépare à tout moment à un sarcasme, un « Je t'ai bien eúe ! » ou un sourire moqueur qui me ferait comprendre que tout ça n'est qu'un coup monté.

Mais rien à l'horizon. Juste lui qui remue son thé, absorbé par les herbes et… ma gueule de bois.

Izaak…

Ses indomptables ondulations brunes frôlent timidement sa nuque. Il porte un T-shirt blanc moins ample que d'habitude ; il est assez moulant pour que je voie des muscles se dessiner sous le tissu à chacun de ses mouvements. Je tourne les yeux quand il lève son visage de sa préparation. Il me tend une tasse fumante. Je l'attrape et me penche dessus avec méfiance, pour en renifler le contenu. Ça sent bon.

Que vaut son élixir divin ?

J'en bois une gorgée avec hésitation.

— Bienvenue de l'autre côté, Eliotte. Qu'est-ce que ça fait de se détacher de la force obscure ?

— Honnêtement… ça a vraiment un goût de grenadine.

— Tu te moques de moi ? Arrête… Je suis à deux doigts de me signer, là. Voire de t'exorciser. Qu'est-ce qu'il y a en toi, Eliotte ? Quelle présence mystique te possède ?

— Sérieusement ! C'est pas dingue ton truc, Izaak. De l'eau chaude, un bon sirop de grenadine et je te fais le même. En mieux.

Je lui fais un clin d'œil hautain, en souriant. Il secoue la tête avec dédain.

— C'est bien ce que je me disais : tu es indigne de ce breuvage. Enfin, bref… Finis quand même ta tasse, ça te fera du bien. Pour la gueule de bois.

— Ça marche.

Je m'assieds sur un tabouret pendant qu'Izaak prépare son petit déjeuner. Je le regarde couper des fruits en me forçant à siroter cette tasse de grenadine chaude.

— Sinon…, dit-il en continuant de trancher ses fruits. T'es pas forcée de répondre. Pas du tout. Mais je me demandais…

— Oui ?

— Pourquoi est-ce que tu as eu soudain envie de te soûler dans un bar, hier soir ?

17. *Ma* voiture

Mon ventre se tord.

J'ai du mal à déterminer si je veux lui mentir ou lui dire la vérité. J'ai la sensation étrange qu'il ne mérite pas un vulgaire bobard. Mais pour autant, la vérité n'est pas encore prête à franchir mes lèvres.

— J'aurais pas dû demander, souffle-t-il.

— C'est que c'est encore frais, quoi et…

— Eliotte. T'as pas à te justifier, me coupe-t-il en plantant son regard dans le mien. Et surtout pas auprès de moi. On ne se doit absolument rien.

— C'est vrai.

— Je suis venu te chercher hier par principe. Pas pour que tu me sois redevable.

Je m'apprête à le remercier mais il me devance :

— On n'est personne l'un pour l'autre.

Ma bouche se referme. Sage rappel. Je ne lui dois rien. Il ne me doit rien. Nous ne sommes que deux inconnus obligés de vivre sous le même toit ; deux inconnus obligés de faire semblant de s'aimer.

Je soupire.

Alors qu'il finit de préparer son bol de fruits, je termine ma tasse de thé et rejoins la chambre. Je me prépare en deux temps trois mouvements et l'attends au pied de l'escalier pour qu'on parte ensemble en cours. Izaak arrive au bout d'un quart d'heure vêtu d'un pull gris et de son large blouson vintage en cuir marron. Il aime se la jouer négligé, mais je vois bien qu'il prête une attention particulière à ses vêtements.

Toujours est-il que je ne peux pas m'empêcher de me dire que je préférais son T-shirt blanc, légèrement moulant.

Quand je m'assieds à l'avant de la jeep, je sens une onde de chaleur se diffuser dans ma poitrine. L'habitacle de cette voiture représentait tellement hier soir, sous la pluie battante. Le seul endroit où je pouvais respirer à nouveau normalement.

— Je me demandais, Izaak… J'ai dit quoi quand j'étais bourrée ? fais-je quand il s'assied à mon côté. Je me rappelle à peine de ce qui s'est passé après que je suis entrée dans la voiture.

— Pas grand-chose. T'as chialé puis tu t'es endormie.

L'onde de chaleur se répand désormais sur mes joues.

J'ai fait quoi, Seigneur ?

— Y a eu un petit dialogue entre ces deux phases, mais t'en fais pas. T'as rien dit ou fait d'embarrassant, ajoute-t-il.

— Mis à part pleurer.

Il pouffe.

— Quoi ?

— T'as le nez tout rouge quand tu pleures… Tu ressembles à un bébé husky abandonné à la SPA.

— Très nulle cette blague. Je t'ai connu plus inventif.

— C'était une description. Ah ! Mais tiens ! Voilà un surnom digne de toi : bébé husky. La prochaine fois que te viendra l'audace de m'appeler « mon chaton », j'aurai de quoi répliquer. Et *ça*, ce sera embarrassant.

— Izaak, tu es démoniaque, lâché-je d'une voix lasse. Un surnom pour me faire taire ? Quelle infamie. Qu'est-ce que je vais faire de ma vie ? Je suis foutue.

— Tu ne crois pas si bien dire.

Après un trajet animé par un débat sans fin, comme c'est la coutume avec lui, on arrive enfin à trouver une place de parking.

Et c'est reparti pour une journée de cours interminable.

— On se rejoint à 14 heures ici pour aller directement au rencard ? dit Izaak en éteignant le moteur.

— Ça me…

C'est pas vrai.

Mon corps se fige. Au fond du parking, je *le* vois courir vers nous à toute allure.

— Qu'est-ce qui est plus intéressant que notre ponctualité ? me demande Izaak en se retournant.

— Rien du tout. Je vais y aller. À toute.

Je lui envoie un baiser volant avant d'ouvrir la portière… mais *il* est déjà devant celle d'Izaak.

Matthew.

Il s'accoude à la vitre.

— Tu peux foutre le camp, merci, dit l'aîné des Meeka en regardant son bras posé sur sa jeep.

— Je dois parler à Eliotte.

Il soupire et se décale pour lui laisser le champ libre.

— On n'a rien à se dire, lâché-je d'une voix ferme.

— Wager, on doit…

— Quoi, y a un problème, là ? le coupe Izaak en se tournant vers moi. C'est qui ?

— Personne.

— Eliotte, est-ce que je peux te parler seul à seul ? insiste Matthew.

Izaak se tourne brusquement vers lui et pousse avec violence son coude en dehors de la voiture.

— Je crois que ma femme ne veut pas te parler. Et encore moins en tête à tête. Maintenant, décampe.

— S'il te plaît, insiste Matt en ignorant celui qui m'accompagne. On doit parler d'hier soir.

Alors que je m'apprête à répliquer, je remarque le visage fermé d'Izaak. Ses sourcils froncés.

Soudain, il ouvre la portière, ce qui fait reculer Matthew, et descend de la jeep d'un bond.

— T'es qui, au juste ? crache-t-il d'une voix maîtrisée mais dure.

— Izaak, laisse tomber, on y va, lancé-je en le rejoignant.

— Je répète : t'es qui ? insiste Izaak.

— Juste un ami d'Ash et Eliotte.

— Et en plus tu te paies ma tête ?

— Écoute, il y a eu un malentendu qu'il faut que je clarifie avec Eliotte, point barre. Je veux pas de problème.

Un malentendu ?

— Attends une seconde… c'est le mec du bar ? demande Izaak en se tournant vers moi.

Je n'ose rien répondre.

Une veine sur son cou tressaille, et une droite fuse. Et puis une autre. Il est en train de tabasser Matthew.

— Mais ça va pas ? Izaak !

Il pousse Matt contre une bagnole et s'apprête à lui refaire le portrait. Je ne réfléchis pas et me dresse entre eux, face au brun. Celui-ci s'arrête net, le souffle court. Je pose une main sur ses bras, comme pour être sûre qu'il ne dérapera pas de plus belle et le dévisage, confuse.

— C'est bon, je vais gérer ça toute seule… E-Est-ce que tu peux nous laisser pour qu'on discute ?

— Je bouge pas.

Quoi ?

— S'il te plaît, Izaak. J'ai envie d'entendre ce qu'il a à me dire.

— Mais tu veux qu'il te dise quoi, au juste ? « Désolé d'avoir tenté de te droguer » ?

— Je ne la droguerai jamais ! intervient Matthew.

— Ça suffit ! réponds-je. Et toi aussi, Izaak ! T'as pas à crier ça sur tous les toits…

— Désolé…

Il regarde par-dessus mon épaule et foudroie Matthew du regard.

— … mais je ne bougerai quand même pas.

Je lui lâche les bras d'un geste brusque et m'écarte d'eux.

— OK, comme tu veux.

Sur ces mots, je m'éloigne en direction d'un arbre sur le carré d'herbe près du parking.

Je me retourne et lance à Matthew :

— J'ai pas tout mon temps, alors si t'as quelque chose à me dire, c'est maintenant ! T'as cinq minutes !

— Je suis là…

Son teddy jaune se décolle de la voiture et il me rattrape en une foulée. Je vérifie qu'Izaak ne nous suit pas, mais il se tient au milieu du parking, les pieds bien plantés dans le sol. Il serre les poings, sans nous quitter du regard. Je me tourne vers Matthew.

Allez, tu peux le faire.

— Je t'écoute. Quatre minutes.

— Je te promets, Eliotte, sur ce que j'ai de plus cher au monde, que je n'ai pas essayé de te droguer.

— C'est ce que dirait une personne que j'ai surprise en train d'essayer de me droguer.

— Mais pourquoi j'aurais voulu faire ça ? Ça fait des années qu'on se connaît, des années qu'on va en soirée ensemble, et je ne t'ai *jamais* fait de mal. Au contraire, j'ai toujours veillé sur toi, avec Ashton.

Je pince les lèvres. C'est vrai. Quand Ashton ne pouvait pas conduire, c'était toujours Matthew qui me ramenait. Il a toujours eu un œil sur moi quand j'étais seule. Quoi qu'il se soit passé hier, je ne peux pas nier qu'il n'a *jamais* dérapé avec moi auparavant, ni même tenté quelque chose, en fait.

Aussi loin que je me souvienne, Matthew Rivera m'a toujours respectée.

Mais j'ai bien vu sa main près de mon verre… Je…

— J-Je ne sais pas, Matthew.

— Je t'en prie, Eliotte… Je ne sais pas ce que j'ai fait à ce moment-là pour que tu penses que je versais quelque chose dans ton cocktail, mais je te jure que je ne l'ai pas fait.

Je le dévisage, les poings serrés. Ses yeux bleus me sondent, attendant ma réponse. Je ne sais pas exactement ce que j'y vois, mais mon cœur ne palpite pas. Je n'ai plus aussi mal au ventre que la veille. Je me sens sereine.

Tu le connais. Matthew n'est pas comme ça.

— Je vais aller en cours, lâché-je en me retournant.

— Attends … T-Tu me crois ?

— Pourquoi tu tiens tant à ce que je te croie ?

— Parce que ça m'est insupportable de savoir que je suis à tes yeux une aussi grosse raclure.

Mon regard tombe sur l'herbe à nos pieds.

— Tu ne l'es pas.

Et sur ces mots, je me retourne pour de bon. Matthew ne me suit pas – et tant mieux. Je m'en vais retrouver Izaak, qui n'a pas bougé d'un iota.

— Tout va bien ? Qu'est-ce qu'il t'a dit ? C'était le mec du bar ? débite-t-il en m'approchant.

— Oui, tout va bien. Merci, Izaak.

Je lui souris, avant d'aller récupérer mon sac resté sur le siège avant.

Nous entamons la marche vers notre campus.

— Il était là à courir comme un dégénéré avec son immonde teddy…, lâche soudainement Izaak. Et il a posé son putain de coude sur *ma* voiture. C'est une sous-merde.

Nous traversons les grandes allées du jardin du campus.

— Et puis tu l'as vu avec ces grands yeux bleus ? ajoute-t-il. On aurait dit un putain de tarsier.

— Un quoi ?

— Google cet animal à tes risques et périls.

Je m'esclaffe avant de sortir mon téléphone de ma poche. Quelques clics sur la barre de recherche et je ris de plus belle.

Il n'a pas osé…

— Un tarsier… Je ne connaissais pas. Mais c'est une belle idée de surnom affectueux, ça. Hein, mon petit tarsier chéri ?

— N'y pense même pas, bébé husky.

J'ajuste les lanières de mon sac sur mes épaules.

— Eliotte, si jamais c'est lui le mec dont tu me parlais, il n'a *aucune* excuse, reprend Izaak. Tu le trouves peut-être beau gosse avec ses vieux tatouages et son blouson jaune dégueulasse mais ne te laisse pas charmer par ce malade. Il faut que tu me promettes que tu vas le rayer de ta vie.

Je me tourne vers lui.

— Pourquoi ?

— Parce que c'est un grand malade, je l'ai expliqué assez clairement je crois.

— Je veux dire, je croyais qu'on ne se devait rien, Izaak. Et maintenant, je dois te faire des promesses ? Et puis pourquoi tu t'es autant… impliqué, quand il voulait me parler ?

Il me dévisage, le regard froid.

— Arrête de te faire des films. Et agis comme bon te semble, Eliotte. Ça m'est égal.

Moi, me faire des films ? Mais qu'est-ce qu'il s'imagine ?

Je lève les yeux au ciel et nous continuons notre chemin. Tout ce que je veux, c'est qu'il soit un peu plus cohérent. Parce que je ne sais jamais sur quel pied danser avec lui. À vrai dire, je n'ai aucune envie de danser !

Je ne veux plus.

—Merci d'être intervenu mais… pas la peine de te donner autant de mal. Je ne suis personne pour toi. Tu es mon mari fictif.

— Oui, mais ça ne veut pas dire que je n'ai pas le droit de ressentir des choses. Je peux m'indigner, je peux avoir envie de refaire le portrait de trous du cul, je peux venir en aide à ceux qui en ont besoin… Non ?

Mon cœur se fige.

— « Ceux qui en ont besoin » ? Je suis ta bonne action de la journée, c'est ça ?

Je baisse les yeux sur mes chaussures qui foulent le béton, la mâchoire crispée. Je ne supporte pas l'idée de lui faire de la peine. Et depuis le *début* je crois.

— D'abord tu enquêtes sur mon père, puis tu me défends comme un genre de héros au secours d'une demoiselle en détresse… En fait, t'as pitié de moi, Izaak.

Je lève le nez pour l'observer.

— Pitié ? Je n'ai pas le temps d'avoir pitié des gens. Je fais pas dans le bénévolat.

Des gens.

Sa remarque m'en bouche un coin.

Je n'avais même pas remarqué que nous étions arrivés devant mon amphithéâtre. Izaak se racle la gorge face à mon air blasé, pour me signifier que d'autres étudiants nous entourent.

— N'oublie pas que je suis ton âme sœur et que tu ne souhaites pas ma mort, chuchote-t-il.

Il attrape mes mains en souriant. Je ne me ferai jamais à cette gueule d'ange. Pourtant, je souris à mon tour en penchant la tête.

— On se voit tout à l'heure, Izaak !

— Tu crois que tu pourras survivre ces trois prochaines heures sans moi ?

Un sourire goguenard s'esquisse discrètement sur ses lèvres. Le revoilà, le Izaak que j'ai rencontré il y a trois semaines.

— Je me sens déjà si vide sans toi, réponds-je d'un ton sarcastique. Je meurs à petit feu.

Sur ce ton monocorde, je porte la main à mon cœur en mimant la douleur d'un poignard en pleine poitrine. Le brun ricane.

— N'oublie pas notre rendez-vous, tout à l'heure. On se retrouve à 14 heures au parking, OK ?

J'acquiesce, et il incline sa grande carrure vers moi. Il reste un instant à quelques centimètres de mon corps comme m'interrogeant sur ce qu'il faudrait faire.

L'embrasser ? La joue ? Les lèvres ? Le front ?

J'ai un bref moment de panique avant d'ouvrir mes bras sans réfléchir. On se serre l'un contre l'autre, quelques secondes. Sa veste est imprégnée d'un parfum de cerise, de citron. Et de menthe poivrée, aussi.

Enfin, mon « âme sœur » s'écarte, puis embrasse le sommet de mon crâne en me souhaitant une bonne journée.

Mon cœur se comprime dans ma poitrine. Ce n'est pas naturel de passer du tout au rien, en l'espace de quelques secondes. Dans notre cas, « du rien au tout », plutôt. De l'inconnue, des « gens », à la grande âme sœur. Parfois, je voudrais juste me situer dans un entre-deux.

Au-delà de cette situation tordue, Izaak a cette manière bien à lui de vouloir, ou prétendre, se montrer attentif avant de m'envoyer balader, de me faire la charité puis de me parler sans même me regarder.

Pourquoi est-ce que tout doit être si compliqué avec lui ? Comment fonctionne son cerveau, au juste ?

Je fronce les sourcils puis rejoins mon amphithéâtre.

Une fois assise, j'installe mon ordinateur sur ma tablette en bois.

— Comme vous le savez, déclare notre professeur de Science psychologique moderne, depuis ces vingt dernières années, le songe lucide peut être contrôlé et influencé par un tiers, un individu extérieur à l'expérience psychique. C'est Kendra Löch qui théorise le mouvement par inertie mentale partagée, en d'autres termes : comment rêver à deux. Ses travaux de 2076 sont les piliers de cette science dite « moderne ».

Les rêves lucides à deux…

Alors que j'écoute à moitié l'analyse de M. Kawthar, trop occupée à finir un devoir sur mon ordinateur, j'entends la porte arrière de l'amphi grincer bruyamment. J'observe la silhouette qui se dévoile et plisse les yeux en croyant reconnaître une veste jaune et des cheveux châtains coiffés à la va-vite.

Matthew.

Il monte les marches de l'escalier quatre à quatre, cherche des yeux une place et… me regarde. Je fais mine d'être absorbée par l'écran de mon ordinateur, mais ça ne suffit pas. Il s'approche de mon siège, retire mon sac à dos laissé sur la place vide à côté de moi et s'assied comme si de rien n'était.

— Tu ne demandes pas si elle est prise ? chuchoté-je en continuant de taper un mot sur deux du cours sur mon clavier.

— Peu de chance que quelqu'un soit plus en retard que moi, Wager.

— Il y avait au moins une trentaine d'autres places libres.

— Oui, mais qu'une près de toi.

Il me gratifie d'un sourire d'ange.

Matt…

Je ne lui accorde pas plus d'attention et tente de retrouver le fil de ma rédaction.

On est au petit b *ou* c *? Ou peut-être que… J'en sais rien.*

— J'arrive pas à y croire…, souffle-t-il.

— Quoi ?

— Tu m'as menti. Tu as dit que tu me croyais. Et là tu agis comme si j'étais un vieux pervers taré qui…

— Attends, attends… Qu'est-ce que tu vas t'imaginer ? lancé-je en me tournant brusquement vers lui. Je pensais *déjà* ça de toi, bien avant la soirée au bar.

Il me dévisage avec un regard blasé.

— Hilarant. Je m'esclaffe. Je ris. Waouh, je m'égosille.

— Prends garde à ne pas t'étouffer. Et pour te répondre : non je ne t'ai pas menti, je te crois, Matthew. J'agis juste… normalement.

Il hausse les sourcils, la commissure des lèvres baissée. Je crois que mes mots le touchent.

— Normalement ? Avec *moi ?* répond-il en reprenant son air confiant. Au bar c'était différent.

— J'étais bourrée au bar.

— Et hilarante. Et sympa. Et carrément plus…

— Matt, j'essaie d'écouter le cours.

— T'es tellement attentive depuis le début qu'il n'y a littéralement que deux mots écrits sur ton écran, rétorque-t-il en se penchant pour épier mes notes.

Je sursaute. Son parfum semble plus sucré qu'au bar, plus doux.

— Tu vois, ça me demande énormément de concentration et de capacités mentales pour retranscrire ce cours, dis-je malgré ma gêne face à notre proximité. Alors laisse-moi bosser.

Il soupire en se décalant.

— C'est bien parce que c'est toi.

Je me reconcentre sur la voix gutturale du professeur de Science psychologique moderne.

Au bout de quelques secondes, Matthew secoue mon épaule.

— Tu aurais une feuille, Wager ? J'ai pas mon ordi.

— Tu viens à l'université les mains vides, toi ?

— Mon ordi m'a planté au cours précédent.

Je baisse les yeux sur son sac.

C'est une blague ?

— Ton sac est vide.

— Comme mon cœur quand tu me parles sur ce ton, Eliotte, dit-il en faisant la moue.

Il fait un cœur avec ses mains qu'il brise en séparant ses doigts les uns des autres.

— Désolé, je n'ai rien d'autre que mon PC, réponds-je en retenant un sourire. Je t'enverrai le cours… alors tu ferais mieux de me laisser le taper.

— C'est pas bientôt fini vous deux ?

Matthew et moi nous retournons simultanément pour dévisager la fille qui nous a interpellés.

— Ça n'a même pas commencé, pour tout te dire, répond Matt du tac au tac.

— Envoie-nous tes notes de cours, Maggy, et je te promets que tu n'entendras plus un mot sortir de notre bouche, lui lancé-je, un sourire en coin.

— T'es culottée quand même, toi ! me répond-elle en riant.

Matthew se penche nonchalamment en arrière sur sa chaise, le coude plié sur le dossier, pour se rapprocher de Maggy.

— Tu notes ? Matthew, point, Rivera, arobase, université…

— Je rêve.

— Oh Maggy, on sait pertinemment toi et moi que dans tes rêves je ne suis pas habillé.

Elle s'apprête à répondre mais se ravise. Ses joues sont cramoisies.

— OK, je vous envoie ça après mon stage ce soir… mais laissez-moi me concentrer.

Matthew la remercie en lui lançant un compliment sorti de sa poche – ou de son caleçon – tandis que je pivote de nouveau face à mon écran.

Ce maudit stage de fin de semestre… Encore un autre problème qui s'ajoute à la pile.

Je passe la main dans mes cheveux en soupirant. J'en cherche un depuis le mois dernier. Tout a été perturbé par un événement, un tantinet inattendu – mon mariage avec Izaak Meeka.

— Pourquoi tu fais cette tronche, Wager ?

— Je pense au stage de fin de semestre…, grommelé-je, désespérée. J'ai pas encore trouvé le mien.

— C'est vrai ? Tu voudrais le faire où ?

— J'avais pensé au Bureau de la Santé et du Bien-Être, ou peut-être en cabinet de conseil légo-psychologique.

— Tu sais que ma mère travaille au Bureau ? Je lui demanderai s'il n'y a pas une place pour toi.

Mes yeux s'allument.

— Tu me sauverais, Matt.

— Tu vois que ça a du bon de me supporter pendant le cours.

J'affecte un air outré en souriant.

— Plus sérieusement, ne te sens pas forcé de le faire. J'ai dit que je te croyais pour le bar.

— Je le ferai pour la Eliotte sympa que j'ai croisée au bar. Elle est beaucoup moins acerbe. Et sourit plus.

— Ce n'était pas vraiment moi, l'autre soir. Là, tu as la vraie Eliotte sous les yeux.

— Au bar, tu n'avais pas toutes ces barrières. Tu devrais baisser ta garde de temps à autre.

— Pourquoi ?

— Pour te faire des amis. Il n'y a pas que ton mari et tes parents dans la vie.

Je baisse les yeux. S'il savait à quel point il est loin du compte…

— Bon, je vais y aller, moi…, dit-il en ramassant son sac à dos. Ça sert à rien de rester si la rousse nous envoie son cours.

Je souris à nouveau. Son cynisme me fait penser à celui d'Izaak. Ils s'entendraient bien tous les deux. Enfin… s'ils n'étaient pas partis d'un – *très* – mauvais pied, Izaak étant parti avec son poing. Mais c'est peut-être rectifiable.

Tu es sérieusement en train de penser à créer des amitiés, alors que tu n'en as pas de ton côté ?

Je roule des yeux. Je n'ai pas besoin de mon mari, de mes parents et encore moins d'amis. Je m'en sors très bien comme ça.

Ce n'est pas ce que tu pensais en entrant dans le bar, hier.

J'étais... J'étais épuisée. Et en train de digérer la trahison d'Ashton. C'est tout.

Je m'en sors très bien comme ça.

— Eliotte ? Tu m'as entendu ?

— Euh, oui, dis-je en me reconcentrant sur Matthew.

— Du coup, tu viens avec moi ? Je te dépose quelque part si t'as fini les cours ?

— Non, non t'inquiète. Je vais rester.

Il hoche la tête en pinçant les lèvres.

— OK. À la prochaine, Wager.

Il me salue d'un petit geste de la main avant de quitter l'amphithéâtre. J'attends quelques minutes pour être sûre qu'il a quelques mètres d'avance et remballe à mon tour mes affaires. Il a raison : ça ne sert à rien de rester ici alors que je m'ennuie à mourir. Il ne doit juste pas savoir que j'ai décidé de partir seule.

La journée continue sans que je reçoive aucune nouvelle d'Izaak.

De toute façon, je le vois dans exactement dix minutes sur le parking. Notre rencard au cinéma est prévu à 14 heures. Pour une fois, je suis en avance. J'attends devant la jeep, les mains réfugiées dans les poches de ma veste. Il caille.

Je n'aurais pas dû lui parler franchement de mon ressenti sur ses agissements. Je pensais qu'on allait avoir une conversation à cœur ouvert mais je me suis complètement plantée. Le type n'en a rien à carrer. Il vit dans son monde, à son allure, selon ses règles. Ça ne lui viendrait pas à l'esprit une seule seconde de regarder ce qu'il se passe dans le mien. La manière dont il s'est comporté hier soir était un leurre. Il a juste agi par pitié. J'étais sa charité du jour. Ma gorge se serre.

Je consulte ma montre. Il a un quart d'heure de retard. Ça ne lui ressemble pas… J'attends encore une bonne dizaine de minutes alors que je ne sens plus le bout de mes orteils.

C'est quand même bizarre…

J'ouvre brusquement mon sac pour récupérer mon téléphone. Je passe l'appel, en tapant frénétiquement du pied. Il décroche au bout de la quatrième sonnerie.

— Izaak ? Est-ce que tout va bien ?

— Euh… oui. Pourquoi ?

Je rêve ?

— Parce qu'on avait rendez-vous à 14 heures ! T'es à la bourre !

— Oh putain ! J'avais oublié !

— Sérieux ? Ça fait une demi-heure que je t'attends.

— Waouh. Pour une fois que t'es à l'heure, Eliotte. Je suis fier.

— Tu sais quoi ? Je vais y aller en bus. Tu peux partir sans moi.

— Quoi ? Non, non ne fais pas ça ! Ce serait très mauvais pour nous d'y arriver séparément. Je suis à deux pas du parking, j'arrive, Eliotte.

Quand il débarque enfin, je claque des dents tellement j'ai froid.

— Merci de m'avoir attendu, dit-il en déverrouillant les portes de la voiture.

Je me précipite sur le siège avant et cherche comment activer le chauffage en appuyant sur le tableau de bord… mais il n'est pas tactile. Mince, j'avais complètement oublié que c'était un modèle ancien.

— Comment t'as pu oublier, Izaak ? m'exclamé-je en continuant de trifouiller les boutons. C'est toi qui as insisté pour que je sois impérativement à l'heure !

— Tu m'es sortie de la tête, c'est tout.

Je suis sortie de sa tête.

Comme si j'y avais été rien qu'un moment. Je laisse tomber le chauffage et me tourne vers la vitre, les poings serrés. Ça serait vraiment trop fatigant pour lui de formuler des phrases avec un minimum de tact ? En fait, non. Je ne devrais même pas espérer de lui du tact. Qu'est-ce que j'en ai à foutre d…

Une boule de laine atterrit sur mon visage.

— Tiens, mets mon écharpe. Tu vas crever sinon.

— À cause de qui, hein…, marmonné-je en l'entourant autour de mon cou.

Le tissu porte le parfum d'Izaak. Boisé, un peu acidulé. Tandis que je frotte mes mains l'une contre l'autre, Izaak appuie sur un bouton, et de l'air chaud envahit l'habitacle. Peut-être que la chaleur va me rendre moins susceptible…

Et lui moins con, qui sait.

— Tu vas me faire la gueule pendant tout le rencard ? lâche-t-il au bout de quelques secondes.

— Pourquoi ? Si je dis non, tu ne t'excuseras pas.

Il pouffe.

— J'économiserais au moins un peu d'énergie. C'est précieux de nos jours, tu sais. Mais d'abord, m'excuser de quoi au juste ?

— De m'avoir laissée attendre ici. De m'avoir oubliée.

— Ah, ça…

Il lève les yeux au ciel.

— Tu ne me prends vraiment pas au sérieux, hein ? grommelé-je.

Je regarde ailleurs.

— Espèce de tarsier de mes deux.

Un rire fuse.

— Plagieuse. Et tes deux quoi, je peux savoir ?

— Pas mal de choses vont en double dans le corps humain.

— Oh non… ça me rappelle ce mythe bidon auquel on avait droit quand on était en maternelle. Tu te souviens ?

J'écarquille les yeux, me remémorant la comptine.

— Oui ! Toi aussi on te l'a fait ? C'était quoi, déjà ? « Les enfants combien de bras avez-vous ? Deux ! Combien de narines ? Deux ! Et combien de mains ? Oui, deux ! »

— « Mais combien de cœurs avez-vous ? », poursuit Izaak. « Un seul ! Car le deuxième est jumelé avec votre âme sœur qui est quelque part ici… » Les humains seraient condamnés à passer leur vie à la recherche de leur autre moitié[1]… Tu te rends compte du truc qu'on nous faisait gober à quatre piges ?

Nous ne serions tous que des moitiés, tourbillonnante dans notre existence, subissant l'insoutenable sensation de manque. Nous serions alors destinées à nous unir à une autre pour ne former qu'un. Comme si je n'étais pas assez à moi toute seule. Comme si quelqu'un pouvait un beau jour débarquer et me dire : « Grâce à moi tu es complète maintenant. » Mauvais script. Je *suis* complète. Algorithma veut nous faire croire qu'on est troué, vidé et qu'on doit chercher la même chose, sous peine de le rester à jamais. Mais, non, je veux un autre entier. Un autre humain.

Pourtant, autour de moi, j'ai l'impression qu'ils ont tous une moitié de plastique, un trou béant parfois comblé avec des artifices. En pensant qu'ils devaient trouver leur seconde moitié, ils en ont oublié celle qu'ils avaient déjà. Au point de la délaisser. Et de ne plus la faire exister.

— Et ne parlons pas des contes de fées…, ajouté-je en pouffant, pour chasser ces pensées qui me donnent la nausée. C'était ridicule. Même à quatre ans je savais que c'étaient des sornettes.

Il se met à sourire en plissant les yeux.

1 Référence au mythe d'Aristophane, rapporté par Platon dans *Le Banquet*. L'humain est à l'origine un être à deux têtes, doté de quatre bras et quatre jambes qu'il partage avec un autre être, ne formant qu'un. Pour punir les humains de leur orgueil, Zeus les aurait coupés en deux, les laissant chercher toute leur existence leur moitié perdue.

— Quoi ? demandé-je.

— Honnêtement ? J'aimais bien les lectures de contes de fées.

— Quoi ? Ces trucs niais ?

— Arrête… *La Belle et la Bête,* avec l'héroïne qui aime au-delà de l'apparence, *La Petite Sirène* qui devient muette par amour… C'est… hum…

— Niais ? Ça fait fondre ton petit cœur ?

Il se racle la gorge.

— Non, non, mais… narrativement c'est balèze. Y a… euh… y a de belles péripéties. Et puis, la morale est noble.

— La morale est noble ? C'est une expression intéressante pour dire que c'est niais.

Je l'observe alors qu'il se reconcentre sur la route. Son visage dur, sa veste en cuir camel… Un rire me prend à la gorge.

— J'arrive pas à y croire… Izaak Meeka aime les contes de fées.

— Non, mais d'un point de vue purement littéraire, on ne peut pas nier…

— Arrête, mon chaton en chocolat. Tu es démasqué.

— Mon… quoi ? Plus jamais tu ne dis ça.

— Oh ! pardon. Tu préférerais mon prince charmant ? Ou mieux : mon bien-aimé au fidèle destrier ?

— Je conclus. Je ferme la conversation. Je change de sujet.

— Assumez vos goûts et votre cœur d'artichaut, damoiseau.

Il me lance un regard noir, prêt à répliquer, mais nous arrivons déjà au cinéma, avec quelques minutes de retard.

Dans la salle, le grand écran est allumé et les hologrammes représentant les acteurs sont déjà animés sur un fond de musique. Je ne sais même pas quel film on vient voir… Je jette un coup d'œil sur mon billet, réservé par Algorithma.

PLACE 29 ; Rg K

Je cherche des yeux la rangée K, avant qu'Izaak me la désigne du doigt. Je m'élance vers cette place en essayant de ne pas manquer une marche dans l'obscurité et de ne pas faire tomber notre seau de pop-corn.

Soudain, je sens Izaak saisir ma main. La sienne est chaude, calleuse à certains endroits. Chose étonnante car je ne le pensais pas du genre à pratiquer des activités manuelles… Il se penche tout près de mon oreille. Je frissonne deux fois plus quand je sens son autre main se poser sur mon dos.

— Tu me fais toujours la gueule ?

— Bien sûr que oui… mon tarsier, ajouté-je d'une voix claire.

— C'est moi qui vais finir par t'en vouloir, tu sais ? Je préférais « mon chaton », je crois. Non, attends. Je retire ce que j'ai dit, tu vas le prendre sérieusement. Ne m'appelle jamais comme ça, Eliotte. *Jamais.*

Il rit doucement, avant de s'arrêter net.

— Attends, tu me fais vraiment la gueule ? T'as pas ri avec moi.

Je tourne la tête pour le regarder.

— Parce que c'était pas drôle.

Son visage se déconfit. Je me retiens, mais un rire irrésistible me chatouille la gorge. Il finit par éclater, malgré moi. Un mec installé non loin de là me lance à mi-voix :

— La ferme !

— Quoi ? On peut plus avoir la joie de vivre ?

— Vieux débris, ajoute Izaak derrière moi.

On poursuit notre route jusqu'à la bonne rangée.

— Excusez-moi… Pardon, madame. Par…

Je me statufie.

Ashton est juste là, assis à deux places des nôtres avec Emily.

— Allez, Eli… Avance, s'il te plaît, me chuchote Izaak dans un petit sourire.

Je reste plantée là. Comme si mon cœur avait cessé de fonctionner. Je les dévisage, les mâchoires serrées.

— Oh salut, frérot, fait Izaak. Ça va ? Bonne séance !

Sa main se presse un peu plus autour de ma taille.

Merde, je dois me ressaisir.

Je secoue la tête et vais m'asseoir précipitamment à ma place. Izaak me rejoint et je lui tends le pop-corn sans le regarder, fixant plutôt l'écran devant moi. J'ai les mains moites. Mon pull me gratte.

Il se penche à mon oreille pour me glisser :

— Scientifiques au fond de la salle, rangée B.

Mais bien sûr… Ils sont là eux aussi.

— Les pop-corns sont au caramel, t'as vu ? me dit le brun dans un sourire, en symbiose avec son personnage d'époux modèle. C'est ceux que tu préfères, non ?

Ashton est juste là. Collé à sa nouvelle copine. Son âme sœur.

— Et sinon, t'as vu la bande-annonce du film, Eli ? La bande-son a l'air dingue, non ?

— Hum… Je… Oui, c'est vrai.

J'inspire fort.

Soudain, il s'approche un peu plus encore et murmure :

— Le rencard d'Ashton est programmé par Algorithma, lui aussi… Ces connards ont tout calculé. Ils vont nous tester aujourd'hui, Eliotte. On n'a pas le droit à l'erreur.

Il a raison. Nous allons être épiés durant toute la séance. Serons-nous distants avec notre âme sœur ? Allons-nous épier l'autre duo ?

Il faut que je sois suffisamment indifférente et proche d'Izaak pour qu'ils soient persuadés qu'on a tourné la page, Ash et moi.

— Honnêtement, cette situation n'est facile pour personne, poursuit le brun. Tu sais… J'ai vu une profonde tristesse dans les yeux de mon frère quand il t'a aperçue à mes côtés. Et ça m'affecte. Je ne veux surtout pas lui faire du mal… mais si ces types au fond de la salle le perçoivent, ils en déduiront que je sais qu'Ashton ressent toujours des choses pour toi.

J'expire en passant une main sur mon visage.

Quel pétrin…

18. Des papillons

Moi non plus, je ne veux pas faire de mal à Ashton. Ça m'est inconcevable. Mais en vérité, je me demande si j'ai toujours la capacité de le blesser. L'autre jour, il était bien avec Emily, chez lui. Il respirait le bonheur… *l'amour*.

Je ne devrais pas, je sais, mais je ne peux pas m'en empêcher. Je ne contrôle rien. Je fais mine de prendre le sceau de pop-corn des mains d'Izaak et lance un coup d'œil vers eux. Je croise le regard d'Ashton qui le détourne aussitôt. Il nous fixait depuis tout à l'heure… La main d'Emily est posée sur son torse, son bras à lui entoure ses épaules.

Je me mords l'intérieur de la joue et pose le pot en carton sur le siège vide à côté de moi.

— Je crois que… que…

— Qu'est-ce qu'il y a ? chuchote Izaak.

Mes ongles se plantent dans l'accoudoir. Mon cœur se contracte, si fort que j'ai l'impression que ma poitrine va exploser d'une minute à l'autre.

— Eli ?

— Je crois qu'il aime vraiment bien cette fille.

— Qu'est-ce qui te fait dire ça ?

Je baisse le menton, les yeux perdus sur la moquette trouée du sol.

— Parce qu'il est tactile ? Eliotte, nous aussi on est tactiles en public et, clairement, il n'y a rien entre nous alors tu vois bien que…

— Tu sais pourquoi je suis allée au bar hier ? lâché-je en me tournant vers lui.

Il secoue la tête, l'air grave.

— La veille, Ashton m'avait donné rendez-vous au milieu de la nuit pour s'excuser et me dire qu'il avait besoin de moi… q-qu'il m'aimait. On aurait dit qu'on était dans un putain de film.

Je fixe mes doigts noués.

— J'ai longuement hésité mais… j'étais obligée d'y aller. J'ai été le retrouver le lendemain, après son entraînement pour lui dire que je ressentais la même chose.

— Et… Il t'a dit quoi ?

— Nous ne nous sommes pas vus finalement. Mais j'ai eu la réponse à toutes mes questions lorsqu'il est sorti de chez vous, souriant, la main sur la taille d'Emily.

Ma gorge se serre.

Putain, c'est pas le moment de chialer !

J'inspire fort et essaie de calmer mon cœur qui bat à une vitesse folle. J'ouvre la cannette de soda à côté de moi et en bois d'une traite plus de la moitié.

Réveille-toi, Eliotte : il y a des scientifiques quelques mètres plus haut, prêts à te rendre la vie très compliquée si tu merdes.

— T'es sûre de toi ?

— Oui, Izaak. Je peux t'assurer qu'Ashton n'emmène personne dans sa chambre pour découvrir sa collection de timbres.

Izaak ferme les yeux une seconde.

— Contentons-nous de nous tenir la main en étant absorbés par ce film passionnant. Je m'en fous du reste, dis-je en actionnant la fonction 8DX de mon siège.

Ce dernier commence à bouger au rythme de la bande-son et du mouvement des hologrammes. Je crois que c'est un film fantastique… Des mômes en uniforme jouent à la balle sur un ballet magique. Les lumières changent de couleur, une légère brise traverse la salle. Ce que j'adore avec le cinéma, c'est l'immersion. Nos sièges peuvent bouger, les odeurs qui planent dans la salle changent, il peut se mettre à pleuvoir, venter… On est plongés entièrement dans le long-métrage, de quoi oublier plus facilement ce qu'il se passe autour de nous, en dehors de la salle… dans notre vie.

Soudain, je sens la main d'Izaak glisser doucement près de la mienne, sur l'accoudoir.

— Je suis désolé, Eliotte, chuchote-t-il.

Je hausse les épaules.

— Tu sais, je préfère savoir la vérité plutôt que tout risquer pour de la poudre de perlimpinpin.

Il sourit à demi.

— Je me doute que tu dois avoir mal…, ajoute-t-il doucement. Mais ça finira par passer, sois en sûre.

— Je n'ai pas mal. Je suis juste… déçue.

Il jette un regard discret, la bouche serrée. Il n'y croit pas lui non plus.

— Tu devrais regarder le film, c'est sympa, ajouté-je, faussement amusée. Ça date du siècle dernier. C'est des mômes dans une école de magie.

— C'est censé me donner envie ?

— C'est pas un conte de fées, c'est vrai, mais ça s'en approche.

Sur ces mots, il me jette un peu de pop-corn sur la joue.

— Hey !

— J'ai bien visé, il n'est pas tombé par terre, tu peux le manger.

Je prends l'écharpe qu'il m'avait prêtée et la plaque sur son visage en ébouriffant ses cheveux.

— Tu veux la guerre, Eliotte ? dit-il en poussant mes bras.

— Non, juste ta mort, lâché-je en me reconcentrant sur l'écran. Mais là, je regarde le film.

— Quelle lâche…

Quelques minutes passent. Une odeur d'épices plane dans la salle : les personnages sont en plein cours de magie, en train de concocter des potions. Je ris. On aurait dit Izaak en train de faire son thé du matin. Je me tourne vers lui pour lui faire la blague.

Il fixe Ashton.

— Eh, mais qu'est-ce que tu fous ? Ils vont nous cramer ! chuchoté-je en tirant la manche de son pull pour le retourner vers moi.

— Je voulais juste vérifier si tu disais vrai.

Vérifier s'il aime vraiment cette fille ?

Mes poils se hérissent. Je ne veux même pas savoir s'il pense que je dis vrai.

— Bon, maintenant tiens-moi la main et ne regarde *que* le film. Ou mon visage de déesse grecque.

— Je ne crois pas…

— Mais bien sûr que si, je suis une déesse grecque. On me dit tout le temps que j'ai des airs d'Aphro…

— Non, non, me coupe-t-il. Je disais : je ne crois pas que je devrais me contenter de te tenir la main.

Je le dévisage, perplexe. Je n'arrive pas à formuler ma pensée. Rien ne me vient. Je déteste cette sensation.

Izaak tend son bras jusqu'à l'accoudoir gauche de mon siège, se collant contre moi, la tête près de ma poitrine. Il désactive la fonction « mouvement » du siège et se remet droit.

— Ils sont plus tactiles que nous. C'est suspect. J'ai peur qu'on nous grille.

Je me tourne de trois quarts pour faire un peu plus face à Izaak.

— Tu veux que je pose ma tête sur ton épaule ? Ou que je te fasse manger des pop-corns ? Peut-être que les scientifiques trouveront ça si malaisant qu'ils détourneront le regard. Ça nous aidera.

Il étouffe un rire et plante son regard dans le mien. Les lumières bleutées de la salle, censées imiter un ciel d'été, ondulent sur son visage. Il range une mèche derrière mon oreille. Sa main reste posée sur ma joue, picotant ma peau. Je ne sais pas vraiment si je ressemble à Aphrodite, même pas du tout en fait, mais il me regarde comme si c'était le cas.

J'aimerais savoir jouer la comédie comme ça, moi aussi, mais à la place je reste à fixer le garçon qui m'a oubliée, à l'épier comme une folle.

Alors que lui n'en a plus rien à faire de moi.

Mon regard remonte sur Izaak.

— Donc… on ne se tient pas la main ? murmuré-je.

— On fait ce que tu veux, Eliotte.

Son visage s'approche, millimètre par millimètre, avalant lentement tout l'espace, tout le néant entre nous.

— Je…

Une nouvelle mélodie retentit, accompagnée d'une brise pour imiter le vent dans la scène du film. Ses doigts s'étirent plus fermement autour d'une partie de mon cou et de ma mâchoire. Nos poitrines s'effleurent.

J'ai le souffle court. Je ne l'ai jamais vu aussi près de moi. Les rares fois où on s'est embrassés, c'était si étrange pour moi que je n'avais même pas le temps de le regarder.

Je ne peux pas le nier : Izaak fait partie de ces hommes à la beauté magnétique, brute, au point d'en devenir parfois troublante. Presque énervante, parce qu'à côté on se sent complètement insignifiant…

— Eliotte ?

— Oui ?

— On s'embrasse ?

— Grave… Enfin, oui, pourquoi pas, dis-je en me raclant la gorge. Mais on va peut-être croire que…

Il colle son front au mien, me faisant taire. Ses cheveux chatouillent ma peau. Je n'aurais jamais cru aimer l'avoir si proche. Je le regarde pendant quelques secondes, immobile, avant de me décider. Ma main se glisse sur son biceps puissant. À mon contact, celui-ci se contracte avant de se relâcher complètement. Je le touche du bout des doigts.

Mon cœur manque un battement quand ses lèvres effleurent les miennes, doucement. Mes joues sont en feu.

Izaak s'éloigne alors de quelques millimètres.

Avant de plaquer sa bouche contre la mienne. Je sens sa langue se frayer un passage. Je suis étonnée mais je ne réfléchis pas plus et entrouvre les lèvres. Et là, lentement, sa langue s'enroule autour de la mienne. Elle a un goût mentholé mêlé au caramel du pop-corn.

J'entoure ma main libre autour de son cou, avant de la laisser se perdre dans ses cheveux. Le creux de mon ventre crépite à mesure que sa bouche s'emboîte avec la mienne, au-dessus, en dessous… Je m'avance pour sentir davantage sa langue et retiens un râlement au bord de mes lèvres.

Sa main se glisse sous mon pull, se pose sur mon T-shirt, au creux de mes reins. Moi aussi j'aimerais avoir l'audace de poser ma main derrière le tissu de son pull, sur son torse ou même sur son ventre. Mais je me contente de son cou, de ses boucles brunes et de son bras musclé. J'aimerais m'approcher encore plus, me plaquer contre lui, mais il y a ce foutu accoudoir…

Est-ce qu'il a la même énergie qui tambourine dans sa poitrine ?

Sûrement pas.

Un courant me traverse. J'attrape une dernière fois ses lèvres, titille la pointe de sa langue… puis me détache. Izaak recule à son tour, en décollant ses mains de moi.

Mes yeux balayent la salle. On est dans un cinéma. En public. Et je l'ai embrassé. J'ai pété un plomb ?

Est-ce qu'Ashton m'a vue ?

— Ça devrait leur suffire, là, murmuré-je avant de prendre une gorgée de soda.

— Oui, garanti…, dit Izaak, en reprenant le seau de pop-corn.

J'actionne de nouveau mon siège et essaye de me replonger dans le film. Comme c'est une scène d'orage, quelques gouttes de pluie tombent sur nous. La musique est entraînante. Les lumières, parfaites.

Mais je n'arrive pas à me concentrer.

J'ai embrassé Izaak et, je ne peux pas le nier, c'était… bien. Vraiment bien.

Et peut-être qu'Ashton m'a vue.

Du moins, je l'espère, égoïstement. Me voir dans les bras de son frère lui fera peut-être un pincement au cœur. Ou lui mettra une gifle… Sûrement pas parce que c'est moi, mais parce que c'est *son frère* qui embrassait *son* ex-paire.

Réaliser que je souhaite secrètement qu'il soit jaloux me plonge dans un mal-être indescriptible, un peu acidulé. Mais sucré, quelque part…

Le plus important reste que mes observateurs aient écrit notre baiser dans leur foutu rapport. Oui, je ne dois pas perdre de vue l'essentiel.

Izaak regarde le film, l'air de rien. Il respire normalement, en mâchant son pop-corn. Détendu. Absorbé. La même allure qu'avant notre baiser – comme s'il n'avait pas eu lieu, en fait.

Je laisse mon regard dériver vers Ashton, qui nous observe. Je déglutis. Encore une fois, je fais semblant de prendre du pop-corn à Izaak. Et par la même occasion je lui glisse :

— Ashton nous dévisage. Il va nous attirer des ennuis si les scientifiques le voient.

Izaak crispe la mâchoire et regarde le sol un instant, perdu dans ses pensées. Soudain, il lève le regard, comme si une idée avait fusé dans son esprit.

19. Un supplice

Finalement, il sort son téléphone et abaisse la luminosité de l'écran. Il ouvre l'application de messagerie et tape à toute vitesse :

T'aimes le film ? Moi je pense l'avoir déjà vu. Reste bien concentré, n'en perds pas une miette… ou tu ne comprendras pas le plot twist final 😉

Intelligent…

Il envoie à la suite :

Désolé.

Et ajoute dans des gestes précipités :

Je sais que c'était PAS UN VRAI spoil que de te dire qu'il y a un plot twist final… mais désolé quand même Ash.

Bien que je sois quasiment certaine que nos téléphones ne sont pas hackés par Algorithma, on ne peut nier qu'Izaak est doué pour faire passer ses idées sans qu'un œil extérieur soupçonne quoi que ce soit.

Ashton répond aussitôt :

Spoil ou pas t'étais vrmt obligé de me dire qu'il y avait un plot twist à la fin ? Tu pouvais pas t'empêcher de faire ça, maintenant ? T'as légèrement tt gâché, non ?

Je fais semblant de reprendre du pop-corn à Izaak pour mieux voir son écran et récupère le seau pour le laisser écrire plus facilement. Je sais que je ne devrais pas, mais mon regard dérive malgré tout sur les bulles qui apparaissent à toute vitesse sur le fil de conversation.

Je t'ai regardé et je t'ai pas trouvé si absorbé que ça par les images, Ash… Je voulais juste que tu profites du film. Désolé.

Puis après quelques secondes…

Tu m'en veux pas vraiment ? Hein ?

Jsuis pas du genre rancunier mais ce film est particulier, il a l'air vraiment génial, et le suspense est gâché maintenant. Et par mon frère en plus…
Jsuis un peu dégoûté. Jcrois même que je vais quitter la salle, honnêtement.

T'abuses pas un peu ? Quitter la salle pour un FAUX spoil ?

Ça m'a l'air d'être quand même un bon gros spoil. En tt cas, ça me gâche toute la séance.

Mais non Ash je te jure… Profite du film et ne gâche pas ton rencard avec Emily. Elle a l'air d'apprécier le moment que vous passez ensemble.

Izaak se tourne vers moi. Il me dévisage quelques secondes, avant de reprendre son téléphone. Je m'éloigne pour ne pas passer pour une stalkeuse mais lis tout de même par-dessus son épaule.

De toute façon, vous avez passé tellement de temps ensemble ces derniers temps que louper une séance de ciné ne changera pas grand-chose. Au besoin, je pourrais même te retrouver le film en streaming… Tu pourras Netflix and chill avec Emily.

Le message d'Izaak reste en « vu », alors il range son téléphone. Aussitôt, je reporte mon attention sur les hologrammes devant nous.

Izaak ne tente plus aucun rapprochement vers moi durant le reste de la séance, il se contente de me tenir la main quelques secondes. Il lui arrive de me glisser quelques blagues à l'oreille, parfois en critiquant les actions des personnages – il n'est pas tendre avec celui à lunettes rondes – ou encore de me proposer de goûter son soda.

Quand le film se termine, nous restons assis sur nos sièges, comme hésitant à quitter la salle. Un mouvement brusque attire mon regard à quelques centimètres : Ashton bondit de sa place et décampe à toute vitesse. Emily le rattrape en quelques foulées, d'un air surpris.

— Imbécile…, murmure Izaak entre ses dents.

— Toujours aussi impulsif, il faut croire.

— Non mais, attends, pendant tout le film on prend sur nous, on fait en sorte que les scientifiques n'y voient que du feu… au point de se rouler des pelles. Et lui fait tout tomber à l'eau.

Je me demande une seconde s'il dit vrai et que la simple réaction d'Ashton a pu nous porter préjudice. Et puis, pendant plusieurs minutes, il n'y a que ces questions : c'était un si grand effort de m'embrasser ? Un si terrible supplice ?

J'aimerais bien le dire à haute voix, l'interroger sans gêne. Mais à la place, je me contente de hausser les épaules.

C'est lui qui a voulu m'embrasser. C'est même lui qui a mis la langue, alors qu'on se contentait de simples baisers jusque-là…

Je me lève, remets ma veste silencieusement et prends ma cannette vide. J'allais attraper par réflexe son écharpe pour la remettre, mais la laisse sur ses genoux.

— Bon, on y va ? dis-je en le dévisageant, alors qu'il est toujours assis.

— Tu veux aller où ? répond-il en se redressant à son tour.

Je plisse les yeux.

Est-ce qu'il veut qu'on passe le reste de l'après-midi ensemble ?

— Hum… je sais pas.

— Moi, je vais aller retrouver des amis après t'avoir déposée.

Bien sûr, sa question était posée en tant que chauffeur.

— Je verrai dans la voiture, dis-je alors.

Comment j'ai pu penser à autre chose ? C'est Izaak.

Je commence à longer l'allée pour sortir de la salle. J'ai le souffle court. Je n'ai qu'une envie : m'isoler. Ne plus entendre le monde qui tourne autour de moi, ni le voir. Quatre murs, une centaine de pages et ma couverture. C'est tout ce que je veux.

— Eh !

L'écharpe en laine d'Izaak se retrouve soudain autour de mon cou.

— Tu comptes aller où sans ça ? Tu vas attraper la crève.

— Non, ça va merci, rétorqué-je en commençant à la retirer.

Il attrape mes mains, pour arrêter leur geste.

— Fais-moi plaisir et garde-la, tu veux ? Je te le dis : je suis un terrible infirmier. Si tu tombes malade, la seule personne à ton chevet sera la Faucheuse.

Je pourrais rire. Je l'aurais fait normalement. Mais rien ne sort.

Il dépose un baiser sur mes joues en gardant ses bras autour de moi. Je me crispe.

Tout ça pour ces maudits scientifiques.

— OK, très bien…, annoncé-je en nouant l'écharpe.

Il se détache de moi et passe son bras autour de mes épaules. Il pèse étrangement très lourd ainsi. Je sais que les employés d'Algorithma nous observent, je sens leur regard agrippé à mon dos… Mais je n'arrive pas à faire semblant. Là, j'en ai assez. Avoir vu Ashton m'a profondément troublée. Ses coups d'œil, ses gestes envers Emily, sa réaction à la fin du film…

Et puis, je sais maintenant pertinemment que c'est pénible pour Izaak de faire semblant. Je m'en doutais évidemment, mais le fait qu'il l'ait verbalisé… ça me met… mal. Je sens les gouttes de sang de mon ego couler le long de ma jambe, pour former une flaque. Une immense flaque. Une piscine.

Je me penche à l'oreille d'Izaak et chuchote :

— Tu peux te décaler ? J'étouffe, j-je…

Il fait aussitôt un pas de côté, en retirant son bras.

— Oh désolé…

Il me sourit et essaie d'attraper ma main, mais j'ai déjà repris ma marche.

Quand on arrive à la voiture, je pousse un long soupir en gagnant ma place. Il me rejoint à son tour.

— Alors, Eliotte… où je t'emmène ?

— Je vais aller rendre visite à ma mère, je crois. Dépose-moi à l'arrêt de l'université, j'irai en bus.

— Tu rigoles ? Je vais t'y déposer.

— Si tu me déposes sans entrer, elle pensera que tu as quelque chose contre elle et Karl. Ça pourrait être louche. Mieux vaut qu'elle ne te voit pas…

— Très bien.

Il démarre et nous quittons le parking.

— Tu sais… Je crois qu'il faut que je m'achète une voiture, dis-je sans réfléchir. Tu ne peux pas faire le chauffeur indéfiniment.

— Ça ne me dérange pas…

— Ah… je croyais, marmonné-je.

Il plisse les yeux en me jetant un bref regard.

— Je vais me trouver un petit boulot après les cours, je pense, ajouté-je.

— Sinon tu peux prendre ma deuxième voiture, restée à la villa. Le moteur a déconné l'an dernier, mais je suis sûr qu'en bossant dessus quelques heures ça sera bien assez vite réglé.

— C'est gentil mais… Dans tous les cas, je vais avoir besoin d'une voiture. Même après notre séparation. Alors autant s'y mettre dès maintenant pour économiser… À ce propos, comment avance ton plan pour qu'on se sépare « sans problème » ?

— Fais-moi confiance.

— Tiens… tu m'as dit ça la première fois et, bizarre, je ne le fais toujours pas.

— Je confirme : bizarre. Après tout ce temps, tu ne crois pas que j'en suis capable ?

— Si.

— Mais tu penses que je ne suis pas digne de confiance. C'est ça ?

Je hausse les épaules, l'air de rien. Il soupire ostensiblement et se reconcentre sur la route.

— Je ne fais pas confiance au tarsier, le corrigé-je sans réfléchir, comme si je me sentais obligée de détendre l'atmosphère.

Il pouffe.

— C'est ce Matthew, le tarsier, pas moi.

Matthew…

Je baisse les yeux en serrant mes doigts les uns entre les autres.

Izaak m'a déposée à quelques pâtés de maisons de chez moi, pour éviter de voir ma mère et Karl. Je lui ai fait croire que j'habitais quelques rues plus haut que ma vraie adresse. J'ai une quinzaine de minutes de marche à présent. Je suis gênée de lui montrer le quartier où je vis. Ça ne ressemble en *rien* à ce qu'il connaît. Je devrais m'en contrefoutre, surtout parce que c'est lui, mais je ne peux pas. Il a fallu deux ans de relation pour qu'Ashton voie mon chez-moi. Un an de plus pour que je n'en aie pas honte en sa présence.

Karl est au travail cet après-midi… Ce qui veut dire que je vais me retrouver seule avec ma mère. Je redoute autant nos tête-à-tête que je les souhaite parfois.

Quand j'arrive, elle m'accueille à bras ouverts dans le hall d'entrée.

Waouh.

Elle respire le bonheur. Et j'ai la ferme impression que c'est parce que je ne fais plus partie du tableau. C'est vrai, désormais, il n'y a plus aucune tache sur celui-ci, plus aucune anomalie. Ils forment enfin une famille normale, avec Karl. J'aurais voulu être capable de provoquer ce sourire.

Quand je me détache d'elle, mon regard migre vers le miroir en longueur sur le mur de l'entrée. Je me crispe.

Depuis quand cette fille est mon reflet ?

Je m'approche de la glace, les mains dans les cheveux.

Je ne supporte plus cette image.

— Maman, lâché-je sans quitter la glace des yeux, je crois que… que je vais à la supérette. J'arrive.

— La supérette ? Mais de quoi as-tu besoin, ma chérie ?

— D'une nouvelle tête. Enfin, de mon *ancienne* tête.

Je me dirige vers la porte en la laissant avec une expression perplexe. Je me dépêche d'aller au commerce le plus proche et reviens en courant.

Quand je refais surface dans la maison, ma mère est en train de préparer un gâteau au chocolat. Je la salue pour lui signaler ma présence et m'en vais m'enfermer dans la petite salle de bains. J'ouvre la boîte de teinture brune, la couleur qui correspond à mes racines, et sors du tiroir le petit bol en plastique que j'utilisais régulièrement. Je me lave les cheveux précipitamment, avant de préparer ma mixture. J'enfile mes gants et prends le tube de pigmentation rouge – pour que mon brun ne tourne pas au vert avec ma teinte actuelle. Alors que je m'apprête à étaler une noisette sur mes boucles, ma main s'immobilise. Mon reflet me fixe, l'air grave.

Je jette un œil au tiroir près de moi et attrape le ciseau qui traîne à l'intérieur sans réfléchir avant de couper mes cheveux. Ils m'arrivaient en dessous de la poitrine, et maintenant je les veux au-dessus des épaules.

Mon moi adolescent avait ce carré plongeant, d'un brun profond. C'était une jeune fille un peu perdue qu'Ashton a trouvée, mais qui avait de la personnalité. Elle avait son petit caractère, et une volonté d'acier.

Elle me manque.

Ma coupe terminée, j'attrape la mixture foncée et en recouvre ma tête, mèche par mèche. J'étale au pinceau mon identité, au-delà de ses racines, lentement. Je ne sais pas pourquoi, mais j'ai les yeux qui piquent. Peut-être parce que je suis en train de recouvrir tout ce qui me lie à mon passé avec Ashton. Car à ses côtés, je me suis vue changer ces trois dernières années. Mentalement. Physiquement. Intérieurement. Maintenant, quand on me verra, personne ne pourra se douter un instant qu'il a croisé mon chemin.

Je n'aurais jamais cru que ça se passerait comme ça, Ash. Qu'est-ce qui nous est arrivé ?

J'ai la poitrine oppressée. Je renifle en pinçant les lèvres, pour garder tranquilles ces larmes qui rappliquent.

Je pose enfin mon pinceau sale sur le lavabo blanc, les cheveux couverts de teinture – sauf aux racines. Quand je sors de la salle de bains, j'ai retrouvé mes cheveux bruns aux reflets chocolat, qui flottent sur mes épaules. Je m'essuie les yeux brûlants et inspire fort.

— Oh ! Eliotte…

Ma mère, penchée sur le four, fait presque tomber le gâteau qu'elle en sort.

— J'avais oublié comme…, bredouille-t-elle en posant le plat sur la gazinière.

Son regard habité n'est pas dû au fait qu'elle s'était faite au blond, finalement. Mais parce que je dois lui rappeler quelqu'un.

Le seul homme brun qui a compté dans nos vies.

— J'avais oublié comme tu es jolie en brune, se reprend-elle. Vraiment très jolie, même.

Je souris malgré la sensation de malaise qui traverse mon corps. C'est comme s'il était là, avec nous. Pis : que j'incarnais soudain son fantôme.

— Merci, maman.

Papa…

Le visage de ma mère s'anime, et elle m'invite à partager avec elle son gâteau autour de la table. Enthousiaste, je la rejoins, et on se met à discuter. Il lui arrive de me poser des questions sur ma nouvelle vie avec Izaak. Je les ai toutes anticipées il y a un mois de ça : le mensonge me vient naturellement.

Avant que je quitte les lieux, elle nous invite à dîner la semaine prochaine pour qu'elle puisse nouer un peu avec

– et ce mot me donne la gerbe – mon « mari ». Une idée que lui a suggérée l'application HealHearts.

J'arrive en début de soirée au loft. J'ai passé plus de temps que prévu à la maison. Quand je pousse la porte de l'appartement, je m'arrête net. Izaak est assis sur le canapé, entouré de deux personnes.

— Euh… Bonsoir tout le monde.

— Hey, Eliotte ! lance un garçon souriant, qui n'a pas besoin de se retourner pour me voir, étant assis à l'angle du canapé. C'est marrant, mais tu ne ressembles pas aux photos.

Aux quoi ?

Il secoue la main frénétiquement pour me saluer. Il a la peau sombre, d'un brun caramélisé. Ses cheveux sont coiffés en nattes qu'il a attachées en chignon à l'arrière de son crâne. Son sourire est malicieux, un peu enfantin avec ses dents du bonheur. Il me dit quelque chose.

À côté de lui, une fille me dévisage. Elle lui ressemble. Même teint foncé, même yeux en amande et même sourire ravageur. Elle est *vraiment* très belle.

— Ça va ? me lance Izaak en se tournant pour me regarder.

Il a un mouvement de recul en me voyant avec ma nouvelle coupe. Il me dévisage, alors que le rouge me monte aux joues.

— Ouais… Et vous ? dis-je comme si de rien n'était.

— Izaak a eu sa dose de thé journalière, la Terre s'est remise à tourner sur elle-même, rétorque la fille en lui lançant un regard complice.

Il rit avec elle. Il rit très fort. Plus que d'habitude.

— Bon, eh bien… Je vais vous laisser, dis-je en me dirigeant vers l'escalier. Bonne soirée !

— Mais non ! Tu vas pas décamper, quand même ? lance le garçon aux nattes collées, en rouspétant. On a peut-être l'air bizarre comme ça, mais on n'a encore jamais tué personne. Enfin pas moi. Izaak, ça, je sais pas.

— Francis, tu ne t'arrêtes jamais ? demande la fille en retenant un rire.

— Oh ! la ferme, Charlie !

Cette voix un peu cassée…

Oui, ça me revient maintenant ! Francis est le garçon avec qui Izaak parlait discrètement le premier matin de mon emménagement ici.

— Bref, tu devrais te joindre à nous, Eliotte, ajoute-t-il en me souriant.

Izaak lui lance un regard en coin, presque en lui faisant les gros yeux. Il ne veut *pas* que je sois de la partie.

C'est une excellente raison pour en être, justement.

20. Tous les trois

Francis se met à ricaner en se frottant les mains.

— Qu'est-ce qui t'arrive ? demande Izaak.

— Y a Eliotte ! Je rencontre Eliotte ! Ça va être trop bien.

Izaak le dévisage, sceptique. Il finit par lâcher :

— Bon ! Qu'est-ce qu'on disait ?

— Rien d'intéressant.

Francis se tourne vers moi, le menton posé au creux de sa main.

— Ça va ? La forme ?

— Hum… J'ai pas déjà répondu à cette question ?

— C'est pas une question, juste un élément de langage socio-structurel nécessaire à l'enclenchement d'une interaction. J'interagis avec toi, là.

— Ah, d'accord…

Déconcertée, je ne sais pas quoi dire d'autre. Et ça m'embête. Son atypisme m'amuse, je ne voudrais pas qu'il pense que je suis antipathique, ou pire, qu'il me dérange. Alors, je me mets à sourire de toutes mes dents.

— Ça fait quoi d'être mariée à ce con ? dit-il en désignant Izaak.

— Pardon ? lâche l'intéressé.

— Je reformule : ça fait quoi d'être mariée à ce très beau con ?

Le brun roule des yeux.

Est-ce que je la joue folle amoureuse ou plus pudique devant ses amis ?

— Hum… Izaak est…

— T'inquiète, Eliotte, ils savent, me dit-il.

J'ai un mouvement de recul.

— Ils savent… quoi ?

Francis se remet à rire.

— Elle joue la comédie et tout ! T'as raison, elle ne déconne pas !

— Ils ne croient pas en Algorithma non plus, explique mon « mari » en parlant au-dessus des rires de Francis.

— Donc tu leur as tout dit ? Comme ça ?

— Oui. Je peux leur faire confiance. Charlie et Francis sont comme nous, Eliotte.

Vraiment ? Troublée, je laisse cette information de côté et reprends :

— Et ce sont les seuls que tu as mis au courant sans me mettre au courant ?

— Oui, ce sont les seuls. Avec Ashton.

Je dévisage ses amis. Ces deux personnes, assises à quelques mètres de moi, sont assez importantes aux yeux d'Izaak pour qu'il leur confie un secret qui, s'il était divulgué, pourrait nous coûter notre liberté.

Qui sont-ils ?

J'aimerais être simplement curieuse et intriguée, mais je ne peux pas m'empêcher de ressentir une once de rogne pincer mes veines. Il aurait dû me dire qu'il avait mis certains de ses proches dans la confidence, j'avais le droit de savoir. Après tout, j'ai autant à perdre que lui. Il n'est pas le seul à jouer la comédie.

Charlie semble remarquer mon air renfrogné, puisqu'elle me tend un plateau de sushis avec un sourire idiot.

— Tu as faim ? Sers-toi !

— Fais comme chez toi, Eliotte…, dit Francis en s'affalant sur le canapé, les jambes allongées. Oh ! quel con je fais : c'est chez toi maintenant !

— Pas vraiment, bredouillé-je en prenant un sushi. Merci, Charlie.

Je déteste le poisson cru. Je déteste encore plus le rire d'Izaak quand Charlie manque de faire tomber le plateau sur eux, en le reposant sur la table basse. Le brun se sert un autre verre d'alcool japonais et le bois cul sec.

— Vous vous êtes rencontrés quand et comment ? demandé-je en prenant la salade de chou abandonnée au coin de la table.

— Ah, ça remonte à longtemps…, fait Francis en souriant à son ami. On devait avoir six ou sept ans et je me suis frité avec Ashton. Enfin, Ashton s'est frité avec moi – c'était un môme casse-cou et casse-couilles. Alors Izaak est venu me péter la gueule.

— Et c'est là que je suis intervenue pour apaiser les choses ! s'exclame la brune en attrapant le bras d'Izaak.

— Dommage qu'il m'ait pété le nez, dit Francis, je dois avouer qu'avant cet incident je faisais secrètement partie de son fan-club – mais c'est un détail. Bref, on a été collés tous les trois – oui, Ashton a réussi à s'en sortir à temps, le filou – et depuis

— Et depuis ils me harcèlent, Eliotte, dit Izaak en me regardant. Je n'en peux plus.

Il articule discrètement un « Aide-moi. »

— Pff… c'est vraiment toi qui dis ça ? s'exclame Charlie en lui donnant un coup de coude.

J'arque un sourcil.

— Comment ça ? Je ne connaissais pas Izaak si… investi dans ses relations, lancé-je en regardant Francis, car incapable de soutenir le regard des deux autres.

Le vinaigre de la salade de chou me monte au nez.

— Si tu savais, ma vieille… Par contre, je suis le seul à trouver leurs sushis pas oufs aujourd'hui ? nous interroge Francis en grimaçant.

— Arrête-toi *tout de suite* de manger, t'as l'estomac trop fragile… on l'a appris à nos dépens à la soirée d'Alex.

— Oh non ! Tu ne vas pas recommencer ! Vous m'aviez promis de ne plus *jamais* en parler !

Et les voilà lancés dans la réminiscence d'un événement auquel je n'ai jamais assisté – et auquel je n'aurais sans doute jamais pu assister. Ils rient aux éclats en se rappelant ce que

Francis a fait le jeudi précédent. J'essaie de comprendre la teneur de leurs propos, pour participer à la conversation d'un petit commentaire, mais ils mentionnent des noms qui me sont totalement inconnus : Alex, Rita, Michels… et évoquent des détails de la soirée sans les remettre en contexte pour que je suive le fil. Je lâche des petits « vraiment » et « oh… » qui se perdent ridiculement dans le chahut jovial.

— Izaak, tu étais de si mauvaise humeur ce jour-là ! s'exclame Francis.

— Peut-être parce que tu étais *si* lourd !

— Et puis cette pauvre fille que tu voulais mettre au lit, Francis, lance Charlie en ricanant. Elle était accablée par tes techniques de drague.

— Elle ne comprenait pas mon humour exquis.

— Non arrête, Francis, tes « techniques » de drague sont une menace pour l'humanité, intervient Izaak. Si tout le monde draguait comme toi, tu peux être sûr que personne ne se reproduirait.

— Bonjour l'extinction de masse.

J'ai l'impression d'être face à un écran. Oui c'est ça : je suis au cinéma et je regarde une scène que le scénariste du film aurait écrite dans l'unique but de montrer à quel point ses personnages sont soudés et respirent le pouvoir arc-en-ciel de l'amitié. Je n'essaie même plus d'en caser une.

Soudain, je me lève du fauteuil dans le plus grand des calmes, vais chercher un soda à la myrtille, puis une fourchette dans le tiroir parce qu'ils n'ont que des putains de baguettes, et…

— Eliotte ?

Je me retourne d'un mouvement brusque. Izaak. Il me regarde du canapé. Apparemment ma micro-absence ne le laisse pas indifé…

— Tu peux me donner une serviette en papier, s'il te plaît ?

Mes lèvres s'étirent mécaniquement. Je suis un clown, en fait. Je suis le putain de clown d'Izaak Meeka.

— Oui, bien sûr.

— Merci, Eliotte.

Je suis aussi idiote.

— Ouais, et donne-lui un soda aussi, ajoute Francis. Le mec est en train de nous descendre notre saké ! Sérieux, Izaak, vas-y mollo, là. Eliotte te tiendra pas les cheveux quand tu vomiras ce soir…

— Je me détends, c'est tout…

Je retourne à ma place après lui avoir donné sa cannette à la con et sa serviette en papier. Les jambes repliées contre ma poitrine, je mange tranquillement ma salade de chou, en essayant de faire abstraction des esclaffements et petits cris joyeux.

Elle est plutôt pas mal, cette salade. J'aime son goût acidulé et sucré à la fois. Oh ! et puis le design du pot est plutôt bien trouvé. Ça change des cartons monochromes.

— Eliotte ?

— Oui ? dis-je en levant les yeux vers Francis.

— Tu as participé aux fêtes sur le campus dernièrement, toi ?

Ma poitrine se réchauffe. J'apprécie son effort pour m'intégrer à la conversation.

— Non… Je ne suis pas vraiment une grande fêtarde.

— Izaak non plus… Mais il finit toujours par venir.

— Comment est-ce que vous arrivez à convaincre cette tête de mule ? dis-je en souriant, plus pour Francis que pour les autres.

— J'ai de grands pouvoirs de persuasion. Et le charisme aide beaucoup, répond-il en se penchant dans ma direction, les yeux plongés dans les miens. Je pourrais peut-être te convaincre de venir à une fête, toi aussi, qui sait ?

Mon sourire s'étire. Je me redresse sur mon fauteuil.

— J'aimerais bien voir ça.

— C'est un défi ? Attention, je suis joueur.

— Pas autant que moi, Francis.

Sur ces mots, je penche légèrement la tête en le regardant dans les yeux. Je ne réfléchis même pas à ce que je fais, ce garçon m'amuse.

— Enfin bref, qu'est-ce qu'on disait déjà ? demande Izaak, d'une voix lasse.

Il soutient une fraction de seconde le regard de Francis avant de reporter son attention sur Charlie.

— Vous croyez que Rita est toujours sur les nerfs ? dit-il avant de siroter son verre d'alcool.

— Tu la connais, Izaak…

Et la conversation reprend son cours. Je me sers un verre de saké, un autre… puis encore un autre. Je reste en retrait et me retrouve à nouveau devant l'écran de cinéma pendant ce qui me semble des heures.

Pour la deuxième fois de la journée…

Je n'arrive pas à me sortir de la tête le visage d'Izaak quand on était assis l'un à côté de l'autre, dans l'ombre de la vaste salle. Il était tellement différent. Et il m'avait demandé de l'embrasser…

Ses mains. Ses lèvres. La chaleur. L'électricité.

Je déglutis.

En tout cas, j'existais dans l'espace de ce monde. Le temps d'un film, au moins.

Plus maintenant. Mais c'est logique : au cinéma il était « Izaak mon âme sœur » et là… il est lui-même. Entouré de ses amis. Je ne suis qu'une ombre dans son champ de vision. Puisque, après tout, nous n'étions que deux inconnus l'un pour l'autre il y a encore quelques semaines. C'est un fait.

Ne le sommes-nous pas toujours ?

Peu importe, je ne connaîtrai jamais Izaak. Parce qu'il ne me laissera jamais entrer dans son monde.

Comme si tu avais envie d'y entrer…

En réalité, peut-être au moins un instant pour voir ce qui s'y trame. Oui, je ne demande que dix secondes.

Admets-le, Eliotte. Il existe bel et bien dans l'espace de ton monde à toi. Sans être une ombre dans le décor. Admets-le.

Izaak et Charlie finissent par se lever pour aller laver la vaisselle. Izaak rit à tout, et sa voix est beaucoup plus rauque qu'à l'accoutumée. Je me retrouve seule face à Francis. Il allonge son bras sur le dossier du canapé. Il y a une telle confiance qui irradie de lui. Alors que je m'apprête à engager la conversation, juste derrière lui, j'aperçois Izaak et son amie se chamailler. Il lui lance un filet de liquide vaisselle, et elle répond alors en l'aspergeant d'eau. Entre deux rires, il l'attrape et fait mousser le savon dans ses cheveux crépus. Francis se retourne pour voir ce que je fixe depuis une bonne vingtaine de secondes.

— Oh non, les gars ! Pas sans moi !

Il enjambe le canapé et atterrit sur le sol avant de courir dans leur direction. Il prend lui aussi une bouteille de liquide vaisselle et en jette un filet sur sa sœur. La cuisine devient vite un terrain de jeu glissant, recouvert de mousse. Je les regarde s'amuser, le cœur battant. Algorithma peut dire ce qu'il veut, le « fléau de la solitude » ne se résout pas qu'avec une simple bague au doigt. Il n'y a pas que l'amour. Il y a aussi ces fils rouges qui s'emmêlent inexplicablement avec ceux des autres, par hasard. De simples nœuds, et ces autres deviennent des amis. Puis des personnes indispensables à votre existence.

Depuis que je suis enfant, je me persuade que je n'arrive pas à avoir d'amis. Mais c'est faux. Et je me dois de l'admettre. Je m'interdisais d'en avoir. Car je ne veux pas de couteaux dans le dos, de faux espoirs, de lien au poignet qu'on pourrait couper à tout moment. Je ne veux rien de tout ça.

Mais qu'est-ce que je croyais faire en me racontant que je ne voulais qu'être seule dans mon univers ?

Je n'arrivais simplement pas à ouvrir la porte assez grand pour laisser quelqu'un entrer.

Mais il y en a un que ça n'a pas fait reculer.

Il y en a un qui tambourinait gentiment tous les jours, qui toquait même aux fenêtres. Jusqu'à ce que je lui ouvre, qu'il foute le *bordel* à l'intérieur, avant de sortir par la fenêtre en catimini.

J'inspire fort en fixant la bouteille de saké vide, les baguettes éparpillées sur la table, les serviettes en papier mises en boule.

Pourquoi je pense à tout ça ?

Je ferme les yeux une seconde. L'alcool me fait trop cogiter.

Quand je redresse la tête, j'aperçois Francis et Charlie sur le perron. Ils saluent Izaak et me lancent un « À la prochaine. » Francis m'accorde même un clin d'œil en secouant la main. Izaak a un dernier petit rire en refermant la porte. L'air léger, il monte l'escalier sans rien ajouter.

Je vais m'asseoir sur le canapé et étire mes jambes sur la table basse. Je pousse un long soupir en renversant la tête en arrière. J'ai la poitrine serrée, je me sens à l'étroit dans mon pull. C'est peut-être l'alcool. Je n'aurais pas dû boire autant. Le liquide commence à s'agiter dans mes veines, je le sens.

Quand je pense à toutes les pages que j'aurais pu dévorer au lieu de rester ici à me…

Je sursaute. Izaak vient de réapparaître dans le salon, un nouveau T-shirt sur le dos, et les cheveux quasi secs. À mon grand étonnement, il vient s'asseoir à côté de moi.

21. Électrique

Il étend son bras sur le dossier du canapé en soupirant. Je n'ose pas me lever.

— Au fait… ça s'est bien passé chez ta mère ?

— Ouais, plutôt, réponds-je instinctivement.

— C'est bien…

Sa voix est légèrement cassée : une trace des verres qu'il a bus, ou des éclats de rire qu'il a partagés avec Charlie et Francis. Je devrais me lever, et pourtant j'ai les fesses collées à ce foutu canapé.

— Comment elle va ? Tu ne lui manques pas trop ?

Je me retourne brusquement.

— Pourquoi tu fais comme si t'en avais quelque chose à foutre ?

C'est sorti d'une traite.

— Je…

— Tu m'as ignorée pendant toute la soirée – à laquelle tu ne voulais *pas* que je participe – et là, tu la joue super pote qui se soucie… de ma mère ? Tu t'es cru dans un cirque ? Je suis un clown, moi, Izaak ?

Il baisse les yeux. Je ne l'ai jamais vu avoir ce genre de réaction. Izaak a toujours le menton haut, la tête droite, le regard perçant. Ça ne veut dire qu'une chose, et le comprendre me fout un autre coup de pied dans l'ego : *j'ai raison*.

— Ça va cinq secondes, cette hypocrisie, ajouté-je, la voix fumante.

Il inspire et reporte son regard sur moi.

— Tu n'es pas un clown, et je ne suis pas un hypocrite. Loin de là.

— Laisse-moi rire.

— Je suis sérieux. Je n'ai rien fait d'hypocrite. J'essaie juste d'être cohérent.

— Mais, mec, c'est exactement tout ce que tu n'es pas !

— « Mec » ? Sérieusement ? Et puis, pitié, arrête de parler si fort… j'ai la tête qui tourne, dit-il en attrapant son visage.

— Mets-toi à ma place. Je ne comprends *rien* à tes agissements. J'en ai assez.

— J'agis sans réfléchir. Arrête de penser que tu mérites que je balise chacune de mes interactions avec toi.

Mon souffle se coupe. Je le considère, figée.

M-Mais qu'est-ce que je fous là ?

Je ne sais même pas pourquoi je débats de ça avec lui. Je me lève pour quitter le canapé. J'ai le sang qui pulse dans mon crâne. Je suis à deux doigts de recracher le dîner…

Soudain, mon poignet est saisi à la volée, m'arrêtant net dans mon élan. Je suis debout, face à lui toujours assis.

— Eliotte, attends… laisse-moi finir, s'il te plaît.

— Non.

— Je… j'ai envie que tu restes là.

Sa main glisse le long de mon poignet pour retomber sur ses cuisses.

— Je te le redis : je ne suis pas un clown.

Il me regarde sans rien répondre. Ses yeux verts, teintés de cobalt sous la lumière du soir, me liquéfient. Je sens ses doigts toucher discrètement l'arrière de mes genoux. Mon souffle se bloque dans mes poumons. Je reste plantée devant lui, incapable d'aller ailleurs ; je ne connais pas d'autre direction. En fait, avec lui, je suis complètement perdue.

— Tu es tout sauf un clown à mes yeux, Eliotte.

Ses mains frôlent l'arrière de mes cuisses. Un frisson grimpe le long de mon échine, se balade partout sur ma peau, frôle chacun des fils électriques de mon corps.

— Alors pourquoi tu…

— Je ne sais pas. Je ne sais rien.

— Mais…

— Je ne veux pas réfléchir.

Son regard me parcourt lentement de la tête aux pieds… sans pour autant me mettre mal à l'aise. Comme si nous étions à nouveau au cinéma, je suis redevenue la statue au musée antique et il est redevenu le touriste. Je serais faite de marbre, de bronze et d'argent ? Sans me quitter des yeux, il attire doucement mes cuisses à lui, pour que je fléchisse les genoux.

Je ne sais pas comment je me retrouve à califourchon sur lui.

Je suis juste là, à deux centimètres de son corps. Et il est là, à deux centimètres du mien, incandescent. Je ne sais pas ce qui est en train de se passer. Il y a une lueur différente qui vacille dans ses pupilles. Je sens ses doigts glisser sur mon pull, le long de ma colonne vertébrale… ma peau vibre sous ses gestes.

J'ai le regard scotché à ses lèvres. Je ne pense qu'à elles depuis le ciné.

— Tu veux réfléchir, toi ? murmure-t-il de sa voix alcoolisée, plus profonde.

— J'en ai marre de réfléchir.

— Oh ! moi aussi…

Ses doigts, qui se baladaient sur mon dos, empoignent brusquement ma taille. J'expire d'un coup, les poumons en feu. Je n'ose pas croiser son regard de jade… alors je préfère m'attarder sur ce torse, sur ce ventre… ce tout qui a créé une énergie incandescente en moi. Une énergie que je veux désespérément maintenir en place depuis que je l'ai sentie naître il y a des jours.

Et dans laquelle j'ai envie de me noyer, là maintenant.

Izaak, Izaak, Izaak…

Ce corps, que j'avais voulu plaquer contre le mien au cinéma est juste là. Plus d'accoudoirs pour empêcher mes mouvements. Plus de spectateurs. Plus de bruit de fond. Plus rien. Juste *lui* et *moi*.

Alors, j'ose enfin poser ma main sur ses abdominaux, qui se contractent un instant à mon toucher. Je devine les muscles sculptés sous son T-shirt, alors que je remonte doucement mes doigts sur ses pectoraux, puis ses épaules puissantes. Il soupire faiblement et resserre ses doigts sur ma taille. Un hoquet de surprise m'échappe. Je n'aurais jamais cru aimer autant ses petits mouvements brutaux et inattendus.

Mon regard retrouve le sien ; Izaak a l'air fasciné, mais également épuisé de se retenir. Ses mains s'enroulent autour de mon dos pour m'attirer à lui, puis attrapent ma mâchoire. Mon cœur manque un battement. Il me scanne, centimètre par centimètre. Et mon cœur pourrait exploser, comme s'il me touchait déjà, à chaque battement de cils.

Izaak, qu'est-ce que t'attends ? Qu'est-ce que tu me fais ? Qu'est-ce que je…

Il plaque ses lèvres contre les miennes dans un souffle. Oh ! putain. Nos langues se rencontrent déjà ; j'ajuste ma bouche encore plus étroitement à la sienne, les mains sur ses joues. Mes doigts picotent, mon palpitant s'affole. Je n'arrive plus à penser, il n'y a que cette énergie qui balaie chaque mot qui tente de se former dans ma tête. Elle remue, se bat dans ma poitrine pour en sortir et exploser entre nos corps.

Sa peau, sa peau, sa peau.

Je me colle davantage à lui, autant que je le peux.

On s'embrasse comme deux désespérés, de façon précipitée, imprécise, intense.

— Eliotte…, murmure Izaak en éloignant ses lèvres pour les poser sur mon cou. Tu ne sais pas à quel point j'y pense depuis le début de la soirée…

Un énième frisson me traverse. Cette voix. Mon Dieu, cette voix…

Je voudrais avoir le cran de lui demander de répéter mon prénom, de le susurrer tout près de mon oreille.

— Quand je t'ai vue entrer dans la pièce, j'ai été bouche bée, et puis tu t'es assise en face de moi… et la torture a commencé, murmure-t-il. Je te regardais silencieusement quand tu tournais la tête ailleurs. Ton visage, tes mains… Bon sang, et ces cheveux.

En disant ça, il passe vigoureusement la main dedans en scellant à nouveau ses lèvres aux miennes.

— J'ai failli recracher ma gorgée de saké en te voyant à la porte comme ça, murmure-t-il. Je crois même que mon nez a saigné.

J'ai envie de rire, mais je suis trop concentrée sur notre étreinte pour esquisser le moindre mouvement superflu.

— Tu as toujours été belle, et tu n'as jamais eu besoin de moi pour le savoir… mais maintenant que tu es brune… Waouh. T'es une putain de déesse, Eliotte.

Il plisse les yeux.

— Izaak…

Mes lèvres retrouvent les siennes, immédiatement. Je n'aurais pas pu tenir une seconde de plus sous son regard perçant.

Je ne sais pas s'il pense ce qu'il dit, ou si, comme moi, toutes ses pensées rationnelles ont été noyées sous les verres d'alcool que nous avons enchaînés toute la soirée. *Une déesse grecque.*

J'enroule ma main autour de sa nuque, glisse mes doigts dans ses cheveux doux, et me presse un peu plus contre son torse. Dans un petit grognement, Izaak attrape mes hanches et me fait basculer sur le dos. Allongée en dessous de sa grande silhouette, je le regarde un instant, hypnotisée, alors qu'il se jette de nouveau sur mon cou. Je retiens un râle en fermant les yeux. Son parfum me fait planer… Merde, ce mec sent le printemps, l'été, les deux autres putains de saisons et tout ce qui va avec. *J'en veux encore.* Sa main glisse sous mon pull, caresse mes côtes, en approchant dangereusement de ma poitrine. *Encore, encore, encore.*

Et puis merde.

J'attrape le bas de son T-shirt et commence à le lui ôter. Il se redresse, un sourire aux lèvres et, sans quitter mon regard, il le retire. Une seconde. Deux secondes. Trois secondes à retenir mon souffle. Et il se remet au-dessus de moi.

Maintenant, je peux voir ses épaules musclées bouger à mesure qu'il trace un sillage sur mon cou avec ses lèvres, ses bras se contracter au rythme de ses mouvements.

— Est-ce que tu me regardais, aussi ? Est-ce que, toi aussi, tu ne pouvais penser plus à rien d'autre qu'à ça ? Est-ce que, toi aussi, tu as été obligée de m'ignorer pour rester concentrée ?

Les vibrations de sa voix viennent percuter ma peau. Je les sens s'infiltrer, glisser dans mes pores et faire vibrer le reste de mon circuit électrique. Aucune voix ne m'a jamais fait cet effet. Le brasier dans ma poitrine pourrait mettre le feu au canapé, au salon, à tout Portland.

Je m'apprête à parler quand le bout de sa langue passe lentement sur le coin de ma nuque jusqu'à mon oreille.

— On perd ses mots, Eliotte ? Je me demande ce qui peut bien causer ça pour la première fois…

Je ricane en lui donnant une tape sur l'épaule.

— Je ne suis jamais à court de mots, répliqué-je, un sourire amusé sur les lèvres. Moi aussi je te regardais. Je regardais absolument tout. Tes lèvres, tes cheveux, tes…

Un soupir étouffé m'échappe. Il vient juste de souffler doucement sur le sillage qu'il a tracé avec sa langue. Je sens mes poils se dresser sous la cascade de frissons qu'il vient de déclencher.

Waouh.

— Bon, OK, murmuré-je d'une voix étranglée, peut-être que là je suis à court.

Il émet un petit rire rauque avant de décoller ses lèvres de mon cou.

— Donne-moi une bonne raison d'arrêter, murmure-t-il.

— Il n'y a que les bonnes raisons de continuer qui me viennent, là.

— T'es irrécupérable… Qu'est-ce que je vais faire de toi, Eliotte ?

— C'est bien ce que je suis en train de te dire : j'ai pas mal d'idées.

Il lève son regard sur moi en s'esclaffant de plus belle, puis descend tout doucement vers mon nombril. Il soulève un bout de mon T-shirt, sans me quitter des yeux, et passe lentement ses lèvres sur mon ventre nu. Mon corps se contracte. Un frisson, deux, trois… cinq… Mes orteils se courbent.

Izaak…

Soudain, un morceau de rap démarre de façon tonitruante et me fait sursauter.

Izaak n'y prête pas attention puisqu'il continue de planter des baisers sur mes côtes, ma taille… Je ferme de nouveau les yeux, ramenée dans notre bulle. Mes doigts serrent un peu plus ses cheveux.

La sonnerie retentit une seconde fois.

— Izaak… Ton téléphone.

Il se redresse d'un mouvement sec. Son poids bascule trop brusquement : il tombe du canapé et s'affale sur le sol. Complètement déboussolé, le brun attrape son mobile sur la table basse du bout des doigts et s'assied par terre.

— A-Allô ? … oui, ton sac ? Il doit être là, t'inquiète. Je vais… le, hum… le chercher. Non, n'importe quoi, j'suis pas complètement arraché… Oui… Enfin, je te l'apporte quand on se voit demain au QG. Salut.

Il raccroche. Pose le téléphone sur la table basse. Se remet sur ses pieds. Et il quitte le salon.

Qu'est-ce qu'il vient de se passer ?

Je touche du bout des doigts mes lèvres enflées. J'ai les cheveux en bataille. On s'est embrassés. Pas de caméra, pas de scientifiques, pas d'étudiants. Juste lui et moi. Et pourtant, on s'est embrassés.

Ça n'avait rien de tendre, de doux, de pudique. C'était sulfureux, comme un besoin qu'il fallait absolument assouvir.

Si nous n'avions pas bu tous ces verres, est-ce que nous nous serions embrassés ce soir ? Et pourquoi est-ce que j'ai fait ça ? Pourquoi est-ce que…

Je m'écroule sur le canapé en soupirant. Je suis fatiguée, et ma tête commence à être douloureuse. Je ferme les paupières pour tenter de m'apaiser.

Quelle putain de soirée…

— Vite, Eliotte ! Les cours !

Hein ? Quoi ?

J'écarquille les yeux et écarte des mèches de cheveux de mon visage. Qu'est-ce que je fous sur le canapé du salon ?

J'ai dormi ici ?

Izaak me lance d'un ton fatigué :

— Tu ne t'es pas réveillée non plus, apparemment… brunette.

Brunette ?

Mon corps fond sur le canapé.

Je suis réveillée, tout à coup. Je sens ma respiration s'accélérer.

Hier soir, nous aurions pu…

— Hum, il est quelle heure au juste, Izaak ? demandé-je en m'efforçant de rester concentrée sur ce qu'il y a de plus important.

— 10 heures et quelques.

Je bondis du canapé.

— Quoi ? Mais j'ai déjà loupé deux cours !

Avec une tranche de brioche dans la bouche, mon coloc est en train de préparer une boisson chaude derrière le comptoir.

— En bas dans chinq minutes, dit-il la bouche pleine. Je t'achandrai pas, chte l'jure.

Je cours à l'étage, m'habille en deux temps trois mouvements. Quand je passe le pas de la porte, mon épaule frôle d'un peu trop près son torse. Je secoue la tête, et nous sommes partis.

Izaak me tend un thermos quand je m'assieds à bord de la jeep. Alors que je croyais que c'était pour lui, je vois qu'il en met un autre dans le porte-gobelet. J'ouvre le mien et me retiens de sourire lorsque des volutes chaudes me montent aux narines. Hum… du café.

— Je te le dis tout de suite : je ne grillerai pas autant de feux rouges et de stops que la fois où je suis venu te chercher à Blossom, dit Izaak en démarrant.

— Alors laisse-moi conduire !

— Plutôt me faire rouler dessus par un bus. C'est *ma* voiture.

— Elle a quoi de si particulier, ta super caisse du VIIIe siècle, hein ?

— Tu vois, là, je me tâte à te pousser en dehors de ma « caisse » et te laisser retrouver ton bon vieil ami le bus.

— C'est bon, j'ai compris, c'est ton bébé.

Je croise les bras sur ma poitrine, l'allure boudeuse, et nous partons pour l'université.

J'observe du coin de l'œil Izaak, ses mains serrées sur le volant, dont les veines ressortent ; sa nuque ; ses boucles qui la titillent. Est-ce que… est-ce que ce qu'il s'est passé hier a vraiment eu lieu, ou c'était juste dans ma tête ? On s'est vraiment jetés l'un sur l'autre, comme ça ?

C'était forcément réel. Je n'aurais pas le cœur qui bat autant rien qu'en y repensant sinon.

Merde on était complètement bourrés.

Et allumés. Dans tous les sens du terme. On a pété les plombs.

T'étais censée lui remonter les bretelles… et tu t'es retrouvée à vouloir lui retirer son caleçon.

Il m'a ignorée toute la soirée et s'est souvenu que j'existais seulement après que ses amis sont partis. Je ne devrais pas lui reprocher de m'ignorer, nous ne nous devons rien, comme il le dit si bien… Mais l'alcool a décuplé tous mes sentiments.

Ce n'était que l'alcool, Eliotte ?

Je soupire en regardant par la vitre. Le trajet continue dans le silence… jusqu'à ce que je n'en puisse plus et me racle la gorge.

— Ma mère nous invite à dîner la semaine prochaine.

— Oh… OK. Et tu veux y aller, ou trouver une excuse ?

— Je ne sais pas… Je me dis qu'on sera bien obligés d'y aller un jour ou l'autre. Elle veut absolument te rencontrer.

Izaak. Dans mon appartement. Il verra dans quoi j'ai grandi.

Une boule retourne mon estomac.

Soudain, sa sonnerie retentit de nouveau.

Je ne peux pas m'empêcher de me demander ce qui se serait passé si son téléphone avait été en mode silencieux, hier soir. Un léger détail qui aurait eu de lourdes conséquences. Izaak peste en déclinant l'appel.

— Tu n'as pas dit à tous tes contacts que tu ne faisais pas dans le social le matin ? demandé-je avec un petit sourire moqueur.

— Si. Mais lui… C'est le styliste de ma famille, Bruyot. Il me harcèle depuis la semaine dernière pour reprendre mes mesures.

— Pourquoi ?

— Le gala de charité annuel de mon père a lieu dans quelques jours. Je dois évidemment être présent, il y aura toute la presse, ses amis, ses associés…

Je souris en croisant les bras derrière ma nuque.

— Excellent. J'aurai enfin le loft pour moi toute seule…

— Tu rigoles. Tu viens avec moi.

— Dans tes rêves.

— Pas dans les miens, dans ceux de mon père. Que penseront ses partisans si la femme de son fils n'est pas là ? dit-il en prenant une intonation perchée et hautaine pour imiter un journaliste ou un scientifique. Est-ce là le tableau d'une famille soudée, Eliotte ? Est-ce là ce qu'on veut pour l'Amérique, si on vote Meeka aux prochaines élections ?

Je penche la tête en arrière, en lâchant un grognement.

— Je déteste ce genre d'événements…

— Et moi donc… Mais on n'a pas le choix. On ne l'a jamais.

22. Bulles et paillettes

Ashton

Maman resserre le nœud de ma cravate. *Flash*. Je souris en tournant mon visage un peu plus à gauche. *Flash. Flash*. Elle se met à rire en me regardant dans les yeux. *Flash*.

— Fantastique ! Tout est dans la boîte. Je ne vous retiens pas plus, vous devez avoir tant à faire ce soir… Je vous remercie, madame Meeka.

Le photographe m'accorde une petite inflexion du menton.

— Monsieur Meeka.

Et il sort.

Maman se détache de moi.

— Tu m'as l'air vraiment perdu ce soir, Ash…

J'arque un sourcil. Je suis si transparent que ça ?

— T'en fais pas, maman, réponds-je avec un petit sourire pour la rassurer. C'est juste que…

— Il faut que tu apprennes le sourire de façade, mon chéri. C'est essentiel ! Tu ne peux pas les laisser voir que la situation te dépasse, que tu es fatigué ou que tu es ennuyé. La façade, mon cœur. La façade, répète-t-elle en me caressant la joue.

— Oui, oui. Tu as raison. Je ferai mieux la prochaine fois, t'en fais pas.

— Je le sais bien, champion ! Tu es irréprochable. Mais bon, ne te casse pas trop la tête ce soir. Essaie de t'amuser, tu en as le droit, toi aussi.

Irréprochable.

Elle dit tout ça pour compenser la poigne de fer de papa, elle s'y sent obligée, comme pour épouser à la perfection son rôle de mère douce et aimante.

Elle plante un baiser sec sur ma pommette et quitte la chambre où on scénarisait ma préparation au gala de ce soir, pour la presse. C'est le styliste de papa qui m'a habillé, les maquilleuses qui ont refait mon teint et resserré ma cravate. Pas maman.

Je me penche sur le miroir en pied et fixe mon reflet. Je passe mes doigts sur ma mâchoire en changeant de profil.

Le sourire de façade.

Je lève la commissure de mes lèvres. Non, pas assez convaincant. Je change d'angle et plisse les yeux. Mon sourire s'étire. Peut-être que de loin ça passera…

— Qu'est-ce que tu fabriques, Ashton ?

— Papa ?

Je pensais qu'il était parti, mais il est toujours dans la pièce, vêtu de son costume gris. Il a tellement de présence. Sa seule silhouette refroidit l'air.

— Plutôt que de faire l'idiot devant ta glace, tu devrais réviser ton discours.

— Je ne… Enfin, c'est déjà fait.

— Approche.

Il me regarde attentivement, scannant ma tenue à la recherche du moindre défaut. Il lisse le bas de ma chemise et demande :

— Tu as anticipé comme je te l'avais dit les questions des journalistes sur le projet de loi des anti-paires ?

— Oui.

— Parce que si tu nous redis les conneries que tu as débitées quand on t'a interrogé sur les expériences de rêves lucides et la compatibilité de l'inconscient psychique…

— Ils ont tenté de me mener à la contradiction par le sophisme, alors je devais…

— Arrête ! me coupe-t-il. Les excuses sont pour la médiocrité. Plus jamais. Tu as fauté, point barre.

Je baisse la tête. Il a raison. Ce que j'ai dit à cette interview était bancal. C'était mauvais. *J'ai* été mauvais.

— Je veux des réponses claires, nettes mais nuancées la prochaine fois. Tout en naturel.

— Je ferai mieux.

— Tu dis toujours ça ! Mais je veux *voir* l'excellence. Tu n'en fais pas assez, Ashton.

Je sais, il a raison.

— Mon fils, tu n'es pas n'importe qui, dit-il d'une voix plus calme. Tu es l'héritier des Meeka. Tu ne peux pas te contenter de faire de ton mieux. Jamais.

— Oui, je sais.

— Alors agis comme tel. Concentration. Précision. Perfection.

Je hoche la tête en pinçant les lèvres. Un ange passe. Mon père lâche ma chemise.

— Et alors… la fille de De Saint-Clair nous rejoindra à quelle heure ?

— Emily ? E-Elle ne viendra pas ce soir.

Il fronce les sourcils.

— Et pourquoi donc ?

Parce que je ne l'ai pas *invitée.*

— Elle a un contretemps.

— Quelle petite garce. L'événement le plus important de toute la côte Ouest, *mon* gala de charité… et elle aurait un contretemps ?

— Ça arrive, papa.

— Rien n'arrive par hasard, ne sois pas dupe.

Son regard balaye ma chambre.

— Et comment cela avance entre vous ?

— J'essaie d'aller à son rythme.

— Comment ça ? Ashton, tu dois absolument l'avoir dans tes filets.

Un sourire luciférien fend en deux son portrait dur.

— La fille du président du Parti conservateur scientifique, mariée à mon fils… Tu imagines ? Ça pourrait être décisif pour les élections ! Si on parvient à la coalition…

Et il repart dans une de ses tirades interminables. Des étoiles brillent dans ses yeux. Comme à chaque fois qu'il évoque son grand rêve : être Président des États-Unis. Que dis-je, son *futur.* Pour lui c'est Président ou rien, et ça, depuis qu'il a vingt ans.

— … enfin, on l'invitera la semaine prochaine à la maison. Tu lui diras que tu veux déjà qu'elle nous rencontre pour officialiser, ou je ne sais quelle niaiserie… C'est ton domaine, ça.

— On est vraiment obligés de faire ça la semaine prochaine ?

— Oui, oui.

— Mais j'ai…

— Non ! Mieux : invite-la à ton prochain match de hockey. Le rendez-vous dominical de la famille, auquel elle est conviée… Le message passera encore plus subtilement.

— Je…

Son regard me foudroie.

— D'accord… Oui, je lui dirai.

— Bon… Dépêche-toi de finir tes…

Il désigne le miroir d'un geste vague.

— … tes choses. Et fais ton entrée au plus vite.

— Je suis là dans quinze minutes.

Il me tapote le dos dans un petit rire, comme si tout allait parfaitement bien. Comme pour me dire que c'était le politicien qui parlait il y a une seconde à peine, pas mon père.

— C'est bien, fiston.

Il sort de la pièce sans plus attendre. J'inspire lentement. Expire. Roule des épaules.

Je dois être clair, nuancé et précis. Je ne peux pas merder encore une fois.

Tout va bien. Tout est sous contrôle. Je serre les poings en essayant de débloquer l'air de ma poitrine. Je me précipite vers la salle de bains, attenante à ma chambre, et m'asperge le visage d'eau une fois devant le lavabo. Putain, je ventile.

Toute la presse sera là, le monde entier enregistrera mes paroles, je ne pourrai pas faillir cette fois. Je dois être parfait.

Je ferme le robinet d'une main tremblante en reprenant mon souffle avec peine.

Je ne vais jamais y arriver. Je ne vais jamais y arriver. Je ne vais jamais y arriver.

Je me laisse glisser contre le mur, les cheveux entre mes doigts. Je sens mon sang battre à mes tempes. Ma cravate m'étrangle.

« Les roses sont r-rouges… Le monde entier continue de tour-ner… »

Je me répète ce poème en boucle comme me l'a conseillé le Dr Rasheed, mon médecin, pour essayer de me distraire et de me canaliser.

En vain.

À genoux, je me dirige vers le placard en dessous du lavabo pour prendre mon flacon d'anxiolytiques. Je me lève en titubant pour remplir un verre d'eau et avale dans la seconde un comprimé. Mon regard bute sur mon reflet.

« L-Les violettes sont bleues… Allons donc, ne reste pas ici vautré. »

Mes poumons expulsent un long filet d'air. Je me tiens droit et passe ma main dans les cheveux pour les lisser. *Sourire de façade, Ashton. Parfait.*

Je quitte ma chambre pour rejoindre la réception, en prétendant avoir un pas assuré et détendu. Les lumières orangées m'aveuglent. Une forte odeur de rose, de champagne et d'eau de Cologne me fait tourner la tête. J'ai un haut-le-cœur, mais je me retiens à une colonne pour reprendre mon souffle. Tout n'est que paillettes, bulles et artifices.

Ressaisis-toi.

Je pénètre dans la pièce principale, au milieu des autres. Je serre la main d'hommes en costume que je reconnais à peine, ris à des blagues idiotes, parcourant la foule pour saluer les invités de mon père. Ce dernier, à l'opposé de là où je me trouve, me demande d'un signe de main de le rejoindre près de son groupe d'amis… et d'une caméra. Je souris et commence à traverser la salle de réception. Mais soudain je me statufie.

Attends, est-ce que…

Non. J'ai cru reconnaître Izaak, au loin, mais ce n'est qu'un homme brun parmi tant d'autres. Je soupire et pose ma main sur mon cœur qui tape à toute allure.

Est-ce qu'il sera là ?

S'il vient, il sera forcément accompagné… d'Eliotte.

Ce genre de réceptions me coûte énormément mentalement, et elle le sait. Quand on était plus jeunes elle insistait pour venir et me soutenir, mais je refusais, parce que je ne pouvais pas montrer au public que j'entretenais une relation amoureuse avant le mariage. Mon père ne l'aurait jamais toléré. Mais, à *chacune* de ces fêtes, je regrettais d'avoir refusé. Avec Eliotte à mes côtés, le monde ne pesait plus que quelques grammes sur mes épaules.

Alors que je vais rejoindre mon père, une horde de journalistes me barre le passage. Je déglutis et souris d'autant plus.

C'est le moment. Tu peux le faire.

— Monsieur Meeka ! Monsieur Meeka !

Je regarde fièrement les objectifs.

— Oui, messieurs, mesdames ?

— Qu'avez-vous à répondre aux personnes qui pensent qu'on devrait rendre obligatoire le rapport quotidien de HealHearts ?

— Environ 75 % des adultes américains utilisent HealHearts plus de trois fois par semaine… Cela me semble un chiffre plus que correct ! Si le suivi HealHearts nous a permis d'agir efficacement en prévention des maux de notre société, je reste convaincu que laisser à chacun la liberté de partager ses émotions avec un professionnel est fondamental. Il faut, à mon sens, continuer à normaliser le dialogue, rejeter toute forme de processus de validation émotionnelle pour que les uns et les autres n'aient plus à se poser de questions. Que nous n'ayons jamais à obliger la population à quoi que ce soit. La liberté est la valeur que nous chérissons le plus aux États-Unis, n'est-ce pas ?

— Faut-il interdire les couples formés avant le mariage ?

— Je pense que le débat s'envenime de considérations hautement idéologiques et qu'il faudrait revenir à l'essentiel même de notre système : le bonheur des citoyens américains.

— Les rumeurs disent que si votre père est élu Président à la prochaine campagne, vous souhaiterez candidater à la gouvernance de la Nouvelle-Californie. Est-ce vrai ?

— Ce serait un honneur pour moi de marcher dans les pas de mon père.

— Et que pense…

— Je suis désolé, messieurs, j'aurais adoré répondre davantage à vos interrogations, mais j'ai d'autres choses à faire en ce soir de gala – qui est très important pour nous.

Je leur souris poliment avant de m'extirper du troupeau. Je me heurte à quelque chose. Quelqu'un.

— Izaak ?

— Ash…

— Tu es venu, finalement ?

— Bien sûr… Je ne manquerais pour rien au monde cet événement, dit-il d'une voix plus forte. Ça me tient à cœur, tu le sais !

Il me fait son sourire d'ange… Merde, j'avais oublié les journalistes.

— Izaak Meeka ! crie l'un d'eux. Izaak Meeka ?

— C'est bien mon nom, bravo – et je prie pour que ce ne soit pas la seule information juste que j'entendrais de vous ce soir, répond-il d'une voix lasse.

— Un mot sur votre taux de compatibilité avec votre femme, Eliotte ?

— Élevé.

Votre femme.

Et dire qu'un jour j'ai bien cru que ce serait moi, à sa place, en train de répondre à ces questions sur Eliotte. J'avais imaginé à la lettre près toutes les réponses, toutes les anecdotes sur nous que je glisserais, pour montrer à quel point on était faits l'un pour l'autre.

— Cela vous a-t-il surpris qu'il soit aussi élevé, justement ? demande un journaliste.

Ça m'a dévasté.

— Avec presque 100 % de compatibilité, êtes-vous de parfaits opposés ou des copies conformes ? ajoute un autre.

On se complète, elle et moi, en réalité. Un peu comme le yin et le yang. On s'apaise mutuellement, en s'équilibrant.

— Avez-vous eu le coup de foudre pour Mme Eliotte ?

Oui. Je suis amoureux d'elle depuis l'âge de douze ans, mais elle ne me remarquait pas, au collège. Elle ne remarquait personne à vrai dire… avant moi, quand on a eu seize ans.

— Et qu'en est-il de la dernière déclaration de votre père ?

— Mon père…, répète Izaak.

— Le Gouverneur a évoqué très justement les problèmes sociaux aux abords des ghettos de certaines métropoles, lui dis-je pour qu'il ne reste pas muet.

Il faut éviter de dévoiler qu'il ne sait pas quelle était la dernière prise de parole de notre père.

— Ah… Oui, eh bien, ce que je pense de sa déclaration ? Il serait temps à mon sens que les élites déconnectées des masses recentrent le problème et remettent les choses en perspective.

Mais il est fou ?

Je le fixe, estomaqué.

— Pouvez-vous développer ?

— Monsieur, nous sommes ici pour les enfants de l'hôpital Mills Burn et les orphelinats Luigini. Pas pour la politique. Avez-vous des questions les concernant ? C'est bien ce qu'il me semblait – et je le déplore, soyez-en sûrs. Sur ce, excusez-moi.

Il attrape mon bras et m'entraîne à sa suite. J'aperçois notre père, sidéré, à l'autre bout de la salle. Je croyais qu'il s'était habitué aux coups d'éclat d'Izaak face aux médias. Il est connu pour ce tempérament fougueux, c'en est presque devenu une image de marque – enfin, ça aurait pu, s'il ne déclinait pas toutes les invitations des plateaux télé.

Peut-être que papa fait cette tête à cause de ce que j'ai dit ? J'étais trop factuel, je n'ai pas été assez dans l'émotion… Comme Izaak l'a dit, je parlais comme le gosse de riche déconnecté de la réalité. Putain, qu'est-ce que…

— Eh, tu m'entends ?

Je secoue la tête.

— Pardon, quoi ?

— Tout va bien, Ashton ?

— Je… Je…

— Tu as brillé devant les caméras. Tu étais charismatique, juste, éloquent… Comme toujours, Ash

Il me sourit timidement. Je lui suis reconnaissant pour ces mots. Il sait toujours taper là où il faut pour contenir les embardées de mon cœur. Je voudrais le lui dire, mais il y a cet étau qui me compresse la poitrine quand je le vois, maintenant. Il a doublé de volume depuis qu'il a embrassé Eliotte au cinéma, il y a une semaine. J'étais à peine à deux centimètres d'eux, il le savait. Et il n'a pas trouvé meilleure idée que de rouler des pelles à la fille que j'aime ? Autant Izaak peut être la personne la plus empathique que je connaisse, autant quelquefois il piétine mes émotions sans signifier le moindre regret.

— Je dois y aller…

— Ashton, attends ! Qu'est-ce qu'il y a ?

— Je veux être seul. Laisse-moi.

— Mais…

Je me dégage de sa prise sur mon épaule et m'éloigne à grandes enjambées. J'ai à peine fait quelques mètres que je m'immobilise, le cœur serré.

Eliotte est là. Plus sublime que jamais.

Je dois lui parler.

Ce tissu me gratte. Je le déteste. Ce soir, j'ai été obligée de porter une longue robe verte, au col bateau, dont les longues manches sont brodées de petits sequins ici et là. Le styliste des Meeka a bon goût, mais n'a jamais entendu parler du confort, j'en mets ma main à couper. Comment est-ce que je suis censée respirer avec les seins comprimés comme ça ? Et tout ce tulle sur ma clavicule… Je soupire en prenant une flûte de champagne sur un plateau qui passe. Mon regard balaie la salle. C'est si classe… Je ne sais pas ce que je fais ici. C'est fou de se dire que le montant du salaire mensuel de tous ces gens égale sûrement l'annuel de Karl. Si je vendais la robe que je porte, je pourrais régler les problèmes de fuite et de chauffage dans leur appartement.

Mes doigts se referment sur ma flûte de champagne.

Ashton.

Il me fixe, les lèvres entrouvertes. Il est là, grand, au milieu de la salle, entre les couples qui dansent, l'orchestre et les serveurs qui virevoltent de table en table. Son costume gris est à tomber, ses cheveux sont soigneusement coiffés. Il rayonne.

Pourtant, il y a quelque chose de… différent sur son visage.

— Eliotte, tu es là…

Je me tourne vers la voix grave derrière moi.

— Les journalistes ne vous ont pas donné trop de fil à retordre ? demandé-je à Izaak.

— Je les ai envoyés bouler comme d'habitude.

Mon regard se pose de nouveau à l'endroit où j'ai trouvé Ash, mais il n'est plus là. Je l'aperçois quelques mètres plus loin, riant aux éclats avec son père.

— Tu crois que les journalistes pourraient venir m'interroger ? demandé-je à mon faux mari.

— Non, je ne pense pas… Mais on n'est jamais à l'abri d'un ou deux timbrés. Si ça arrive, souris et paraphrase tout ce qu'ils disent en hochant la tête. Il paraît que la télé aime quand les femmes ont l'air débile.

J'étouffe un rire.

— Quoi ? C'est vrai. Tu crois que ma mère a fini grande présentatrice comment ? Je ne dis pas qu'elle est débile. Au contraire, elle sait pertinemment ce qu'ils attendent d'elle.

— Oui, mais tout le monde ne peut pas finir à l'écran, simplement en hochant la tête. Elle est aussi très charismatique, belle, charmante…

— Oui, c'est vrai… Décidément, c'est inné pour toi.

Il me fait un clin d'œil qui me fait instantanément sourire.

Mais j'ai un mouvement de recul. Attendez une seconde. Izaak Meeka vient de me faire un compliment ?

Je pivote sur moi-même, à la recherche de groupes qui nous épient, qu'Izaak aurait vus avant moi.

— Il y a des scientifiques avec nous ? Tu crois qu'ils nous entendent ?

Izaak n'est plus à côté de moi, mais à un mètre, en train de bavarder avec une serveuse… comme si nous n'étions pas en train d'avoir une conversation, il y a littéralement une seconde. Je soupire. Il piétine un peu plus les codes sociaux à chaque interaction.

Quand le brun revient avec deux flûtes de champagne, je soulève la mienne et lui dis :

— J'en ai déjà une, t'en fais pas.

— Ah, mais les deux sont pour moi. Je ne sais pas comment je vais tenir la soirée sans me défenestrer.

— C'est si terrible que ça, les galas de charité ?

— Non. Ceux qui y sont invités et qui prétendent être charitables, par contre… Mais qu'est-ce qu'on ferait sans leur générosité annuelle ?

Je ricane. Il me fait une chiquenaude sur l'épaule.

— Arrête, Eliotte. Ces types sont nos héros. Ils se rappellent une fois par an qu'il y a des pauvres et des handicapés dans ce pays. Ils ont un si grand cœur… Merde, ça y est, je suis ému de nouveau.

Mon rire s'intensifie, alors que son sourire ironique s'agrandit. Je m'apprête à répliquer mais Izaak vient se placer juste derrière moi. Son torse se colle à mon dos. Je resserre mes doigts autour de la flûte de champagne en m'efforçant de me tenir bien droite sur mes talons. Je ne peux pas me permettre de paraître perturbée, quand bien même je le suis.

Il se penche au-dessus de mon épaule, et je sens son souffle près de mon oreille.

— Tu vois ce couple, à côté des roses, près de la colonne de gauche ?

Je hoche la tête.

— Ils viennent chaque année en début de soirée pour profiter au mieux du buffet, avant de disparaître une heure ou deux. Ils s'assurent de revenir quand le dîner commence à être servi à table. Et une fois le dîner fini…

— Ils repartent ?

— Bingo.

— Comment as-tu repéré ça ?

— Quand tu as quatorze piges et que tu ne veux parler ni avec les jeunes du gala, ni avec les collègues de ton père, il faut bien que tu t'occupes.

— Mais pourquoi tu ne voulais pas parler à ceux de ton âge ?

— Au-delà de les trouver profondément idiots, je ne voyais pas l'intérêt de telles conversations. Tu ne peux pas partager tes idées, tes pensées ni des moments sincères avec des personnes qui sont si différentes de toi.

Je hoche la tête. Je le savais solitaire et distant, mais pas depuis si longtemps. Je pensais à tort que c'était une antipathie profonde, mais en fait très tôt il a décidé de sa solitude, en choisissant à qui il pouvait s'ouvrir – à savoir personne.

Soudain, je remarque que la musique de l'orchestre ralentit. Des lumières mauves s'épandent sur le marbre du sol. Je lève le visage vers le plafond et ses lustres éclatants, puis tout autour de moi, ébahie. Des paillettes de lumière flottent autour de nous.

— Et merde, ils vont nous la refaire..., marmonne Izaak.

Il fixe un point devant lui, blasé comme à son habitude.

— Qu'est-ce qu'il y a ?

— Si j'étais toi, je reprendrais une gorgée de champagne. Ce qui va suivre sera d'une gêne sans nom.

La pièce est plongée dans une atmosphère éthérée, quelque chose de céleste s'est emparé de la salle. La piste de danse s'ouvre, pour laisser place au Gouverneur et à sa femme. Ils s'enlacent. Et commencent à danser.

— Quoi ? C'est ça qui te gêne ? demandé-je.

— Voir mes parents dégouliner d'amour pour les caméras, puis chaque couple commencer à danser pour les imiter, oui, ça me dégoûte.

— Chaque couple, tu as dit ? On va devoir le faire, nous aussi ?

— Je t'ai dit de prendre une autre gorgée de champagne.

Je déglutis. Danser avec Izaak ? Et en public ?

Face à Ashton. Le Gouverneur. Les caméras. Tout le monde.

Soudain, Izaak finit d'une traite sa flûte et la pose sur une table près de nous. Il saisit ma main, m'entraînant vers le centre de la pièce. J'abandonne maladroitement mon verre sur un plateau qui passait, avant que le brun nous fasse pénétrer dans la foule dansante.

— Plus vite on commence, et plus vite ce sera fini.

Il se racle la gorge et attrape ma taille d'une main, puis prend la mienne de l'autre. Ce contact familier me fait frissonner. Je retiens ma respiration.

Concentre-toi, Eliotte. Lui est totalement détendu, comme s'il ne s'était rien passé, ces derniers jours. Pourquoi est-ce que tu ne le serais pas aussi ?

J'entoure sa nuque de ma main libre et dois lever la tête pour croiser son regard. Izaak est vraiment beaucoup plus grand que moi. C'est perturbant. Ses yeux scintillent d'une lueur particulière sous les lumières mauves. Ils ont l'air gris, c'est étrange, et en même temps, si beaux.

Izaak inspire, m'extirpant de ma rêverie, et m'entraîne dans un slow au rythme de l'orchestre. Nos corps se balancent doucement l'un contre l'autre. J'ai toujours détesté ce genre de danse. C'est trop intime pour être vécu au milieu des foules, et d'autant plus sous les yeux de tout le gratin de la côte Ouest. Sous les luminaires, je remarque son alliance étinceler autour de son annulaire. Depuis le premier jour, ça me fait toujours quelque chose de la voir.

Izaak paraît détaché, voire même ennuyé. Des flashs de la veille viennent parasiter mon esprit. J'ai les doigts engourdis. Sa proximité avec mon corps me donne le tournis. Son parfum. La chaleur. Les frissons. Le cuir du canapé sur ma peau nue.

— Je ne comprends pas pourquoi tu n'adores pas ce moment du gala de charité, commencé-je pour me distraire. Je veux dire, ces lumières, ces effets spéciaux, la musique… Ça fait très conte de fées, non ? J'ai cru comprendre que c'était ta came.

— Je te hais, Eliotte.

— T'es en train de danser avec une princesse, là. Tu vis actuellement ton rêve de gosse grâce à moi.

— Tu souhaites vraiment que je me défenestre avant la fin de la soirée, c'est ça ?

— Tant d'ingratitude, jeune damoiseau.

Je grimace et laisse mon regard divaguer dans la pièce, il faut l'admettre, aux airs féeriques. Chaque couple se regarde dans les yeux tendrement, ou se berce dans les bras l'un de l'autre. Ils ont tous l'air si heureux, amoureux ; vivants. Et, tous les jours, je croise dans la rue des duos avec la même alchimie. Tous les putains de jours. Je ne peux alors pas m'empêcher, dans ces moments, de me dire qu'Algorithma a fonctionné pour eux.

Alors que cette pensée traverse mon esprit, Ashton passe juste à côté de nous, faisant tournoyer sa mère qui rit aux éclats, un sourire étincelant sur les lèvres.

Sitôt qu'il croise mon regard, ce sourire disparaît.

Ses yeux sont tellement… vides. Ou alors, au contraire complètement remplis. D'une tristesse silencieuse. Soudain, j'oublie les mains d'Izaak sur ma taille, mes talons qui me font un mal de chien, ou le tulle irritant de cette robe dans laquelle j'étouffe. Je ne ressens plus que le sel brûler les tissus de mon cœur.

Mais voilà, je suis obligée de garder un masque de circonstance. De faire comme si j'étais indifférente à la douleur logée dans les yeux du garçon que j'appelais « mon amour », il y a encore un mois.

Je me reconcentre sur Izaak, le regard las.

Au bout d'un moment, ce dernier se penche à mon oreille et murmure :

— Je vais aller prendre l'air…

— Je dois venir ou tu penses être assez résistant pour tenir loin de moi quelques minutes ?

Il sourit.

— Amuse-toi bien… *Princesse.*

Et il se détache de moi. Je flotte une fraction de seconde sur la piste, avant de revenir sur terre. J'ai besoin de m'éclipser, moi aussi. Je monte discrètement à l'étage que je connais par cœur et me dirige vers l'une des salles d'eau. Des souvenirs émergent entre les lattes du parquet et les fissures du mur. Pourtant je ne suis pas venue si souvent chez les Meeka, car Ashton avait peur qu'on nous surprenne.

Je ralentis, en passant devant la chambre d'Ashton. C'était mon refuge. Ou peut-être que ses bras l'étaient. Je n'en sais trop rien. C'était il y a longtemps.

Je m'approche et remarque que la porte est entrouverte. Je ne sais pas ce qui me prend, mais j'esquisse un pas, puis un autre, et la pousse. J'entre timidement dans la chambre, en vérifiant qu'il n'y ait personne dans le couloir. Je sais qu'on pourrait me voir à tout moment, et alors on ferait un milliard de théories sur la venue de l'ex d'Ashton dans sa chambre. Et à raison.

La dernière fois que j'étais ici, je me tenais face à ce lit, en larmes.

La lune, derrière les grandes vitres du balcon, éclaire faiblement le parquet sur lequel traînent une cravate et des chaussettes roulées en boule. Tout est comme je l'ai laissé. Je me demande si Emily a trouvé son matelas confortable. Si elle a ri quand elle a vu le poster vintage de James Bond accroché derrière la porte. Si elle a aimé l'odeur de la pièce – ce mélange de lessive et de bois. Si elle…

— À la recherche d'un soutien-gorge que tu aurais oublié ici ?

Je sursaute.

— Ashton ? m'exclamé-je. Je suis désolé, j'aurais pas dû…

— Non, c'est rien, m'assure-t-il en entrant à son tour.

J'avance par réflexe, et il ferme la porte derrière lui, avant d'appuyer son dos dessus. Le blond me regarde, les lèvres pincées. Ce visage si familier me tord le cœur.

— Tu es très belle, ce soir, lâche-t-il finalement. Enfin, pas que tu ne le sois pas les autres soirs mais c'est que… je… Tu m'as compris.

— Oui… Merci. Tu es élégant, toi aussi.

Il hoche la tête, avant de fixer le parquet. On reste debout l'un devant l'autre, sans rien dire.

Il finit par se racler la gorge.

— Je suis juste venu chercher…

— Ton flacon d'anxiolytiques ?

— Oui. Et un peu de répit, aussi.

Mon cœur se serre. Il a beau m'avoir trahie, j'ai beau en avoir le cœur en sang, je ne peux pas m'empêcher de dire, comme si c'était un instinct :

— Je suis sûre que ton père t'a trouvé génial au milieu de tous ses semblables. Il t'observait, un sourire aux lèvres. Et il avait raison.

— Tu crois ? Merci, Eliotte.

Il mord l'intérieur de sa joue en fixant le sol. Il a beau avoir une large carrure et faire cinq ans de plus dans ce costume, là comme ça, on dirait un petit enfant. Les bras derrière le dos. La tête baissée. Penaud, perdu, craintif.

— Pour être honnête, c'est pas le regard de mon père qui me… qui m'angoisse le plus, ce soir.

Je serre les poings.

Il n'a pas le droit de me laisser croire que c'est moi qui le mets dans cet état. C'est lui qui a provoqué ça. Lui. Pas moi.

— Je t'ai envoyé des tonnes de messages, après que tu m'as écrit l'autre jour, mais tu n'as jamais répondu. J'ai cru que tu…

Je secoue la tête et croise enfin son regard noisette. J'ai peur de m'y plonger. Ça me terrifie d'y retomber.

— Pourquoi tu as fait la morte après coup ? demande-t-il brusquement.

Il agit comme si tout allait bien, comme s'il n'était pas un menteur hypocrite. Aucune culpabilité dans sa voix. Aucune. Je devrais lui hurler à la figure qu'il n'est rien du garçon que j'ai aimé, que c'est un salaud qui joue sur deux tableaux et qui n'a aucun principe ; mais rien ne sort. Je n'ose pas m'humilier de la sorte.

— Parce que…, dis-je avant de me racler la gorge. Parce que c'était une erreur d'avoir essayé de reprendre contact.

— Qu'est-ce que tu voulais me dire ?

— Je voulais…

Je ferme les yeux, les mâchoires serrées.

— Ça n'a aucune importance, maintenant. Je devrais y aller.

J'avance, mais il ne bouge pas.

— Eliotte… tu as réfléchi à ce que je t'ai dit l'autre soir ?

Je déglutis.

— Non. Parce que c'est trop tard.

— Quoi ? Mais tu…

Sa voix se brise. On dirait que je viens de lui décocher une flèche en plein cœur. J'ai beau me répéter ce que je veux, son visage me peine. J'ai mal avec lui, une tache de sang s'étend aussi sur ma poitrine.

— Eliotte, je peux me rattraper, je te jure… Je…

Ses yeux brillent. Je continue à avancer et il s'écarte du passage. Soulagée, j'ouvre la porte, quand il attrape doucement mon poignet. Je regarde immédiatement dans l'embrasure pour vérifier que personne n'est dans le couloir.

Je me tourne vers lui.

— Ashton, je…

Les mots ne parviennent pas à sortir. Ash me sonde intensément. Je sens sa main dans la mienne. Son visage me raconte un million de souvenirs ; sa chambre me rappelle qu'elle a accueilli mes plus beaux rêves, qu'on m'a arrachés avec un pourcentage. Les yeux me piquent. C'est… C'est trop pour moi. Trop. Tout mon corps me dit de claquer la porte et de rentrer chez moi. Mais il y a ce poids qui me cloue au parquet.

Ce même parquet qu'Emily a sûrement frôlé un million de fois.

Une chaleur sourde me retourne l'estomac.

Elle.

Sans même le commander à mon corps, mes mains attrapent le visage d'Ashton et mes lèvres se plaquent contre les siennes. Je l'embrasse.

J'ai l'impression d'être dans l'un de ces rêves qu'il m'arrivait d'avoir. Sa chaleur tout contre moi, mon abdomen qui crépite, ses mains sur mes flancs. Pourtant, j'ai un goût de fioul dans la bouche. Un goût de colère. De douleur.

Ashton attrape mon visage à son tour. Je sens sa langue se mêler à la mienne.

Qu'est-ce que je suis en train de faire ?

Soudain, un craquement de parquet me ramène à la réalité.

Merde.

Je me retourne pour regarder dans le couloir. Il n'y a personne.

Merde, merde, merde.

Mes mains recouvrent ma bouche encore humide. Je suis complètement folle. Qu'est-ce qui me prend ? Pourquoi j'ai fait ça ?

Je m'écarte brusquement de lui.

— Je vais y aller…

— Eliotte, attends !

Je ne l'écoute pas. Je fuis à l'autre bout de l'étage, priant pour ne croiser personne.

Bon sang… J'ai embrassé Ashton. J'ai pété les plombs ! Qu'est-ce qui ne va pas chez moi ? Je suis tellement stupide. Tellement ridicule. Tellement pathétique. Je soupire en m'enfonçant dans les couloirs. Je ne sais même pas où je vais.

Au fond de moi, j'espère avoir laissé un goût sur sa langue, qui se mélangera à celui du fioul que j'ai senti. J'espère qu'Emily s'en délectera, à chaque fois qu'elle l'embrassera, avant de réaliser que ce n'est pas la saveur d'Ashton. Mais la mienne. Bien plus acidulée. Amère. Surette.

J'entends du bruit au bout du couloir. Je m'arrête. Un ange passe, et j'aperçois Izaak sortir d'une pièce, l'air de rien. Je crois que c'est le bureau de son père, si ma mémoire ne me joue pas de tours.

— Qu'est-ce que tu fais là, brunette ? demande-t-il en m'apercevant, étonné. Tu cherches un peu de réconfort après avoir été traumatisée par les gens charitables d'en bas ? Ne t'en fais pas, tout va bien se passer.

— Je voulais… juste me rafraîchir, loin du capharnaüm.

J'arque un sourcil et le considère, intriguée.

— Et toi ? Tu étais avec ton père ?

— Non, non…

Qu'est-ce qu'il foutait là-bas, alors ?

— On devrait rejoindre la réception, me dit-il en arrivant à ma hauteur.

— On doit rester encore combien de temps ?

— Ah, Eliotte… si tu es celle du duo qui veut partir à chaque soirée, comment on va faire ? T'es censée canaliser mes penchants solitaires.

— J'aurais dit asociaux, mais bon…

Je m'apprête à ajouter quelque chose quand mon regard est attrapé par une masse dans le décor.

Quelqu'un vient de sortir du bureau du Gouverneur.

Quoi ?

— Qu'est-ce que Charlie fait ici ?

Il se retourne pour suivre mon regard et pousse un long soupir.

— Je t'avais dit de prendre la sortie arrière ! lui lance-t-il.

Charlie porte une longue robe rouge qui fait ressortir encore plus la chaleur de son teint foncé. Elle a natté quelques mèches de ses cheveux volumineux qui retombent sur ses épaules luisantes. Ses yeux en amande sont soulignés de paillettes et d'un trait bleu roi.

Elle est magnifique.

Il ne m'en faut pas plus pour comprendre ce qu'il pouvait bien fabriquer depuis tout ce temps dans le bureau, seul avec elle.

— J'ai envie d'aller au buffet, moi ! proteste-t-elle en faisant la moue.

— Hors de question qu'on te voie. Décampe. Allez !

La brune roule des yeux sous le regard autoritaire d'Izaak. Elle me salue en souriant, avant de s'évaporer au fond du couloir, sûrement vers la sortie des domestiques de la villa.

Il était avec Charlie.

Une source chaude vient alimenter mon réseau sanguin. Le bout de mes doigts me picote.

— Les journalistes nous ont vus, l'élite en carton de la côte Ouest aussi…, me dit Izaak. On a fait notre boulot. Allez, viens, on se casse.

Il ouvre la marche vers l'escalier.

— Au fait… Tu as vu Ashton ? demande-t-il.

Je me raidis.

— Il était encore avec votre mère quand je suis montée à l'étage.

Il acquiesce, et nous regagnons la salle de bal. Quelques arabesques ici et là pour saluer ceux que l'on croise, et nous foutons le camp de cette soirée catastrophique.

Je n'arrive pas à croire qu'en l'espace de vingt-quatre heures j'ai embrassé les deux Meeka.

23. Coup(s) de tonnerre

Izaak

J'ai dit à Eliotte que je retournais à la villa parce que j'avais oublié « quelque chose » hier. La faute au champagne, soi-disant.

Je vérifie que les voitures des gardes du corps ne sont pas là avant d'entrer. Je remarque celle d'Ashton, garée gauchement sur le parking principal de la villa. Je pénètre dans le hall d'entrée et gagne l'étage. Je souris sur le chemin à Marta et Josh, deux des domestiques qui ne parviennent pas à cacher leur surprise de me voir ici.

En arpentant les couloirs, j'aperçois très vite mon frère. Il porte un sweat aux couleurs de notre université, un casque sur les oreilles. Il doit revenir de son jogging. Même un lendemain de soirée reste un jour de travail pour lui. C'est fou ce que le stress – ce qu'il appelle naïvement « discipline » – peut nous pousser à faire.

Il tourne la tête… et me voit. Tout en retirant ses écouteurs, il lance :

— Qu'est-ce que tu fous ici ?

— Viens là, toi ! m'exclamé-je en attrapant la capuche de son sweat.

Il proteste mais je parviens à le traîner jusqu'à mon ancienne chambre, à quelques mètres de là. Je claque la porte derrière nous en le poussant à l'intérieur.

— Qu'est-ce qui te prend ? À quoi tu joues ? peste-t-il en comprenant bien assez vite à la vue de mon expression que je ne suis pas venu ici pour faire un foot.

— Toi, à quoi tu joues ? Je t'ai vu hier, dans ta chambre, avec Eliotte.

— Et alors ?

— Tu l'appelles à 3 heures du mat' pour lui dire que tu l'aimes. Le lendemain, tu amènes ta super âme sœur ici, et quelques jours plus tard encore tu embrasses Eliotte… C'est quoi ce putain de gag ?

— Mais qu'est-ce que tu racontes ?

— Tu la quittes pour rester avec ton âme sœur à cause des pourcentages ? Très bien, je te soutiens ! Puis finalement tu veux Eliotte malgré les risques ? OK, je te soutiens ! Mais là, tu déconnes. Respecte-la. Respecte-*les.* Je suis sûr qu'Emily n'est pas au courant de ta petite escapade nocturne dans cette gare abandonnée à la con !

— T'es à côté de la plaque, Izaak, dit-il en se levant. Je n'ai pas…

— Tu vas arrêter deux secondes de penser qu'à ta gueule ? m'emporté-je en me dressant devant lui. Arrête de jouer comme ça avec *elle !*

— Je rêve ? C'est moi qui ne pense qu'à ma gueule ? Tu te fous de qui, Izaak ? Tu es celui qui envoie chier la terre entière en embrassant la fille que j'aime, à trois centimètres de moi au ciné ! C'est toi qui déconnes !

— Arrête. Comme si t'en avais quelque chose à foutre que je l'aie embrassée. C'est ton putain d'ego qui parle.

— Izaak, j'ai eu le cœur brisé. Et par mon frère. T'as vraiment aucun respect… Après tout ce que je t'avais confié sur mes craintes vis-à-vis de toi, tu…

— Oh ta gueule ! Tu crois que le cœur d'Eliotte était dans quel état, lui, hein ? le coupé-je. Elle était là le lendemain de votre rendez-vous nocturne, devant la maison, pour te dire qu'elle voulait de toi. Et comment elle te trouve ? Au bras d'Emily que tu venais sûrement de foutre dans ton pieu !

Le visage d'Ashton se fige. Ses lèvres tremblent.

— Quoi ? Elle était devant la maison ce jour-là ?

— Oh que oui, elle était là, imbécile !

— Non, non, Izaak…, souffle-t-il en s'attrapant les cheveux. C'est un quiproquo. J'étais bien avec Emily, mais parce que papa voulait absolument lui parler. Il veut que son père s'allie à son parti. On n'a rien fait, elle et moi. C'est Eliotte que j'aime.

Quoi ?

Mon cœur bat. J'inspire en fixant le parquet. Quelque chose crépite dans mon ventre, puis gronde comme le tonnerre.

— Mais depuis quand tu te soucies d'Eliotte, au juste, hein ? crache-t-il, me ramenant à la conversation.

— Je la défends comme je défendrais n'importe qui dans sa situation. Elle ne mérite pas de souffrir. Elle ne mérite pas qu'on joue avec elle. Point barre.

— Tu crois que je ne le sais pas ? Cette situation dépasse tout le monde !

— Ne fais pas l'idiot, Ashton. C'est toi qui as voulu ça.

— Moi qui l'ai voulu ? Tu te fous de ma gueule ?

— C'est qui alors ? Algorithma ? C'est ça, Ashton ?

— La ferme… tu ne comprendras jamais.

— Tu veux que je te dise la vérité, Ash ? Algorithma, toute cette science, tout ce délire… ça a été conçu pour ceux qui n'ont rien dans le froc ! Ceux qui ont besoin d'excuses, qu'on leur dise quoi faire et comment. Voilà la putain de vérité ! T'es juste un lâche.

Il fronce les sourcils et s'avance vers moi.

— J'essaie de te faire comprendre, mais comment tu pourrais, hein ? lance-t-il. Tout semble si facile pour toi, tu ne sais rien de ce que les autres vivent.

— Si je suis là, c'est bien parce que je sais ce que vit Eliotte. Et toi aussi tu le sais. Alors pourquoi tu ne l'as pas prévenue de tes magouilles politiques plutôt que de la laisser croire que tu voulais Emily ? Je pense que t'étais assez intelligent pour le faire et éviter ce quiproquo… c'est juste que tu ne veux pas t'avouer à toi-même que tu vois sincèrement Emily comme ton âme sœur, que papa et toutes leurs conneries ont réellement une emprise sur toi. Alors, à la place, tu préfères vivre dans tes illusions, en jouant inconsciemment sur les deux tableaux.

— Ah ! parce que maintenant tu fais dans la psychanalyse ? Depuis quand est-ce que tu sais ce qu'il y a dans ma tête, Izaak ? C'est vrai, putain… Est-ce que t'as la moindre idée de ce que je vis tous les jours ? Non ! Parce que tu t'es barré et tu m'as laissé toutes tes putains d'emmerdes sur les épaules.

— Tu mélanges tout. Ne change pas de sujet.

— Ah ! j'ai trouvé le point sensible. Allez, Izaak, montre-nous quelle histoire tu vas bien pouvoir te raconter pour te justifier.

— Mais me justifier de quoi, au juste ?

— Tu sais très bien à quoi je fais allusion : tu as tourné le dos à tes responsabilités il y a des années ! Tu m'as tourné le dos à *moi,* Izaak.

Son regard me transperce. Il s'est vaguement troublé l'espace de quelques secondes. Mon cœur se fêle lentement.

— Je t'interdis de croire que je t'ai tourné le dos, Ashton…

— Mais qu'est-ce que tu voudrais que je croie, alors, hein ? Pendant que tu faisais le rebelle fougueux à tout envoyer valser, c'est moi qui me suis pris tes décisions en plein dans la gueule. Et aujourd'hui j'ai tout, bordel, *tout* sur les épaules !

— Je t'interdis de me mettre sur le dos tes foutues erreurs, tes foutues peurs. Ce n'est pas moi qui t'ai dit de suivre ses pas, ou qui ai peur de son regard. Ce n'est pas moi. Mais toi. C'est *toi* le responsable.

— Tu ne comprends vraiment rien.

— Mais si, je comprends tout : tu te replies dans les faux-semblants, dans cette vie sur mesure et millimétrée, à obéir à papa sans faire de vagues… Tu es responsable de ce qui t'arrive, Ashton.

— Parce que tu es parti, Izaak ! Tu m'as laissé ici, tout seul. On aurait pu se partager ce poids, mais non, il a fallu que tu te barres et tournes le dos à ta propre famille !

Ma famille ? Ça, c'est une famille, Ash ?

À part toi, qui j'ai ?

— T'es qu'un lâche ! crache-t-il en revenant à la charge.

Il a raison, Izaak. Tu es un lâche. Parce que tu n'as pas su poser les limites face à ton père.

Je fronce les sourcils en serrant les poings. Un goût amer m'envahit la bouche.

— C'est *moi,* le lâche, Ashton ?! rétorqué-je. C'est moi qui écoute aveuglément ce que tout le monde lui dit ? C'est moi qui n'ai pas le cran de dire ce que je pense à haute voix ? Qui n'ose même pas penser par soi-même ? Est-ce que c'est moi, Ashton, qui laisse ma copine se faire rouler des pelles tous les jours par mon grand frère, parce que je n'ai pas les putains de couilles de faire face à cette société de merde ?

— Je vais te défoncer, salaud !

Bah, voyons !

J'ai à peine terminé ma phrase que je suis plaqué contre la penderie. J'assène un coup dans ses côtes, et il jure en plissant le nez de douleur. Je me baisse pour éviter son coup de poing et…

— C'est pas bientôt fini, ce cirque ? gronde une voix derrière nous.

Je sursaute. Papa. Mon sang se glace instantanément.

Les yeux fixés derrière moi, Ashton lâche le col de ma veste, le visage grave.

— Vous deux ! hurle le Gouverneur.

Je me décolle de la penderie pour lui faire face et me tiens à côté de mon petit frère, en étant légèrement plus en avant, un bras entre lui et notre père. Être dans cette pièce, face à son visage déformé par la fureur, me rappelle de mauvais souvenirs.

— Vous avez quel âge, bande d'idiots ?

Il entre et ferme la porte derrière lui.

Je baisse les yeux et prends une inspiration aussi profonde que discrète.

Ça va aller. Ne flippe pas.

Ses yeux verts, dont j'ai hérité la forme et la couleur, me foudroient.

— J'ai bien entendu, Izaak ? Quelles conneries tu déblatères encore à ton frère ? Tu n'en as pas assez de semer le trouble, comme ça ?

— Ce ne sont pas des conneries.

— Tu pourrais trouver toutes les justifications du monde, personne, je dis bien *personne,* ne parviendrait à réfuter des résultats scientifiques. Le ciel est bleu. Un plus un égale deux. Les objets ne flottent pas mais tombent à cause de la gravité… Il faudrait être sacrément stupide pour dire le contraire. C'est irréfragable.

Je ne doute jamais de rien ; sinon des certitudes.

— La Science éclaire, rétorqué-je froidement. Algorithma *impose* un style de vie. Ce sont deux choses distinctes.

— Un style de vie ? On a la réponse aux problèmes qui ont secoué les sociétés depuis l'aube des temps ! En quoi est-ce mal de vouloir le bonheur de la population ?

Je pouffe.

— Ils veulent qu'on soit heureux selon *leur* conception. Ils imposent une manière d'être heureux. Admets-le.

On rate un tas de choses à ne pas faire nos propres expériences, nos propres erreurs. Tout est déjà là sur un plateau débile.

— Les hommes viennent de Mars et les femmes de Vénus. Nous sommes des aliens l'un pour l'autre. On veut se rendre heureux, mais il y a la fierté, l'ego et les problèmes de communication… On ne peut pas se permettre que tout dégringole, on en a vu les conséquences, alors on donne simplement un coup de pouce à la population. Peut-être que toi, ça te perturbe, mais c'est normal. Un enfant apprécie-t-il de faire ses devoirs ? D'apprendre chacune des lettres de l'alphabet ? Non. Mais quand il sait lire… C'est exactement la même chose. Tu devrais me remercier à chaque fois que tu ouvres un bouquin, pauvre idiot !

Je soupire. C'est un débat sans fin. Je n'ai appris à m'arrêter que bien trop tard.

Ashton nous regarde, les mains derrière le dos. J'aurais tant voulu que ses lèvres ne soient pas si pincées, mais grandes ouvertes avec un million de mots prêts à bondir pour m'épauler.

— Bref, ce que je dis à Ashton ne regarde que lui et moi, lâché-je d'un ton cinglant pour conclure.

— Pas tant que tu es sous mon toit, mon garçon ! s'exclame le Gouverneur en s'approchant de moi. Je n'arrive toujours pas à croire que tu as humilié notre famille en allant t'installer seul… Un « foyer uni » mais incomplet ? Quelle blague !

Je serre les mâchoires en regardant un point fixe sur le mur. *Ne réponds rien. Ne réponds rien.*

Quitter cette maison a été la meilleure chose que j'ai faite de toute ma putain d'existence.

— Et qu'est ce que tu nous as fait hier, devant les journalistes, hein ? Que tu nous craches à la figure de la sorte, et sous mon propre toit, je ne l'accepterai jamais !

Ashton s'avance.

— Papa, sa réponse était…

— Silence, toi ! crache-t-il en se tournant vers lui avant de se reconcentrer sur moi. Izaak, comprends-tu que tu es la risée des Meeka ? Tout le monde le pense, haut et fort. Tu me dégoûtes…

Ma mâchoire se contracte d'une telle force que je croirais l'entendre craquer.

— Tu es un incapable ! Tout ce que tu as jamais su faire, c'est salir notre nom !

— Ah bon ? Moi ? lâché-je sans pouvoir me retenir, en croisant enfin son regard.

Je crois qu'il ne m'a pas entendu, puisqu'il poursuit :

— Je n'arrive pas à croire que du jour au lendemain, toi, un enfant parfait, sois devenu un bon à rien !

Il attrape le col de ma veste et me tire à lui. Son visage est à quelques centimètres du mien. Sa main, à quelques millimètres. Le voir si près me hérisse les poils.

— Comment as-tu pu opérer un revirement aussi drastique, sale crétin ?

Si seulement il savait ce que j'ai… ce que…

Je ferme les yeux en soufflant doucement pour que les images s'en aillent et retournent se tapir dans un coin lugubre de mon esprit. Je laisse mon père me secouer vigoureusement avec ses mains, la poitrine crispée.

— Papa…, lance Ashton, en s'approchant.

— Mon petit Izaak brillant, digne, parfait…, poursuit-il en l'ignorant. Qu'est-il devenu ? Qu'est-il devenu ?! Dis-le-moi !

Il est mort.

— J'aurais préféré que…

— Que quoi, hein ? lancé-je brusquement, devinant ce qu'il a l'intention de dire.

— J'aurais préféré que tu n'aies jamais existé.

— Va te faire foutre, papa, craché-je sans plus pouvoir me retenir. Bien profond.

Et, en moins d'une seconde, sa main s'abat sur ma joue. Tout mon corps se contracte, se préparant au prochain coup.

— Ose encore une fois me manquer de respect comme tu l'as fait hier, et je te jure que tu le regretteras. Tu n'es qu'une petite merde. Comprends-le. Sans moi tu n'es rien.

Je garde le visage baissé, tétanisé.

— Et ça vaut pour toi aussi, Ashton. Tu as intérêt à prendre son cas désastreux pour exemple. Je n'accepterai pas deux bons à rien portant mon nom.

Il se retourne, puis quitte la pièce. Je reste immobile un instant, complètement déconnecté de mon propre corps. J'ai vécu ce genre de scène un nombre incalculable de fois, il y a quelques années. Des vagues de souvenirs remontent.

Et je me réveille.

Je pousse la porte et la claque derrière moi. Je dévale l'escalier à toute vitesse et cours jusqu'à ma jeep, garée à quelques mètres de cet enfer. Alors que je n'avais même pas remarqué qu'il me suivait, Ashton me rejoint à l'avant.

Je me laisse tomber contre le volant, les mains cachant les côtés de mon visage. Je n'ai pas répondu. Je n'ai pas réagi. Je suis resté debout comme un lâche. Je l'ai laissé faire…

Alors que, la fois précédente, je m'étais encore promis que c'était la dernière.

Je me sens tellement faible. Un sac de peau et d'os. Un déchet ambulant.

— Izaak, m'interpelle Ash d'une voix suppliante. Rien de ce qu'il a dit n'est vrai… Rien !

— Sors d'ici… je t'en supplie, laisse-moi.

Il saisit mon épaule.

— *Rien,* tu m'entends ? Ne le crois pas…

Je me mords la lèvre inférieure et lève mon visage vers lui. Je sens des larmes couler sur mes joues, mais je m'en fous.

— Je l'ai cru pendant trop longtemps pour ne plus le faire aujourd'hui. Je suis foutu, Ashton.

— Izaak, non… t'es… t'es incroyable. Il n'y a pas une fois, putain, où je n'ai pas voulu être comme toi.

— Ash, si tu savais…

La vérité c'est que, tout ce dont j'avais toujours rêvé, c'est d'être parfaitement normal. De ne pas avoir un esprit aussi éveillé. Je voulais être un mouton manipulable, qui ne questionne rien et se laisse tranquillement porter par le troupeau.

Parce que vivre avec ces brûlures dans la gorge, ces mots qui ne peuvent jamais être prononcés à haute voix, est un supplice. Si j'osais parler, je serais pris pour un fou. Un illuminé. Un idiot. Pourtant, en mon for intérieur, je sais plus que tout que j'ai raison.

Et elle est là, la torture. Vivre dans cet entre-deux boueux. Parce qu'il arrive que ces voix du dehors s'infiltrent en nous, par les pores et les fissures, comblant chacun des trous. Et un jour, on se demande aussi : ne suis-je pas fou ?

— C'est pas toi le bon à rien, c'est moi ! s'exclame-t-il en prenant mes épaules pour me forcer à le regarder. Je… J'ai jamais eu tes couilles, moi, Izaak. Je n'ai même pas le courage de questionner ce que je vis. Je n'ai pas le courage d'assumer mes échecs, encore moins mes choix. Je n'ai pas le droit à l'erreur. Parce que je me l'interdis. Je peux pas le décevoir, je peux pas, je peux pas…

Il souffle en cachant son visage dans ses mains.

— Je suis pas comme toi, moi, Izaak. Je ne le serai jamais. Parce que le décevoir… c'est risquer sa vie.

Il lève à nouveau ses yeux aux éclats ambrés vers moi.

— Tu crois que je ne sais pas ce que ça fait d'avoir peur de décevoir papa ? rétorqué-je. D'avoir peur d'aller à contresens ? Tu le penses vraiment cinq secondes ? Putain, Ashton… Il n'y a pas eu une journée où je ne suis rentré de l'école primaire sans avoir la boule au ventre à l'idée de ce que papa me dirait… ou me ferait.

Je serre les poings, en essayant de calmer mon cœur qui bat comme un fou. Au début, il n'y avait rien de pire que de voir qu'on ne serait jamais assez, peu importaient tous les efforts qu'on faisait, peu importaient les limites qu'on repoussait ou la volonté de fer qu'on y mettait.

Puis sont venues les conséquences de ces incapacités.

— Avant qu'il te choisisse comme héritier, n'oublie pas que c'était moi qui étais dans la ligne de mire, dis-je d'une voix faible. Pendant que *toi* tu vivais une enfance normale, moi j'étais à moitié mort.

— Izaak…

Je mords ma lèvre inférieure en inspirant fort. Je ne le jalousais même pas, à l'époque, quand lui avait le droit de sortir avec ses amis et que moi je restais à l'intérieur à apprendre des règles sociales débiles, ou à me faire une culture générale. Parce que c'était *mon* frère.

— En tout cas aujourd'hui, dit-il, tu fais ce que tu veux, ce que je ne serai même pas capable de penser, de… Toi, t'es libre.

Ne suis-je pas fou ?

Il pose ses mains autour de mes épaules et les secoue légèrement :

— Tu comprends ça ? T'es libre !

— Ashton, je te donne volontiers cette *merde* de liberté.

— Je voudrais la prendre, Izaak, je te jure… Mais j'ai déjà les bras pleins.

Ses lèvres tremblent, alors qu'il me regarde droit dans les yeux. Les siens sont tout autant embués que les miens.

Et soudain, tout apparaît de nouveau ; tous ces poids sur les épaules portant notre nom, ces fils de barbelés autour de sa gorge, ces responsabilités qu'il tient à bout de bras, ces boulets rouillés aux pieds, ce bandeau brodé « Algorithma » qui lui couvre les yeux ; peut-être même que j'aperçois sa propre pierre tombale, qu'il porte avec tout le reste, tous les putains de jours.

Sans réfléchir, je l'attire dans mes bras et le serre fort contre moi. Je sais qu'il encaisse tous les jours. Parfois, je cligne des yeux et ils sont de nouveau là, tous ces poids ; et parfois je ne vois rien du tout, et je suis incapable de le prendre complètement en pitié. Je me dis que c'était *son* choix d'endosser tout ça. Qu'il aurait pu agir comme moi et leur faire à tous un doigt d'honneur avant de claquer la porte. Il aurait pu, pendant deux secondes, réfléchir à Algorithma, à notre société, au gouvernement, et réaliser qu'ils veulent nous contrôler. Il aurait pu.

Et puis je me souviens que ce n'est pas simple de faire des choix. Ce n'est pas si sûr. On l'oublie trop souvent.

— Je t'aime, petit frère, murmuré-je en retenant un sanglot.

— Moi aussi, Izaak…

Il se détache de moi, un petit sourire aux lèvres. Je lui ébouriffe les cheveux, alors qu'il me demande si je veux qu'il reste avec moi, ou qu'on plaque tout ce soir pour aller s'amuser comme au bon vieux temps. Je fais semblant de réfléchir et décline en lui promettant de remettre ça à plus tard. Il quitte alors la voiture d'un pas légèrement titubant, avant de me saluer. La portière claque.

Et mon corps tétanisé se remet à trembler. Je ventile, des spasmes incontrôlables remuent mes mains, puis mes bras, ma poitrine…

Les couches et les couches de peau que j'avais coulées sur moi ont fondu sous les foudres de mon père. Je suis nu. Et je revois tous mes bleus d'enfance, toutes ces croûtes de sang, toutes ces brûlures de gosse qui, à l'air libre, deviennent plus profondes. Plus douloureuses. Plus incrustées en moi.

Sans plus penser, je démarre le moteur et quitte le quartier de New Garden. Je n'arrive pas à respirer à côté de cette villa, cet enfer. Je conduis jusqu'au loft et me gare à l'abri des regards.

Mes doigts tremblent toujours. Je voudrais dire à mon corps : « Arrête. Tout va bien, je te jure. Le danger est loin. » Mais il ne me croira jamais. Et il aura raison.

« Un bon à rien. »

Les bras enroulés autour de moi, je m'enfonce dans le siège de ma jeep, mon havre de paix depuis mes seize ans. Après chacune des crises de colère de mon père, je venais me réfugier dans l'habitacle, pour être à l'abri des rafales de vent, et des coups de tonnerre. C'était les bras réconfortants des parents que je n'ai jamais sentis autour de moi. C'était le refuge que je n'ai jamais su trouver à la villa des Meeka.

Mes doigts étreignent plus fermement mes biceps.

« Tu me dégoûtes. »

Les sanglots qui s'étaient doucement calmés reviennent d'un coup. Je m'essuie les yeux en appuyant sur la radio pour mettre une musique. Puis l'éteins. Et la remets, car le silence fait résonner encore plus fort *ses* mots dans mon esprit.

Je reste une éternité recroquevillé sur mon siège. Le tableau de bord indique 14 heures. Eliotte est encore à l'université, sûrement en plein déjeuner. Parfait.

« Tu es la risée des Meeka. »

Je gagne le loft et vais m'enfermer dans ma chambre. Je me jette sur mon lit mais m'interdis de pleurer.

« Imbécile. »

Je ferme les yeux. Il ne mérite pas mes larmes.

« J'aurais préféré que tu n'aies jamais existé. »

Il ne mérite pas tes lar… Boum. Boum. Boum.

Je sursaute.

— Izaak ? Tout va bien ?

Eliotte ?

Je m'essuie les yeux en me raclant la gorge. Pourvu que ma voix ne déraille pas.

— Oui. Toi, ça va ?

— Je t'ai vu courir dans ta chambre, comme ça… Tout est OK ?

Qu'est-ce qu'elle fait ici ?

— Je…

La porte grince, et son visage apparaît dans l'embrasure. Elle est là. Elle me voit.

— Je sais que je n'ai pas le droit de voir ton antre secret, mais tu es sûr que ça va ?

24. Nos pères

Eliotte

Je ne m'attarde même pas sur sa chambre que pourtant je mourais d'envie de voir, par pure curiosité. Je vois seulement dans mon champ de vision une pièce dans les tons gris, épurée, simple, parfumée ; une pièce très « *Izaak* ». Celui-ci est allongé sur son lit, sa veste encore sur le dos.

— Je vais bien, Eliotte, dit-il doucement.

Une énergie froide secoue mes intestins. Je ne le crois pas une seconde. Sans attendre son autorisation, j'entre alors dans la pièce et avance lentement vers son lit, comme si des grenades dégoupillées étaient posées sur chaque parcelle de sa moquette.

— Qu'est-ce que tu fais ? demande-t-il.

— J'en ai rien à carrer de tes interdictions ou de tes mensonges.

Je m'attendais à des protestations, au mieux à une pique, mais étrangement il reste silencieux. Je m'approche et reste quelques secondes debout, mais je me trouve ridicule, alors peu importe si je parais trop à l'aise d'un coup, mais je m'assieds sur le lit.

— Il s'est passé quelque chose, à la villa ? osé-je demander.

Ses yeux brillants fixent le plafond. Il secoue la tête.

— Est-ce que je peux faire quelque chose ? murmuré-je.

Un long soupir s'échappe de sa bouche.

— Je pense que personne ne peut plus rien pour eux.

Il pince ses lèvres.

— Ashton ne sait pas ce qu'il veut. Il voudrait être comme moi, mais il ne sait pas que… moi-même je ne voudrais pas être comme moi.

— Qu'est-ce que tu racontes ? dis-je en posant ma main sur son épaule.

— Lutter contre cette société, et porter ce nom de famille… Eliotte, parfois c'est… dur.

Mon cœur manque un battement ; sa voix s'est légèrement cassée sur le dernier mot.

— Je sais, Izaak. Personne ne saura jamais vraiment ce que tu vis.

— Rares sont ceux qui pensent comme nous… et encore plus rares sont ceux qui savent ce que ça fait de vivre sous les ordres du Gouverneur.

Je serre les lèvres. Thomas Meeka. C'est lui la cause de cette mine sans éclat ? De cette voix enrouée ?

Il souffle, en regardant dans le vide :

— Mon père ne m'a jamais laissé danser. Il a toujours gâché la fête.

Je le hais.

— C'est vrai ? fais-je doucement pour l'inviter à développer s'il en ressent le besoin.

Un silence s'empare de la pièce. Je regarde Izaak, la bouche fermée. Mon regard s'arrête sur ma main, toujours posée sur son épaule.

Je devrais la retirer ? Est-ce que ça le gêne ? Est-ce que je ne…

— Il attendait énormément de moi quand j'étais plus jeune, dit soudain Izaak. Des deux frères, j'étais celui sur qui il avait décidé de parier. Je devais porter l'héritage Meeka. J'arrivais plus ou moins à répondre à ses exigences en me foutant une pression monstre… sans réaliser encore que rien ne serait *jamais* assez pour lui. C'était dur, mais j'essayais quand même. Je le faisais sans réfléchir, ni me poser de questions. Parce qu'il fallait le faire, si papa le disait. Je n'étais qu'un môme.

Je hoche la tête tout en serrant son épaule de ma main.

— Et un jour, ce môme a… il a…

Izaak se racle la gorge en fixant ses doigts. Une lueur lugubre vacille dans ses pupilles, tout à coup si vides.

— Un jour il a vu quelque chose qui l'a changé à jamais.

Quoi ?

Je fixe son visage assombri, le souffle coupé.

— Mon père, il… il me terrifie.

Mon cœur se compresse. La rage sourde que j'ai commencé à nourrir pour Thomas Meeka, à force de sécher les larmes d'Ashton, s'est décuplée en une fraction de seconde.

— Et je… je n'ai pas le courage de le… de…

Il pince ses lèvres, comme pour empêcher les mots de sortir. Ils sont juste là. Mais une douleur lancinante a l'air de les retenir fermement.

— Tu es une des personnes les plus courageuses que je connaisse, lâché-je sans réfléchir.

— Arrête…

— C'est vrai. Tu as eu le courage d'aller vivre seul et d'être indépendant, tu parles aux autres – même aux journalistes – sans langue de bois, tu assumes tes idées sans complexes… Tu… Tu es brave, Izaak. Accepte-le.

Il ne répond que d'une inflexion de la tête.

Je pose mon menton sur mon bras replié et suis discrètement les contours de son profil impeccable. Ses yeux sont rouges, leur vert en est d'autant plus pétant. Ses mâchoires, fermement serrées, ses doigts, agrippés si fort à la couette que ses phalanges blanchissent.

Soudain, il expire en retirant sa veste et, d'un geste brusque, la balance à l'autre bout de la pièce… à côté de ce qui semble être une immense bibliothèque. J'ai envie de m'y attarder, mais mon regard revient aussitôt sur Izaak et son visage fermé.

Est-ce qu'il veut que je sorte ?

Je n'en ai pas envie. En fait, pour rien au monde je ne passerais le pas de la porte de cette pièce. Comme avec Ashton, je préférerais rester jusqu'à ce qu'il s'endorme, qu'il se mette à rire ou qu'il me propose d'aller prendre l'air pour se changer les idées.

Il pivote dans ma direction et me dévisage. *C'est le moment où il va me rembarrer et me demander de foutre le camp, j'en suis sûre.* Alors, je garde les yeux attachés à un point devant moi, muette.

Au bout d'un long moment à attendre, mon regard finit par migrer vers Izaak. Il m'observe toujours. On se scrute sans rien dire. Je n'avais pas remarqué que nos épaules se touchaient, ni que sa main n'était pas très loin de ma cuisse. Cette proximité devrait me gêner, me donner envie de courir dans la direction opposée. Mais je n'en fais rien.

— Quelle relation tu entretenais avec ton père biologique ? demande-t-il soudain.

La question me surprend tellement que j'ai un léger mouvement de recul.

— T'es pas obligée de répondre.

— Je l'adorais, avoué-je aussitôt. C'était tout mon monde.

Mon cœur se serre d'une force étouffante, mais pourtant je souris en me rappelant les contours de son visage.

— Tous les matins, notre maison à Seattle sentait le café. Quand il revenait du travail, ma mère lui apportait une tasse et il jouait du piano en la sirotant entre deux accords. Je m'asseyais sur ses genoux et je l'écoutais en buvant quelques gorgées de café discrètement de temps à autre pour faire comme lui. Il me faisait rire. C'était un homme doux, rassurant, joyeux… Je l'aimais à la folie.

Je baisse les yeux en clignant des paupières pour que cette maudite poussière se fasse la belle.

— Je pensais sincèrement qu'il m'aimait aussi.

La main d'Izaak se pose sur mon avant-bras. Une chaleur presque imperceptible se diffuse sur ma peau. Je le regarde.

— N'importe quel père aurait été plus qu'heureux de t'avoir.

— Je pense pareil pour toi, tu sais. Ton père ne mérite pas les fils qu'il a.

Il a un petit sourire en fixant le vide. Les secondes s'écoulent et on reste l'un à côté l'autre. Il a toujours sa main sur mon avant-bras. Il y a toujours cette chaleur intense qui se répand maintenant dans ma poitrine.

— Nos pères craignent, lâche-t-il soudainement.

— Totalement indignes de nous.

Sa main se resserre sur mon bras, quand son sourire s'étire.

J'y étais presque. Il a failli rire.

Ma peau brûle. Je ne sais pas si ce sont ses doigts ou mes propres mots qui me donnent des bouffées de chaleur. Un peu des deux, à coup sûr.

— Tu sais… Je suis resté un peu bloqué sur l'idée que ton père n'était pas à Alma, reprend-il.

— Ah bon ?

— Oui… Parce que ça veut nécessairement dire qu'il est quelque part dans le pays. Ou bien, mais il y a peu de chances, à l'étranger. Où qu'il soit, il n'a pas abandonné sa vie civile : il est quelque part dans le système.

Quelque chose en moi s'agite.

— Où tu veux en venir ? demandé-je doucement.

— C'est juste que si j'étais à ta place… je voudrais avoir ses explications, pour comprendre, savoir une bonne fois pour toutes ses motivations. Ou, au moins, voir le regret bouffer son visage. Parce que, et j'en mets ma main à couper, ton père doit forcément penser tous les soirs à la petite fille qu'il a laissée derrière lui et s'en mordre les doigts.

— Peut-être bien… après avoir bordé ses nouveaux gosses et s'être allongé auprès de sa nouvelle femme.

Son pouce passe doucement le long de mon bras et me donne des frissons.

Avant que sa main ne se rétracte, d'un coup.

— Ne laisse aucune blessure d'enfance pourrir en toi. Ça fera des dégâts plus tard.

Je fixe mes doigts, interdite.

J'entends des rires d'enfants au loin, et le souffle de la brise hivernale danser derrière les vitres de la fenêtre. *Des dégâts.*

Je me racle la gorge.

— Je comprends mieux pourquoi tu ne voulais pas que je vienne, dis-je en reportant mon attention devant moi.

— Comment ça ? dit-il avec un sourire dans la voix.

— Tu as honte de ta déco. T'as vraiment des goûts de vieux. On dirait la salle d'attente du Bureau matrimonial.

— Je préfère avoir des goûts de vieux en matière de décoration… qu'en matière de vêtements.

Je prends l'oreiller sur lequel j'étais appuyée et lui jette au visage. Il rit.

Mission accomplie.

— Je maintiens : tes goûts sont questionnables Izaak.

— Je voudrais en dire autant de toi, mais tu n'en as pas.

Je m'esclaffe à mon tour, et son rire repart de plus belle de concert avec le mien.

— Bon, j'ai des *mid-terms*[1] à réviser, moi ! fais-je en bondissant du lit. Je ferais mieux d'y aller plutôt que de me laisser insulter comme ça.

— Attends…

Je me retourne, alors que je m'élançais déjà vers la porte.

— Oui ?

— Je te vois loucher sur la bibliothèque depuis tout à l'heure… Tu peux rêver, Eliotte.

— Je comptais pas te piquer tes bouquins. Je suis pas très contes de fées.

Il étouffe un rire.

— Je l'ai méritée, celle-là.

Un dernier sourire, et je m'apprête à faire volte-face… avant de me retourner :

— Et… hum… merci, Izaak.

— Pour quoi ?

1 Examens de mi-semestre.

— Merci pour… hum, tu sais.

— Oui, je sais, dit-il en souriant. Je voulais juste te voir te décomposer en t'expliquant. Tu rougis quand tu bégaies.

Je lève les yeux en serrant les mâchoires. Je ne rougissais pas, il a menti. Mais là, je le fais à coup sûr, par contre.

— C'est surtout moi qui devrais te remercier, ajoute-t-il après une seconde. C'est rare de… pouvoir parler, comme ça. D'être honnête. Alors… merci, Eli.

Eli.

Et je deviens une imbécile qui sourit sans plus savoir quoi dire. Rectification : nous devenons deux imbéciles qui sourient. Quelques minutes s'écoulent avant que je me ressaisisse. Un petit geste du menton, et je m'échappe de cette pièce que je n'aurais jamais cru voir un jour.

Waouh. Qu'est-ce qui vient de se passer ?

Je n'arrive pas à croire qu'il m'ait dit tout ça.

Son père est terrible. Je le savais. C'est un grand malade. On n'a pas été gâtés par la vie, en matière de pères. Je ne sais pas ce que cet homme lui a fait, ce qu'il continue de faire, mais ça le tue. Je l'ai vu dans ses yeux.

Qu'est-ce qui a bien pu le faire changer du tout au tout quand il était petit ?

Je secoue ma tête pleine à craquer de questions. Je ne devrais pas vouloir creuser, mais ça me démange. Je sais que si ça avait été quelqu'un d'autre je n'aurais pas cherché à en savoir plus ; mais là il est question d'Izaak. Il a toujours réveillé chez moi une curiosité monstre, que je ne cesse de vouloir faire taire. Je suis censée m'en contrefoutre. Or, je sens bien que je ne suis pas seulement intriguée, maintenant. Quelque chose me pousse à me *soucier* de lui.

Je n'arrive pas non plus à croire que *je* lui ai confié tout ça au sujet de mon père biologique. Pis : pour la première fois depuis des siècles, j'ai parlé de lui en souriant. J'ai peut-être senti mon cœur se briser juste après mais… il y a eu ce sourire. Il était là, sur mon visage.

On a un peu laissé avec l'autre un bout de nous-même. Maintenant, il y a une infime part de moi coincée entre les plis de ses draps.

« Ne laisse aucune blessure d'enfance pourrir en toi. »

Je fais tout depuis mon adolescence pour les soigner et me protéger coûte que coûte pour ne plus en avoir… Mais parler à mon père pourrait-il vraiment toutes les faire cicatriser ?

Et si, tout comme ma mère, il voyait en moi toutes les erreurs qu'il a commises ? Si, en croisant mon regard, il se disait : « Heureusement ! Heureusement que j'ai foutu le camp, que j'ai déguerpi loin de cette vie que je n'ai jamais voulue. Loin de ce boulet. »

Et, moi, qu'est-ce que je lui dirais ? Hein ? Qu'est-ce que, putain, je lui dirais ?

Il n'y a rien de pire que les odeurs, les sons, les mots qui le ramènent à côté de moi. Le son des grains de café moulus le matin, le parfum de ses chemises, le souvenir de sa voix grave, mais si douce qui me racontait des histoires, la sensation de sa barbe qui piquait.

Et le pire, je crois, ce sont toutes ces questions sans réponses. Tu penses à moi, parfois ? Tu as eu un moment d'hésitation en posant la main pour la dernière fois sur la poignée de la porte ? Tu te demandes à quoi je ressemble maintenant ? Tu te souviens de mon rire comme je me souviens du tien ? Tu m'aimais quand même un petit peu ? J'ai failli te faire rester ?

À vrai dire, pire que tout ça : les réponses imaginaires.

Non. Non. Non. Non. Non. Non.

Je déboule dans ma chambre et me jette sur le lit.

Une boule s'agite en moi. Elle remue avec ardeur depuis qu'Izaak a prononcé « ton père ».

Au fond de moi, je sais qu'il a raison : je *veux* des réponses. C'est la peur qui m'empêche d'aller les chercher, qui me cloue à ce lit en ce moment même. Elle est là, la vérité. J'ai *besoin* de réponses. Mais je ne peux pas m'avouer ce besoin, encore moins le combler : je ne veux pas aller au bout. Je ne veux pas risquer d'entendre l'inaudible. De voir l'horrible ; le « heureusement » peint en grand sur son visage dépourvu d'émotion.

Mais il y a cette boule de toujours, coincée entre mes intestins, qui a doublé de volume. Ce poids me suivra encore, et encore, comme il me suit depuis que j'ai compris que mon père ne reviendrait pas.

« Ne laisse aucune blessure d'enfance pourrir en toi. »

Je ferme les yeux, en sentant mon souffle à travers mes lèvres.

Je ne mérite pas de pourrir.

Je mérite des réponses.

J'ai rêvé d'Ashton cette nuit. Et d'Emily. En me réveillant, j'ai vu sur mon téléphone que j'avais reçu un texto pendant mon sommeil agité :

C'est pas trop tard, Eliotte. STP crois-moi.

Je n'ai toujours pas répondu.

J'y pense encore.

— Madame Wager-Meeka ?

Je secoue la tête.

— Je suis navrée. Vous disiez ?

— Les archives sont à la fois contenues dans des disques durs amovibles et des dossiers en papier par souci de prudence, répète l'assistant de Mme Rivera, la mère de Matthew. Pendant votre stage vous serez amenée à les consulter, notamment pour alimenter le site officiel de notre Bureau.

J'acquiesce alors qu'il me conduit dans la grande bibliothèque souterraine. Les néons blancs m'aveuglent quelques secondes, avant que j'aperçoive les longues tables en bois, les ordinateurs dernier cri et, surtout, les rangées interminables de documents. Je ne sais pas comment je vais faire pour ne pas me perdre dans ce labyrinthe d'étagères.

Tout un mur blanc est recouvert par l'affiche d'un cœur humain en fleurs, les portraits des plus grands psychologues de notre siècle et des chiffres sur la santé mentale…

— Si vous avez la moindre question vous pouvez vous adresser à moi, je serai dans la pièce à côté, ou à votre collègue, qui doit être quelque part dans le coin…

Je remercie l'homme qui m'a fait visiter les locaux et il quitte les « sous-sols documentaires ». Mon regard balaie la vaste pièce. Quand Matthew m'a dit qu'il avait convaincu sa mère de me prendre au service journalisme du Bureau, je ne m'attendais à rien de bien particulier. Je voulais juste un stage. Mais maintenant que je suis ici, je crois que je vais réellement me plaire dans ces locaux.

J'ai une liste de tâches quotidiennes à réaliser avant de me pencher sur la rédaction d'articles informatifs qui pourront être postés sur le site du Bureau de la Santé et du Bien-Être, si mon supérieur les valide. J'attrape la pile de documents à classer et commence ma première tâche de la journée.

Alors que je sors une des boîtes de la rangée B pour placer à l'intérieur un document important, j'aperçois un visage de l'autre côté de l'étagère. Je sursaute.

— Matthew ? Qu'est-ce que tu fais ici ?

— Ma mère m'a dit que tu ne pourrais avoir le stage que si j'acceptais aussi de faire le mien ici.

Une drôle de sensation se propage dans ma poitrine. Il a fait ça… pour moi ?

— Mais pourquoi ?

— Elle pense qu'on passera plus de temps ensemble, elle et moi, si on travaille au même endroit…, dit-il en contournant l'étagère pour venir à mes côtés.

Il est vêtu d'une chemise blanche qui fait ressortir sa peau hâlée et qu'il a déboutonnée au col. Il a également retiré ses piercings. C'est marrant de le voir avec un look plus strict qu'habituellement. Son teddy jaune et ses anneaux vont quand même me manquer.

— Merci… du sacrifice ? dis-je sincèrement.

Il rit.

— Au fait, sympa, ta nouvelle couleur, dit-il en désignant mes cheveux. Ça me rappelle nos années au lycée. Tu t'es teint les cheveux parce que t'avais besoin de te reconnecter avec ton esprit de *bad girl ?*

— Non, de *dark Sasuke*[1].

On s'esclaffe en chœur.

Ça me fait plaisir de retrouver Matthew. Comme si… il m'avait manqué. Oui c'est ça. Sa présence m'avait manqué.

Est-ce que ça signifie que, quelque part depuis toujours, je l'avais inconsciemment laissé entrer dans ma vie avec Ashton ?

Je le regarde arranger gauchement un carton sur l'étagère, en pestant.

Matthew…

On passe le reste de la matinée à terminer nos tâches imposées, entraînés dans une énergie vivifiante.

— Tu fais quoi ? demandé-je en passant derrière son écran.

— Je me balade sur les archives d'Algorithma.

— Quoi ? Tu peux faire ça ? m'exclamé-je en faisant marche arrière.

Je me penche au-dessus de son épaule. Il lève le menton pour me sourire avant de reporter son regard sur son écran.

— J'ai volé les codes de ma mère. En tant que responsable du développement de HealHearts, elle peut faire ça.

Ma curiosité est piquée au vif.

— Je peux y jeter un œil ?

— Tiens, fouineuse, dit-il en levant la main sans quitter l'écran des yeux.

Il tient entre son index et son majeur un petit bout de papier. Les codes d'accès de sa mère.

— Ils changent tous les jours, donc fais-en bon usage aujourd'hui.

— Ça marche…

1 Expression qui fait référence au manga *Naruto* et désigne une personne qui se donne un style sombre.

J'attrape le précieux sésame et m'assieds en face de lui. Je commence mes recherches pour mon article, en laissant les codes sous mon clavier. J'en aurais peut-être besoin à un moment.

— Au fait, j'ai quoi en échange ?

Je lève les yeux. Le visage de Matthew dépasse de son ordinateur.

— Mon infinie gratitude.

— Qui se traduit de quelle manière, Eliotte ?

Je m'esclaffe et fixe ses grands yeux bleus qui contrastent tant avec sa peau bronzée.

— OK, tu veux quoi ?

— Hum… comme je n'ai rien de précis en tête et que je suis opportuniste, disons que tu me dois quelque chose à l'avenir ! On fait comme ça ?

— Matthew, tu vas à l'encontre du code d'honneur du bon ami.

— Il y a un code ? Tu aurais le PDF ? J'aimerais lire ce que tu ne respectes pas souvent.

Je mets en boule une brochure qui traîne à côté de moi et la lance sur lui en visant sa joue.

— Outch ! C'est bon, j'avoue, je mens, tu es une bonne amie, Eliotte. Mais me jeter du papier, c'est mauvais pour l'environnement ça. On t'a pas parlé en cours de la crise de la fin du XXIe siècle ? Notre planète aurait pu exploser si on n'avait pas mis l'économie en pause.

La boule de papier atterrit sur ma joue avant que je ne puisse répondre. Je lui tire la langue avant de reporter mon attention sur l'écran et le bout de papier que Matt m'a donné. Sans plus hésiter, je le déplie et entre les codes d'accès. En quelques clics, je suis face aux archives confidentielles d'Algorithma.

Je ne sais pas pourquoi, mais la première chose qui me vient à l'esprit est de taper sur la barre de recherche : *Izaak Meeka*.

25. Amoureux

J'ai un moment d'hésitation avant d'appuyer sur la touche « Entrée ». Trois fichiers s'offrent à moi :

Dossier psychologique

Dossier médical

Archives HealHearts

Je secoue la tête. Qu'est-ce qui me prend ? Je ne peux pas plonger dans l'intimité d'Izaak à son insu. Et puis, qu'est-ce que ça m'apporterait de savoir tout ça ?

Je m'apprête à fermer la page, quand un fichier sur la barre de menu attire mon attention :

Test-paire

Je double-clique dessus immédiatement.

Ma main se fige sur la souris.

Test-paire n° 1 : à 17 ans avec Joleen FERNANDEZ, âgée de 17 ans.

Résultat du test n° 1 : 14,1 %.

Test-paire n° 2 : /

La bouche ouverte, je fixe l'écran.

J'avais donc raison : Izaak a déjà été amoureux… au point de vouloir passer un test de compatibilité pour s'assurer un avenir avec la personne chère à son cœur.

C'est comme si on venait de me donner un coup de poing dans le ventre ; j'ai la sensation que tous mes tissus musculaires sont endoloris. Le choc. Il a dû être aussi brisé que moi quand on a vu les résultats négatifs, deux fois, avec Ashton.

Izaak en couple, Izaak fou amoureux, Izaak prenant soin de quelqu'un… C'est tellement dur à concevoir.

Est-ce qu'il agit de la même manière quand il amoureux et quand il simule avec moi ? Ou est-ce que l'élue de son cœur a le droit à un traitement complètement différent ?

L'engourdissement laisse place à une chaleur croissante dans mon bas-ventre. Je mords ma lèvre.

Joleen Fernandez.

Je n'ai jamais entendu parler d'elle.

Après tout, j'ai peu fréquenté les élèves plus vieux au lycée et je m'y suis encore moins intéressée. Qu'est-elle devenue ? Sont-ils toujours ensemble ? Ou au contraire, avec 14,1 % de compatibilité, se sont-ils séparés ? Peut-être que non. Peut-être même que ça a été le point de départ de la remise en question du système, pour Izaak. C'est en apprenant qu'il est incompatible avec la fille dont il est follement amoureux qu'il a compris qu'Algorithma pouvait se tromper.

J'expire par le nez.

Joleen Fernandez. Qui es-tu ?

— Je vais en pause-déj', tu viens avec moi ?

Je sursaute.

— Hum… Oui, oui. Allons-y ! dis-je en me tournant vers Matt.

Je prends soin de bien cacher mon écran avec mon dos. Je n'ai pas faim, mais je ne voudrais pas que Matthew voie mes recherches. Même si ce serait logique que je souhaite en savoir plus sur mon mari, ça reste très étrange de le pister de la sorte.

Je me lève précipitamment de mon siège et ferme la page, l'air de rien.

Je marche avec Matthew jusqu'au réfectoire en discutant de nos idées d'articles. Il est très inventif… Il fera du très bon boulot ici, c'est évident.

Nos plateaux à la main, on cherche une place libre quand j'aperçois une femme à l'autre bout du réfectoire. Elle secoue son bras en appelant Matthew.

— Je crois que ta mère veut que vous passiez un peu de temps ensemble, chuchoté-je en retenant un rire face à l'enthousiasme de celle-ci.

Elle gesticule sur son siège comme pour se retenir d'uriner. Matthew sourit tendrement en repérant sa mère. Il répond à son geste avec la même allégresse.

— Je fais le foufou pour pas qu'elle se sente seule, m'avoue-t-il. Ouais, j'aime beaucoup ma mère.

— Je trouverais ça mignon si ce n'était pas toi.

Il me tire la langue avant de se diriger vers elle. Je me tourne dans la direction opposée et cherche des yeux une place assise parmi cette horde de scientifiques et de hauts fonctionnaires affamés.

— Hep-hep-hep ! Tu crois aller où comme ça, Eliotte ?

Matt attrape la manche de mon haut.

— Tu déjeunes avec nous !

— Je vais vous déranger.

Il lâche mon vêtement en roulant des yeux.

— Ça nous dérangerait que tu ne sois *pas* là, plutôt.

Je souris timidement et le laisse me conduire jusqu'à la table de sa mère, à un emplacement parfait entre le soleil et l'ombre, près des baies vitrées. Elle prend Matthew dans ses bras sitôt qu'il approche et le serre fort. Ce dernier prend part à cette embrassade avec autant d'enthousiasme. Mme Rivera embrasse son fils sur la joue dans un grand « mouah » avant de se détacher de lui. Si je ne les connaissais pas, j'aurais mis ma main à couper qu'elle revoyait son fils pour la première fois depuis son retour de guerre, ou un truc dans le style. Elle est si enthousiaste.

— J'ai envoyé balader tous mes collègues pour vous garder ces sièges, les jeunes, dit-elle une fois que nous prenons place.

— Merci, madame Rivera.

— Tu peux m'appeler Sofía !

Elle m'offre un sourire éclatant. Elle porte un chemisier bleu marine, qui dégage sa clavicule droite. Elle a les mêmes grands yeux bleus, les mêmes fossettes que son fils. Le même teint basané. La seule différence, c'est ses cheveux couleur corbeau, relevés en un chignon flou. C'est une femme sublime.

Elle nous demande comment se déroulent notre stage et nos études, entre deux bouchées de légumes.

— Oh ! mon chéri, j'ai complètement oublié ! s'exclame-t-elle d'un coup. Samedi je serai à une conférence. Je prendrai la voiture. Tu commanderas un taxi à Algorithma pour ton rendez-vous.

— C'est noté !

Son rendez-vous ?

— Alors, Matt… Comment ça se passe ? lui demandé-je. C'est Hanna, c'est ça ?

Je ne sais pas si on est redevenus assez proches pour que je lui demande… aujourd'hui.

— Oui, c'est Hanna. J'ai eu quelques rendez-vous avec elle, et je dois dire… qu'on s'entend vraiment bien. Mon charme fait son effet !

— C'est vrai ? C'est génial ! réponds-je en souriant. Tu stressais pour rien, tu vois !

— On n'a encore rien officialisé vraiment, je vais doucement. Je ne veux pas me précipiter. D'ailleurs, tu crois que… elle pourrait le prendre mal au bout d'un moment, si je ne suis pas plus sûr de moi avec elle et me rétracte ?

— Je trouve qu'il n'y a rien de mal à vouloir prendre son temps, dis-je, touchée qu'il me demande sincèrement mon avis. Au contraire, ça pourrait être étrange de tout précipiter, non ?

— Et toi, Eliotte ? Tu es déjà mariée ? me questionne sa mère avec un clin d'œil.

— Oui, répond Matthew. Et avec Izaak Meeka…

Sa mère fait de grands yeux en mettant sa main devant sa bouche. Si je ne l'avais pas vue aussi démonstrative et extravertie tout à l'heure, j'aurais trouvé son expression exagérée, voire fausse.

— C'est pas vrai ! s'exclame-t-elle. Donc tu es « cette » Eliotte !

Mon sourire patauge dans la gêne.

— T'en connais beaucoup des nanas avec ce prénom, maman ?

— C'est original, c'est vrai ! Moi, j'aime beaucoup, dit-elle en riant timidement. Et alors, comment ça se passe ? Quasi 99 % de compatibilité, ce n'est pas rien !

— C'est vrai que c'est beaucoup. On a une relation, disons… intense.

— J'imagine ! Et, dis-moi, comment est le Gouverneur en tant que beau-père ?

— C'est un homme, hum… comment dire ?

Taré.

— Spécial.

— Il a un sacré caractère, hein ? Je sais de quoi je parle : j'étais dans la même promotion que Thomas à l'université… et que ton père, si je ne me trompe pas.

Quoi ?

— Eric Edison était ton père, n'est-ce pas ?

Je me fige.

Ça faisait tellement longtemps que je n'avais pas entendu ce patronyme. À vrai dire, je l'avais presque oublié. Quand mon père est parti, je suis devenue Eliotte Wager. Fini Eliotte *Edison*. Ma mère n'a plus jamais prononcé son nom et il nous a été demandé de nous débarrasser de toutes les affaires lui appartenant. Plus aucune trace de lui dans la maison. Et dans mon esprit.

Mais j'ai beau frotter, astiquer chaque côté, il y a toujours cette trace indélébile qui barre mon cœur.

— Euh, oui, oui, réponds-je après un petit silence. Ça devait être lui.

Matthew me considère, un sourcil arqué.

— Mon père nous a quittés quand j'avais six ans, expliqué-je.

— Oh ! mes condoléances.

— Non, je veux dire… Il est parti. De chez nous. Pour rejoindre une autre femme, débité-je. C'est un fugitif.

Matt ouvre la bouche sous la surprise, et la ferme aussitôt. Et de trois. À part Ashton, je ne l'ai dit à personne. Puis il y a eu Izaak. Et maintenant Matthew.

— Ah, OK, je vois… hum…

Il se racle la gorge en fixant sa fourchette.

— J'ai connu plus gênant comme moment, ne t'inquiète pas, ça va passer, lâché-je sans réfléchir.

Il étouffe un rire puis se met à toussoter, comme s'il avait avalé de travers.

— Matthew ! le réprime sa mère en le tapant dans le dos.

— Désolé, je m'y attendais pas… Désolé !

Je ris à mon tour.

— Non, Sofía, ne vous en faites pas. Il a raison, c'est assez comique. Mon père parti, les condoléances, tout ça…

Les Rivera me regardent, le visage figé dans un demi-sourire perplexe.

— Ce n'était pas sarcastique, affirmé-je. Vous pouvez rire.

— Ah ! s'exclame Sofía, avant de se mettre à rire en chœur avec son fils.

En reprenant sa respiration, elle couine comme un cochon. Ça m'arrache un rire de surprise. Matt s'esclaffe de plus belle, me regardant à la dérobée. Il marmonne quelque chose entre deux rires. La moitié du réfectoire doit nous regarder et nous trouver hystériques, mais… je me sens *bien*.

Avant qu'une pensée me frappe :

Sofía a connu mon père. Et peut-être que le Gouverneur aussi.

— Je te jure que l'assistante du bureau d'à côté ne faisait que mater mon cul, dit Matthew en gardant les yeux rivés sur la route.

— Comment tu peux savoir si elle le matait ? Tu étais de dos.

— Je te dis qu'on peut sentir ces choses-là, Eliotte.

— Tu te bases sur… un *feeling ?*

— Totalement.

Alors que je m'apprête à répliquer, le bruit tonitruant de gyrophares m'en empêche. Matthew grimace en commençant à se garer sur le bas-côté. Je me tourne sur mon siège et regarde par le pare-brise de la voiture. Un policier en scooter nous suit de près. Mes ongles se plantent dans le siège. Qu'est-ce que les flics nous veulent ? Mon visage pivote vers les yeux bleus de Matthew. Il ne semble pas tendu.

C'est ce que je pense avant de voir ses mains serrer plus fermement le volant : ses phalanges ressortent au milieu de ses nombreux tatouages.

— Vous avez un pneu crevé, monsieur, dit l'agent de police en venant à nous.

— Ah… merci, répond le conducteur. Je le changerai sitôt que je serai chez moi.

— Avant ça, j'aimerais procéder à un contrôle d'identité et voir vos papiers.

Il sort sa tablette et se penche à la fenêtre en mâchant bruyamment un chewing-gum. Le visage hagard de Matthew se reflète dans ses lunettes de soleil – nous sommes en février, Seigneur. L'agent nous demande nos noms et prénoms, et les entre dans sa base de données. Au bout de quelques secondes, son regard froid se pose sur moi.

— D'après la fiche que j'ai devant moi vous êtes mariée, madame.

— Tout à fait.

— Où est votre alliance ?

Je regarde à mon doigt.

Oh merde…

— Euh… Un simple oubli.

— Vous savez que je suis obligé de le signaler.

— Oh ! Pour un oubli, monsieur l'agent…, minaude Matthew.

Son charme aura-t-il aussi un effet sur les forces de l'ordre ?

Je retiens ma respiration, en fixant mes doigts nus.

L'agent regarde Matthew, baisse la tête pendant quelques secondes… et lâche :

— Je suis désolé, je suis obligé… D'autant plus qu'elle est accompagnée.

Il tape bruyamment sur sa tablette, puis il scanne le code à l'avant du véhicule pour avoir ses informations. Une fois le contrôle terminé, on lui souhaite une bonne fin de journée, et il s'en va. Je n'ai toujours pas repris mon souffle.

Bordel de merde…

Je mords ma lèvre inférieure, en regardant par la fenêtre.

Ce putain d'anneau… J'aurais dû y penser !

— C'est rien, Eliotte. Ce n'est qu'un signalement.

— J'ai l'impression de tout faire de travers…, murmuré-je en repensant à notre premier rendez-vous chez la psy, à Izaak et moi.

— Mais non, ne dis pas de conneries… Ta vie a changé du tout au tout, du jour au lendemain. C'est normal d'être un peu déboussolée. Personne ne pourrait s'y habituer en un claquement de doigts.

Je tourne la tête vers lui. Il me sourit, avant de me donner une tape sur l'épaule.

— Te fais pas des nœuds au cerveau pour un signalement débile… Ce type était clairement jaloux de ma beauté, dit-il en passant théâtralement sa main dans les cheveux. Il fallait bien qu'il se défoule !

Mon cœur se desserre, et je me mets à rire pour la millième fois de la journée.

— Franchement, t'as vu cette gueule ? ajoute-t-il, comme pour intensifier mon esclaffement. Normal qu'on me veuille du mal. La jalousie ça fait faire des choses *folles*.

Il redémarre, avec cette même expression détendue. Son énergie positive déteint sur moi, et soudain je me sens plus légère. Je le regarde du coin de l'œil, reconnaissante. Et pour tout. Sans lui je ne serais même pas en stage, je passerais sans doute mes journées à déprimer sur un banc de la fac ou dans le bus. Sans lui, il n'y aurait que mon ombre à côté de moi dans les couloirs – quand mon « mari » n'est pas là.

Lorsque nous arrivons devant le bâtiment du loft, nous passons devant la jeep d'Izaak, dans laquelle il se trouve, enfoncé dans son siège.

Qu'est-ce qu'il fout, là ?

Quand il m'aperçoit, son visage s'anime. Puis il voit Matthew, à ma gauche. Et ses yeux s'enflamment. Il baisse aussitôt la vitre de sa voiture, avec cette mine blasée qui lui est propre, et se penche à l'extérieur. Son regard, encore plus intense que d'habitude, me transperce :

— Tu fais quoi avec lui ?

— Je la déposais, explique Matt. On revient de notre sta...

— Merci, j'ai parlé à Eliotte, dit-il sans me lâcher des yeux. Sérieusement ? Le drogueur – probablement drogué ?

— Le quoi ? s'offusque l'intéressé.

— Bon, ne commencez pas, les mecs ! dis-je d'un ton que je veux amusé. Tout va bien, OK ?

— Je n'ai pas fini, dit Izaak.

— Je pense que si, assène Matthew. Eliotte veut qu'on s'arrête là, alors on s'arrêtera là.

Izaak le toise, le visage crispé. Ses sourcils froncés assombrissent son regard.

Tout à coup, il sort de sa voiture.

— Je crois que tu ne saisis pas un truc, toi, gronde-t-il en claquant la portière.

Il contourne la voiture de Matthew pour se poster devant la vitre juste en face de lui. Je soupire en me préparant à l'orage. Matthew ne bronche pas et le fixe avec le même mordant, la mâchoire crispée.

— On parle de ma putain de femme, crache Izaak. Que tu as essayé de droguer. Tu peux *rêver* si tu crois une seconde que je vais te laisser l'approcher, sale tordu.

— C'était un malentendu, Izaak, lancé-je pour calmer le jeu. J'étais ivre et épuisée au bar… C'est réglé, maintenant. Je crois Matthew.

— Pas moi.

— Tu n'étais même pas là ! clame mon ami.

— J'étais là *après*. Et voir l'état dans lequel tu l'as mise m'a suffi, sombre merde.

— Surveille ta bou…

— Eh ! m'exclamé-je, en me penchant par-dessus Matt pour m'approcher de la vitre côté conducteur. Vous savez quoi ? Je vais rentrer au loft avec Izaak, et vous n'aurez qu'à prétendre que tout ça n'a jamais eu lieu.

J'interpelle Matt en touchant son épaule. Il fait volte-face.

— Merci pour le trajet… et le stage aussi.

— Mais de rien, c'est normal, Eliotte.

— Bon week-end.

J'attrape mon sac et sors de la voiture. Izaak reste quelques secondes à dévisager Matt. Avec ces yeux verts tempétueux et cette stature, on croirait voir le Gouverneur. Je secoue la tête pour chasser cette pensée de mon esprit et j'attrape son bras pour l'entraîner avec moi au loft. À mon grand étonnement, il se laisse faire et place une main sur ma taille.

— On se voit lundi, Eliotte ! lance Matthew. Et mardi. Et mercre…

— Je vais le tuer, marmonne Izaak en se dégageant de ma prise.

Je parviens à l'arrêter en attrapant à la volée le pan de sa veste et réprimande Matthew, par-dessus son épaule :

— Rentre chez toi !

Ce dernier me gratifie d'un sourire innocent, en secouant la main pour me saluer ; puis il redémarre et disparaît.

Izaak reste silencieux pendant toute la marche jusqu'au loft. Son visage est résolument mordu par la colère. Quand je ferme la porte d'entrée derrière nous, je suis incapable de me retenir plus longtemps : je dois lui demander ce qui lui a pris.

26. Ton cœur est opaque, ton cerveau transparent

— Pourquoi tu t'es énervé comme ça ?

— Je ne fais pas confiance à ce type, et tu sais très bien pourquoi ! répond Izaak en se tournant vers moi. Je ne comprends même pas ce que tu fais encore avec ce balai à chiotte !

— C'est un ami du lycée… Et il m'a aidée à avoir mon stage. C'est mon collègue, maintenant.

— Peu importe, ce mec n'est *pas* fiable, Eliotte.

— Izaak, tu ne le connais pas. Moi si. Et je le crois.

— C'est complètement débile… Je t'avais pourtant dit de le rayer de ta vie !

Débile ?

— Et moi, je t'avais dit que tu n'avais pas à t'impliquer à ce point dans ma vie ! rétorqué-je, piquée au vif. Je sais ce que je fais, OK ?

— Non, justement, tu ne sais pas ce que tu fais : ce mec te plaît, tu me l'as toi-même avoué. Tu ne réfléchis pas la tête froide.

— J'étais ivre et bouleversée quand j'ai dit ça… mais je te le jure, c'est juste un ami.

— Je me moque de ce qu'il représente pour toi, ce type peut être dangereux.

Je fais un pas vers lui, les bras fermement croisés contre ma poitrine.

— Qu'on soit bien clairs tous les deux : je fais ce que je veux. Que ce soient des conneries à tes yeux ou non, tu n'as pas ton mot à dire.

Il tourne la tête en soupirant, avant de revenir à la charge.

— Il n'est pas net.

— Et alors ? Qu'est-ce que ça peut te foutre que je sois amie avec un mec pas net ? Qu'est-ce que tu en as à carrer ?

Il essaye de répondre, mais je le devance, bouillante :

— Bon sang, arrête ton cirque ! Tu as été très clair dès le début : on ne se doit rien ! Tu es mon mari fictif !

— Oui, totalement. Mais je ne pensais qu'on était aussi des amis fictifs.

Quoi ?

C'est comme si on m'avait foutu une claque. Je recule contre le comptoir de la cuisine, bouche bée.

— Des amis ? Toi et moi ? Tu te fous de ma gueule ? C'est un rôle que tu adores jouer ! Ce n'est pas la réalité, je l'ai très bien compris. Et n'essaie pas de me faire croire le contraire.

— Un rôle ? répète-t-il, outré.

— À la première occasion de passer une soirée normale sans être mariés, tu m'as ignorée.

Ma voix vacille sous le poids des souvenirs après notre rencard au cinéma. Je pensais que mon ego s'en était remis, mais il faut croire qu'il faudra plus que quelques jours.

— Francis et Charlie *sont* tes amis, ajouté-je en m'efforçant de maîtriser ma voix. Pas moi.

— C'est faux, Eliotte.

— Cette soirée m'a rappelé pourquoi je devais rester seule. Et… pourquoi je l'étais jusque-là. Une piqûre de rappel ne fait jamais de mal, alors sincèrement merci pour ça, Izaak, lâché-je ironiquement.

— Non, Eliotte ne dis pas ça…, souffle-t-il, d'une voix moins forte en s'approchant de moi.

— Bien sûr que je le dis, et que je le répète même : je suis mieux seule. Tu ne m'as pas adressé un mot de la soirée.

Et une fois Charlie et Francis partis, tu t'es mis à me parler de ma mère comme si c'était normal, et puis tu m'as…

Embrassée.

Je soupire en secouant la tête. Il faut que j'arrête de penser à ce qu'il s'est passé sur ce fichu canapé.

— J'étais tellement arraché que je me souviens à peine du début de la soirée ! rétorque-t-il.

— Oh ! vraiment ? Tu ne te souviens donc pas de la manière dont elle a fini ? Là-bas, derrière toi, craché-je sans pouvoir me retenir, en désignant du menton le canapé.

Son regard s'élance dans la direction que je pointe une fraction de seconde. Sa mâchoire se crispe.

Je ne sais même pas pourquoi j'ai évoqué ça. Ça n'a pas plus de sens pour lui que pour moi.

Mais toujours, faut-il qu'il parle, ce foutu ego.

— On n'est rien l'un pour l'autre, ce sont tes mots, ajouté-je. Alors laisse-moi faire mes choix, et ne les juge pas. Et pitié, ne prétends pas vouloir me protéger… J'ai quand même le droit à quelque chose de plus plausible.

— Alors je prétends quoi, hum ? Dis-moi, bon sang, pourquoi j'étais à deux doigts de lui rentrer dedans il y a un instant ? Pourquoi j'étais hors de moi en le voyant à la fac le lendemain de la soirée au bar ? Ou même pourquoi j'ai répondu à ton appel à 1 heure du mat' ? débite-t-il en haussant toujours la voix. Pourquoi je me suis retrouvé juste après dans une ville paumée de la Nouvelle-Californie ?

Mon cœur tambourine. Comme des alertes. Attention. Attention. Attention.

— Arrête ça ! dis-je en m'éloignant à nouveau de lui.

— Arrêter quoi ?

— D'agir comme si tu te souciais de moi !

Parce qu'on sait pertinemment que ce n'est pas vrai.

Il me rattrape en prenant mon poignet.

— Pourquoi je ne me soucierais pas de toi ?

— Parce que… tu as été clair dès le début et… C'est tout toi ! C'est tout toi de ne pas te soucier des autres !

— C'est tout moi ? Pardon ? Tu te bases sur quoi, là ?

— Ashton m'avait déjà dit que tu…

— Ashton ? Tu te bases sur ce que mon petit frère t'a dit de moi ? Mais putain, Eliotte, on vit ensemble depuis des semaines ! Tu n'as toujours pas pu te faire ton propre avis ?

— Je me suis fait mon avis avec lui, et il n'a fait que de se confirmer au fil des jours quand tu m'ignorais ou m'envoyais chier. T'es un égoïste qui n'en a rien à foutre des sentiments des autres, et un lâche par-dessus tout, parce que tu ne veux pas l'admettre. Voilà la vérité.

Ses lèvres s'entrouvrent sous la surprise, puis se pincent.

— Un égoïste ? Un lâche ? C'est vraiment ce que tu penses de moi, Eliotte ?

— Comment en serait-il autrement avec tes agissements ?

Il baisse les yeux, puis hoche la tête, les mâchoires serrées. Son regard remonte sur moi, plus acéré que jamais.

— Très bien. Le message est passé.

Ses orbes verts me sondent, puis me liquéfient d'un éclair.

— À partir de maintenant, nous sommes deux inconnus, toi et moi.

Et il fait volte-face.

Je ne sais pas pourquoi, je tends le bras pour le retenir. Mais il est déjà loin.

Le lendemain, le loft était vide à mon réveil. Pas une trace d'Izaak. Je suis allée en cours en bus, les dents serrées. Pas à cause de son attitude. Mais de la mienne. Je n'ai jamais voulu le pousser à bout comme ça. Je voulais juste crever l'abcès, ou au moins vider mon sac. Sans même que je m'en rende compte, il y a tellement qui s'est accumulé en moi, récemment. Je ne sais pas pourquoi ni comment. À vrai dire, je ne sais même pas quoi penser de cette situation. Je ne devrais pas être énervée et frustrée, ni même avoir le cœur si pincé. Je devrais m'en contrefoutre.

Et tu ne sais pas non plus quoi penser de lui.

— Tu m'écoutes ? grommelle Matthew en claquant les doigts devant mes yeux.

— Oh ! désolée… Tu disais ?

La lumière filtrée par les baies vitrées illumine les grandes tables de la cafèt' de la fac. Matt croise les bras contre son torse et s'enfonce dans son siège. Assis en face de moi, il me dévisage, un sourcil arqué.

— Eliotte, t'es vraiment dans la lune, aujourd'hui.

— Ah bon ?

— Est-ce que tout va bien ?

— Je suis juste un peu fatiguée, soufflé-je.

— Tu me parleras de ta « fatigue », quand tu le sentiras… Enfin, si tu veux.

J'esquisse un petit sourire, reconnaissante qu'il respecte mon silence.

— Merci.

Il allait répliquer, mais le « ding » d'une notification sur mon téléphone l'arrête net.

Rappel : rendez-vous à 18 h 00 ce jour, pour votre première simulation *Pavor-Amor*. Cliquez sur le lien ci-dessous pour plus d'informations.

C'est quoi ce délire ?

Je grimace en fixant mon écran. Je n'ai jamais été prévenue de ce rendez-vous, alors comment peut-il s'agir d'un rappel ? Je clique sur le lien comme indiqué et commence à lire le complément informatif.

— Vu ta gueule, ça doit pas être un sexto, dit Matthew.

— Algorithma nous convoque, Izaak et moi, réponds-je en lisant en diagonale. Pour… un genre de test. Le Pasor-Amor ou un truc dans le genre.

— *Pavor-Amor*, me corrige-t-il en gloussant. Tu n'en as jamais entendu parler ?

— J'avoue que je ne suis pas vraiment à la page en ce qui concerne… hum… la technologie d'Algorithma.

J'ai toujours écouté à moitié les cours qu'on avait au lycée sur l'amour et le mariage, et encore moins les pubs du gouvernement à la télévision. Ça ne m'a jamais intéressée, contrairement à tous ceux de mon âge. Je pensais que j'étais stupide, mais en fait, depuis le début, j'avais inconsciemment intégré le fait que c'était bidon.

— Ma mère a fait sa thèse sur son prototype à l'époque, elle m'en a *beaucoup* parlé, m'indique Matthew. C'est une simulation que les couples passent tous les cinq ans pour renforcer leurs liens. *Pavor,* pour la peur. Et *Amor,* pour l'amour.

— La « peur » ? répété-je, étonnée. Mais ça consiste en quoi ?

— On met en condition un des membres du couple pour qu'il fasse un rêve lucide – tu sais un rêve où on est conscient, et donc où on peut tout contrôler – en étant en quelque sorte « branché » avec son âme sœur : celle-ci est amenée dans le rêve de l'autre, et ils rêvent donc ensemble. En leur injectant du cortisol, l'hormone du stress, et en montrant au rêveur initial une banque d'images et de vidéos en amont, les scientifiques trompent ses sens pour qu'il imagine une situation d'angoisse importante, voire extrême. Le couple sort de la simulation plus soudé que jamais, en ayant traversé ces épreuves comme si elles leur étaient vraiment arrivées. Comme un genre de simulation. Ça pousse à dépasser le quotidien, pour voir l'essentiel de son couple. On a envie de rassurer l'autre, de le protéger, de risquer sa vie malgré tous les différends… Parce qu'il est question d'urgence, dans ces situations de stress extrême. L'urgence d'aimer.

Je déglutis.

Tu es dans la mouise, Eliotte. Ça va être l'enfer.

— Ça promet d'être intense.

— Oui, ça c'est sûr… Mais je ne comprends pas pourquoi vous êtes convoqués maintenant. Vous devriez l'être dans cinq ans, pas si tôt.

— Ils nous ont dit qu'ils comptaient nous observer plus que les autres couples au vu de notre taux de compatibilité… J'ai horreur de ça. En espérant que ce test ne devienne pas une habitude, parce que, d'après ce que tu me dis, cette simulation ne sera pas une partie de plaisir… Mais bon, les épreuves rapprochent, pas vrai ?

— Oui, t'en fais pas… Enfin, en réalité, c'est la peur qui rapproche. Littéralement.

— Qu'est-ce que tu veux dire ?

Matthew regarde autour de lui, aux aguets, puis se penche par-dessus la table. Son regard bleu me traverse tout entière.

— Cette simulation se base sur les travaux de Donald Dutton et d'Arthur Aron, commence-t-il à voix basse. Ils datent de 1977. Oui, carrément. En fait, grâce à « l'expérience du pont Capilano », menée par ces types incroyables, on a découvert le phénomène du « transfert » : il peut arriver que l'humain transfère des émotions engendrées par une source A, sur une source B. Notre cerveau interprète mal notre état physique et pense que B en est la cause, alors que c'est A.

— Quel rapport avec cette simulation, du coup ?

— Le cortisol, l'hormone du stress, et l'ocytocine, l'hormone de l'attachement, sont chimiquement similaires en termes de structure moléculaire. La sécrétion de cortisol a des effets quasi identiques à la sécrétion d'ocytocine : mains moites, cœur qui bat… Alors pendant la simulation, quand tu stresses parce que tu es dans un cauchemar, ton cerveau pense qu'il est en train de tomber encore plus amoureux de la personne avec qui tu l'affrontes, parce que les états de la peur et de l'amour sont quasi identiques. Le sentiment procuré par A – le cauchemar – est transféré sur B – ton âme sœur.

Je hoche la tête, suspendue à ses lèvres. C'est incroyable, je ne me doutais pas un instant de tout ça. Et encore moins qu'Algorithma exploiterait ce fait scientifique pour la population. Mais je ne sais pas ce qui me surprend le plus : cette expérience dingue, ou que Matthew soit aussi cultivé et expert en la matière.

— À l'époque, poursuit-il, il était traditionnel de faire son premier rendez-vous galant dans des parcs d'attractions, ou au cinéma pour regarder des films d'horreur… Mais personne ne savait que, derrière ces lieux de premiers rendez-vous cultes, il y avait une raison évidente : ils stressent dans le grand huit, ou en regardant la meuf se faire tuer dans sa douche par le psychopathe, et là bam ! Le cerveau transfère : l'attraction entre les membres du couple devient encore plus intense. Tu saisis le truc ?

Bien sûr que je saisis le truc, Matthew. Je l'ai saisi depuis des années : Algorithma nous engraisse de simulacre d'amour.

Un éclair me traverse. Et si, secrètement, Matthew pensait pareil, lui aussi ?

— C'est… surprenant, réponds-je alors. En gros, cette simulation joue avec nos émotions dans le but de manipuler notre cœur ?

— Hum, pas vraiment… Ton cerveau ne pourrait pas transférer ces émotions d'un point à A un point B, s'il n'y avait pas de point B. Tu ne pourrais pas être plus proche de ton âme sœur, si tu ne l'étais pas déjà avant.

Il sourit.

— On a enfin trouvé un moyen de renforcer l'amour, les couples, les familles… C'est fou quand même ! Ça me fascine, moi.

J'acquiesce, en marmonnant un « Oui, c'est dingue », que j'espère convainquant.

Peut-être qu'il ne pense pas pareil, finalement.

— Garde tout ça pour toi, Eliotte, me précise-t-il d'une voix plus sérieuse. On n'est pas trop censés connaître en détail les procédés d'Algorithma, à moins d'y travailler comme ma mère à l'époque, quand elle était étudiante-chercheuse.

— Oh ! oui, oui. Bien sûr.

Il me fait un clin d'œil, en mettant un index sur sa bouche.

— Enfin… T'en fais pas, ça va bien se passer, reprend-il après un grand sourire. Tous les couples ressortent de la simulation encore plus heureux.

Et comment cela se passe-t-il quand ils prétendent être un couple alors qu'en réalité ils ne peuvent pas se supporter ?

Je lui rends son sourire, en espérant qu'il le pense sincère.

Comme convenu, Izaak m'attend dans sa jeep sur le parking à 16 heures. Après mon déjeuner avec Matthew, je lui ai proposé par texto de m'y retrouver. Il m'a répondu deux heures après d'un simple « OK ».

Je ne sais pas si je me fais des idées mais, quand j'entre dans la voiture, il y fait encore plus froid qu'à l'extérieur. Izaak démarre silencieusement quand j'ai attaché ma ceinture de sécurité, et nous partons en direction du centre de simulation sans un autre son que les roues sur le goudron.

Ce vide m'angoisse. En fait, je ne supporte pas quand Izaak est mutique. J'ai envie de lui raconter ma journée, ou de me moquer gentiment de sa nouvelle veste – que je trouve pourtant très belle – pour qu'il se mette à me charrier, et que je rie.

Mais c'est impossible, maintenant.

Quoi qu'il en soit, je ne supporte pas ce silence.

— Matt… Enfin, *on* m'a dit que cette simulation serait un genre de rêve lucide qui nous met en condition de stress, dis-je soudain pour combler le vide.

J'ai failli dire Matthew, mais je me suis corrigée à temps – je crois. Je ne sais pas pourquoi je me suis sentie obligée de le faire.

Izaak ne répond pas. Face à cette absence de réaction, je ne peux m'empêcher d'ajouter :

— Tu… Tu en penses quoi ?

Il garde les yeux sur la route, en humectant ses lèvres. Je retiens un soupir.

Allez, rien qu'un mot. S'il te plaît.

— Ce n'est pas la future situation de stress qui me chiffonne, lâche-t-il soudainement. Mais les capteurs sur notre cerveau quand on la vivra. Ils verront en temps réel ce qu'il y a à l'intérieur pendant la simulation.

— Et… ?

— On ne pourra pas mentir cette fois : ils pourront voir qu'on ne s'aime pas. Ton cœur est opaque, mais ton cerveau, transparent.

Mon souffle se bloque dans ma gorge.

— Ils peuvent vraiment voir nos sentiments grâce à une IRM ? Il n'y a aucun moyen de les tromper ? Comme en pensant à des choses qu'on aime ou…

— Ne sois pas idiote, me coupe-t-il d'un ton tranchant. On parle d'*Algorithma,* la pointe de la technologie. Bien sûr qu'ils peuvent savoir ce qu'on a dans la tête, et bien sûr qu'on ne peut pas les tromper.

Son mordant me pince le cœur, mais la panique qui m'envahit à cette pensée engourdit la douleur.

On est dans la merde.

— Comment on va faire, Izaak ?! m'écrié-je, décomposée. On est foutus !

— Il arrive que la simulation ne fonctionne pas très bien, et que le stress soit trop intense pour qu'on voie clairement des signes d'amour sur l'angio-IRM. C'est pour ça qu'il faudra que celui choisi pour être le rêveur initial pense délibérément aux choses les plus stressantes possibles. Et ça, tout en continuant de prétendre qu'on s'aime, parce qu'ils peuvent voir les images de nos rêves. Notre couverture est en jeu, cet après-midi.

Le calme de sa voix m'épate. Comment est-ce qu'il fait pour être aussi détendu alors qu'il vient tout juste de dire que notre couverture était en jeu ?

Je souffle en passant une main sur mon visage. Il faut qu'on soit à la hauteur. Je me tourne vers Izaak, presque sur le point de lui demander de me rassurer et… Je frissonne.

La froideur de sa voix a congelé tout l'habitacle de la voiture. Son visage dur est tourné vers la route, que ses yeux fixent sans la moindre émotion. On dirait un fantôme. Un être qui n'est plus sur cette terre, et donc qui n'en a rien à faire de celle-ci.

Soudain, ça m'apparaît.

Le Izaak à côté de moi en ce moment même, c'est celui dont Ashton m'avait parlé à l'époque, celui que tout le monde pense apercevoir au détour d'un couloir, ou derrière les vitres de sa jeep… Une façade. Ce n'est rien qu'une façade.

Depuis le début, je pensais avoir affaire à cet Izaak-là, sans comprendre pourquoi il était si différent de l'image que je m'étais faite de lui. Mais en réalité, il y avait tout ce temps devant moi le *vrai* Izaak. Celui qui n'était « pas si égoïste que ça », même du tout ; celui un peu distant mais toujours là en cas de besoin ; celui un poil condescendant mais diablement drôle ; celui qui faisait mine de rouler des yeux, en étant pourtant toujours inquiet pour l'autre ; celui qui était cru, parce que jamais hypocrite ; celui qui était seul mais seulement parce que personne ne le comprenait.

Je suis une idiote aveugle.

Je mords ma lèvre inférieure, comme pour contenir l'impact de la chute, après être tombée d'aussi haut. Même si, parfois, il se montrait comme celui qu'il offrait à voir à tous les autres, il a toujours fait preuve d'une sensibilité différente de toutes celles que j'ai connues dans ma vie. Parce qu'Izaak est une personne entière. Sans mensonge, ni artifice.

— Izaak…

Silence.

— Est-ce qu'on peut parler ?

Les mots sont sortis sans crier gare. J'ai envie de les reprendre, de les fourrer dans ma bouche et de les étouffer. Mais trop tard.

Ils ont été dits.

— De ? lâche-t-il.

— De tout. Il y a beaucoup à dire, en réalité.

Une seconde.

Deux.

Trois.

Quatre.

— Je ne crois pas.

J'ai l'impression que l'hiver et le printemps sont passés entre ma réplique et sa réponse.

— Bien sûr que si, fais-je aussitôt.

— Je te dis que non. Quand *ils* ne sont pas là, tu sais pertinemment qu'on ne se connaît plus, toi et moi. Et je n'ai rien à dire aux étrangers.

Je déglutis.

Mais ça ne me décourage pas. Je ne sais pas quelle force m'habite et me pousse à parler, parler et encore parler ; alors que j'ai toujours préféré les silences.

— Tant pis, Izaak. Je vais quand même te dire ce que…

— Tu en as assez dit, me coupe-t-il sans m'accorder un millimètre carré de son regard. Alors, pour l'amour du ciel, mets-la en sourdine.

Et enfin, ses yeux glissent sur moi. M'assassinent. Avant de se reposer sur les bandes de bitume qui défilent derrière le pare-brise.

Je mords l'intérieur de ma joue, la tête baissée. Ce qui s'agitait à l'intérieur se calme, s'immobilise, puis se roule en boule tout au fond de moi.

— Respirez tranquillement et fermez les yeux, madame Meeka-Wager, me dit l'infirmière d'une voix douce.

J'essaye, mais ces câbles entortillés autour de moi, ces capteurs collés à mon front et sur mon crâne, ces perfusions… Tout m'angoisse.

C'est moi qui ai été choisie pour incarner la rêveuse initiale. Je vais devoir aller chercher au fond de mon âme les cauchemars les plus perturbants et effroyables qu'elle a entassés pour tenter de masquer ce que je pense réellement d'Izaak et de notre mariage.

Tu peux le faire. Tout va bien se passer. Tu es folle amoureuse de ton âme sœur et lui aussi. Vous êtes le couple parfait.

Izaak, lui, est allongé sur un lit mécanique juste à côté de moi. Il a l'air détendu. On lui a injecté un produit pour ouvrir ses « capteurs sensoriels », ou quelque chose comme ça, afin qu'il soit connecté plus facilement à mon rêve… qui sera le *nôtre* d'ici peu. Et si j'imaginais des choses qu'il n'est pas censé voir ? Qu'*ils* ne sont pas censés voir ? Je dois tout faire pour rester lucide. Autrement, toutes mes pensées seront déballées et disséquées ensuite par les scientifiques. Et puis, ils m…

Du calme. Tu peux le faire. Tout va bien se passer.

Je prends une respiration profonde en concentrant tous mes sens sur ce qui m'entoure. La pièce est plongée dans une ambiance qui se veut apaisante et propice au sommeil : nous sommes dans une obscurité quasi totale, seule une projection d'étoiles illumine le plafond, et une musique douce nous accompagne…

Mais rien ne va. Mon cœur bat la chamade, mes tempes palpitent, mon sang bouillonne…

— La simulation est imminente, nous dit une voix provenant des enceintes.

Je ferme les yeux et soupire.

Cinq… quatre…

Je peux le faire. Rester lucide. Lucide. Lucide.

— Trois… deux…

Une lumière chaude m'aveugle, avant que ma vision ne s'éclaircisse point par point. Je suis sur une colline couverte de coquelicots, habillée d'une robe en coton blanche, qui m'arrive aux mollets. Elle virevolte, soulevée par une brise estivale.

Un crépitement me parvient juste à côté de moi. Petit à petit, la silhouette d'Izaak se dessine. Il secoue la tête en clignant des yeux. Il lève le menton et réalise que nous y sommes.

Dans mon rêve.

27. Le songe

Izaak me jette un bref coup d'œil, avant de balayer le paysage des yeux.

— Jolie vue, décrète-t-il.

C'est tellement étrange de retrouver l'amusement dans sa voix.

— Mouais… J'aurais pu faire mieux.

Il sourit. J'aurais voulu que cela soit sincère, mais je sais pertinemment que tout est faux.

À cause de ce que je lui ai dit.

Un air sucré danse autour de nous et vient me caresser délicatement les pommettes, puis les cheveux. Je sens une sérénité inespérée gonfler en moi… avant qu'une décharge électrique traverse mon cœur.

Une perfusion de cortisol.

Mon organe vital se met à battre vite, très vite.

Izaak me lance un regard entendu, pour m'indiquer que c'est le moment ou jamais de penser à des choses stressantes pour le bien de notre couverture.

Allez, Eliotte, allez… Des insectes ? Des araignées immenses et velues ?

Le paysage est toujours aussi apaisant.

Une autre décharge. Mes mains sont encore plus moites.

Une phobie, Eliotte… Pense à une phobie !

Tout à coup, je sens mes pieds pris dans un liquide glacé. Je baisse la tête et découvre l'herbe sous mes pieds nus se recouvrir d'une eau glaciale. La colline se transforme en une cuve immense, et soudain je me retrouve au milieu de l'océan.

Au milieu d'un ouragan.

Il fait nuit noire, je ne vois rien aux alentours, si ce n'est des vagues, des tornades, partout autour de moi. Je tousse, en essayant de nager malgré les torrents qui me tirent de tous les côtés. Le vent me fouette le visage, et tout à coup je suis engloutie. En quelques battements de jambes, je parviens à sortir la tête de l'eau.

Mais un autre rouleau arrive sur moi. Il est immense. Aussi haut qu'un immeuble.

Je vais mourir.

Je hurle à m'en casser la voix, avant d'être de nouveau bousculée de plein fouet dans les profondeurs ténébreuses de l'océan. J'ai l'impression que mon cœur va exploser. Tout mon corps tremble, je n'arrive pas à me mouvoir pour regagner la surface. L'eau salée embrase mes poumons. J'ai la tête qui tourne.

Respire, respire, respire…

Je bois des litres d'eau gelée, et pourtant ma gorge est en feu. J'essaye d'atteindre la surface avec mes membres lourds, en vain : on me retient sous l'eau.

J'ai besoin d'air ! Il me faut de l'air ! Il me f…

D'un coup sec, je suis tirée à la surface.

Izaak.

Je vois son visage malgré l'obscurité. Ses boucles trempées lui barrent le front. J'allais lever mon bras pour les lui retirer du visage, mais il me tient fermement, Dieu soit loué. Je remue les jambes de tout mon soûl et le regarde dans les yeux pour rester à la surface. Je ne sais pas ce qui m'y maintient. Ses mains, mes jambes ou ses yeux ?

Je ne suis pas encore morte. Je suis en vie.

J'essaye d'inspirer mais le sel me pique le nez, la gorge… Je ventile, en toussant.

— Doucement, Eliotte. Inspire… Expire…

— Izaak…

Une autre vague, encore plus immense que les précédentes, apparaît au loin. Je pousse un cri incontrôlable. Elle approche de nous à une vitesse folle.

— Izaak ! D-Derrière t…

La tour aqueuse nous balaye avant que je puisse finir ma phrase. Les mains d'Izaak restent accrochées à mes bras, alors que j'ai attrapé un pan de son T-shirt. Je le serre, à m'en déchirer les ligaments. Je sors à nouveau la tête de l'eau, sans Izaak. Pourtant, je tiens toujours son T-shirt.

— Izaak ! T'es où ?!

Je pivote sur moi-même, affolée.

— Izaak ! Izaak !

Je suis à nouveau seule, au milieu de ce trou noir déchaîné. Mon ventre se noue, je suis à deux doigts de vomir mes tripes.

Izaak ? Izaak ? Izaak ?

Où est-il ? Est-ce qu'il s'est noyé ?

Mon cœur tambourine à une vitesse folle. Je n'arrive plus à respirer. J'ai besoin d'air. Au plus vite. *Izaak ? Où est-il ?!*

Soudain, sa tête sort de l'eau à quelques mètres de là. Il s'essuie le visage et cherche autour de lui, jusqu'à croiser mon regard.

— Eliotte ! T'es là, putain…

Il nage jusqu'à moi et verrouille à nouveau ses doigts autour de mon bras. Je n'arrive plus à penser. Je tousse sans m'arrêter, submergée par la peur.

— Regarde-moi, souffle-t-il en prenant mon visage. Regarde-moi, et respire.

— Je… Je ne peux pas…

— Regarde-moi.

J'essaye d'inspirer mais je suffoque, comme si un sac plastique couvrait tout mon visage. Je suis tétanisée. Je n'arrive même plus à bouger les pieds pour faire du surplace. Si Izaak ne me tenait pas, je serais des mètres en dessous. Cette étendue d'eau noir corbeau tout autour de nous, ces torrents qui nous claquent au visage, ces vagues tsunamiques qui sont imminentes, je les vois arriver au loin…

— Eliotte ! s'exclame Izaak. Putain, il faut que tu respires ! Ne fais pas attention à ce qu'il y a autour, concentre-toi sur moi et respire…

Je n'y parviens pas. Je n'ai plus d'air dans les poumons. Je vais mourir. Je vais mourir, ça y est.

— Je t'en supplie, regarde-moi, dit-il.

Ses mains pleines d'eau salée appuient sur mes joues. Mes yeux plongent dans les siens. Je suffoque.

— Inspire, expire… Allez, vas-y… Je t'en supplie, Eli, murmure-t-il.

Son visage est marqué par la panique. Il stresse autant que moi.

Mince, qu'il joue bien…

Jouer.

Les scientifiques.

La simulation.

C'est un rêve.

Un rayon de lumière perce l'obscurité opaque du ciel. Izaak n'y fait pas attention, le regard toujours rivé sur moi.

— C'est ça, respire, Eliotte. Reste avec moi. Respire…

Ses doigts dégagent des mèches de cheveux de mon front.

Mon cœur qui battait à une vitesse folle face à cette mort que j'ai goûtée du bout de la langue se calme subitement…

Jusqu'à ce qu'une nouvelle décharge fasse vibrer mon corps, m'arrachant un hoquet de souffrance.

Le cortisol.

Je dois replonger dans ce rêve, croire à nouveau que tout est vrai ou les scientifiques vont nous percer à jour. Tout sera foutu. Il faut que je trouve une situation encore plus stressante, je dois pouvoir…

Mes fesses s'écrasent sur le sol. Je hurle de douleur. J'ai l'impression qu'un de mes os s'est brisé dans ma chute. Izaak apparaît à côté de moi dans une fumée blanchâtre.

Nous ne sommes plus trempés. Mes poumons ne me brûlent plus. Je respire. Mon regard scrute l'endroit dans lequel on a atterri. Son décor se fait de moins en moins flou.

Je reconnais cette pièce. C'est le salon de mon ancienne maison, à Seattle.

Mon cœur se tord.

Qu'est-ce que je fous là ?

Izaak s'approche, en trébuchant sur l'une de mes petites voitures, et s'assied à côté de moi.

— Eliotte ?

La voix grave que je perçois n'est pas la sienne… Mais celle de mon père.

— Après toutes ces années… tu m'as retrouvé ?

L'ombre d'une silhouette masculine est projetée sur un drap suspendu au milieu du salon. Mon père est à quelques mètres derrière celui-ci. Mon père biologique. Celui qui est parti.

Mes mains sont moites. Je reste immobile, assise sur le sol du salon quand un haut-le-cœur manque de me faire rendre ce que j'ai dans le ventre.

— Si tu as fait tout ce chemin, c'est bien pour me dire quelque chose, non ? Alors parle !

Sa voix est exactement comme dans mon souvenir. Je déglutis, en étirant et en pliant mes doigts, inlassablement.

— Tu ne dis rien ? Bon… Peut-être que tu préfères savoir ce que je pense de toi, Eliotte ?

Je secoue la tête.

Non, non, non…

— Tu veux la vérité ?

Ma gorge nouée par cette angoisse foudroyante se noue maintenant sous les larmes. Elles brûlent mes yeux.

— Non…, murmuré-je, avec une voix d'enfant.

— Eliotte, je vais te dire ce que je pense…

— Tais-toi ! m'écrié-je. Tais-toi, par pitié !

J'éclate en sanglots, tout mon corps tremblant. Les larmes coulent, dégoulinent sur mes joues, sur mon cou. Je me bouche les oreilles, sans même essayer de calmer les pleurs.

— Eliotte, tu dois faire face à la vérité !

— Tais-toi…, murmuré-je entre deux vagues de larmes. S'il te plaît…

Soudain, des bras chauds m'enveloppent. Izaak m'attire à lui, toujours assis sur le sol, le dos calé contre la partie inférieure du canapé. Mon cœur bat à toute allure, tout en étant enseveli sous des litres de tristesse. J'ai envie de vomir et je transpire, mais j'ai aussi tellement mal. Tellement… que j'ai l'impression de saigner de l'intérieur.

— Il va se taire, Eli…

Je laisse tomber mon visage contre le torse d'Izaak. Je pleure sans plus pouvoir m'arrêter. Les sanglots me retournent l'estomac et le diaphragme, me compressent la poitrine.

Je sens une main me caresser les cheveux, tandis qu'une autre me frictionne le dos.

— Je te le promets, ajoute Izaak, les lèvres contre le sommet de ma tête. Il va se taire.

Blottie ainsi contre lui, je n'entends plus la voix de papa. Que des échos lointains. Je me cale un peu plus contre son large torse, en resserrant mes bras autour de son dos puissant. Tout est tellement ferme et dur, sous mes bras. Comme un roc.

J'essaie de réguler ma respiration sur le rythme de ses caresses, toujours aussi douces.

Inspire… Expire…

Mes poings se desserrent et je lève doucement la tête. Izaak me regarde, le visage calme.

Tout s'arrête.

— Tu vois, je te l'avais promis.

Je souris. L'une de ses mains quitte l'arrière de mon dos pour prendre mon visage en coupe. Une source chaude jaillit dans mon abdomen, crépite et s'agite comme si une centaine de papillons volaient entre mes organes. Qu'est-ce que je dis ? Un zoo tout entier. J'ai envie de parler, mais rien ne so…

— Alors maintenant, c'est moi qui vais dire ce que je pense de toi.

— Quoi ?

Izaak attrape brusquement mes poignets.

— Tu as eu la lâcheté de te boucher les oreilles pour ton père, mais je t'assure que *là,* tu vas les garder grandes ouvertes. Écoute-moi bien, Eliotte.

J'essaie de lever la tête pour me dégager de son torse, mais il me tient fermement contre lui. Mon cœur tambourine comme s'il voulait sortir de ma poitrine, s'enfuir et aller se mettre à l'abri.

Izaak soulève brusquement mon menton vers lui, avant de reprendre mon poignet.

— Ne me lâche pas des yeux, dit-il d'une voix froide. Je veux voir ton regard quand je te dirai tout ce que je pense de ta sale personne, Eliotte.

— Qu'est-ce que tu racontes ? A-Arrête, ça…

— Je ne fais que commencer.

— Non, arrête, s'il te plaît… Je ne peux pas…

Y survivre.

Mais une larme coule quand même, et encore une autre.

— Tu dois déjà savoir ce que tout le monde pense de toi, vu que *personne* ne veut de toi, mais je vais quand même te dire ce qu'il se dit dans ton dos. Ta mère, ton père, Karl, Ashton, Matthew, les gens de la fac…

Mon corps tout entier se crispe. Je ferme les yeux comme si ça allait me rendre sourde, en continuant de me débattre pour m'éloigner de lui, de la vérité. Mais je suis prise au piège. Les sanglots grondent dans ma gorge, j'inspire irrégulièrement en ne parvenant pas à me canaliser.

Je ne veux pas savoir ce qu'ils pensent de moi.

Je ne veux pas savoir ce qu'Izaak pense, noir sur blanc, de moi. Jamais.

Non, non, non, non…

— Eliotte ! Eliotte !

J'inspire fort, en ouvrant les yeux.

— Eliotte !

Izaak est penché au-dessus de moi, entouré de deux visages inconnus – sûrement des infirmières au vu de leur blouse blanche.

— Votre rêve lucide a duré quatre heures trente-trois.

Notre rêve lucide ?

Mon Dieu, la simulation.

— Nous allons vous laisser reprendre vos esprits, à présent. Prenez votre temps, madame.

Je me redresse sur mon lit et regarde les infirmières quitter la salle. Je n'arrive pas à y croire. C'était tellement réel. *Tout*. Les vagues, la noyade, la suffocation, mon père… Izaak. Il m'est arrivé à un ou deux moments de me raccrocher à la réalité, mais le reste du temps, tout me semblait si *vrai*. Je n'agissais plus du tout en essayant de calculer mes réactions, tout était instinctif.

Je me tourne vers Izaak, toujours debout à côté de mon lit. Il regarde ailleurs, les bras croisés sur son torse.

Dans lesquels je me suis réfugiée…

Et dire qu'il a tout vu. Ma crise d'angoisse dans l'océan, celle face à mon père… et face à lui. Il connaît l'une de mes peurs les plus intimes maintenant.

Attends…

Pourquoi j'étais si pétrifiée à l'idée de savoir ce que tout le monde pense de moi ? Ce qu'*il* pense de moi, par-dessus tout ?

J'ai soudain un mouvement de recul. Si tout était si réel, ça signifie que…

— C'est toi qui me parlais ? Quand j'étais dans tes bras ?

Ses yeux verts se détachent lentement du trou noir qu'il fixait.

— Non, ce n'était pas moi. Pendant que j'essayais de te réconforter, j'ai été téléporté à l'autre bout de la pièce en une fraction de seconde. Celui qui t'a parlé n'était qu'une version de moi sortie tout droit de ton subconscient.

— Donc tu as tout entendu ? demandé-je. Pendant que tu étais à l'autre bout de la pièce ?

— Vaguement.

Je me lève du lit en prenant plus de temps que prévu. Mes membres ankylosés sont lourds à porter. Des pansements ont été collés aux endroits où on m'a perfusée. Je n'ai plus ce bonnet de capteurs sur la tête. Plus de fils. Plus de câbles. Je suis libre.

On quitte le centre en prenant notre temps. On est encore tous les deux perturbés d'avoir vécu autant en seulement quelques heures – qui paraissaient être à la fois des minutes, et une vie entière. C'était incroyablement intense. *Rien* de ce que je pouvais imaginer. C'était un cauchemar puissance mille.

Sous les yeux des membres du personnel, Izaak est doux avec moi, souriant, voire affectueux ; mais dès lors qu'on gagne l'intimité de sa jeep, son visage tout entier s'éteint.

— Je te dépose au loft ? me dit-il d'une voix plate.

— Oui, s'il te plaît.

— Je rentrerai tard ce soir. Voire pas du tout.

Je baisse les yeux. Je déteste cette voix. Elle est encore pire que celle à laquelle j'ai eu droit le premier jour de notre rencontre, où les rares fois avant celle-ci, où on se croisait.

— Donc ferme à clé en rentrant, ajoute-t-il.

Parce qu'il n'y a *rien* dedans. Pas même de la rage ou de l'outrecuidance. Rien.

Et c'est pire que tout. Parce que si j'avais perçu ne serait-ce qu'une once de colère, ou de mépris, ça voudrait dire qu'il ressent au moins quelque chose à mon égard. Mais là…

Ma poitrine est oppressée.

Il me parle comme si… nous étions deux inconnus. Il n'a pas menti.

— Izaak ?

— Oui ?

— Je sais que tu as dit non il y a quelques heures, mais je veux vraiment te parler.

— Je suis épuisé… J'ai besoin d'être seul.

— Mais je suis là.

— Alors prétends ne pas exister.

J'essaie de desserrer ce nœud dans ma poitrine et finis par caler ma tête contre la vitre, impuissante. Il est toujours là, mais dans ma gorge à présent.

Est-ce que je dois vraiment prétendre, pour ne pas exister dans son monde ?

28. Je (te) déteste

J'attends Izaak dans le hall d'entrée de mon ancien immeuble, là où habitent maman et Karl. Je commence à avoir froid. Je n'arrive toujours pas à croire qu'il va fouler les dalles de carrelage crasseuses du hall d'entrée, d'ici peu… Enfin, normalement.

Il m'a dit il y a à peine quelques minutes qu'il se trouvait à l'angle de la rue… où est il maintenant ?

Soudain, la porte du hall s'ouvre en grand. Je soupire de soulagement. Un bouquet de fleurs et une bouteille de vin à la main, Izaak me rejoint.

— Je suis là, désolé, glisse-t-il d'un ton distant.

Je suis presque étonnée de sa courtoisie.

Ça fait cinq jours qu'Izaak et moi avons passé la simulation. Presque une semaine qu'on est redevenus deux inconnus l'un pour l'autre. Même s'il est moins acerbe que les autres fois, ma présence – les rares fois où l'on se croise dans le loft – reste pour lui identique à celle d'une poussière. Insignifiante.

J'inspire un grand coup en regardant autour de moi. Une chaleur suffocante envahit mon visage.

Qu'est-ce qu'il pense de cet immeuble ? Des rues qu'il a traversées ?

Izaak s'engage vers l'ascenseur, mais je le redirige vers l'escalier, sans oser lui dire que ça fait deux ans qu'il est en panne. La gêne et l'angoisse me cisaillent l'estomac.

— Je sonne, dis-je en appuyant sur le bouton à côté de la porte d'entrée.

Je ne voulais pour rien au monde qu'il découvre mon lieu de vie délabré, ma banlieue crasseuse. Mais il y est bien obligé. Ma mère tenait vraiment à nous inviter la semaine dernière. Je trouverai une excuse pour tous les prochains dîners.

Karl apparaît sur le pas de la porte, habillé élégamment. J'apprécie l'effort.

— Oh ! bonsoir, Eliotte !

— Bonsoir, Karl !

— Quelle surprise de vous voir ici, Zack et toi ! Entrez, entrez…

— Izaak, corrige l'intéressé en souriant laconiquement.

Une surprise ?

Je ris nerveusement. Encore une de ses blagues douteuses… Nous pénétrons dans l'appartement.

— Karl, qui c'est ? lance ma mère de la cuisine.

— Eliotte et Za… Izaak !

Je plisse les yeux. Mon sang ne fait qu'un tour.

— Ne me dites pas que vous avez oublié, Karl ?

— Oublier… Oh punaise !

Il couvre sa bouche de sa main, les sourcils haussés.

— Angela ! On a fait une bourde !

Ah bon, tu crois ?

Ma mère arrive dans le hall, vêtue de sa longue robe bleue. Celle qu'elle met habituellement quand Karl l'emmène manger en ville dans leur restaurant chic-mais-pas-trop. Lorsqu'elle nous aperçoit, Izaak et moi, elle se statufie.

— Ma chérie, notre dîner… je te jure que ça m'était sorti de la tête ! Je suis tellement navrée !

— On est vraiment désolés, choupette, ajoute Karl. On n'a réservé qu'une table pour deux, mais vous pouvez vous joindre à nous ! Avec un peu de chance, ils nous trouveront…

— Non, c'est gentil, Karl. Je vous laisse à votre dîner entre amoureux, dis-je d'une voix que j'essaie de faire joyeuse.

Ma mère me prend la main, la mine dépitée.

— Karl a réservé depuis longtemps et, quand il me l'a dit, j'ai oublié de t'appeler pour annuler, et puis il y a eu toutes ces choses à la maison et… Je suis sous l'eau !

Pour annuler.

— C'est bon, maman. C'est pas grave, ça arrive.

Elle me prend dans ses bras quelques secondes, pour essuyer sa culpabilité sur mes vêtements, puis elle se détache pour aller dans la cuisine attraper sa pochette sur le comptoir. Je reste plantée au milieu de l'entrée, estomaquée. Mais de quoi suis-je vraiment choquée, au juste ? De son oubli ? Ou de moi qui ne l'ai pas anticipé, malgré toutes ses années passées avec elle ? Je suis idiote. J'aurais dû l'appeler pour confirmer.

Je passe une main dans mes cheveux en soupirant. Mon regard s'arrête sur Izaak, qui fixe ma mère et mon beau-père, le visage grave. Peut-être est-il embarrassé. La colère et la tristesse que je me suis mise à ressentir font soudain place à la honte. Je me sens ridicule. *Il* doit me trouver ridicule.

Quelle famille…

— Vous restez là ? demande Karl en voyant que je ne bouge pas.

— Euh… oui. Je veux récupérer deux ou trois affaires… Tu peux me donner ton double, je fermerai en sortant.

Il fouille dans la poche intérieure de sa veste et me tend son trousseau avec un sourire mal à l'aise. Ma mère me salue avant de sortir, talonnée par son âme sœur.

Je pousse un long soupir et marche en direction du salon. Je me laisse tomber sur le petit canapé, les lèvres serrées.

Izaak s'est pointé pour rien. J'aurais pu éviter qu'il voie cet endroit. Ils m'avaient oubliée.

Quand une masse prend place devant moi, je lève la tête. Izaak m'a suivie.

— Attends un peu qu'ils soient assez loin pour partir sans qu'ils ne te voient, lancé-je. Ce serait bizarre que tu me laisses là après…

Ce fiasco.

Il hoche la tête et se dirige vers le comptoir de la cuisine. Il attrape deux verres à eau qui étaient en train de sécher près de l'évier et vient s'asseoir à mon côté. Il ouvre la bouteille de vin qu'il avait apportée pour l'occasion et m'en sert un verre. Je fais non de la tête.

— Il est vraiment bon et très cher, dit-il. Tu vas le regretter.

— OK…, fais-je finalement en le prenant.

Il remplit son verre et je tends mon bras pour que nous trinquions.

— Bienvenue chez les Wager !

J'avale une gorgée sans beaucoup d'entrain. Mais il a raison, c'est une bonne bouteille. Je me l'enfilerais bien d'une traite… Je finis mon verre et m'essuie la bouche.

— C'est bon, ils doivent être sortis du quartier maintenant. Tu peux y aller.

— On a une bouteille de vin à finir, répond-il.

— Tu peux la prendre et t'en aller… Il doit rester du jus d'orange et de la bière dans le frigo, je m'en contenterai.

— Tu me laisserais partir comme ça ?

Non.

— Avec cette bouteille ? fait-il tout de suite après. On a bien goûté à la même chose, là, Eliotte ?

J'essaye de sourire, mais le cœur n'y est pas. On reste alors tous les deux assis sur ce canapé miteux, au milieu de cet appartement miteux, dans le silence le plus total. Je ne déteste pas ces lieux parce qu'ils sont en mauvais état. Mais parce qu'ils me rappellent l'état émotionnel dans lequel nous étions, maman et moi, après notre départ de Seattle. Pendant la période de célibat de ma mère, on a emménagé à Portland, dans une résidence qui, dans mon souvenir, était en meilleur état. Mais dès son mariage avec Karl, on a dû troquer notre belle habitation pour cet appartement. Je ne sais pas pourquoi, mais ce dont je suis sûre, c'est que vivre ici m'a fait réaliser que je ne pourrais plus jamais être dans « la maison de Seattle ». Être seule avec ma mère et Karl entre ces murs colmatés, c'était me rappeler qu'il manquait quelqu'un. Quelqu'un que j'aimais.

Je pose mon menton contre ma paume et regarde dans le vide. Izaak est toujours assis à quelques centimètres – le connaissant il aurait préféré l'opposé du canapé, mais ce dernier est si petit que l'opposé *est* la place à côté de moi.

— C'est quel type de vin, ça ? Il est vachement bon.

— C'est un sans alcool, répond-il. Un jus, un élixir… J'ai réalisé quand j'étais plus jeune que *toutes* les boissons étaient bien meilleures sans alcool. Crois-moi.

— Hum… Ressers-moi, alors.

Il s'exécute, et je bois le verre d'une traite avant de me reposer contre le dossier, la tête renversée vers le plafond. Le silence prend de plus en plus de place dans la pièce.

Cette semaine a été dure et cette soirée est le final parfait.

Je ne pensais pas que l'absence d'Izaak me pèserait autant. Pis, je ne pensais pas qu'il me manquerait autant. Ces derniers jours, il était tout près et pourtant si loin…

— Tu sais, Izaak…, commencé-je, la poitrine brûlante.

— Quoi ?

— Je déteste quand tu ne me parles pas. Et je déteste encore plus m'en rendre compte.

Il ne répond rien.

Je suis tellement déçue par l'issue de ce « dîner » que j'ai l'impression que rien de pire ne peut arriver. Il peut me repousser une énième fois, je crois que je n'aurais pas mal. Parce que ça ne peut pas être plus douloureux que ma bouche qui me brûle depuis des jours de tous les mots que je veux prononcer. J'aurai peut-être la voix cassée, les mots hésitants, la gorge nouée. Peut-être que je bégaierai ou que je m'arrêterai plusieurs fois en disant la phrase ; mais je lui aurai dit. Je lui aurai dit, bon sang.

Je me redresse, pour lui faire face.

— En fait, je déteste que tu me détestes.

Je le regarde droit dans les yeux, le souffle court.

— Je ne te déteste pas, murmure-t-il.

— Bien sûr que si, rétorqué-je. Ça fait une semaine que l'ancien toi… me…

Je me racle la gorge, soudain mal à l'aise par ce que je m'apprête à avouer.

— L'ancien toi me manque.

Beaucoup plus que je ne l'aurais anticipé.

Son expression vacille une fraction de seconde.

— Je suis toujours le même, réplique-t-il d'une voix monocorde. J'ai juste essayé de m'adapter à tes attentes. Tes *préjugés*.

— Ce n'étaient pas des préjugés, mais des conneries, Izaak. Tu sais très bien que c'était trop con, trop impulsif, trop déconnecté de la réalité, pour que je ne le pense vraiment.

— Bien sûr que tu le pensais. Ça ne sortait pas de nulle part… Et c'est très bien comme ça. Tu ne savais pas sur quel pied danser à cause de mon comportement, alors j'ai agi comme tu aurais voulu que j'agisse depuis le début. Soit, comme la copie conforme du Izaak que t'avaient décrit les autres. Que t'avait décrit Ashton.

Je sens de la colère et de la peine percer dans sa voix.

— Ça m'aurait peut-être semblé plus simple si tu avais été comme ça… Mais tu as été tellement plus. Plus que tout ce que je pouvais espérer, Izaak.

J'ai parlé sans réfléchir, sans penser aux conséquences de telles paroles.

— Tu as été un vrai ami, continué-je malgré mon angoisse d'aller trop loin. Comme je n'en ai jamais eu. Et quand j'ai réalisé que je me faisais des films, je…

— Non arrête, Eliotte. Tu ne t'es jamais fait aucun film.

— S'il te plaît… Soyons honnêtes ce soir. Pas de pincettes, pas de politesse, pas de complaisance.

— Je suis honnête, Eliotte. Je n'ai jamais cessé de l'être. Je fais semblant, oui, quand je t'appelle par des surnoms débiles et que je te tiens la main. Mais quand on rit, qu'on se chamaille ou que je me confie à toi sur mon psychopathe de père et mon enfance tordue… tu penses que je joue un rôle ? Quand je fais tout ça, tu penses être quoi au juste pour moi, Eliotte ?

Je secoue la tête, en fixant mes doigts.

— Arrête… On n'est pas amis, murmuré-je. N'essaye pas de…

Je suis incapable de reprendre ma phrase.

— Tu veux que je te dise où est le vrai problème, Eliotte ? lâche-t-il finalement. Il est là, juste devant moi.

Je me fige, sous ses yeux qui me sondent.

— Arrête de repousser tout le monde, continue-t-il.

— Je ne repousse personne.

— Si, tous ceux qui s'approchent de toi… jusqu'à ce qu'ils finissent par te tourner le dos, et alors tu te dis que tu avais raison depuis le début, que tout le monde te laissera seule.

— Quoi ?

— Tu te sabotes, Eliotte.

Ses mots m'éraflent. J'ai envie de me boucher les oreilles, de me cacher derrière les coussins du canapé… Comme si je revivais ce cauchemar artificiel dans la salle de simulation. Mais nous sommes dans le salon. Dans la réalité. Pas dans ma tête.

— Tu es recroquevillée sur toi-même. Ouvre-toi ! À n'importe qui… Ta mère, Ashton… Même à Matthew, s'il le faut. Mais ouvre tes bras aux autres, qu'on voit qu'il y a un cœur qui bat, ici. Tu en as un, ne fais pas semblant.

Je rabats mes jambes sur le canapé.

— Je suis très bien comme je suis, Izaak… J'ai *choisi* ma solitude.

— Dis ça à qui tu veux, mais pas à moi. Tu souffres de ta solitude.

— Comment tu pourrais le savoir, d'abord ?

— Parce que je te vois tous les jours. Que tu le veuilles ou non, je te connais maintenant, Eliotte.

— Ce n'est pas parce que tu me vois, que tu vois ce qu'il y a en moi.

Il soupire, le regard dans le vide pendant une seconde, comme si une centaine d'images défilaient devant ses pupilles vertes.

— Tu sais, quand je te vois au loft, ou avec les autres, avec ta famille… J'ai l'impression de croiser mon reflet dans le miroir. Un reflet plus jeune. Parce que j'étais comme toi, avant. Mais j'ai fini par comprendre que la solitude me bouffait et que, si je ne l'en empêchais pas, il ne resterait plus rien de moi.

Je ne sais pas pourquoi, mais les yeux me brûlent. Et pourtant, j'ai froid dans mon cœur. Izaak vient de faire tomber chacune des couches derrière lesquelles je me cachais jusque-là. Je me sens vulnérable. Mise à nu.

Sa main se pose sur mon bras, et elle m'apaise déjà.

— Je sais ce que tu penses, poursuit-il d'une voix douce. Tu te dis que c'est mieux de rester seule pour éviter les chagrins et les blessures du cœur. Mais tu te prives de tellement d'expériences, de bonheurs, de rêves, d'émotions…

Il a dit ça en employant le même ton qu'il avait utilisé le jour où il m'a parlé d'amour pour la première fois, en sortant de notre rendez-vous chez la psy.

— Algorithma nous a mis dans la tête qu'il fallait éviter les échecs relationnels en balisant chacune de nos interactions, en s'assurant à l'avance que ça marcherait… Mais la vérité, c'est que tu as le droit de te tromper, Eliotte, continue-t-il en penchant son visage un peu plus près du mien. Tu as le droit d'avoir le cœur brisé, pour apprendre à le reconstruire. Tu as le droit de revenir en arrière, de changer de chemin ou même d'aller dans la cambrousse en tracer un nouveau. Tu as le droit de trébucher, de tomber, ou de rester allongée sur le sol, si ça te chante. C'est normal. Parce que c'est *ça* la vie. Et tout ça vaut aussi pour tout type de relation. C'est dur, c'est incroyablement effrayant, mais il faut le faire. Il faut prendre des risques. Ou on ne goûtera *jamais* à la vie.

Je serre les poings, le corps tremblant. Je ne sais pas d'où lui viennent ces réflexions. Tout ce que je sais, c'est que j'ai l'impression de parler à mon subconscient, d'être face à tous mes non-dits, mes cris étouffés, mes murmures…

Il a raison. Terriblement raison.

La vérité, c'est que depuis qu'on s'est quittés avec Ashton, je meurs d'envie de sentir un peu de chaleur humaine. Peut-être même depuis toute petite en fait. *J'en crève*. Et je ne l'ai réalisé que lorsqu'on s'est laissés à moitié partir, lui et moi.

Dans l'espace de ma solitude, je me sens plus en sécurité, anesthésiée, comme si je ne pouvais plus rien ressentir.

Et parfois, mieux vaut ne rien sentir du tout, que risquer de sentir la douleur.

« C'est ça la vie. »

— Le problème, murmuré-je en essayant de maîtriser ma voix, c'est qu'une fois que tu as goûté aux émotions les plus acides, tu ne veux plus jamais risquer de les sentir à nouveau sur ta langue.

— Alors quoi ? Tu préfères ne rien goûter du tout et te laisser mourir de faim ?

— Izaak…

Il s'approche et entoure mes épaules de son bras. Sa chaleur imprègne les tissus froids de mon corps. J'ai l'impression d'être entourée de coton.

— Je te le jure, tout le monde ne te tournera pas le dos, murmure-t-il tout près de mon oreille. En tout cas, pas moi.

Mon visage se tourne vers lui. J'ai un mouvement de recul en voyant le sien si proche. C'est fou comme le vert de ses yeux était abyssal et métallique il y a encore vingt-quatre heures. Il est si doux à présent, si profond.

— Je suis désolé pour tout ce que je t'ai dit l'autre jour, assuré-je. Je ne le pensais pas. Je ne te trouve pas égoïste, ni insensible aux autres. Bien au contraire. Tu t'es plus soucié de moi que personne ne l'a jamais fait en vingt et un ans.

J'aimerais que ces bras restent autour de moi plus longtemps. Rien qu'une petite éternité.

Je déteste cette pensée, cette sensation, ce besoin.

Soudain, sa main frôle ma joue. Il coince doucement une mèche de cheveux derrière mon oreille.

Non, je déteste les aimer.

Je déglutis difficilement.

— Et tu n'es pas lâche. Je ne t'ai pas menti quand j'ai dit que tu étais l'une des personnes les plus courageuses que je connaisse, Izaak. Je voudrais avoir la force de me regarder dans la glace et de me confronter à tous mes problèmes comme tu le fais, toi.

— Je n'ai pas toujours été celui que tu crois, dit-il dans un soupir. En réalité, peut-être que je ne le serai jamais.

— Pourquoi tu dis ça ?

— Parce que, parfois, je suis le plus grand traître que la terre ait jamais porté.

Il baisse les yeux.

— Je me mets des couteaux dans le dos, des bâtons dans les roues et me fais les pires infidélités. Je me trahis souvent. À ne pas suivre les valeurs que je me suis imposées, à ne pas être celui que je voudrais être, à ne pas dire ce que je devrais dire, à ne pas faire ce que je m'étais promis de faire, Eliotte. À vouloir ce que je ne devrais pas vouloir,

Ses yeux remontent sur moi et plongent dans les miens.

— Et de toutes les trahisons, je crois que celle que je m'inflige à moi-même est la pire.

Je détourne le regard, gênée.

— S'il te plaît, regarde-moi, Eliotte. Je déteste quand tu fuis mon regard.

— Je déteste quand tu me demandes de te regarder.

— Moi, je déteste quand tu ne le fais pas.

— Je déteste comme tu arrives à me faire plier, susurré-je en levant la tête vers lui.

Il sourit.

— Et je déteste ce sourire, ajouté-je.

— Alors évite de le provoquer, petit « tarsier de mes deux ».

Je pouffe de rire en reconnaissant mes mots.

— Cette insulte est de bon goût, dis-je. Alors elle passe, pour cette fois.

Je laisse ma tête tomber légèrement contre son épaule. Je ne sais pas d'où me vient ce naturel, mais je l'accueille à bras ouverts. Son parfum est toujours le même, un peu boisé et citronné. Familier. Je le reconnaîtrais entre mille. Je regarde mes mains, le cœur en ébullition.

Je me demande ce qu'il se passe entre le statut d'inconnu et celui de familier qu'ont les gens qu'on côtoie. Parce qu'une fois qu'on réalise qu'ils ont changé de case, c'est déjà trop tard. On ne sait pas comment, ni pourquoi mais ils l'ont fait. Et on doit juste faire avec, en sachant pertinemment qu'un jour on pourrait en manquer.

Et c'est ce qui m'a toujours fait peur. D'avoir quelque chose de familier dans ma vie. Une constante.

Parce qu'on fait comment, quand cette constante n'est plus ? Quand on se réveille un matin sans sentir le café de papa dans la maison ? Quand on ne peut plus embrasser ni sourire à celui qu'on aime, à chaque fois qu'on le voit dans la rue ou dans un couloir ?

« C'est ça la vie. »

— Tu es encore dans tes pensées, Eliotte.

— C'est de ta faute, dis-je en essayant de prendre un ton chafouin. À cause de toi, j'ai tendance à remettre beaucoup de choses en question.

— Ça a parfois du bon de prendre de la hauteur.

— Qu'est-ce que tu insinues au juste ? Dois-je prendre ces propos pour une insulte envers ma petite taille ?

— C'est vrai que tu es… minuscule.

— Juste comparée à toi. De toute façon, tout ce qui est petit est mignon.

— Hum…, lâche-t-il en étouffant un rire.

— Quoi ?

— Je suis sûr que tu ne pensais pas à ça, la fois où tu m'as maté sous la douche.

Quoi ?

— Alors je t'arrête tout de suite, dis-je en levant le menton pour croiser ses yeux, je ne te regardais pas, tu étais *là*. Dans *ma* douche. Tu n'avais rien à faire ici.

— Mais tu peux dire ce que tu veux, Eliotte ! Je sais que tu es une obsédée maintenant.

— Tu t'entêtes. À croire que tu as envie que j'en sois une.

— Tu sais que j'ai vraiment mis un verrou à toutes les pièces du loft, après ça ?

Je glousse. Je l'ai remarqué, oui.

Ma respiration est beaucoup plus lente, contrôlée. Je sens son épaule remuer légèrement sous ma joue lorsqu'il parle. Mes yeux dévient sur ses grandes mains… avec quelques égratignures aux phalanges. Instinctivement, je prends l'une d'elles et passe le pouce sur les croûtes de sang.

— C'est arrivé comment ?

— Oh ! ça ? dit-il sans retirer sa main de la mienne. J'y suis allé un peu fort à ma dernière séance de boxe.

J'arque un sourcil.

Je ne savais pas que tu boxais, Izaak.

Sans gants.

Je soupire et lâche sa main comme si celle-ci me brûlait subitement. Je n'ai plus aucune raison de la tenir, maintenant que je ne me prends plus pour une infirmière. Mon regard se détourne vers le tissu du canapé, le tapis sur le sol… avant de remonter sur ses mains blessées.

« *Je te jure, tout le monde ne te tournera pas le dos.* »

Mes doigts se faufilent sur ma cuisse, pour toucher discrètement mon genou, tout près de ses mains. Je tends le petit doigt, pour m'en approcher davantage.

« *En tout cas, pas moi.* »

Quand j'ose approcher encore plus ma main de la sienne, sans la toucher, mon cœur grossit dans ma poitrine. On s'est tenu la main des tas de fois, mais il y avait toujours le monde entier autour de nous. Là, il n'y a que nous.

« *Pas moi.* »

Mon cœur manque un battement, et ma main se rétracte.

—Viens, il faut que je te montre quelque chose ! m'exclamé-je brusquement en me levant du canapé.

29. Je (te) lis

— Je te suis.

Il se lève avec un petit sourire aux lèvres, et j'entame la marche dans le couloir.

— Rassure-moi, tu ne m'emmènes pas dans une salle de bains ?

— Quand je te disais que tu *voulais* que je sois obsédée.

Il rit en me donnant un coup de coude.

— C'est ma chambre, assuré-je en ouvrant la porte au fond du couloir. J'y ai caché quelque chose.

Je me tourne vers Izaak. Il me dévisage, les yeux écarquillés par la curiosité. On entre dans la pièce et je m'approche de la fenêtre entrouverte, m'accroupis au sol, puis retire une latte du parquet… sous laquelle j'ai caché la clé d'un des tiroirs de mon bureau. Je me dirige vers celui-ci, sous le regard intrigué d'Izaak. J'aime me dire que, là maintenant, je renvoie l'image d'une fille incroyablement mystérieuse et impénétrable. Rien de plus énigmatique que les cachettes sous des lattes de parquet.

Je déverrouille le tiroir et en sors la boîte en carton de mon père.

— Tu as déjà lu des livres censurés ? demandé-je en m'asseyant sur le lit.

Je lui fais signe pour qu'il me rejoigne, ce qu'il fait aussitôt.

— Je n'ai jamais pu mettre la main sur les titres qui m'intéressaient…, dit-il. Quelques extraits ici et là, mais rien de plus.

Quand il se penche sur le carton rempli, sa bouche s'entrouvre. Des étincelles crépitent dans ses prunelles.

— Comment tu les as eus ?

— Dans les affaires de mon père, quand j'étais petite.

— Ton père…, murmure-t-il. Tu permets ?

— Oui, bien sûr.

Je ne peux pas m'empêcher de sourire devant ses yeux remplis d'étoiles. On dirait un enfant. Il sort délicatement les livres, un par un, en lisant à haute voix ce qui figure sur les couvertures.

— *1984… Un visage pour deux…* Oh ! J'y crois pas !

Il sort de la boîte *Roméo et Juliette*.

— Tu connais ? l'interrogé-je avec espoir.

— Et comment… J'ai réussi à en lire trois extraits, et ça m'a suffi pour tomber amoureux de Shakespeare… et de Juliette.

Ses lèvres s'étirent alors qu'il fait tourner les pages du livre sous son pouce.

— Je ne pensais pas qu'on pouvait adorer un couple en seulement quelques paragraphes, dit-il. Je me demande comment ils ont pu convaincre leurs parents de leur union à la fin.

— Oh…

— Quoi ?

— Rien.

— Dis-moi.

— C'est du Shakespeare, Izaak. Pas du Charles Perrault.

— Rah, arrête… Je sais bien que c'est pas un conte de fées.

Je me retiens de rire – et de lui raconter la fin tragique.

— J'arrête de te taquiner, c'est bon. Mais sache que, quand tu auras lu tous ces livres, je suis sûre que les contes de fées seront du pipi de chat pour toi.

— J'en doute.

— Ah, je vois… tu ne laisserais jamais la petite sirène reprendre son cœur, pas vrai ?

— C'est la femme de ma vie.

Je ne peux plus me retenir, j'éclate de rire. Une larme perle au coin de mes yeux. Izaak se joint à moi, et l'hilarité nous gagne pendant de longues secondes. J'aurais pu dire que c'est à cause du vin, mais il était sans alcool. Alors je n'ai pas d'excuse : c'est Izaak qui me fait me sentir aussi bien.

Une fois calmé, le brun prend *Roméo et Juliette* et s'allonge sur le lit. Il croise ses jambes l'une sur l'autre, ouvre l'exemplaire abîmé… et commence à lire. Naturellement, j'attrape *1984* et m'allonge à côté de lui. Il se décale contre le mur pour me laisser plus de place, mais rien à faire : nos corps se touchent. Mon lit n'est pas si minuscule, mais Izaak est immense.

Allez, lis Eliotte. Ne te laisse pas déconcentrer.

J'inspire et ouvre le livre.

Izaak pose sa main sur mon poignet.

Bon sang.

— Ça te dit qu'on lise à deux ? Tu vas peut-être trouver ça bizarre, mais c'est assez mar…

— Tu déconnes ! m'exclamé-je en laissant tomber mon livre. Je pensais être la seule à aimer faire ça.

— Moi aussi.

Il garde ses yeux sur moi une seconde trop longtemps, puis se repositionne sur le lit, de sorte à se coller davantage au mur, pour me faire un peu plus de place.

— Tu veux fusionner avec le mur, Izaak ?

— Tu n'arriveras pas à lire, sinon.

Je lui tire le bras pour l'attirer de mon côté du lit et lui redonner plus d'espace. Je me rapproche et pose ma joue contre son épaule, en m'allongeant sur le flanc. Ma jambe s'appuie légèrement sur la sienne, effleurant son jean. Je devrais retenir mon souffle, mettre un coussin entre nos deux épaules, ou juste aller m'asseoir par terre, mais à la place, je souffle :

— Tu vois, il y a assez de place.

Je lève les yeux sur son visage.

Et découvre son regard déjà posé sur moi.

Il est beaucoup plus intense que d'habitude, beaucoup plus profond. Mais il n'est pas inédit.

Je l'ai déjà vu.

— Spoile-moi et je t'étripe, dit-il soudain en tournant la page.

— Tu es si convaincant.

Et nous commençons la lecture. J'essaye d'être absorbée par les mots, mais il y a cette maudite voix qui les prononce. Izaak. Il pourrait lire la composition d'un pot de mayonnaise, on serait tout de même captivé. Enfin, pas tout à fait – on serait aspiré par les inflexions graves de sa voix, son timbre chaud et craquelé, ses petits silences.

Il s'arrête à certains moments de la lecture pour commenter des répliques, et le plus souvent nous débattons des choix des personnages. Par exemple, il pense que dans la scène de bal, Juliette agit réellement en toute innocence quand elle se désigne comme « sainte ». Mais pour moi il est clair qu'elle joue la carte de l'audace et du blasphème pour séduire Roméo.

De toute façon, j'ai raison.

Arrivé au dernier acte, il se racle soudain la gorge.

— Tu peux reprendre ton bouquin, finalement ? me demande-t-il.

— Mais pourquoi ? C'est le meilleur moment, là ! dis-je en levant la tête vers lui.

— Je veux lire seul.

Ses yeux brillent sous l'ampoule orangée de ma chambre.

— Tu es ému ? Pour de vrai ?

J'espère qu'il ne prend pas ma phrase pour une raillerie. Me moquer de ses émotions est la dernière chose dont je suis capable.

— Pas du tout, rétorque-t-il. C'est juste qu'on arrive au point culminant de la tension narrative, je… je préfère lire dans ma tête. Seul.

Je souris tendrement. Il *est* ému. C'est clair comme de l'eau de roche. Sa voix le trahit à des kilomètres. Je l'observe du coin de l'œil. Il mord l'intérieur de sa joue, les yeux plissés. Je ne l'imaginais pas si sensible, si perméable aux mots. Je ne l'imaginais pas si semblable à… moi.

Je cède et reprends *1984*, que j'avais abandonné sur le parquet. Au bout de deux pages, c'est plus fort que moi, je lève discrètement les yeux pour voir Izaak. De profil, il est absorbé par la vieille encre imprimée sur le papier. J'avais déjà remarqué que, souvent, il marmonne de façon inaudible ce qu'il lit. Ses lèvres pleines remuent tout doucement et font glisser les mots sur sa langue. Ses iris suivent chacune des lettres avidement. Sous les ampoules de ma chambre, le vert de ses yeux se confond avec une topaze chaude. C'est assez troublant. Je me demande ce qu'il pensera de la scène V, quand Roméo et Juliette se séparent. Et ce qu'il en pensera après avoir terminé la pièce, réalisant que c'était la dernière fois qu'ils se voyaient *vivants* tous les deux.

Et que pensera Izaak quand il te surprendra en train de le regarder de la sorte !

Je soupire – un peu trop bruyamment – et reprends ma lecture. Cette fois, pas de distraction.

Tandis que nous lisons, il nous arrive d'ajuster nos têtes, qui se cognent parfois. On se retrouve le bras par-dessus celui de notre voisin, la tête contre l'épaule de l'autre, puis à certains moments, on se retrouve face à face. À trente centimètres de distance. Parfois dix. Encore trente. Puis vingt. Dix. Cinq. Avec seule la couverture de nos livres comme limite.

J'arrive à la moitié du roman. Je ne sais pas quelle heure il est. On n'entend plus trop de voitures passer dans la rue. Il doit être tard, et pourtant maman et Karl ne sont toujours pas rentrés du restaurant. Je fais mine depuis tout ce temps de ne pas entendre les reniflements d'Izaak, ses grognements de colère et ses jurons face à certaines répliques. Je ne prête pas attention non plus à sa respiration saccadée. Ou à sa peau qui effleure la mienne chaque fois qu'il tourne une page. Ou à mon envie qu'elle la touche plus longtemps. Et partout.

Qu'est-ce que je raconte ?

Je prends une grande inspiration.

Au vu du silence qui règne dans la pièce, je dirais qu'Izaak est arrivé à la scène du suicide.

— Eliotte, c'est quoi ça ?

— Une tragédie romantique, dis-je en tournant la page de mon roman.

— Non, *ça*.

Je lève les yeux sur son visage. Il tient entre les doigts un petit carré noir.

Une puce informatique ?

Je me redresse, hébétée. Une alarme retentit à l'intérieur de mon cerveau.

— Tu as trouvé ça où ?

— Quand je suis arrivé à la fin, j'ai essayé de tourner la page – pour être sûr que ce ne soit pas vraiment cette fin-là que Shakespeare a choisie pour *ma* Juliette. Mais j'ai vu qu'elle était collée contre la couverture cartonnée. Je pensais que c'était à cause de la vétusté de l'exemplaire, et puis j'ai réalisé qu'il y avait du relief.

Je regarde le livre qu'il tient de l'autre main. La dernière page est un peu déchirée à cause de la colle.

— Tu crois que ça appartenait à mon père ? demandé-je.

— Sûrement. Enfin… j'en sais rien.

— Il n'y a qu'un seul moyen de vérifier, dis-je en prenant l'objet de ses mains.

— La puce est minuscule, et très fine. Elle ne doit être adaptée qu'à des ordinateurs scientifiques.

Comme ceux du Bureau de la Santé et du Bien-Être…

J'avais prévu d'aller travailler à la BU, comme chaque lundi, mais… je devrais changer mes plans. Et aller à mon stage.

Izaak fixe la puce, les yeux plissés.

— Je me demande ce qu'elle peut contenir… Et ce qu'elle foutait dans ce bouquin. Qui a accès à ce carton ?

— Seulement moi. Il me l'a confié quand j'étais petite… Attends. Tu crois qu'il a laissé cette puce pour moi ?

Mon corps se statufie.

— Eliotte, je ne veux pas dire n'importe quoi mais… Pourquoi est-ce qu'il serait parti sans la prendre avec lui ? S'il voulait vraiment que personne ne tombe dessus, il l'aurait emportée… mais il a préféré la laisser dans un des livres qu'il a confiés à sa fille.

— Tu crois ?

Ses yeux verts s'illuminent.

— Je ne vois pas d'autre raison de laisser cette puce ici.

Je baisse le regard sur mes doigts serrés les uns contre les autres. Mon organe vital bat si vite. Je me souviens de ce que m'a dit mon père en me donnant le carton, alors même que je m'étais plainte de la complexité des ouvrages qu'il renfermait. *« C'est "nul" parce que ce n'est pas pour tout de suite, mon Eli. Je suis sûr que tu adoreras les lire quand tu seras grande. Tu me promets de le faire, d'ailleurs ? Promets-le-moi, ma puce. »*

J'inspire une grande bouffée d'air.

Qu'est-ce que tu voulais que je sache, papa ? Ou du moins qu'est-ce que tu voulais cacher aux autres ?

— On devrait y aller, dis-je en me redressant.

Je reprends les livres et les remets dans leur cachette. Izaak garde *Roméo et Juliette*, et j'attrape un T-shirt qui traîne pour le glisser dans le carton pour encore mieux dissimuler son contenu. Alors que je me dirige vers la porte, Izaak me lance :

— On les prend au loft, hein ?

— Bien sûr… Mais ils seront dans *ma* chambre, hors de *ta* portée. Tu sais, grâce au verrou à la porte.

— Tu es cruelle.

— Je préfère ne pas te laisser croire que je vais te les prêter à nouveau. Je veux t'éviter des désillusions, Izaak. Déjà que la fin de *Roméo et Juliette* a bouleversé tes croyances, ce serait injuste de ne pas t'épargner.

Il me fait un croche-patte, et je titube, à deux doigts de tomber par terre. Je lâche une injure encore plus raffinée que « tarsier de mes deux », en le foudroyant du regard.

Une fois sortis de l'appartement, nous nous dirigeons vers l'escalier sombre de l'immeuble.

— Tu peux me tenir ça, Eli ?

Eli.

Je me retourne. Il me tend le bouquet de pivoines violettes qu'il avait apporté à ma mère. Il a aussi dans ses mains la bouteille de vin à moitié vide, et *Roméo et Juliette* calé sous le bras.

— Tu as repris les fleurs ! m'exclamé-je en fronçant les sourcils.

— Pff, bien sûr. Je préfère que ce soit toi qui les aies.

Je prends le bouquet avec hésitation. La dernière fois qu'on m'a offert des fleurs j'avais dix-neuf ans. C'était Ashton, pour la Saint-Valentin.

— Je préférerais avoir la bouteille, dis-je après un petit silence.

— Tu rêves.

— Je garde *vraiment* le carton de livres dans ma chambre, alors.

La bouteille de vin se retrouve brusquement dans ma main.

Je ris pour la centième fois ce soir.

C'est incroyable comme tout peut basculer en quelques secondes. Je croyais dîner avec ma mère. Puis en fait, non. Je croyais alors passer une nuit recroquevillée dans mon ancien lit. Mais en fait, non. Rien de ce qu'on prévoit n'arrive vraiment.

Izaak clame à mi-voix dans l'escalier :

— « Amour, donne-moi ta force, et cette force me sauvera. » Cette phrase était vraiment poignante.

— Izaak, ne parle pas si fort…

— Oh arrête, tu te soucies vraiment du sommeil de tes voisins ?

— Tu cites un livre *censuré !* chuchoté-je. Sois discret…

— Merde, t'as raison, répond-il en chuchotant lui aussi.

Ça doit bien être la première fois qu'il dit que j'ai raison. Enfin, qu'il l'*admet.*

— J'aime bien celle où Benvolio dit : « Suis mon conseil ; cesse de penser à elle », dis-je à voix basse. Et Roméo lui répond : « Apprends-moi comment je puis cesser de penser. » Il est tellement insolent. J'adore.

Un rire fuse dans la gorge d'Izaak.

— Je savais que tu avais un faible pour les mauvais garçons.

— Quoi ? C'est faux.

— « Il est tellement insolent… » Roméo est si fougueux, si sauvage, dit-il tout bas, en tentant pitoyablement de m'imiter. Oh ! Roméo !

Je le pousse et il se rattrape de justesse à la rambarde de l'escalier.

— Ah, tu deviens agressive quand on met le doigt sur la vérité.

— Non. Mais quand on raconte des conneries, par contre là, oui.

Il roule des yeux et reprend sa descente, en dévalant les marches.

Lorsque nous arrivons à la voiture, je pose le carton interdit sur mes cuisses.

Presque tout le long de notre trajet, malgré la conversation animée, j'ai les yeux rivés sur l'exemplaire de *Roméo et Juliette* ; sur la petite bosse formée sur la page intérieure par la puce électronique.

— Matthew, j'ai besoin de toi, murmuré-je en m'asseyant sur la chaise à côté de lui, le lendemain matin.

— Je t'écoute, Wager.

Ses doigts continuent de danser sur son clavier.

— J'ai besoin d'avoir accès à un ordinateur scientifique. Tu sais… comme celui de ta mère.

Il sourit malicieusement.

— Et pourquoi ça ?

— J'ai une puce qui ne peut être lue que sur ce type de PC. Je te promets, je ne compte pas fouiner. Je veux juste regarder mes infos dans mon coin, et ensuite filer.

Ses mains s'immobilisent. Il me scrute une seconde avant de lâcher :

— Y a quoi dans cette puce ?

— Justement, je ne sais pas. Il faut que je le découvre. Tu peux m'aider ?

30. Sa confiance

Je ne sais pas si je devrais lui parler de mon père. Ce que je sais en tout cas, c'est qu'aucune alarme ne résonne en moi, comme à l'accoutumée, quand je discute avec les autres.

« Ouvre-toi aux autres, Eliotte. »

Je regarde Matthew, son air chafouin et ses grands yeux bleus. Et rien ne résonne dans ma tête. À nouveau, aucune alarme.

— J'ai des raisons de croire que cette puce appartenait à mon père biologique, lui avoué-je. Peut-être qu'il l'a laissée pour moi… Je ne suis pas sûre. Mais, quoi qu'il en soit, je veux en apprendre plus à son sujet. Et je me dis que cette chose peut m'aider.

Il baisse la tête, perdu dans ses pensées, avant de bondir de sa chaise.

— Dépêche-toi, ma mère revient de sa réunion dans vingt minutes. L'accès à son bureau est surveillé par sa secrétaire, juste devant. Mais ça ne devrait pas être un problème.

Je hoche la tête.

— Merci, Matt !

Je prends ma clé USB et la fourre dans la poche arrière de mon pantalon – j'en aurai besoin pour transmettre les informations de la puce, afin de les regarder tranquillement plus tard. Matt me sourit et attrape mon bras pour m'attirer vers l'ascenseur.

— Ah, et pas besoin d'empreinte digitale ou quoi pour ouvrir son ordi. Le mot de passe c'est : « ConnorBlake666 ». Me demande pas pourquoi, j'en sais rien.

— Je note.

Il me donne toutes ces infos confidentielles avec une telle facilité, un tel naturel. Et si j'étais une espionne d'un autre gouvernement ? Et si, grâce à lui, j'allais avoir accès à des dossiers protégés du Bureau ?

Mais non, cette pensée ne l'effleure même pas.

Ma poitrine se remplit d'air. Sa confiance me touche.

Nous nous arrêtons au sixième et dernier niveau du bâtiment. Dans les couloirs de l'étage, j'aperçois à chaque coin, non loin des noms importants gravés sur des plaques dorées ou des portraits de grands personnages, plusieurs caméras de surveillance.

— Marta ! lance Matt en ouvrant les bras. Comment ça va, aujourd'hui ?

Une femme d'un certain âge se trouve derrière un genre de comptoir, près d'une grande porte. Je devine qu'il s'agit de la secrétaire de Mme Rivera. Son visage ridé s'illumine quand elle aperçoit Matthew. Il se penche vers elle, en appuyant les coudes sur le bord du comptoir. Et là, il lui fait son sourire d'ange, celui qui creuse ses fossettes et plisse ses yeux. Il a lancé l'opération séduction.

— Je ne t'ai pas vue à la pause-déj' aujourd'hui, Marta… Tu travailles plus que d'habitude, pas vrai ?

Il doit bien la connaître, vu la familiarité qu'il emploie – ou alors il est *très* audacieux.

— Oh ! oui ! Ils n'arrêtent pas en ce moment. Il y a tellement à faire.

— Qu'est-ce que je t'ai dit sur le surmenage ?

La vieille femme soupire et se met à débiter des infos à toute vitesse. Matthew hoche la tête, feignant l'attention, et me lance un regard en coin.

C'est le moment de me faufiler dans le bureau.

J'inspire et entre naturellement dans la pièce, comme si de rien n'était.

Tout va bien.

Je vérifie qu'il n'y a pas de caméra à l'intérieur – ça m'étonnerait, vu la fonction de Sofía. La voie est libre. Je traverse la pièce toute blanche et me place derrière le grand bureau en verre. L'ordinateur a un écran en hologramme. Des touches brillent sur la surface de verre qui fait office de bureau.

Comment ça fonctionne, cette merde ?

Je tapote mon index sur toutes les touches, en espérant qu'elles s'éclairent. L'écran holographique s'allume.

Maintenant la puce…

Sur le clavier tactile, je remarque un emplacement en forme de petit carré, illuminé en bleu. J'y pose maladroitement la puce. Je sens mon cœur battre la chamade. Matthew est censé surveiller devant et, connaissant son bagout, personne ne devrait entrer… mais, merde, je stresse.

À mon plus grand soulagement, l'emplacement devient vert vif. J'entre le mot de passe sur le clavier en m'y prenant à plusieurs fois, et l'ordinateur s'ouvre sur une page d'accueil. Le fond d'écran me montre un portrait de famille. Sofía entoure de ses bras Matthew, alors qu'à sa droite un homme la tient par la taille. Je sais de qui il tient son charme désormais… Tous les trois se trouvent debout autour d'un lit d'hôpital, dans lequel une petite fille sourit, malgré tous les tuyaux branchés à son corps. Matthew la regarde tendrement en lui tirant la langue.

Je savais vaguement qu'il avait une petite sœur, mais je n'avais pas idée qu'elle était malade…

Je secoue la tête. Ça ne me regarde pas. Je dois me dépêcher de lire cette maudite puce.

Je clique sur le fichier qui m'intéresse et une liste de noms se déroule d'elle-même. Tout en haut est écrit :

Dr Eric EDISON

Mon père était docteur ?

Mes yeux défilent sur une vingtaine de fichiers.

Projet 22 – Ex. 6 – 12/06/2153

Pr 22 – Ex.7 – 13/06/2153

J'entends des pas devant la porte.

— Oh ! Maman ! Tu es là !

— Mais pourquoi tu hurles comme ça, Matt ?

— Moi, hurler ? Mais non, maman ! Je parle normalement.

Merde ! Je dois me dépêcher.

Je plugge ma clé USB et copie en quelques clics tous les fichiers de la puce, avant de l'éjecter.

— Et si on allait se prendre un snack, tous ensemble ? s'exclame Matt, derrière la porte. Marta, toi et moi. Je trouve que vous travaillez trop. Faites une pause.

— C'est gentil, mon chéri, mais j'ai du travail. Le Gouverneur vient rendre une visite au Bureau, aujourd'hui. Qu'est-ce qu'il pensera s'il me voit en train de grignoter avec vous ?

Le Gouverneur ?

— Allez, laisse-moi passer. Rah… Ne me fais pas ce regard.

Silence.

Et puis le rire mesquin de Matt retentit.

— On y va ! s'écrit-il. Allons chercher ce snack bien mérité, mesdames ! Allez, du nerf, on s'en va !

Je plaque une main contre ma bouche pour retenir mon rire. Il n'est pas croyable.

La voie devrait être libre maintenant.

Je ferme l'onglet ouvert et, alors que je m'apprête à remettre en veille l'ordinateur comme je l'ai trouvé, mon regard est attiré par le visage étiolé, et pourtant rayonnant de bonheur, de la petite fille en fond d'écran.

Je quitte le bureau à pas de loup et retiens mon souffle en poussant sa porte. Matthew a réussi : le couloir est désert.

Je m'éclipse et regagne le sous-sol des archives. Je reprends mon travail, comme si je ne venais pas de faire effraction dans le bureau d'une haut fonctionnaire.

Au bout d'une heure, Matthew n'est toujours pas revenu.

Tout va bien ? Encore en train de déjeuner ?

Il répond aussitôt :

Hahahah ! On est partis « prendre l'air » au parc, j'avais peur qu'on remonte trop vite… mais elles sont encore là. Je crois que ma mère est à deux doigts de poser son aprèm. C'est ce qu'on appelle le talent, Eliotte :p Tu as pu trouver ce que tu voulais ?

Oui ! J'ai mes infos sur une clé, je n'ai pas eu le temps de les regarder, je ferai ça en rentrant. Merci du fond du cœur, Matt, sans toi je n'aurais pas réussi.

De rien, Eliotte. Tu peux compter sur moi.
Et dis-moi…

Oui ?

Est-ce que je peux compter sur toi pour que tu viennes à la fête de ma fraternité samedi soir ?

Euh… je sais pas, Matt… Je déteste les fêtes, je pars toujours au bout de 5 min.

C'est dans la villa d'un ami, tu vas adorer. Et j'ai vérifié la liste : y a pas de gens chelous je te promets. Je suis sûr de réussir à te convaincre de rester 6 min.

Matt, je ne suis pas aussi influençable que Marta…

😂😂

Un autre message arrive :

Tu peux venir avec Izaak :) Je vais peut-être perdre la vie en essayant de venir te parler, mais au moins tu resteras peut-être 7 min (8 s'il me refait le portrait).

Je souris.
Je n'ai pas envie de décevoir Matthew. Vraiment pas. Et pas seulement parce que je me sens redevable.

Ça marche. Je te confirme ça, cette semaine :)

Il m'envoie le gif d'un bébé surexcité, qui fronce les sourcils en souriant comme un fou. Je ris, avant de le liker.

Mon ventre gargouille. J'ai faim, maintenant. Je quitte mon bureau et m'en vais à l'étage pour rejoindre la cafétéria. En marchant dans les couloirs, je reconnais une voix.

— C'est un réel plaisir de vous voir aujourd'hui. Merci pour votre travail ! Notre État vous est si reconnaissant.

Thomas Meeka. Le Gouverneur.

J'avais oublié sa visite ! Il se trouve juste au bout du couloir qui conduit à la cafétéria, je ne peux pas le manquer. J'inspire et expire profondément avant de reprendre ma route d'un air assuré. Je fais semblant d'être surprise en le voyant.

— Oh ! Eliotte ! s'exclame-t-il avec son sourire étrange. Que fais-tu ici ? Quel bonheur de te croiser !

Il est entouré de gardes du corps, et de deux femmes en costumes bleus – sûrement des scientifiques.

— Je suis en stage ici. C'est un bonheur partagé, Thomas !

« J'étais dans la même promotion que Thomas à l'université… et que ton père, si je ne me trompe pas. »

Mon corps reçoit un coup de jus alors que je repense aux mots de la mère de Matt. Et si je parlais au Gouverneur de mon père ? Peut-être qu'il le connaissait ?

J'ai envie d'en apprendre un maximum sur lui. Il y a encore une heure je ne savais pas qu'il était docteur, qu'il faisait partie du corps des scientifiques. Et même si je devrais ignorer son existence, le fait qu'Algorithma m'ait forcée à l'oublier me frustre. Ils ont choisi pour moi, comme toujours. Changer ça me donne l'impression de reprendre le contrôle. D'être un peu plus actrice dans cette vie balisée par l'État.

— Eh bien, c'est un plaisir de t'avoir crois…

— Je peux vous parler un instant, Thomas ?

Il écarquille les yeux de surprise.

— Je suis chargée de rédiger des articles informatifs pour le site du Bureau, et ce serait vraiment formidable d'avoir votre avis sur un point, lancé-je gaiement.

— Oh ! je vois…

— Ne vous en faites pas, Gouverneur, nous n'allons pas plus vous retenir, le coupe une des femmes qui l'accompagnent. Merci pour vos mots et votre engagement.

Le sourire de l'homme s'étire lentement. Si je ne le connaissais pas, je n'aurais pas remarqué la frustration qui pointe dans son regard vert.

— Merci à vous, mesdames, pour vos brillants travaux et votre implication.

Elles lui rendent son sourire, admiratives, et quittent le couloir.

— Je te propose que nous allions dans un espace au calme, Eliotte, me dit-il avant de s'engager dans un couloir parallèle au nôtre.

Je le suis, talonnée par ses deux gardes du corps, jusqu'à arriver au milieu d'une grande pièce entourée de baies vitrées – une salle de réunion, semble-t-il. Ses *bodyguards* restent devant l'entrée, tandis que Thomas va s'asseoir au bout de la table. Je le rejoins sur un siège à côté.

Maintenant, comment aborder subtilement le sujet de mon père ?

— En quoi puis-je t'aider ? m'interroge-t-il impatiemment.

— Je voulais alimenter la rubrique Chronologie du Bien-Être. Vous savez, avec des extraits de documents, en ajoutant des statistiques… Je pense que, pour saisir l'importance croissante du Bien-Être dans notre société, on doit pouvoir réaliser qu'on revient de *très* loin.

— C'est une idée intéressante. D'ailleurs, tu devrais insister sur le fait qu'encore aujourd'hui le Bien-Être ne cesse d'être de plus en plus au centre de nos priorités. C'est justement grâce à mon deuxième mandat que vous avez aujourd'hui des cours sur le Bien-Être dans toutes les universités de l'État, et ce, peu importe votre cursus. De mon temps, nous n'en avions pas !

Je souris en serrant les poings pour contenir mon excitation.

La perche m'est tendue !

— Waouh, je ne savais pas ! Vous étiez à Stanford, si je ne me trompe pas ?

— Exactement, comme mes parents avant moi, et mes grands-parents juste avant.

— Ah, oui ? Il me semble que vous étiez dans la même promotion que mon père, aussi… Non ?

— C'est possible. Je ne connaissais pas tout le monde… Quel est le nom de famille de Karl ?

— Non, je parlais de mon autre père. Eric. Eric Edison.

— Qu'entends-tu par « autre père » ? C'est un défunt ? Je suis navré, je ne savais pas.

— Non, non. Il est bien vivant. Il est parti quand j'étais petite. Je ne sais pas où il est aujourd'hui.

— Oh ! c'est donc un exclu du système…, dit-il en pinçant les lèvres. Tu sais, Eliotte, tu devrais éviter de l'évoquer. Je suis ton beau-père, j'ai de bonnes intentions donc je n'en ferai rien, mais ça pourrait être mal interprété par d'autres.

Il me sourit.

De bonnes intentions ?

Je suis à deux doigts d'éclater de rire. Cet homme est une grosse blague.

— Par ailleurs, puisqu'on est là, je voulais te parler d'Izaak…

Mon cœur bondit dans ma poitrine.

— À quel propos ?

Soudain, un bruit sourd envahit la pièce.

Et une onde de choc traverse ma cage thoracique, faisant vibrer la table. Un bruit strident me perfore les tympans. Je gémis de douleur en essayant de me boucher les oreilles. *C'était quoi ça ?*

Les gardes du corps déboulent dans la pièce. J'ai la tête qui tourne. J'entends à moitié, comme si les voix étaient à des kilomètres sous terre.

— Gouverneur ! Nous devons vous faire évacuer ! Vite !

Mais qu'est-ce qui se passe ?

Aussi sonné que moi, le Gouverneur a du mal à se redresser. Il est aidé par ses deux gardes du corps que je regarde, assise au fond de ma chaise, complètement déconnectée. La pièce vacille. Tous les meubles tremblent.

— Pauvres idiots ! Occupez-vous de ma belle-fille !

Quoi ?

— Madame Meeka, venez avec moi, me dit un des grands hommes en costume, en se penchant vers moi.

Il m'aide à me lever de ma chaise et me guide vers la sortie, en protégeant ma tête avec son bras. Je le suis, tout en essayant de ne pas tomber. Une alarme résonne en dehors de la salle. De la fumée colorée barre ma vue, me piquant le nez. J'essaye de me couvrir le visage, mais je n'y vois déjà plus rien.

Qu'est-ce qui se passe, bordel ?

— Ces chiens ont utilisé un détonateur de sens ! Dis à l'équipe B de nous apporter d'autres lunettes infra-vibrations !

Un détonateur de sens ?

Il me semble que c'est un outil militaire qui obstrue les sens et bouleverse notre centre de gravité. En d'autres mots, cela a pour effet de nous renvoyer à l'état d'embryon dans le ventre de notre mère. On perçoit très peu le bruit et ce qui nous entoure, en plus de ne rien y voir.

Mon cœur tambourine dans ma poitrine.

Des personnes armées se sont peut-être introduites ici, et on ne peut même pas les voir…

Je sens que plusieurs hommes nous entourent, leurs corps me bousculent tandis qu'on me tient toujours par le bras. Ils nous escortent je ne sais où.

— Encore un attentat ? s'exclame le Gouverneur.

Un attentat ?

Mon sang se glace.

— Oui, Gouv… all… vous fai… évacu… le bunk… trouvant de l'au… té… du bâtiment.

J'essaye de deviner ce qui est dit, mais mes oreilles me font un mal de chien. Ce que je croyais être une alarme est en réalité une onde stridente, liée au détonateur de sens.

Matthew et sa mère sont-ils encore dans le parc ? Ou sont-ils entrés entre-temps dans l'enceinte du Bureau ?

— Les auteurs de l'attentat sont-ils toujours présents ? m'exclamé-je. Il y a des blessés ?

Ma voix semble perdue dans le capharnaüm.

— Monsieur ! m'écrié-je en tirant la manche d'un agent de sécurité à ma gauche. Y a-t-il des blessés ?

Soudain, un coude me frappe le menton. Une vague de mouvements, et de panique, m'emporte. Mon corps est propulsé un instant avant que ma tête ne cogne violemment contre un mur.

Putain de merde…

Une violente douleur irradie sous ma peau, au niveau de ma mâchoire et de mon crâne. J'ai les mains moites, je ne vois absolument rien et je n'arrive même pas à tenir sur mes pieds. Je serre les dents en tentant de me redresser.

Tout à coup, mon bras est saisi et on me tire en arrière. Je ne sais pas si c'est un agent de sécurité ou…

Un des auteurs de l'attentat.

J'ai une chance sur deux. Je préfère m'en sortir seule que de me retrouver avec des tarés, un flingue dans la bouche.

Je balance alors des coups de pied dans tous les sens en essayant de récupérer mon bras. Je tente d'ignorer le mal que me procure ma blessure sans pour autant arrêter mes mouvements déchaînés. Soudain, je sens la masse devant moi reculer sous les coups et finir par enfin me libérer.

Toujours au sol, je me redresse sur mes avant-bras et lui assène un dernier coup de pied. Je touche quelque chose qui tombe aussitôt.

Et, à quatre pattes, je m'enfuis. Je rampe le long d'un couloir, en me calant contre un mur. Mais cela ne suffit pas. On m'attrape de nouveau par-derrière.

— Lâchez-moi !

Une main vient se plaquer sur ma bouche, tandis qu'un bras barre ma poitrine, m'immobilisant. J'ai beau me débattre, je suis traînée sur le sol. Au bout de quelques mètres, on me redresse et me plaque contre un mur. Des mains m'attrapent le visage et me mettent quelque chose autour de la tête. Un élastique me serre le crâne. Des lunettes. Je cligne des yeux en toussant. La fumée se dissipe tout doucement derrière le verre bleuté.

Les mains devant moi me tendent des bouchons que j'insère aussitôt dans mes oreilles, sans réfléchir. Je soupire de soulagement. Je n'entends plus ce son strident qui me faisait tourner la tête. Juste le vide et les battements effrénés de mon cœur qui résonnent.

Désormais protégée de la fumée et des ondes de choc, ma vision se stabilise. La personne devant moi n'est pas habillée en costume, comme les autres gardes du corps… mais en col roulé noir, et en pantalon large de la même couleur. Je plisse les yeux. La masse accroupie face à moi, qui n'était qu'une tache pâteuse, se précise. Je manque de m'étouffer.

31. Les Libérâmes

— Qu'est-ce que tu fous ici ? m'exclamé-je.

Il a attaché une petite partie des mèches de ses cheveux en chignon flou. Des sortes de ceintures barrent son torse, serrant davantage son col roulé dont les manches sont retroussées au-dessus des coudes. Du sang perle de son nez jusqu'à sa lèvre supérieure. Il l'essuie d'un revers du poignet et s'approche aussitôt de moi.

— Tu vas bien ? Tu n'es pas blessée ?

Sa voix est légèrement lointaine, à cause de mes bouchons d'oreilles. Il me prend le menton pour inspecter mon visage. Le souci déforme ses traits. Il passe son pouce sur le bord de ma lèvre, en fronçant les sourcils.

— Je vais les buter, je vais les buter…, marmonne-t-il.

J'écarte sa main de mon visage.

— Qu'est-ce que tu fous ici, Izaak ?

— Toi, qu'est-ce que tu fous ici ? T'es pas censée être en stage ! Tu devrais être à la BU comme tous les lundis aprèm, bordel !

— Mais je rêve ! C'est toi qui fais l'étonné ! Qu'est-ce qui se passe au juste ?

— Tu me poseras toutes tes questions plus tard, il faut que je te sorte de là, dit-il en commençant à se redresser.

J'attrape des deux mains les sangles qui barrent son torse et l'attire vers moi. Désormais à ma hauteur, son visage figé n'est plus qu'à quelques centimètres du mien. Je l'assassine du regard. Ses yeux se baissent un instant sur mon visage, avant qu'il ne déglutisse.

— Je ne bougerai pas tant que tu ne m'expliqueras pas ce qui est en train de se passer ici, bon sang ! Comment t'es arrivé là ?

Il humecte ses lèvres, le souffle court.

Ne me dis pas que…

Je lâche ma prise en le poussant de quelques centimètres, pétrifiée.

— C'est toi qui…

— Je fais partie du groupe qui a lancé le détonateur de sens, oui.

— Tu te fous de moi ? Tu es impliqué dans un attentat ?

— C'est pas un attentat… disons plutôt que c'est une intrusion. La nuance est importante d'un point de vue juridique, tu sais.

Son ton léger m'excède. Est-ce que je suis en train de rêver, bon sang ? On est à nouveau en pleine simulation ?

— Ça t'a l'air d'être une intrusion, ça ? dis-je en pointant du doigt la blessure à ma lèvre.

— J'ai dû me battre avec les agents pour te mettre de côté, et ce con t'a filé un coup de coude par accident ! C'est pas de ma faute s'ils sont incompétents au point de blesser les civils !

— Pourquoi tu ne m'as pas laissée avec eux ? J'aurais pu m'en sortir tranquillement !

— Ces mecs sont embauchés par mon père. Je n'avais aucune garantie qu'ils te protégeraient, toi, et ne te laisseraient pas derrière eux.

— Mais me protéger de quoi, au juste, si ce n'est qu'une intrusion ?

— Je ne sais pas, j'ai juste eu peur, OK ? avoue-t-il en ouvrant les bras. J'ai vu ta tête, j'ai paniqué, et la seconde d'après je sais simplement que j'étais en train de mettre à terre un type !

— T'es vraiment cinglé, ma parole…

— Je n'ai pas eu d'autre choix que de m'assurer moi-même de ta sécurité. C'est tout.

— Pour ça, il suffisait de ne pas orchestrer d'attentat là où je bosse !

— Je pensais que tu étais à la fac aujourd'hui !

— J'ai compris, ça !

Je commence à retirer mes lunettes de protection.

— Mais qu'est-ce que tu fous ? peste-t-il en me forçant à les remettre.

— Si on me voit avec ça, on croira que je suis avec vous ! Je ne veux pas finir en taule, OK ?

— Tu ne finiras pas en taule, allez, viens, fait-il en m'aidant à me relever.

— Tu m'as l'air un peu trop détendu pour un terroriste, dis-je entre mes dents, tout en époussetant mon pantalon.

— On n'a terrorisé personne… Et bien sûr que je suis détendu. Tout est sous contrôle.

— Ouais, tout *était* sous contrôle, marmonné-je.

Il roule des yeux.

— Je sais ce que je fais. Allez, viens.

— Et pourquoi vous faites ça, au juste ?

— On n'a pas le temps de discuter, il faut qu'on se barre avant que les forces de l'ordre interviennent.

Il regarde la montre entourant son poignet.

— On a trois minutes et cinquante-cinq secondes pour se barrer.

— Mais je…

— On n'est pas des criminels, dit-il en me prenant la main et en engageant la marche. On veut juste protester contre Algorithma et éveiller les consciences. La dernière chose que je veux, c'est faire du mal à qui que ce soit.

Je le dévisage un instant avant de regarder sa main dans la mienne.

— Tu me fais confiance, Eli ?

Je ne réfléchis pas, je hoche la tête et il m'attire avec lui dans une allée sombre.

Je n'arrive pas à y croire… Izaak fait partie d'un groupe de rebelles.

Au bout du couloir, un garçon à la peau mate nous attend devant une petite porte, au-dessus de laquelle scintille un hologramme vert. Izaak me lance un rapide coup d'œil alors que nous nous précipitons vers ce dernier. Le type ouvre la porte.

— Allez, cassez-vous ! *Go, go, go !*

Nous courons à l'extérieur et débarquons à l'arrière du bâtiment du Bureau, dans une ruelle déserte que je reconnais. Je retire les lunettes et les bouchons d'oreilles en inspirant fort. Une camionnette noire est stationnée à quelques mètres de là. La portière s'ouvre à la volée. Je reconnais Charlie, qui nous fait de grands gestes avec le bras. Suivis du garçon qui nous a menés vers la sortie, nous fonçons vers le véhicule et grimpons à l'intérieur à toute vitesse. Izaak, lui, reste sur le goudron.

— Démarre, Anita ! lance-t-il en s'apprêtant à fermer la portière, sans monter.

— À quoi tu joues, Izaak ?

— Alex est encore à l'intérieur, je dois y aller. Tu peux leur faire confiance.

— Quoi ? Mais tu rigoles ? m'exclamé-je en commençant à quitter le van. Je ne te laisse pas ici, seul !

— Putain, les flics sont bientôt là ! s'écrie Charlie, en tenant mon bras pour que je reste à l'intérieur. Il faut qu'on se barre !

— Eh bah, vas-y toi ! dis-je en me retournant vers la brune. Va récupérer Alex, et laisse Izaak monter dans la camionnette !

Elle soupire et enjambe mes cuisses pour sortir.

— Charlie, tu restes ici ! la menace Izaak.

— C'est bon, arrête tes conneries, j'ai fait ça un million de fois. La meuf est en panique, reste avec elle ! Je gère.

— Mais…

Charlie le dépasse d'un bond et, d'une poigne vigoureuse, pousse je ne sais comment le mètre quatre-vingt-quinze d'Izaak dans le véhicule. Elle claque la portière en lançant :

« Je gère, bordel ! » La seconde suivante, nous sommes déjà partis.

— Putain, vous avez laissé Charlie sortir ! rugit-il en dévisageant les autres passagers du van.

— Elle travaille comme hôtesse d'accueil là-bas, répond une voix grave derrière moi. Si les flics la surprennent, elle dira qu'elle était là depuis le début. Et puis, relax : c'est Charlie.

Je ne peux pas nier que cette fille est sacrément impressionnante.

Izaak contracte la mâchoire, il fulmine.

Mon cœur bat à mille à l'heure. Je tourne lentement le regard autour de moi. Il y a une seconde, je parlais de mon père avec le Gouverneur. Et là, je suis dans la voiture d'un groupe de terroristes.

On peut tomber bien bas dans la vie…

Ils sont tous habillés en noir, et heureusement aucun d'eux ne semble être armé. Il y a une fille à côté de moi, trois garçons derrière, et deux autres filles à l'avant.

— Euh… Je ne veux pas paraître impoli surtout, mais… qu'est-ce qu'elle fout là ?

Je me retourne vers la même voix grave que tout à l'heure.

— Je me le demande aussi, terroriste.

Un rire fuse à côté de moi. Une fille avec des cheveux blonds relevés en une queue-de-cheval.

— On n'est pas des terroristes !

— C'est Eliotte Wager, dit Izaak. Ma… hum… ma « fausse » femme. Elle travaille au Bureau.

— Alors c'est à cause de cette nana que tu voulais pas qu'on fasse l'attentat ici !

— Ah ! tu vois, c'est bien un attentat, m'exclamé-je en tapant l'épaule d'Izaak. Bande de terroristes !

La blonde ricane à nouveau.

— Elle est drôle.

— On n'est *pas* des terroristes, rétorque Izaak, on ne souhaite faire de mal à personne. On a seulement tagué les murs, mis des affiches, projeté une vidéo sur la façade… On veut juste faire du bruit.

— C'est quoi, ça ? s'écrit la fille à côté de moi. T'as saigné du nez, Izaak ?

— Oui, je me suis battu. C'était pas prévu.

— Le connard t'a pas loupé !

— La connasse. C'était Eliotte.

Je manque de m'étouffer.

— Attends, quoi ? J'ai fait ça ?

— T'as un sacré bon coup de pied, espèce de tarsier de mes deux, dit-il en me foudroyant du regard.

— Tarsier ? répète la blonde.

— Les gars ! nous interrompt une voix à l'avant. Charlie m'a envoyé un message ! Alex est encore dans les bureaux en train de pirater HealHearts. Ils pensent avoir bientôt fini.

Quoi ?

— Pourquoi est-ce qu'il a piraté l'appli ?

— Pour envoyer un message sur tous les téléphones de la Nouvelle-Californie ! répond le mec derrière moi. C'est Izaak qui a trouvé son contenu, d'ailleurs.

— « L'amour est lourd et léger, lumineux et sombre, chaud et froid, malade et sain, endormi et éveillé – c'est tout sauf ce qu'il est ici », ajoute l'intéressé.

Je souris en reconnaissant une réplique de *Roméo et Juliette*. Izaak me fait un clin d'œil complice.

— Ouais, voilà ! reprend le garçon. Bien mignon, bien chou. Et ensuite, on a ajouté : « Un battement de cœur ne vaut pas un pourcentage. »

— Qu'est-ce que vous voulez exactement ? demandé-je.

— À terme, l'abolition du système d'âmes sœurs, répond la voix grave derrière moi. Que les gens s'aiment et se marient – ou non – avec qui ils veulent. Mais on y va doucement. Dans un premier temps, on exige la reconnaissance de l'amour homosexuel dans les mises en couple d'Algorithma.

— *L'homosexualité* est l'orientation sexuelle et romantique de deux personnes du même sexe. Ça existe depuis la nuit des temps… Et on fait comme si de rien n'était depuis presque deux siècles, précise Izaak pensant que je ne sais pas ce que c'est, comme le reste de la population.

— À vrai dire, je sais que ça existe… dans les livres du carton, dis-je vaguement pour ne pas que les autres saisissent que j'ai en ma possession des romans censurés – si Izaak leur fait confiance, moi, je ne peux pas encore me le permettre.

Celui-ci écarquille les yeux en acquiesçant.

— Enfin, tout ce que je sais, ajouté-je, c'est que deux hommes, deux femmes, deux personnes, en fait, peuvent s'aimer.

— Tu sais comment ces personnes vivaient avant les Décades Sombres ?

Je fais non de la tête.

— L'amour, c'est quelque chose de mystérieux et à la fois de très simple, commence la fille au volant – Anita, je crois. On a longtemps fait croire que l'homosexualité était une maladie ou une mode, ensuite ça a été plus ou moins accepté, puis reconnu, mais dans la discrimination – ça s'appelle l'homophobie. Des gens se faisaient tuer, d'autres battre, lyncher et j'en passe, simplement parce qu'ils aimaient quelqu'un du même sexe. C'est fou, non ? Tant de haine pour de l'amour.

— Vraiment ? demandé-je, surprise. Mais pourquoi ?

— C'est une très bonne question, ça, fait Izaak dans un soupir en croisant ses bras derrière la tête. Tu peux me déposer au loft, s'il te plaît, Anita ?

— Pas de souci, *guapo*.

— Oh mon Dieu ! s'écrie une fille à l'avant.

— Quoi ? Ça va ? demande Izaak en se redressant.

— Regardez vos putains de téléphones !

Je sors le mien, resté dans la poche intérieure de ma veste de blazer. Entre les trois appels manqués de Matthew et les quatre d'Izaak, une notification HealHearts apparaît :

L'amour est lourd et léger, lumineux et sombre, chaud et froid, malade et sain, endormi et éveillé – c'est tout sauf ce qu'il est ici. Un battement de cœur ne vaut pas un pourcentage.

La révolution commence en écoutant les battements de votre cœur.

Aimez la personne que votre cœur a choisi, pas Algorithma. Ensemble, nous pouvons tout changer.

♥

— Il a réussi ! s'exclame la blonde.

— Et pas de fautes d'orthographe qui piquent les yeux, dit l'un des mecs derrière moi. Je suis heureux, putain.

Un chahut jovial s'empare de l'habitacle. Tout le monde rit, chantonne, s'exclame, explose. Izaak, lui, sourit de toutes ses dents en fixant son téléphone.

Je déverrouille le mien et envoie un message à Matthew. Il m'en a déjà envoyé cinq :

15 h 03
Est-ce que tu vas bien, la grincheuse ? Tu t'ennuies pas trop sans ton collègue préf ?

15 h 26
Eliotte, ça va ? T'es encore à l'intérieur ?
Stp, dis-moi que t'es sortie ?
Réponds stp stp

15 h 30
?????

Je tape à toute vitesse :

Je vais bien, ne t'en fais pas. J'ai réussi à sortir par une porte de secours.
Eh oui, je m'ennuyais sans toi.

Soudain, on m'attrape l'épaule.

— T'y crois, Eliotte ? me dit Izaak, fou de joie.

Je ne l'avais encore jamais vu comme ça.

— On a envoyé un putain de message à tous les habitants de Nouvelle-Californie !

Son enthousiasme me réchauffe le cœur.

— C'est incroyable ce que vous avez réussi à faire ! Ce que *tu* as réussi à faire.

Quelque chose scintille dans ses yeux. Il s'apprête à répliquer mais une voix l'interrompt :

— On est chez toi ! s'exclame Anita.

Il détache son regard de moi, la remercie et sort en premier du véhicule aux vitres teintées. Après que je l'ai imité, il ferme la portière derrière moi et se penche à l'une des fenêtres du van.

— Faites attention à vous. Envoyez-moi un message quand vous serez tous bien rentrés. Et le premier qui a des nouvelles de Charlie et Alex m'appelle. OK ?

— Oui, *daddy,* rétorque la blonde.

— Par le Christ, Nathalie, arrête ça !

J'ai envie de rire, mais quelque chose m'en empêche. Je regarde Izaak saluer le groupe et Nathalie. Mon abdomen se contracte.

Je suis Izaak jusqu'au loft, encore chamboulée par ce qu'il s'est passé au Bureau. Les gens que l'on vient de quitter sont-ils des membres du cercle social principal d'Izaak ? Ceux avec qui il organise des activités hautement illégales ? Criminelles ? C'est fou comme on peut vivre avec quelqu'un, voir son visage chaque matin, chaque soir, et pourtant ignorer tout de lui. Parce qu'on peut tout cacher. Des sentiments. Une sexualité. Des crimes. Même une autre vie.

Ce dont je suis sûre, là tout de suite, c'est qu'Izaak prend soin de son groupe.

Je repense à la manière dont il s'est comporté avec eux, à l'énergie vive qui émanait de lui. J'ai vraiment senti qu'il était constamment inquiet pour leur sécurité. Je ne l'avais jamais vu aussi soucieux des autres. Ou peut-être n'a-t-il simplement pas honte de leur montrer son cœur.

Mon mari fictif s'écroule sur le canapé, et je le rejoins, essoufflée. Les effets du détonateur de sens ne sont pas encore complètement dissipés. Il va falloir que j'y aille doucement pendant les prochaines heures. Je passe la main dans mes cheveux en bataille. Le demi-chignon d'Izaak, lui, est toujours resté bien en place.

— Sympa, la coiffure, fais-je. C'était pour le côté espionnage ou c'était un pari perdu ?

Il lève les yeux, un sourire teinté d'embarras aux lèvres.

— La ferme.

— Mais non, ça te va très bien… Agent 007.

Un coussin atterrit sur mon visage. Je ris en m'en dégageant. Je n'ai pas menti. Ça lui va *vraiment* bien.

— Je me demandais, Izaak, du coup, toi, tu… tu aimes quoi ?

Il adopte un air espiègle.

— Ce que j'aime ? En termes de musique ? De gastronomie ? De genre littéraire ?

Je prends un air outré.

— Tu sais très bien ce que je veux dire. En termes de… d'humains ?

— Eh bien, madame Wager, je vais faire ce qu'on appelle un *coming out,* là.

— Ça veut dire quoi ?

— À l'époque, si notre orientation sexuelle n'était pas celle de la « norme » sociale, on choisissait un moment pour l'annoncer officiellement à ses proches. On appelait ça un *coming out.*

— Donc tu n'es pas hétéro ?

Je le dévisage, hébétée.

Il penche la tête sur le côté avant d'éclater de rire.

— Non, Eliotte… J'aime les femmes. Je suis bien hétérosexuel.

— Mais alors pourquoi tu as dit que tu faisais ton *coming out ?*

— Pour voir ta tête. C'était exquis, merci beaucoup.

Je roule des yeux.

— C'est fou, Izaak. Ton humour se dégrade de jour en jour. Moi qui avais réussi à te trouver égayant le jour de notre première rencontre.

— Égayant ?

— J'irai au mieux jusqu'à récréatif.

Il plisse les yeux.

— Et là, tu te retiens de rire parce que tu ne veux pas me montrer que *je* suis drôle, moi.

Il se lève du canapé en étirant ses bras.

— Je vais me faire un thé, moi.

Je vois ses épaules bouger à mesure qu'il se dirige vers le comptoir de la cuisine. Il *rit* silencieusement.

— Sinon… tu en connais, toi, des personnes homosexuelles ? demandé-je.

Je n'imagine même pas à quoi doit ressembler leur vie dans une société comme la nôtre. Ça doit être si dur.

— Oui, et toi aussi, sûrement. Mais la plupart se cachent pour éviter des représailles. Par exemple, tu savais qu'il y avait un bar gay dans les souterrains de Malibu ?

— Quoi ?

Izaak fait bouillir de l'eau et se tourne vers le placard dans lequel il range toutes ses herbes.

— Ah mais en fait, tu as *déjà* rencontré une personne homosexuelle, dit-il en prenant une petite boîte en métal. Charlie est lesbienne.

Quoi ? Mais alors, toutes les fois où je pensais qu'elle et Izaak…

Je secoue la tête, pour effacer un sourire inopiné.

— Et est-ce que votre groupe a un genre de nom ? m'enquiers-je en posant le menton sur mon bras plié sur le rebord du canapé.

— Notre *boys band* s'appelle les Anges de l'amour.

Je me retiens de rire.

— Sérieusement, Izaak. Comment est-ce que votre organisation s'appelle ?

— Les Libérâmes. Pour libérer les âmes de leurs soi-disant sœurs.

— Et vous êtes combien en tout ?

— Plusieurs milliers dispersés dans le pays. Le QG de la Nouvelle-Californie n'est pas très loin d'ici, on est un peu le cœur des opérations nationales.

— Comment tu as appris leur existence ?

Ma curiosité amuse Izaak qui sourit, presque tendrement, en me regardant.

— C'est… une très bonne amie qui me les a présentés quand elle a compris que j'avais une vision particulière de la société. Ses parents sont membres du Conseil de l'organisation. On avait seize ans à l'époque, je crois.

Une très bonne amie ?

Ma poitrine se comprime.

Une très bonne amie comme Joleen, avec qui tu as fait un test-paire à dix-sept ans, par exemple ?

Izaak revient avec deux tasses. Il pose un mug rempli de café devant moi.

Je ne peux m'empêcher de sourire face à cette attention. Une chaleur sourde se diffuse dans mes joues.

— Merci.

— Ça me coûte énormément de gâcher de l'eau chaude, comme ça, tu sais ?

— Oui. Mais je réussirai un jour à te convaincre d'y goûter… Et sinon, en tant que fils du Gouverneur, j'imagine que tu as une place particulière dans le groupe, non ?

Izaak passe la main dans ses cheveux en regardant dans le vide.

— Eh bien… Disons qu'au début j'ai dû faire mes preuves. Certains avaient peur que je sois un genre d'agent double envoyé par mon père, alors que d'autres me voyaient comme le gosse de riche déconnecté de la réalité, qui ne comprendrait jamais rien aux vrais problèmes que les autres Liberâmes vivaient.

— Oh, je vois…

— Mais aujourd'hui ça va beaucoup mieux. J'ai quasiment grandi avec ces gens… Et mon statut me permet de faire avancer la cause. Je suis au courant de certaines mesures politiques en avance, j'ai accès à certaines informations confidentielles cruciales pour notre cause…

— C'est-à-dire ?

— Par exemple, le soir du gala de charité était l'occasion parfaite pour moi de mettre la main sur les dossiers personnels de mon père, concernant le Bureau matrimonial.

Quoi ?

— Alors c'est pour ça que tu t'étais isolé avec Charlie à l'étage ?

— Oui… Attends, qu'est-ce que tu es allée t'imaginer, toi ?

— Disons que si j'avais su plus tôt qu'elle était lesbienne, j'aurais fait des raccourcis moins rapides.

Izaak s'esclaffe avant de prendre une gorgée de son thé.

— Et… est-ce qu'il arrive que tu sois obligé de faire des choses dangereuses ? Des choses qui te font peur ? le questionné-je, le regard rivé sur lui.

— Mmm… Depuis quelque temps, on a décidé de devenir de plus en plus visibles. Pendant nos actions, on est parfois confrontés aux forces de l'ordre, que ce soit dans le secret d'un bâtiment, ou dans la rue, mais sans que ce soit médiatisé, évidemment – les pouvoirs locaux font tout pour étouffer nos cris. Il arrive que ça devienne violent. Parfois, je me demande si je vais finir en taule, ou même ailleurs… Mais je crois que dans ces moments je me dis que ce qui me fait le plus peur, c'est ce qui pourrait se passer si je ne faisais *pas* toutes ces choses.

Je regarde les croûtes de sang presque disparues et les hématomes virant au vert sur ses phalanges.

— Ça ne m'étonne pas, venant de toi, dis-je en souriant avant de remonter les yeux vers lui. Toutes ces fois où tu te couchais tard, ou où tu disparaissais toute la journée… C'était sûrement lié à ça. Même si je ne connaissais pas l'existence de rebelles dans notre pays, je ne sais pas comment je n'ai pas pu m'en douter te connaissant… Est-ce que les membres de ta famille se doutent de quelque chose ?

— Non, j'ai tout fait pour rester le plus discret possible avec eux. Enfin, sauf avec Ash… Je lui en ai parlé à demi-mot, mais il n'a… jamais été convaincu.

Mon cœur manque un battement. Le visage du blond se dessine vaguement dans mon esprit. Ça fait si longtemps que je ne l'ai pas vu.

Ashton…

— D'ailleurs, je dois te dire quelque chose sur lui, Eliotte.

32. Exploser

— Qu'est-ce qu'il y a ? fais-je en me redressant.

Je pose ma tasse de café, intriguée.

— J'ai parlé à Ashton récemment et… il m'a dit que, s'il était avec Emily, c'était pour notre père. Celui d'Emily, justement, est président du Parti conservateur… faire une coalition avec son parti pourrait faire gagner les prochaines élections présidentielles au Gouverneur.

Je fixe la table basse, perturbée.

— Pourquoi est-ce qu'il l'a amenée chez elle, alors ?

— Notre père a demandé à la rencontrer… tu sais, pour lui faire son numéro de charme.

— Mais pourquoi ne pas me l'avoir dit quand je l'ai confronté ? Il a préféré m'annoncer qu'il n'était pas trop tard pour nous deux, sans jamais m'expliquer une seule fois que c'était du vent avec Emily. Ça n'aurait pas été plus simple de me balancer tout ça ?

— Je suis d'accord…

Izaak baisse les yeux, perdu dans ses pensées. Il finit par soupirer.

— Je pense qu'au fond de lui il n'arrive pas à se détacher d'Emily par peur que ce soit sa vraie âme sœur. Ou peut-être que… J'en sais rien, Eli. Mais je voulais que tu sois au courant. D'après lui, il n'a que toi dans le cœur.

Je reprends ma tasse et en bois une gorgée, comme pour me clarifier les idées.

Ashton, à quoi tu joues ?

Je rabats mes jambes contre ma poitrine en mordillant ma lèvre. J'observe la mousse qui flotte sur le liquide dans ma tasse, le regard perdu.

— Je devrais faire quoi ? lâché-je soudain. Toi, tu aurais fait quoi ?

Izaak se passe la main dans les cheveux, les yeux dans le vague. Il reste interdit de longues secondes, complètement ailleurs. Sa mâchoire se crispe.

— C'est con peut-être dit comme ça, mais… écoute ton cœur. Il a *toujours* raison. Si tu sens que c'est lui, c'est que c'est lui, Eliotte.

Izaak lève les yeux vers moi, silencieux. Je n'ose rien dire. On se fixe, notre tasse dans la main, assis au milieu de son salon.

— Est-ce que tu l'aimes ? fait-il soudain.

Je m'apprête à répondre, mais rien ne sort.

Rien.

Vide.

Blanc.

Néant.

Je devrais pourtant répondre à cette question aussi automatiquement qu'à « Comment tu t'appelles ? » Mais je reste sans voix.

Est-ce que je l'aime ? Maintenant que toutes mes croyances sont tombées en pièces, est-ce que je l'aime toujours ?

— Hum, je…

En fait, je crois que ce n'est pas une question à laquelle on répond tout à fait automatiquement. « L'aimes-tu ? » n'est pas de l'ordre du réflexe, de l'habitude, du toujours. Sa réponse est gravée dans notre instinct. Elle fait partie de nous.

Et mon instinct, pour la première fois, se tait.

Je fronce les sourcils.

— En fait, c'est difficile à dire après tout ce qui s'est passé. Et tu sais à quel point c'est dur pour moi de faire confiance. Ashton a paniqué au début, ça m'a déjà foutu un coup, mais aujourd'hui… il n'a l'air qu'à peu près sûr de ce qu'il veut.

Et c'est cet « à peu près » qui me terrifie.

— Là, il n'est pas question de son cœur, mais du tien, Eliotte. Si tu te bases sur ses sentiments pour faire évoluer les tiens… est-ce qu'on peut vraiment parler d'amour ?

Je n'arrive pas à répondre.

De temps à autre, j'essaie de regarder ce qu'il y a à l'intérieur de mon cœur, et je n'y vois rien. Mais je le sens aussitôt se remplir quand, souvent, des flashs du visage d'Ash et de nos moments passés ensemble m'apparaissent devant les yeux. Il se tord de douleur, avant de se gonfler.

Mais de quoi ?

Parce que, au fond, qu'est Ashton pour moi aujourd'hui : un manque ou un souvenir ?

— Quoi qu'il en soit tu as le temps, Eliotte. Tout ira bien.

Mon regard se lève à nouveau vers son visage calme. Je lui souris, reconnaissante pour ses paroles. L'espace d'un instant, j'ai l'impression que ses yeux fouillent subrepticement les miens.

— Et sinon ! s'exclame-t-il, d'un coup. Tu as pu voir ce qu'il y avait dans la puce ?

J'ai un mouvement de recul.

La puce.

Je mets les mains dans les poches avant de mon jean, puis me lève pour fouiller l'intérieur des poches arrière.

Putain où est la clé USB ? La puce ?

— Izaak, je crois les avoir fait tomber ! m'écrié-je d'une voix tremblante.

— Du calme, dit-il en se redressant à son tour. Elles doivent être là. Cherche bien.

Je regarde une énième fois dans mon pantalon, puis dans mon blazer.

Ni la clé USB ni la puce ne sont sur moi.

J'inspire en serrant les poings pour contenir la colère qui me dévore l'estomac.

Merde !

Et si je ne savais jamais ce que mon père a laissé derrière lui ? Et si quelqu'un tombait dessus et me volait ces informations ?

— Tu les as peut-être fait tomber dans la voiture, suggère le brun en dégainant son téléphone. Je vais demander à Josh de chercher dans le van.

Alors qu'il passe son appel, je décide de prévenir Matthew, au cas où il pourrait m'aider. J'écris à toute vitesse, le souffle court :

Matt je crois avoir fait tomber la puce et la clé USB pendant l'attaque ! Je ne les ai pas sur moi. Je sais pas comment je vais faire.

Au bout de quelques secondes, il répond :

Oh bordel de merde.
Tqt Wager, le Bureau est fermé demain, à part pour les hauts fonctionnaires. J'accompagnerai ma mère, et je chercherai la puce et la clé. Tu sais où tu as pu les faire tomber ?

J'étais dans une salle de réunion juste à côté de la cafète. L'attaque a eu lieu à ce moment-là. Ensuite on a été conduits jusqu'à la sortie de secours la plus proche. Je n'y voyais rien et j'étais complètement chamboulée, je ne sais pas le parcours précis.

C'est noté. Je vais faire mon maximum ! En attendant, t'en fais pas, on trouvera une solution.

Merci Matt :)

Waouh, un smiley. Tu dois vraiment être bouleversée là.

T'es con.

Et, oui… Au besoin, n'hésite pas à m'appeler. Mes blagues pourries feront baisser ta tension. Et je te le redis : on trouvera une solution !

Tu es le meilleur, merci :)))

— Eliotte, m'interpelle Izaak, Josh m'a dit qu'il n'y avait rien dans la voiture. Elles doivent être au Bureau.

— Matthew ira voir demain si elles y sont…, dis-je en soupirant.

Je me laisse tomber sur le canapé.

— Il n'y a plus qu'à attendre maintenant…

Je mords ma lèvre inférieure en tentant de réguler ma respiration. Le stress a paralysé tous mes membres. Je *dois* savoir ce que contient cette puce. Et à cause de cette foutue attaque je ne vais peut-être jamais…

Il faut que je me calme.

Je me lève du canapé et me dirige vers l'évier de la cuisine pour me servir un verre d'eau.

— Eliotte, lance Izaak. Ça te dit d'aller prendre l'air ce soir ? Tu as besoin de penser à autre chose.

Aussitôt, le nœud dans ma poitrine se desserre légèrement.

Son attention me touche.

Il a raison. Entre l'attaque, la puce, Ashton, toutes ces révélations… Je dois souffler ou ma tête va exploser.

Je vide ma tasse d'une traite.

— Il y a une fête de fraternité ce soir chez un ami…, dis-je sans réfléchir.

— Tu veux aller à une fête ? Toi ?

— Je sais que toi aussi tu en as horreur, mais je me dis que je serai tellement déroutée – voire bourrée – que je n'arriverai pas à réfléchir.

— C'est vraiment ce que tu veux ?

— Je sais pas, ça peut être marrant, non ?

Izaak renverse sa tête en arrière, soufflant bruyamment.

— Qu'est-ce qu'il y a ? demandé-je.

— Je suis en train de me préparer mentalement, là.

Mes lèvres s'étirent.

— À la fête ?

— Arrgh, à quoi d'autre ? J'arrive pas à croire que je vais me pointer à une soirée de fraternité. Une soirée de beaufs.

Je jubile, déjà excitée à cette idée. J'avais proposé ça comme ça, presque sûre qu'il allait m'envoyer bouler.

Mais non. Il a *accepté*.

— Et qui t'y a invitée ? dit-il en reposant son regard vert sur moi.

Un petit rire nerveux m'échappe. Izaak me dévisage, attendant ma réponse.

— Un mec… du campus.

— Oui, mais qui ? Nom ? Prénom ? Promo ?

— Hum… Je crois que c'était…

Je souris de toutes mes dents. Et lâche :

— Matthew, il me semble ? Mais à vérifier.

Izaak lève les yeux au ciel.

— C'est quelqu'un de bien, dis-je en contournant le comptoir de la cuisine pour m'approcher du canapé. C'est un ami. Et tu pourras me dire ce que tu veux, il continuera de l'être, Izaak.

— Je ne lui fais pas confiance…

— Moi, si. Et ça devrait être amplement suffisant, non ?

Il pince les lèvres.

— Depuis le début ça a toujours été amplement suffisant, Eliotte. Tu dois faire ce que tu veux. Personne n'aura jamais son mot à dire dans ce genre de décision. Je te demande juste d'être prudente. Surtout avec lui.

Il ajoute à voix basse :

— S'il te plaît.

Je cligne des yeux. J'ai une impression de déjà-vu. Il avait employé le même ton, avait eu le même sourire figé quand il a demandé pourquoi on avait laissé Charlie au Bureau, ou quand il s'est assuré que son groupe lui enverrait un message une fois arrivé à bon port. En fait, Izaak est comme ça. Il s'inquiète tout le temps pour les gens… dont il est proche. Mais il le fait dans l'ombre.

Ou alors on est trop absorbés par nos préjugés pour le voir.

Je souris de plus belle, les yeux rivés au sol.

— Merci, Izaak.

— De te laisser… vivre ? Ne me remercie pas pour des trucs de merde ordinaires, c'est indigne de toi, tu…

— Je voulais dire merci de m'avoir proposé de sortir. Et merci de m'accompagner, même si tu as horreur des fêtes.

Il me rend mon sourire.

— Ah je confirme, *ça*, ça méritait un merci.

— Putain de bordel de merde…

— Qu'est-ce que tu peux être vulgaire ! s'exclame Francis en tapant sur l'épaule d'Izaak alors que nous venons d'arriver sur les lieux.

— Rien d'autre ne m'est venu en tête à la vue de tous ces mecs à poil dans la piscine, en plein mois de février.

— Tu aurais pu dire, par exemple : « Bonsoir, les putains de MST », ou bien : « Où est ton gel hydroalcoolique, Francis ? », ou encore « Pourquoi est-ce que ce rouquin, là-bas, a un string sur la tête ? »

Izaak a un rictus avant de se tourner vers moi.

— Ne touche à rien dans ce bordel de maison, Eliotte… ou ce bordel tout court, en fait. OK ?

— Vous êtes toujours aussi dramatiques quand il est question d'une soirée, les gars ? demandé-je.

— Toujours, Eliotte. Enfin, à part pour celles organisées par… notre « bande », tu sais, répond Francis en me faisant un clin d'œil.

Maintenant qu'il sait que je suis au courant de leur implication dans l'organisation rebelle des Liberâmes, Francis est encore plus taquin et détendu avec moi. J'ai bien fait d'avoir proposé à Izaak de lui demander de nous accompagner. Je lui ai fait cette suggestion car je n'osais pas lui imposer une fête *et* ma seule présence. Même si je suis touchée qu'il veuille me faire prendre l'air, je ne veux surtout pas être un poids.

— N'empêche, j'arrive toujours pas à croire qu'Izaak ait refusé de participer à notre grande réunion de ce soir pour venir à *cette* fête, glisse Francis.

Je me tourne brusquement vers l'intéressé.

— Quoi ? Tu avais quelque chose de prévu ce soir, Izaak ?

Il foudroie Francis du regard.

— Si je n'ai pas les infos ce soir, je les aurai demain de toute façon, dit-il en reposant les yeux sur moi. Allez, entrons.

Et sans attendre ma réponse, Izaak pousse la porte d'entrée de la villa.

33. Supernova

Nous pénétrons à l'intérieur de ce qui a tout l'air d'une supernova. Les néons bleus et violets sur les murs et au plafond se reflètent partout sur les baies vitrées de l'immense pièce à vivre. Les suspensions pailletées et les lumières colorées prêtent au lieu des airs galactiques. Cette maison est somptueuse.

Alors que nous progressons dans le salon, la main d'Izaak se glisse dans la mienne et la presse quelques secondes. Mon cœur manque d'éclater.

Pour une main. Une simple main.

Je lui lance un coup d'œil, mais lui est concentré sur le reste de la pièce. L'angle de sa mâchoire et la ligne de son nez paraissent d'autant plus marqués dans cette ambiance irréelle, en se teintant de bleu et de violet. Ce soir, il a abandonné le demi-chignon, pour libérer ses boucles indomptables, et a laissé de côté son col roulé noir pour un T-shirt à manches longues d'un blanc éclatant. Je sais déjà que tous les regards sont sur lui. J'entendrais presque les filles soupirer autour de nous…

Et peut-être même les garçons, secrètement.

Ses bras musclés et son large torse sont moulés à la perfection. Et, Seigneur, le parfum qu'il porte ce soir… C'est le même que tous les autres jours ; mais l'ennui c'est que, dès lors qu'on l'a humé rien qu'une seule fois, à même sa peau, le caractère de ses effluves et leurs moindres accords sont différents. Beaucoup plus intenses. Capiteux. Enivrants.

La note de tête : extraits de souvenirs.

J'inspire une grande bouffée d'air. Sa main dans la mienne est soudain de trop.

Ou justement, pas assez.

Je secoue la tête en me raclant la gorge.

— Où est Francis ? Il était encore là, il y a cinq minutes, dis-je pour me distraire de sa main, de ce foutu T-shirt blanc et de ces boucles qui accrochent si bien la lumière et de…

Izaak se retourne rapidement et un sourire chafouin se coud aussitôt sur ses lèvres.

— Il est encore à l'entrée.

Je cherche des yeux la silhouette de Francis, si reconnaissable dans son sweat à capuche rouge et retiens un rire en le découvrant. Il salue une poignée de personnes, en leur proposant de se désinfecter les mains avec du gel hydroalcoolique. En fait, il en met dans les mains de tous ceux qui ont le malheur d'entrer dans son espace vital.

— C'est un génie, dit Izaak en reprenant la marche.

— Tu peux aller le rejoindre, si tu veux. Je vais essayer de retrouver Matthew pour le saluer.

— On peut le faire tous les deux. Ou avec Francis, aussi.

— OK… mais je veux éviter une Quatrième Guerre mondiale, alors, s'il te plaît Izaak, sois sympa… souriant, même. Un minimum amical, quoi. Tu peux faire ça pour moi ?

Silence.

— En fait, tu sais quoi ? lâche-t-il soudainement. Je vais aller retrouver Francis.

Je le considère, en penchant la tête sur le côté.

— Izaak…

— Vas-y, va le chercher sans moi, tout va bien. Fais ce que tu veux ce soir tant que ça te permet de te détendre… Attends. Sauf la baignade.

Son regard sévère me menace alors qu'il me pointe les baies vitrées derrière lesquelles on aperçoit un bout du bassin extérieur.

— Pas de baignade dans cette eau ténébreuse, ou je te jure que je t'interdirai de m'approcher par la suite.

Je m'esclaffe et fais mine de capituler.

— Bon, je file. À tout de suite.

Je lâche sa main et pars à la recherche de Matt. Mes yeux balayent la salle et passent de danseur en danseur, tous à moitié ivres. Je scanne ces corps qui se déhanchent au rythme de la musique assourdissante. Je sens déjà une pression au niveau du crâne.

Alors que mes tempes battent, une voix m'interpelle.

— J'arrive pas à y croire : j'ai convaincu Eliotte Wager de venir à une fête !

Matthew accourt vers moi, deux gobelets à la main. Il m'en tend un et m'ébouriffe les cheveux de sa grande main.

— La bête est là ? demande-t-il aussitôt.

— Izaak ?

— T'en connais d'autres, des fous furieux ?

Je bois la moitié de mon verre.

— Ce n'est pas un fou furieux, Matt… Il est avec Francis, son meilleur ami, quelque part près de la porte d'entrée.

— Très bien. J'ai pas peur de lui, hein. Même pas du tout. C'est juste que… Non, en fait, ce mec me fout les jetons. Je suis à deux doigts de poser une main courante.

— T'en fais pas, je lui ai demandé de bien se tenir avant de venir. Mais ça vaut pour toi aussi, OK ? Je suis là pour essayer de me détendre après tout ce qui s'est passé aujourd'hui. Alors, s'il te plaît, pas de dispute si vous vous croisez.

— Promis, Wager.

— Tu serais vraiment un ange si tu lui faisais le même numéro qu'à Marta…

— Une fois, pas deux. Désolé, c'est mon mantra.

Matthew éclate de rire, avant de m'assurer d'une voix enjouée :

— Tu ne regretteras pas d'être venue plus de six minutes ! Je te le jure !

— Franchement, vu la playlist et les gens à poil dans la piscine… Je commence à me poser des questions. Et je ne te parle pas de la migraine qui arrive.

Il fronce le nez.

— T'es vraiment la meuf la plus grincheuse que je connaisse, tu le sais ça, Wager ?

Matt passe de nouveau sa main dans mes cheveux.

— Si t'as déjà mal à la tête, allons dans un endroit plus tranquille.

J'acquiesce, et il m'attire vers le grand escalier en bois, en passant à côté d'un canapé blanc et d'une cheminée en verre. Je me laisse faire, alors qu'il me raconte le début catastrophique de la soirée. Quelqu'un a ramené son chien, il a déféqué sur le canapé et a cassé une statue.

Arrivés à l'étage, on s'enfonce dans un couloir et on s'assied l'un à côté de l'autre à même le sol, près d'une autre baie vitrée qui donne sur l'extérieur. Les lumières roses, bleu minuit et violettes miroitent sur le verre comme des paillettes lumineuses et des sequins d'étoiles.

Je laisse ma tête tomber contre la vitre et pose mon gobelet rouge à côté de mes jambes pliées. Un soupir de sérénité m'échappe. On croirait voir des comètes passer dans le ciel sombre, avec les effets de lumière. C'est ça : on a l'impression d'être à bord d'une fusée, en train de flotter dans la Voie lactée. Loin de la Terre et de ses emmerdes.

Matthew retire son éternel teddy jaune et étire un instant ses bras. Son épaule touche la mienne.

— Tu vas mieux depuis l'attentat de ce matin ? demande-t-il tout bas. L'attaque ne t'a pas trop… traumatisée, ou quelque chose dans le genre ?

— T'en fais pas, Matt, je vais bien.

Son visage s'approche du mien.

— Même si tu as perdu la puce ?

— J'espère qu'on la retrouvera. Je ne pourrai pas être tranquille tant que je ne sais pas ce qu'elle contient, Matt.

— Ça compte vraiment beaucoup pour toi… Mais pourquoi ?

— J'ai besoin de savoir qui était mon père. Qui il est. Je déteste le fait qu'on m'ait empêchée de savoir. J'en avais le droit pourtant. Mais pas selon ma mère… ou l'État.

— Tu as dit qu'il est parti quand tu avais six ans, c'est ça ? Tu n'as plus que quelques vagues souvenirs de lui.

— Même si on l'a effacé du système, on ne l'a pas effacé de ma mémoire, et c'est pourtant ce qu'ils voudraient faire apparemment.

Je baisse les yeux sur ma jupe, dont le tissu noir plisse sur mes cuisses.

Il hoche la tête.

— Donc tes recherches sur ton père biologique sont un peu secrètes, finalement ?

— Pas qu'un peu, rétorqué-je en jetant un œil aux alentours.

Ses cils épais intensifient le bleu de ses yeux lorsqu'il me sourit.

— Et tu m'as confié ça à moi, Wager… Je suis touché.

— Ne commence pas à être niais.

— Je suis *incroyablement* touché.

Je lève les yeux au ciel, en tournant la tête ailleurs, soudain gênée.

— Mais j'aurais fait la même chose, dit-il en posant sa main sur mon épaule. Si j'avais eu à rechercher des infos de cette importance, sans pour autant que ce soit autorisé, je t'en aurais parlé.

Malgré mon embarras inopiné, j'arrive à tourner à nouveau mon visage vers le sien.

— Arrête tes bobards, dis-je avec amusement.

— Bobards ? Hum… pas trop mon genre, Wager.

Matthew baisse les yeux.

— En tout cas, je te promets qu'on trouvera ta puce et que tu auras toutes les infos possibles sur ton père, décrète-t-il, convaincu.

Mon sourire s'étire.

— Merci, Matt… Pourquoi est-ce que tu m'aides toujours autant ?

— Ah non, ne m'oblige pas à être encore plus niais et à parler des devoirs de l'amitié…

On s'esclaffe tout en regardant ce qu'il se passe à l'extérieur.

Les éclairages colorés que projette la villa sont assez similaires à ceux du bar dans lequel on s'est retrouvés il y a des semaines. Il y avait le même type de personnes. Le même type de musique criarde. Les mêmes ombres colorées…

Une brèche dans le temps s'ouvre et, soudain, je nous y revois, Matt et moi.

Et je retrouve la sensation froide du comptoir de bar contre mon ventre, de l'alcool qui pétille dans ma gorge, du tabouret au siège un peu trop petit. Et Matthew est là, à côté de moi. Avec son sourire de gosse, ses piercings aux oreilles étincelant sous les lumières, et ses yeux un peu trop perçants à mon goût.

Comment ai-je pu penser un instant qu'il ait tenté de me droguer ?

Un bruit sourd retentit.

Je sursaute.

— T'es là, Eli ! Ça fait un siècle et demi que je te cherche partout dans cette maison de joie.

Izaak apparaît en haut de l'escalier, un sourire aux lèvres. L'angle du mur cache Matthew, qu'il n'a pas encore vu.

— Je rêve ou ton mari a appelé cet endroit « une maison de joie » ? murmure-t-il, perplexe.

— Euh… Non, de *roi*. Maison de roi, précisé-je. Car elle est immense.

Izaak avance vers nous, sans rien ajouter.

— Salut, tarsier chéri, m'exclamé-je en tendant les bras vers lui.

Il se baisse vers moi et siffle entre ses dents serrées :

— Tu commences à prendre goût à ce surnom, on dirait.

Et il plante un baiser sur mon front. Ses lèvres chaudes près de mes cheveux m'arrachent un micro-sursaut.

— Vous me faites une petite place, les amis ? dit-il en jouant des coudes pour se glisser entre Matt et moi.

Il n'est pas croyable…

Mon ami ne cille pas, alors que je me décale sur le côté pour libérer de l'espace au brun. J'ai un sourire amusé aux lèvres. Izaak passe un bras au-dessus de mes épaules et pose sur le sol deux flûtes remplies d'un liquide violet.

— Alors, Izaak, quoi de neuf ? lance Matthew d'un ton plutôt jovial.

C'est ça, parle-lui comme à Marta, Matt !

Il se tourne de trois quarts vers nous pour mieux faire face à Izaak.

— Dis-moi… Tu te sens plus en paix avec toi-même, depuis notre dernière rencontre ?

— Pardon ?

Je vais l'étriper !

— Les garçons ! m'exclamé-je pour les distraire aussitôt. Ça vous dit qu'on aille danser ?

— Non, lâche Izaak. Tu peux répéter ce que tu as dit, Matthias ? La musique dégueulasse des beaufs de ta fraternité a un peu couvert ta voix.

— Matthew. Et je disais juste que tu…

— Il ne disait rien, le coupé-je.

Je lance un regard suppliant à Izaak. Je veux juste respirer, le temps d'une soirée. Il me rend mon œillade et serre les lèvres en signe de capitulation. Il vient coincer une mèche de mes cheveux derrière mon oreille et je sens mon cœur trembler dans ma poitrine. Ce geste me fait reculer une fraction de seconde. Il était d'une tendresse et d'une intimité insoupçonnée.

Merde, il est à peine minuit et l'alcool fait déjà des siennes. Je raconte n'importe quoi.

— Tiens, je t'ai pris ça, dit Izaak en me donnant l'une des deux flûtes.

— Moi qui pensais qu'ils n'avaient que des gobelets à disposition…

— J'ai fouillé dans les placards de la cuisine.

J'éclate de rire. Izaak est trop au-dessus de nous autres mortels pour boire dans du plastique. Je retrouve bien là le garçon outrecuidant et cyniquement déroutant que j'ai toujours connu. Et, malgré tout, je crois que j'aime bien aussi ce visage.

— T'en fais pas, j'ai déjà un verre, dis-je en reprenant mon gobelet sur le sol. Mais merci beaucoup, *tarsier chéri*.

Pas de sourcils froncés. Ni de mâchoire crispée. Pas même un léger rictus… Et c'est moi qui me serais habituée à nos petits surnoms ? Je devrais repasser à « mon chaton en chocolat ».

Je finis d'une traite mon gobelet.

Tout à coup, la main d'Izaak attrape mon bras.

— Rassure-moi, Eliotte, tu te l'es servi toi-même ?

— Je…

— Il ne faudrait pas qu'on essaye de te droguer une autre fois.

Et merde.

Je retire sa main en rouspétant.

— Rassure-toi, mec : c'est *moi* qui ai servi Eliotte, dit Matthew. Et elle n'a eu *aucun* mal à boire dans ce gobelet. Parce que, comme tu le sais, on a confiance l'un en l'autre. Énormément conf…

— Qu'est-ce que je t'ai dit la dernière fois, petit décérébré ? Tu…

Je soupire, j'attrape la flûte qu'Izaak m'a apportée et fuis le couloir le plus vite possible.

— Où tu vas, Eli ? me lance Izaak tout en restant à sa place.

— Loin de vos disputes.

Je dévale l'escalier, les laissant derrière moi, exaspérée. De nouveau dans le salon, je me dirige vers le buffet dressé près des statues abstraites. Je bois tout le liquide violet contenu dans ma flûte – du vin sans alcool évidemment – et l'abandonne sur un coin de la table en verre.

Ils ne peuvent pas se retenir cinq minutes…

Je me prépare un bol de chips au fromage. Non, en fait, autant en faire deux.

De vrais gamins.

Je remplis de mouvements prestes et imprécis la petite pelle en fer de chips et la vide brusquement dans mes récipients.

Je leur avais demandé d'être calmes, pourtant. J'avais tout fait pour éviter de parler de l'autre et…

— Qu'est-ce que t'ont fait ces pauvres chips ?

Mes mains se figent dans leur mouvement.

Je me tourne lentement vers mon interlocuteur.

— Qu'est-ce que tu fais là, Ashton ?

Son sourire franc me désarçonne. Je ne sais pas comment il s'y prend pour faire comme si de rien n'était. Moi, à chaque fois que je l'aperçois, j'ai l'impression de voir un revenant.

— Ce serait bizarre que je ne sois pas à une fête de ce type, non ? Toi, par contre…

— J'avais envie de me changer les idées.

Une ombre passe sur son visage.

— Tout va bien ?

Ses doigts chauds effleurent discrètement les miens, dans l'ombre de la pièce.

— C'est à cause de mes messages ? souffle-t-il.

— Honnêtement ? Tout ça me pèse énormément, Ashton.

— Je ne regrette pas ce que j'ai écrit, Eliotte. Parce que…

— Oh mon amour, tu es là ! s'exclame une voix mielleuse, un peu éraillée par l'alcool.

Emily saute au bras d'Ashton dans un éclat de rire euphorique. Je perçois pendant une fraction de seconde mon ex-petit ami se crisper. À moins d'avoir rêvé…

Son « âme sœur » porte une robe à sequins coupée au niveau du genou. Elle scintille de mille feux. Ses boucles dorées sont impeccablement nattées.

— Moi je les regrette, ces messages, murmuré-je sans pouvoir détacher mon regard de la blonde.

Celle-ci me toise silencieusement et, pendant une seconde, je me sens ridicule dans ma jupe et mon col cheminée.

— Tu es la femme d'Izaak, n'est-ce pas ? me demande-t-elle avec un rictus mauvais.

— Tu sais bien que j'ai une identité à part entière en dehors de cette union, hein ? rétorqué-je aussi sec.

— Moi c'est Emily De Saint-Clair. Ravie de faire ta connaissance, Eliotte. Ça tombe bien que tu sois là, je voulais te parler !

Son sourire dégoulinant d'hypocrisie me donne envie de gerber dans mon bol.

34. Lui ou toi

— Je t'écoute, dis-je en ne prenant même pas la peine de la regarder dans les yeux.

— Tu étais une bonne amie d'Ashton, avant notre mariage, pas vrai ?

— Yep, lâché-je nonchalamment en mangeant une chips. Une bonne amie comme on n'en fait plus.

— Eh bien… maintenant c'est fini.

— Je ne vois pas où tu veux en venir.

— Tu n'en as pas assez de lui coller aux baskets ?

— Quoi ? lâche Ashton.

— Je sais qu'avant lui tu n'étais qu'une anonyme, personne ne faisait attention à toi, et grâce à lui, ça a changé quelques années mais… il faut que cela cesse.

— Je te demande pardon ?

— Ne fais pas l'innocente, rétorque Emily en haussant le ton.

Elle s'approche de moi, en essayant d'avoir l'air menaçante. Elle empeste l'alcool.

À quoi elle joue, la Barbie ?

— Lui et moi sommes compatibles à presque 70 %, tu réalises ? Tu ne représentes rien pour lui… et pour le reste du monde aussi ! poursuit-elle dans un cri strident, si bien que la moitié du salon est en train de nous regarder. Tu as de la chance d'être tombée sur un autre Meeka pour exister un peu plus et moins faire pitié. Quoique…

— Emily ! vitupère Ashton, d'une voix que je n'avais encore jamais entendue.

J'expire en serrant les poings. Les yeux me piquent.

Calme-toi. Pas de scandale. Calme-toi. Calme-toi.

— C'est vrai, tout le monde le pense : cette connasse fait de la peine ! s'écrie-t-elle.

Le volume de la musique a baissé d'un coup. J'entends par-dessus un brouhaha infernal.

Des paires d'yeux qui me fixent. Des rires. Des murmures.

Ma gorge se noue.

— On s'arrête là, craché-je en faisant volte-face.

Une main m'attrape l'épaule.

Des ongles vernis se plantent dans ma chair.

— Laisse-moi finir ! Tu vas laisser Ashton tranquille…

J'écarte sa main d'un geste sec.

— Ne me touche pas.

— Alors arrête de fuir !

— Mais qu'est-ce que tu me veux ?

Ma voix ne doit pas trembler, non.

— Que tu arrêtes de t'immiscer dans mon couple !

— Elle n'a rien fait ! s'exclame Ashton.

— J'ai vu comment elle te regarde ! Elle te dévore des yeux comme une chienne affamée !

Ça m'a échappé… ou pas. L'un de mes bols en plastique lui atterrit en pleine figure avant de tomber sur le sol dans un bruit sourd.

— Ta gueule, Emily, lâché-je. Tu brasses du vent. C'est gênant.

Elle pose instinctivement ses doigts sur ce qui sera demain une bosse et, sans crier gare, me gifle de toutes ses forces.

Une chaleur lancinante s'imprime sur ma joue. Je mords ma lèvre inférieure en inspirant fort. Une fureur noire me retourne l'estomac. Les larmes pointent mais je serre les dents et les ravale aussitôt.

— Ashton, tu diras à ta folle quand elle reprendra connaissance que je ne me suis pas battue pour toi. Mais bien parce qu'elle m'a insultée et m'a touchée, *moi*.

Je ne contrôle plus rien.

En une seconde, je fonce sur Emily qui tombe en arrière et brise la table transparente du buffet. À califourchon sur elle, je la maintiens fermement par les épaules, entre les éclats de verre, tandis qu'elle me dévisage, furieuse. Ses cheveux sont couverts d'alcool. J'ai la tête qui tourne et retiens un haut-le-cœur, avant de l'attraper par le col de sa robe.

— Je t'avais dit qu'on devait s'arrêter là !

— Écarte-toi, espèce de cinglée !

Emily se met à hurler – comme si ça allait lui donner plus de force – et essaye de me pousser avec des coups de pied. J'attrape une poignée de crackers et les lui mets sur le visage, avant de vider sur elle le saladier de punch. Elle tousse sous les litres de liquide qui s'immiscent dans ses voies respiratoires.

— Oui, je suis cinglée… Complètement cinglée, Emily.

Alors que je m'apprête à lui mettre un coup, quelqu'un me ceinture la taille, enroule un de mes bras et me tire en arrière, avec une force bien supérieure à la mienne.

— Son père a payé très cher sa chirurgie esthétique, Eliotte, ne gâche pas tout, me lance Matthew en m'aidant à me redresser.

Je me laisse faire, tout en essayant de calmer ma respiration. Mon corps est parcouru de spasmes.

Deux des mains qui me tenaient le bras droit me lâchent, et Izaak apparaît devant moi. Le regard noir, il fixe Emily, toujours avachie sur ce qu'il reste du buffet.

— Ose encore lui parler comme ça, et je te jure que je t'encastre.

— Mais, je rêve ! s'exclame-t-elle. T'es aussi cinglé qu'elle !

— Tu penses qu'on est compatibles à 99 % pour quoi, pauvre dégénérée ?

Ashton s'approche de moi, le visage déconfit.

— Je suis désolé, tellement désolé…

Je soutiens son regard noisette, le souffle court. Je halète presque comme un animal sauvage.

Comment on en est arrivés là ?

Je secoue la tête. Les larmes rappliquent déjà. Je n'arrive pas à lui répondre. Ashton soupire, les yeux brillants, et fait volte-face.

Il se tourne vers Emily et lui tend la main pour l'aider à se lever.

Ce geste casse quelque chose en moi.

J'écarte les mains de Matthew de mon épaule, la poitrine en morceaux. Libérée, je m'enfonce dans la foule formée autour de nous pour aller au plus loin de cette catastrophe. Je sens les regards agglutinés sur mon visage, les chuchotis derrière mon passage…

— Eliotte !

Izaak me rattrape en deux foulées.

— Ça va ? Tu n'es pas blessée ?

— J-J'ai besoin d'être seule, Izaak.

— Mais…

— S'il te plaît.

Il serre les lèvres et lâche lentement mon bras. Je tourne alors les talons et monte jusqu'au deuxième étage de la villa le plus vite possible. Je prie pour que personne ne me suive. Personne. Des invités se retournent sur mon passage, ricanent, jacassent. J'arpente à toute vitesse les couloirs de cette maudite baraque en retenant mon souffle. Ma tête est gonflée. Je ne sais pas si j'ai envie de vomir à cause de l'alcool ou des larmes de rage que je ravale depuis tout à l'heure. Je pousse instinctivement une porte coulissante au second étage et me retrouve sur ce qui semble être une terrasse sur le toit.

Un vent frais fait voler mes cheveux. Je souffle un grand coup et l'air qui s'échappe de mes lèvres ressemble à de la fumée. Il caille ici, je tremble déjà. Mais ma tête tourne moins. Je m'approche du garde-fou autour de la terrasse et regarde au loin. Quelques buildings brillent dans le noir, les montagnes à l'ouest craquellent l'horizon.

Qu'est-ce qui vient de se passer ?

Je passe une main sur mon visage en soufflant.

Emily était bourrée, oui, mais ses mots étaient assez aiguisés pour trancher bien profondément là où ça fait mal. Très mal.

Mes mains serrent plus fermement la rambarde. Je voudrais que ça ne me fasse pas mal. Je voudrais être libérée de tous ces sentiments. Parce que je ne peux pas faire confiance à Ashton. Au-delà du fait que rien ne sera plus jamais comme avant à cause des premiers doutes qu'il a eus, je sais, je *vois* son attachement pour Emily. Là. Tout le temps. Ses lèvres disent quelque chose, mais ses gestes disent le contraire.

Je mérite mieux que ça. Je mérite mieux que des sentiments versatiles.

Parce que moi, quand je l'ai aimé, je lui ai promis tout, tout le temps, peu importe ce qui pouvait arriver.

Et je le lui ai donné.

Je renifle, en essuyant du poignet les larmes qui roulent sur mes joues.

Je me revois sauter sur le buffet, briser la table en verre sous notre poids… Et j'entends toujours les rires. Les murmures. Les exclamations. Je la revois me dire que je ne vaux rien maintenant que je suis seule, et la foule s'attrouper autour de nous.

C'est faux. Je valais quelque chose avant Ashton, avec et après lui.

Je me répète ça en m'efforçant de respirer normalement, malgré mes sanglots et ma migraine.

Soudain, j'entends la porte coulissante grincer derrière moi.

— T'es pas là pour te jeter du toit, hein ?

Je déglutis et remets mes cheveux en place avant de me tourner vers lui.

— Parce que ça briserait mon petit cœur. De tous ceux présents à cette fête pourrie, t'es bien la dernière que je voudrais voir morte. Hum… C'est trash dit comme ça ? Putain, *c'était* trash. Pour ma défense, j'ai beaucoup, beaucoup bu.

Je ne peux m'empêcher de sourire lorsqu'il apparaît à côté de moi. Nos coudes se touchent sur la rambarde.

— Merci, Matthew mais… j'ai besoin d'être seule.

— On m'a toujours dit que c'est pile quand on dit avoir besoin d'être seul qu'on a le plus besoin de compagnie.

Je soupire en lançant de nouveau mon regard derrière le garde-fou.

— Je ne sais pas exactement ce qu'elle a dit ou fait, ajoute-t-il, mais elle l'a bien mérité.

— Je passe pour une tarée pitoyable aux yeux de tout le monde, maintenant.

— Qu'on soit clair sur une chose, toi et moi : c'est elle la tarée. Elle hurlait comme une dégénérée dans toute la villa. Elle m'a peut-être même fait un petit peu… beaucoup peur.

— Tu as entendu ce qu'elle a dit ? demandé-je avec un peu d'appréhension.

Je me tourne vers lui. Son visage effronté me réchauffe un rien.

— J'ai vaguement entendu quelque chose… Izaak, lui, était aux premières loges. On était en train de se disputer, et d'un coup, il s'est levé et a dévalé l'escalier. Je l'ai suivi, et on t'a vu un peu avant que tu ne sautes sur l'autre malade. J'ai cru qu'Izaak allait foutre le feu à la baraque. Ou aux cheveux de la blondasse.

Je visualise le brun avec un bidon d'essence, et un rire émerge de ma gorge. Matthew m'ébouriffe les cheveux, avec le visage marqué par le soulagement.

— Allez, viens par là.

Il m'attire dans ses bras et j'enroule les miens autour de sa taille dans un petit hoquet, avant de renifler.

— Tu veux en parler ? Si ça peut te rassurer, je suis tellement arraché que j'aurai sans doute tout oublié demain. Voire dans dix minutes. Sinon, je peux continuer à raconter n'importe quoi pour essayer de te remonter le moral. Le mec le plus sexy de la côte Ouest a toujours mille et une anecdotes…

Je ne peux m'empêcher de sourire.

C'est tout lui d'essayer de me faire rire coûte que coûte.

J'écarte mon visage de son cou pour croiser son regard.

— C'est juste que… l'attentat, Emily, Ashton, les autres… Ça fait beaucoup d'un coup.

Je m'arrête dans un soupir. Je me sens ridicule.

Sa main caresse mes cheveux.

— Ashton ? Il t'a dit quelque chose, lui aussi ? dit-il d'une voix beaucoup plus douce que d'habitude.

Une lueur inquiète passe dans ses yeux.

— Sa présence suffit, hein ? souffle-t-il face à mon silence. Même si tu es folle amoureuse d'Izaak, c'est normal d'être déboussolée quand tu le revois… C'est ton ex. N'importe qui réagirait pareil, Eliotte. Ne t'en veux pas.

Ses mots me font du bien, mais qu'à moitié.

Parce qu'il y a encore un million de choses cachées derrière mes larmes, ce soir. Un million de secrets, et de mensonges. J'aimerais que Matthew sache tout, pour qu'il puisse encore mieux me comprendre, et me réconforter.

Il détache ses mains de moi pour ajuster sa veste avant de les reposer sur mes bras. Il me sourit.

— Qu'est-ce que les gens vont penser de moi, Matt ?

— Que tu pourrais être la prochaine star de MMA[1].

J'ai envie de rire mais, à la place, je baisse les yeux. Je sens les larmes monter à nouveau. Je ne devrais pas avoir honte de leur regard, et encore moins m'en soucier. Mais c'était tellement humiliant. *Tellement.*

— Moi, je ne te trouve pas cinglée, dit-il. Je te trouve incroyablement intelligente, même.

— J'ai essayé de la noyer avec du punch, Matthew.

— Ah, tu vois ! C'est une tentative de meurtre très originale. Il en fallait là-dedans, pour y penser !

Je pouffe et laisse tomber mon front contre son épaule avant qu'il m'imite et serre ses mains autour de mon dos.

1 *Mixed martial arts,* en anglais (arts martiaux mixtes).

Je ferme les yeux pour qu'ils arrêtent de brûler, en me concentrant sur le rire grave de Matthew qui fait vibrer son torse.

Rire, rire, rire. Ne pas pleurer. Rire, rire, rire.

— Eliotte ? Ça va ?

Je sursaute en me retournant.

Izaak est à quelques mètres.

Je ne l'ai même pas entendu arriver. Il me regarde d'un air grave.

— Ça a l'air d'aller, murmure-t-il.

Je m'écarte aussitôt de Matt, mal à l'aise, et reporte mon attention sur Izaak. Une ombre s'est immiscée dans ses yeux. Je ne saurais dire ce qui vient d'habiter son regard.

— Izaak ?

— Tu m'as dit que tu voulais… être seule. Mais je devais m'assurer que tout allait bien.

Je m'approche du brun et lui prends la main. Il regarde nos doigts enlacés une fraction de seconde avant de s'éloigner discrètement.

— Je vais vous laisser, dit-il en pivotant sur ses talons.

— Non, attends… On peut rentrer ?

Il me regarde. Hoche la tête. Et ouvre la marche. Je tourne la tête vers Matthew et le salue rapidement de la main avant de filer.

Lorsque Izaak et moi arrivons au salon et que j'aperçois de nouveau tous les fêtards me dévisager, la colère et la tristesse reviennent me heurter de plein fouet.

Francis discute avec un mec sur le canapé. Je repense au chien qui a fait ses besoins là quelques heures plus tôt, et j'ai un haut-le-cœur. Nous le rejoignons et Izaak lui propose de quitter la fête avec nous.

— Je pense que je partirai plus tard, répond-il. Charlie va pas tarder à arriver, on rentrera ensemble.

— Charlie vient ? s'exclame Izaak.

Quelque chose a crépité dans sa voix. Mes doigts se replient instinctivement dans la paume de ma main.

— Hum si… si tu veux rester pour voir Charlie, je peux attendre, lui assuré-je en regardant ailleurs. Ou rentrer seule.

Il me sonde une seconde avant de trancher.

— Non, rentrons à la maison.

À la maison.

Il salue Francis, avant de sortir silencieusement de la villa. Je n'essaye pas de lui prendre la main, de peur qu'il la rejette à nouveau. Son pas est plus rapide, ce qui creuse très rapidement une petite distance entre nous. Il agit comme si je n'étais qu'une ombre derrière lui et ne fait aucun effort pour faire croire aux autres que nous sommes le couple parfait qu'ils croient.

Pourquoi agir comme ça alors qu'Emily m'a accusée gravement de toujours être accrochée à Ashton ?

Ça pourrait nous attirer de sérieux problèmes. Je le regarde, de dos, avec insistance. Il marche, un mètre devant moi, les épaules larges, le dos droit. L'air de rien. Mais il y a quelque chose d'étrange dans sa démarche, presque comme s'il fuyait.

Quoi ?

Qui ?

Alors que nous arrivons à l'entrée du domaine, près du parking, j'aperçois au loin sur les marches d'un kiosque Emily et Ashton. Ce dernier la prend dans ses bras pour la réconforter. Je détourne les yeux, écœurée.

Il la réconforte comme il aurait pu me réconforter, moi.

Mon cœur se serre, mais pas d'envie, de rage ou de déception. Il se compresse, se réduit à la taille d'un ventricule et… se remet à battre. Boum. Boum. Boum. Toujours plus petit. Mais il *bat*. Boum. Boum. Boum.

Izaak les a vus, lui aussi, c'est évident. Mais il ne dit rien. Ne fait rien. Comme depuis tout à l'heure, il trace son chemin dans la nuit comme s'il n'entendait pas mes pas qui le suivent.

Le trajet en voiture se passe tout aussi silencieusement. Quand on arrive au loft, le brun s'en va directement vers l'escalier, sûrement pour rejoindre sa chambre. Je le regarde s'éloigner, les poings serrés.

Je ne peux pas m'endormir en le sachant comme ça.

Je lui lance, sans plus attendre :

— Tout va bien ?

35. Garder le contrôle

Je m'approche tout doucement alors qu'il s'immobilise sur la première marche. Il est toujours de dos, mais son visage est légèrement tourné vers moi.

— Oui, Eliotte. Tout va bien.

— Vraiment ? Parce que tu es bizarre depuis tout à l'heure.

— Je ne suis pas bizarre. Mais énervé.

Son ton direct me fout une claque encore plus violente que celle reçue de la main d'Emily.

— Pourquoi ?

— Tu sais très bien pourquoi…

— Non, rétorqué-je. Alors éclaire-moi.

Il se tourne complètement cette fois et fulmine.

— Parce que t'as déconné, Eliotte !

Je pince mes lèvres en détournant les yeux. Une décharge traverse mon cœur.

— J'aurais voulu ne pas croiser Emily, ni Ashton, mais c'est arrivé alors qu'est-ce que…

— Je ne parle pas de ça, me coupe-t-il. Elle a essayé de t'humilier et t'a giflée. Je suis même étonné que tu te sois retenue aussi longtemps de lui refaire le portrait, à cette connasse.

Sa mâchoire se contracte.

— T'as déconné avec Matthew, me précise-t-il.

— Quoi ?

— Pitié… Ne fais pas comme si de rien n'était ! T'as risqué notre couverture, ce soir !

— Mais je n'ai rien fait !

— Arrête, tu demandes à être seule, tout le monde sait que tu es bouleversée… et celui qui tu laisses te consoler, c'est Matthew ? Vraiment ?

— Il est arrivé sans prévenir, je ne…

— Très bien mais, et après ? Je vous ai trouvés enlacés. Tu avais la tête sur son torse. Tout te semble normal ?

Il avance vers moi, le regard en feu.

— Izaak, j'étais bouleversée, tu l'as dit toi-même ! Et Matthew voulait m'aider, rien de plus. Ça te semble si bizarre de vouloir consoler quelqu'un d'aussi triste ?

— Sois sérieuse cinq secondes : qu'est-ce qu'auraient pensé les gens en vous voyant tous les deux ?

Je soupire en secouant la tête. Oui, je l'admets, de l'extérieur je ne sais pas de quoi on avait l'air. Mais est-ce qu'Izaak sait seulement que je ne voudrais pour rien au monde le mettre en danger ? Que ce soit en faisant sauter notre couverture ou par n'importe quel autre moyen ?

Qu'est-ce que je pouvais bien faire, ce soir ? Alcoolisée, humiliée, le cœur et l'ego en miettes ? Honnêtement, le monde entier pouvait flamber que ça ne comptait pas. Est-ce que c'est si grave que ça, d'être désespérée, parfois ?

Non.

Alors pourquoi est-ce qu'il m'en veut comme ça ?

— J'étais mal, je n'ai pas réfléchi. Je ne voulais pas nous mettre en danger. Désolée.

Je baisse les yeux.

— Et de toute façon, à cause de ce qu'a dit l'autre pétasse, les autres pensent peut-être que je suis toujours amoureuse d'Ashton…

— Et alors ? crache-t-il. C'est une raison pour leur faire croire à l'inverse que tu aimes Matthew ?

Une vive décharge électrique me parcourt.

— C'est quoi, ton problème ? m'exclamé-je soudain. C'est pas le moment de me donner l'une de tes leçons à la con !

— Mais Eliotte, tu me dis que tu veux être seule, alors je lutte pour ne pas te rejoindre sur le toit alors que…

Il déglutit, avant de reprendre son souffle.

— Alors que toi… tu acceptes Matthew. Tu le laisses te prendre dans *ses* bras, sécher tes larmes, te faire rire.

— Et alors ? Où est le mal ?

Le brun ouvre la bouche, prêt à répliquer, mais se retient finalement.

Il passe une main rageuse dans ses cheveux. Un silence assourdissant commence à dévorer la pièce.

— Ça… Ça aurait dû être mes putains de bras, murmure-t-il finalement, le regard braqué sur le sol. Ça aurait dû être mes putains de mains qui sèchent tes larmes. Mes putains de mots qui te font rire. C'est tout.

Ses yeux se plantent dans les miens.

— Pourquoi ? Parce que nous sommes mariés, c'est ça ? lancé-je. Izaak, je ne peux pas toujours agir en conséquence, quand je suis au plus bas… C'est vrai, merde, on ne peut pas arrêter deux secondes ce délire, et être d'accord sur le fait que nous ne sommes que des humains et donc que, parfois, nous ne contrôlons pas nos foutues émotions ?

— Ah, parce que tu crois que je contrôle mes foutues émotions, là ? Tu crois que je contrôle la moindre putain de chose ?

Il renverse la tête en arrière, laissant échapper un ricanement cynique, aux notes salées. Quand sa tête se redresse doucement, il perce mon regard du sien.

— Eliotte… Depuis que je t'ai mis ce putain d'anneau au doigt, je ne contrôle plus rien. Absolument rien !

Quoi ?

Il s'approche de moi, les yeux plissés. Une chaleur douloureuse irradie de lui. Elle traverse ma peau, mes os, et me brûle comme un coup de soleil.

— Je prétends savoir ce que je fais, je prétends tirer les fils comme il faut, quand il faut, mais… la vérité c'est que j'en ai pas la moindre putain d'idée.

Son regard me désarçonne une bonne fois pour toutes avant qu'il ne lâche :

— Et je parie que toi non plus.

— Izaak…

Sa grande carrure traverse l'espace entre nous et vient se tenir à quelques centimètres de moi. Il penche la tête sur le côté, sans me quitter des yeux. Dans son mouvement, une de ses boucles brunes vient flotter sur son front.

— Oui, on s'est forcés à faire plein de choses, toi et moi… mais combien de temps ? Deux ? Trois jours ? Peut-être une semaine. Et après Eliotte, hum ?

Sa main frôle dangereusement ma clavicule. Je n'ai plus de souffle. Je ne comprends pas ce qui se passe. Ou en fait, peut-être que je ne le comprends que trop bien.

— Il y a les choses que je m'oblige à faire, oui, murmure-t-il. Et à côté, il y a celles que je m'oblige à ne *pas* faire. Celles que je m'oblige à ne *pas* dire. Celles qui me brûlent les lèvres, qui me font perdre la tête.

Sa voix déclenche un million de frissons le long de mon échine.

Et il le sait très bien, je le vois dans son regard.

Son index frôle ma peau à nouveau et vient s'enrouler autour d'une mèche de mes cheveux. Sa main tout près de mon cou arrache un battement à mon cœur. Tous mes sens ne sont plus dirigés que vers Izaak, qui siphonne l'entièreté de la pièce dans ses orbes verts.

— Et il arrive que, parce que je ne suis qu'un humain qui ne contrôle pas ses foutues émotions, je m'autorise à y penser… Et tout dégringole dans ma tête.

Ses doigts à quelques millimètres de mon visage se défont de la mèche qu'ils tenaient, pour effleurer doucement ma mâchoire. La pièce, le loft, l'univers tout entier se désintègre autour de nous dans des éclats de verre et de lumières, qu'il absorbe dans ses foutus yeux couleur été.

— Mais je me ressaisis toujours, poursuit-il d'une voix rauque. Je reste toujours loin des limites. J'essaye de penser aux conséquences de mes éventuels actes, à ce qui est juste, à ce que je devrais faire… Mais parfois je suis juste un humain, comme tu l'as dit. Mon cœur bat à mille à l'heure, il a envie d'exploser. Et je n'arrive plus à respirer, j'étouffe. Et tu me regardes, tu me redonnes de l'oxygène… et je me mets à ne plus rien contrôler de nouveau. À tout faire de travers. À vouloir des choses que je ne devrais *pas* vouloir.

Mes lèvres s'entrouvrent.

J'ai un million de pensées en tête. Mais je veux être sûre.

— Izaak…, soufflé-je. Qu'est-ce que tu veux dire ?

— Ce que je veux dire ? Simplement que je deviens un peu plus fou à chaque fois qu'on a une conversation, et encore un peu plus quand je la rejoue dans ma tête le soir. Je n'arrive plus à penser ni à agir comme je le voudrais. Tu me fais complètement partir en vrille, Eliotte.

Ma respiration se bloque dans ma gorge sèche. Je ne sais pas ce qui me coupe le plus le souffle : ses mots ou la conviction avec laquelle il les a dits.

J'attrape son visage et plaque mes lèvres contre les siennes sans plus réfléchir. Quand je sens son souffle chaud contre ma bouche, tout se déconnecte dans mon cerveau. Il empoigne ma taille d'une main, et de l'autre, ma joue, en me serrant un peu plus contre son corps. Mon bas-ventre se met à crépiter.

— Ça m'avait manqué, laissé-je échapper dans un soupir.

Il sourit contre mes lèvres avant de poser les siennes le long de ma mâchoire puis dans mon cou. Un frisson me fait courber le dos et reculer d'un pas ; je me heurte au rebord du comptoir de la cuisine. Mes doigts se referment sur ses boucles brunes, tout près de mon visage.

Son parfum boisé m'embaume doucement, comme un sortilège vaporeux. Je ferme les yeux en le humant.

— Je n'arrive pas à me sortir de la tête ce qui s'est passé après la soirée avec Francis et Charlie, souffle-t-il en m'embrassant.

— Tu n'avais pas oublié à cause de l'alcool, alors ?

— Il n'y a pas beaucoup d'hommes qui oublieraient ce que ton corps m'a fait sur le canapé.

Ainsi plaquée contre lui, je me rappelle à quel point il est sculpté comme un roc.

— Izaak, tu n'as pas idée de ce je voulais faire avant que la sonnerie de ton téléphone ne sonne.

Un petit rire chatouille ma peau.

— Je sais que tu peux te montrer très inventive.

Il croise mon regard, en inspirant fort. Un petit sourire étire ses lèvres. Des mèches rebelles se perdent sur son front et devant ses yeux qui me mirent crûment, une vingtaine de mots sulfureux flottant dans ses pupilles.

— J'ai pensé à tes cheveux, susurre-t-il en passant la main dedans, à tes lèvres, à ce regard que tu me lances là… à tes mains aussi, à tes cuisses, à ton sourire… Combien de fois ?

Ses yeux passent sur chacune des parties de mon corps qu'il mentionne, avec une avidité qui me cloue sur place.

— Combien de fois, Eliotte ?

Les notes graves et profondes de sa voix me font perdre le fil – si ce n'est la tête. J'ai les joues brûlantes. Des flammes hautes de dix mètres lèchent mon abdomen. Je n'arrive même pas à lui répondre. Même si j'en avais la force, aucun mot ne me viendrait de toute façon.

Dans quelle langue je parle, déjà ?

Mes lèvres rejoignent à nouveau les siennes. Izaak laisse échapper un râle qui agite mon bas-ventre.

Oh mon Dieu.

Son bassin vient de se presser contre mes hanches. La chaleur qui remue en moi devient douloureuse. Exquisément douloureuse.

Ma tête va exploser. J'en veux encore. Je le *veux, encore.*

Il se détache de moi et écarte brusquement du bras tout ce qui se trouve sur le comptoir de la cuisine derrière moi. Mon rire se mêle au fracas, alors qu'il empoigne fermement mes hanches. Je lâche un petit hoquet quand mes fesses atterrissent sur le marbre frais.

Izaak m'embrasse encore plus intensément maintenant que je suis à sa hauteur. Sa langue danse contre la mienne avec une douceur insoupçonnée. Le contraste entre la vigueur de sa poigne et la tendresse de ses gestes me laisse sans voix.

— Si tu savais à quel point je déteste te voir avec Matthew…, murmure-t-il en décollant un instant ses lèvres des miennes. J'ai peur qu'il te fasse du mal… et j'ai aussi peur qu'un jour tu le laisses faire tout ce que j'ai envie de te faire.

— Qu'est-ce que tu veux me faire ?

Un rire rauque s'échappe de sa gorge.

— Une fois les mots sortis, je ne pourrais plus les récupérer. Je devrais m'exécuter.

Je ne contrôle plus rien. Je cligne des yeux, et j'ai les doigts sur ses bras, puis son torse. Sous ma main, je sens son cœur cogner comme un fou dans sa poitrine. Bam. Bam. Bam.

Sa main se faufile sur mon genou, puis sous ma jupe. Ses doigts se plantent dans ma cuisse.

Et se rétractent d'un coup.

— Eliotte…

Il fait un pas en arrière en secouant la tête.

— Je ne supporte pas de te voir avec Matthew, dit-il, haletant. Mais je n'ai pas le droit de ne pas le supporter. Du moins, je n'ai pas le titre qui m'autorise à m'exprimer sur ce sujet.

Je m'apprête à parler, mais il me devance.

— Et je ne sais pas si je veux l'avoir.

J'arque un sourcil, en posant ma main sur ma poitrine. Comme si quelque chose venait de la traverser.

Je saute du comptoir et lance d'une voix encore vacillante :

— Et tu ne te demandes pas un instant si, moi, je veux que tu aies ce titre ?

Je reprends ma respiration en essayant de garder mes yeux dans les siens.

Izaak hausse les sourcils, avant qu'un léger sourire en coin ne griffe ses lèvres. Il soupire en appuyant son dos sur le coin d'un tabouret.

— Si, bien sûr que je me le demande… mais je sais qu'il y a des choses qui ne peuvent pas se simuler. Comme un regard. Un rire. Un baiser.

Il mord sa lèvre inférieure en regardant le sol, avant de remonter les yeux vers moi.

— Tu veux que je te dise la vérité ?

Je hoche la tête, incapable de produire le moindre son.

— Tout ce temps, on n'a pas trompé les autres… mais nous-mêmes. C'est fou comme c'est simple de faire semblant, avec toi. Comme *tout* est simple.

Je fronce les sourcils en passant une main dans mes cheveux.

Rien n'est simple.

— Au contraire, tout est compliqué, Izaak… Pourquoi tu me dis une chose si c'est pour me dire l'inverse juste après ?

— Parce que je ne sais plus où j'en suis ! s'exclame-t-il en levant les bras. Tu n'es pas dans la même position que moi ! Toi, tu as fait un test-paire avec *mon* frère.

— Qui est aussi incertain que toi, apparemment…

— Eliotte, comprends-moi. Je n'ai qu'un frère. Si je le brise, je… Je ne peux pas lui faire de mal. C'est au-dessus de mes forces. Je ne me le pardonnerai jamais.

— Izaak…

Maintenant que je le connais, je sais qu'Ashton représente *tout* pour lui ; comme tous ceux qu'il aime et qu'il a laissés entrer dans son cercle. Il est trop entier pour faire les choses à moitié et rester dans le vague, mais trop entier aussi pour s'engager avec moi quand il y a tant d'autres choses en jeu.

— Si je pouvais me contrôler et faire des choix raisonnables en appuyant sur un putain de bouton ou en m'injectant le contenu d'une seringue à la con… Je ne choisirais pas *ça,* dit-il en désignant l'espace entre nous. Je choisirais la facilité. Je choisirais de ne pas avoir de cœur. Ou alors je demanderais qu'on me l'ampute si c'était possible. Oui, ça, et mon cerveau. Que je n'aie plus à penser à contre-courant et à me battre avec mes émotions, ma morale et toutes les conneries dans le tas.

Je baisse les yeux.

— Je sais que tu n'aurais jamais voulu te retrouver compatible avec moi.

— Avec quiconque, Eliotte. Je t'interdis de croire une seule seconde que c'est toi le problème. C'est tout ce délire planétaire d'algorithme et de compatibilité qui l'est.

Je soupire en continuant de fixer le sol. Izaak s'approche et prend mon menton pour me forcer à le regarder.

— On est perdus, toi et moi. Mais les choses vont finir par s'éclaircir.

Il m'embrasse sur le front et, alors que j'aurais voulu qu'il se détache de moi, il pose sa joue sur mes cheveux. Alors que j'aurais voulu le repousser, j'enroule mes bras autour de son dos et le serre fort contre moi. Je ne sais même pas pourquoi. J'ai juste besoin de le sentir. Comme s'il était irréel, et que tout ce que je venais de vivre n'était qu'une simulation.

Je le sens encore haleter, là tout contre moi. J'ai toujours les poumons gonflés, le cœur en pagaille, les joues rouges. J'inspire et expire comme si la pièce n'avait pas assez d'air. Izaak caresse doucement mes cheveux. Ses mouvements sont emplis d'une délicatesse qui me trouble encore plus.

Mais il s'écarte brusquement et se racle la gorge.

— Hum…

— La nuit porte conseil ? lancé-je.

Il me sourit.

— Oui, toujours.

Ses yeux ont retrouvé leur éclat railleur et mystérieux. Il s'éloigne de moi, sans cesser de me regarder.

— Bonne nuit, Eliotte.

— Bonne nuit.

Il fait un autre pas en arrière, puis un autre… et me tourne le dos. Il avance à toute vitesse jusqu'à l'escalier avant d'en monter les marches quatre à quatre.

Je reste debout contre le comptoir de la cuisine, les lèvres enflées. Par notre baiser, ou par toutes les choses que j'aurais pu dire, je n'en sais trop rien.

36. La puce

Le lendemain, Izaak n'est pas dans le loft. Je le sais parce que j'ai regardé dans toutes les pièces. Il est parti, sans rien me dire. Est-ce que c'est ce conseil-là que lui a porté la nuit ?

Je continue de fixer la surface de mon bol de céréales, en me mordant l'intérieur de la joue, quand la sonnerie de mon téléphone me fait sursauter.

— Allô ?

— Meuf, j'ai retrouvé ce que tu as fait tomber au Bureau.

Je manque de tomber de ma chaise.

— Oh putain, c'est pas vrai ? Merci, Matt ! Tu me sauves !

Une partie de moi pensait que c'était perdu d'avance, et que j'étais maudite.

— Je t'apporte ça chez toi ? me demande-t-il.

— Oui, s'il te plaît… Mon Dieu, Matt, t'imagines pas à quel point j'ai hâte de savoir ce que mon père voulait que je…

Il se met à toussoter, doucement puis de plus en plus fort.

— Tout va bien, Matt ?

— Oui, c'est juste que j'ai avalé de travers.

— Hum… OK… Je te disais que je ne peux plus attendre de savoir ce que mon père m'a laissé derr…

— Waouh ! Incroyable ! s'exclame-t-il. Il y a une promotion sur les mousses à raser, c'est impec.

Quoi ?

Mes ongles tapotent le bord du comptoir en marbre.

— Matthew, quelque chose cloche.

— Non. Pourquoi ? Enfin, bref…

— Pourquoi tu évites le sujet ?

— Je n'évite rien. On pourra en parler quand je serai chez toi, si tu veux.

— Mais pourquoi pas maintenant, au téléphone ?

— Hum… Je suis au supermarché, là, Wager. C'est un peu galère. Je te laisse.

Je recule sur mon siège.

— T'es sûr que ça va ?

— Je dois vraiment y aller, désolé ! Mais rien ne cloche, Eliotte, OK ? On en parle après. Bisous !

— Ma…

— Attends ? J'ai dit « Bisous » ? Tu vois, je deviens bizarre à cause de tes questions farfelues ! Bref, j'y vais.

— OK… Bisous, bisous, ajouté-je pour le taquiner.

— Wager ! dit-il sous le ton de la menace.

Je ris avant de raccrocher.

Bon, OK. C'était bizarre.

Et je ne parle même pas de la manière dont on a conclu cet appel. Pourquoi est-ce qu'il ne voulait plus qu'on discute de mon père subitement ? Ça ne l'a jamais dérangé avant. Il était même content que je le fasse parce que ça prouvait la confiance que je lui portais.

Il toussait comme pour couvrir mes mots…

Parce qu'on pouvait m'entendre ? Matthew ne m'aurait jamais mise sur haut-parleur pendant un appel aussi personnel. Et il avait l'air d'être seul, non ?

Je secoue la tête et reprends ma cuillère pour entamer mes céréales ramollies par le lait. Je cogite trop.

Malgré ce coup de fil étrange, je sens mon cœur pétiller dans ma poitrine et la faire vibrer tout entière. Je vais savoir ce que mon père a laissé derrière lui.

Ce qu'il a voulu *me* transmettre.

J'ai essayé de me convaincre qu'il avait seulement voulu cacher la puce pour que personne ne la retrouve. Car croire le contraire revient à donner une autre version à mon histoire. Une toute nouvelle version. Ce serait penser que, finalement, il voulait garder un lien avec moi, qu'il n'était pas simplement parti sans se retourner. Aujourd'hui, j'en suis sûre : il a forcément voulu que je tombe dessus. C'est un secret entre mon père et moi qui est enfermé dans cette puce.

Mon père.

Et moi.

De longues minutes plus tard, mon bol de céréales bien fini, je sursaute à nouveau en entendant la sonnette du bâtiment.

Je me lève brusquement de mon tabouret et accours vers la tablette murale. Un outil « d'utilisation familiale » offert dans chaque foyer par l'État. En plus de recevoir des messages de HealHearts directement dessus et de permettre d'entretenir une vie en communauté grâce à la fonction « messages à mes voisins », cette tablette est liée au système de sécurité du bâtiment. Je vois sur l'écran Matthew faire des grimaces à la caméra. Je ris.

Il est con !

Je lui ouvre les deux portes du bâtiment et me dirige vers la porte d'entrée. Quand j'entends sonner, je tape le code d'entrée sur la tablette puis déverrouille mécaniquement la porte avec ma clé – Izaak ne faisant pas confiance au système digital de sécurité…

— Et voilà, madame Wager, vos précieuses… Attends, maintenant c'est madame Meeka, du coup ? Ou Wager-Meeka ? J'y avais jamais pensé. Ça sonne plus pareil. Je dois trouver un nouveau surnom.

Je souris devant sa grimace, en prenant ma clé USB et la puce, le cœur battant.

— Appelle-moi comme tu veux, Matt. Merci encore pour tout ce que tu as fait.

— Arrête de me remercier tout le temps, comme ça… Ce que j'ai fait est normal, Eliotte. Le b. a.-ba.

Il rit.

— Tu veux entrer ? lui proposé-je en ouvrant plus grand la porte.

— Et me faire encastrer par Izaak ? Votre déco est très bien comme ça, Eliotte. Je sais que je serais une pièce de collection d'une grande rareté mais…

— Il n'est pas là, ce matin.

Je vois que ses épaules esquissent un léger mouvement vers l'avant, comme s'il allait entrer, avant qu'il ne fasse un pas en arrière.

— Je ferais mieux d'y aller, j'ai des choses à faire…

Il me gratifie d'un petit sourire. Les traits de son visage semblent tirés par une émotion indescriptible. Son buste pivote vers le couloir de quelques centimètres avant de se retourner finalement vers moi.

— D'abord, je voulais m'assurer, Eliotte… Comment ça va depuis hier ?

— Beaucoup mieux.

Il fait une moue perplexe et me dévisage les yeux plissés pendant de longues secondes.

— Quoi ? fais-je au bout d'un moment, mal à l'aise.

— Je te connais bonne menteuse, donc j'essaie de sonder ton âme, là.

— Je te jure que ça va mieux, rétorqué-je en souriant. Et puis… l'alcool m'a fait ressentir les choses puissance mille. De toute façon, toi et Izaak étiez là… J'ai de la chance. Beaucoup, même.

Une petite ombre passe sur son visage rayonnant.

— Bon, là je devrais vraiment y aller. Mon père va me tuer si je ne reviens pas avec les courses.

Il s'élance déjà vers l'ascenseur.

Attendez, une minute…

— Matthew ?

— Oui ? dit-il en faisant volte-face.

— Tu as dit que tu étais au supermarché, quand on était au téléphone. Tu as déjà fait tes courses ?

— Euh, oui… Et… E-Et là je dois rapporter les courses le plus vite possible, chez moi.

Pourquoi est-ce qu'il bégaie ?

Voyant que je l'observe étrangement, il lance :

— Pourquoi je mentirais sur un truc aussi débile, Eliotte ?

Son sourire s'étire, et ses fossettes se creusent. Ses yeux bleus s'illuminent.

— Arrête d'être parano comme ça !

Je secoue la tête.

— Je… Je suis bête. Désolée.

— Non, t'es pas bête, Wager. Du tout, même. Juste un peu trop sur tes gardes.

Je lui rends son sourire.

— Tu devrais y aller ou ton père va te passer un savon.

— Juste… Si tu as besoin, appelle-moi.

Un dernier sourire, et il s'engouffre dans l'ascenseur en me lançant un « Bisous ! » plein d'ironie.

Je ferme brusquement la porte derrière moi.

Je l'ai mis mal à l'aise à le prendre pour un menteur. Pourquoi est-ce qu'il faut que je me méfie de tout comme ça ?

Même quand j'entrouvre la porte de ma vie aux gens, je m'arrange pour les pousser à l'extérieur. Malgré moi. Izaak a raison : je me sabote continuellement.

« Arrête d'être parano comme ça… J'ai rien mis dans ton verre. »

Le souvenir m'est revenu d'un seul coup. Je pince les lèvres en serrant la clé USB et la puce dans mes mains.

J'ai cru qu'il me voulait du mal la première fois. Me rappeler ce moment n'était qu'un genre de réflexe cérébral et inconscient, ou quelque chose comme ça.

Je regarde dans ma main ce que je pensais avoir perdu à jamais. Ça y est. Je vais enfin savoir ce que mon père tenait tant à garder à l'abri de tous.

Grâce à Matt.

J'inspire fort en sentant mon cœur palpiter. Je vais m'asseoir sur le canapé dans des mouvements précipités et ouvre l'ordinateur portable que j'avais préparé à l'avance, impatiente. Les doigts tremblants, j'y insère la clé USB.

Dans quelques secondes, tu sauras, Eliotte.

Un… Deux… Trois…

Je double-clique sur le fichier que j'avais copié, les muscles tendus, et déplace mon curseur sur un document intitulé « CAS ZÉRO ».

La page charge.

Qu'est-ce que tu ne voulais pas qu'on sache, papa ?

Un rapport scientifique apparaît.

Qu'est-ce que tu voulais que je sache ?

J'écarquille les yeux.

37. La vérité

Le titre de son rapport me cisaille l'esprit : « Homosexualité ».

Je commence à le lire, les sourcils froncés et les yeux plissés. Je ne comprends pas tous les termes médicaux employés, mais ça m'a tout l'air d'une expérience visant à vérifier l'existence de l'homosexualité – et donc, par extension, des âmes sœurs de même sexe. Mon père savait que c'était bien réel, et il tentait même de le prouver en utilisant *leur* outil de prédilection : la Science.

Il avait peut-être le même avis sur le système d'âme sœur, et toute la société.

Il pensait peut-être comme nous…

Comme moi.

Ou peut-être que c'était une simple expérience pour rassasier sa curiosité de scientifique.

Il n'aurait pas caché la puce sinon, et dans un livre censuré…

Mon père devait forcément être différent de tous ces moutons. Il n'était pas aveugle. Il ne pouvait pas l'être.

Et il voulait que je le sache. Pour ouvrir les yeux sur ce monde ravagé qui nous entoure.

J'ai l'impression d'avoir reçu un coup de poing dans le ventre.

Fiche informative du cobaye n° 1

Nom : Edison Eric

— Quoi ? lâché-je, le souffle coupé.

Il a été son propre cobaye pour prouver que l'homosexualité existait ?

Mon père est… homosexuel ?

Je fixe l'écran, la bouche ouverte.

Comment… Oh. Waouh. OK.

Je poursuis ma lecture, le cœur battant. Entre les descriptions de résultats, il y a des électrocardiogrammes, des encéphalogrammes, des notes… Une multitude de preuves. De ce que je comprends au premier coup d'œil, il essayait de comparer les effets physiques et cérébraux de la passion amoureuse « hétérosexuelle » à ceux de celle « homosexuelle » afin de démontrer qu'ils étaient identiques.

Mon regard dévie sur le clavier de mon ordinateur. Je ne sais pas combien de temps je reste assise là, à penser, à remettre en cause toute mon existence en la décortiquant filament par filament. Alors que je croyais qu'il était parti pour une femme… mon père était de toute évidence parti retrouver un homme. Ou peut-être ne supportait-il plus cette société.

Je comprends mieux maintenant pourquoi son mariage ne pouvait pas être heureux. Car lui ne pouvait pas l'être en se cachant, en mentant, en essayant de survivre dans un monde qui niait sa propre existence, un monde dans lequel on ne lui avait pas fait de place.

Qu'importe son test de compatibilité, son mariage était voué à l'échec. Il ne pouvait tout simplement *pas* tomber amoureux de ma mère. Le facteur d'orientation sexuelle est complètement laissé de côté dans l'équation d'Algorithma, parce qu'ils veulent imposer à tous ce schéma familial qui permet la reproduction naturelle.

Ce qui ne fait pas fondamentalement de moi une erreur du système, alors ? Simplement le fruit d'une société pourrie de l'intérieur et complètement hypocrite.

Mon cœur se serre. Même s'il n'aurait jamais dû m'abandonner… j'ai de la peine pour lui. J'ai beau lui en vouloir pour tout ce qu'il m'a fait vivre, pour le vide et les balafres encore ouvertes qu'il a créés, je ne peux m'empêcher de ressentir cette rafale de balles qui traversent ma poitrine. Je n'imagine pas la douleur continuelle qu'il devait ressentir à… juste exister. Au mauvais endroit.

Mais pourquoi ne pas être resté et nous avoir dit la vérité ? Pourquoi ne pas nous avoir emmenées avec toi ? Pourquoi avoir préféré le silence ?

Il ne s'est pas tu, Eliotte. Il voulait que tu *saches.*

Je passe une main sur mon visage et essaye de calmer ma respiration irrégulière. Il faut que je réfléchisse. Mon père est homosexuel. Et une chose est sûre : il a bien fui ce système – seul ou accompagné. Il est quelque part dans ce monde. Il ne s'est pas volatilisé…

Et s'il voulait que je le retrouve ? Il n'a pas dû laisser qu'une puce. Il doit y avoir autre chose… Ça doit être juste là, sous mes yeux.

Maintenant que je possède une pièce du puzzle, je ne peux pas rester les bras croisés, je dois le reconstituer. Parce que j'ai besoin de lui parler. De lui hurler des questions au visage, mais aussi de lui dire qu'il n'est pas tout seul, que je ne le trouve pas anormal, qu'il a le droit d'aimer qui il veut et que… je suis là. Sa fille est là.

Il faut que je le retrouve.

Mais par où commencer ?

Je me lève du long canapé, la machine de mon cerveau en route. J'ai déjà passé au peigne fin tous les livres du carton. Il n'y avait qu'une puce. Où pourrais-je chercher ? Peut-être qu'Izaak aura une idée. J'ai hâte de savoir ce qu'il pensera de…

Je sens mon cœur se tordre dans ma poitrine. Je donnerais n'importe quoi pour lui parler de ces découvertes bouleversantes, là maintenant. Je le pourrais, techniquement. Mais il est parti sans rien me dire. Ou plutôt, justement en me donnant sa réponse ; il préfère qu'on fasse notre route chacun de notre côté. Je ne dois pas me voiler la face.

Izaak a fait son choix.

Il a pensé à son petit frère…

Ou même à cette Joleen.

Peut-être que s'il est perdu, c'est également car il y a cette fille dans l'équation. Celle avec qui il était prêt à se marier à vingt et un ans. Peut-être qu'il est juste attiré par moi physiquement, et qu'il ne sent pas son cœur battre comme le mien quand on est dans la même pièce. Peut-être même qu'il existe encore d'autres raisons qu'il n'a pas osé me confier.

Je fronce les sourcils.

Pourquoi est-ce que je suis en train de me demander pourquoi ?

Je ne devrais pas faire la liste des raisons hypothétiques de son départ – ou des choses qui l'auraient fait fuir. Que je sache ou non, le résultat est le même : il n'est pas là.

Je m'immobilise en plein milieu du salon, le souffle court.

Je réalise que je me suis toujours posé les putains de mauvaises questions. Plutôt que de me demander toute ma vie pourquoi mon père m'avait laissée, j'aurais dû me demander pourquoi j'aurais voulu qu'il reste. Quel besoin aurait-il pu combler ? Qu'est-ce qui aurait fait que ma vie ne serait plus jamais la même ? Et ce, pour que je puisse continuer à avancer, plutôt que de laisser les blessures pourrir à l'air libre.

Maintenant, je suis seule dans ce loft. Et j'ai un objectif : comprendre ce que mon père a voulu me dire avant de partir. C'est ce que je veux plus que tout au monde, là maintenant.

Tomber. Se relever. Avancer. Seule ou accompagnée. Chercher. Trouver.

Je sens un feu grandir en moi à une vitesse fulgurante. Il ne s'éteindra pas tant que je n'aurai pas des réponses.

En avant, Eliotte.

Je suis sûre que maman a gardé quelques-unes des affaires de papa. Elle n'a pas pu se séparer de tout ce qui lui avait appartenu, c'est impossible. Je la connais.

C'est la raison pour laquelle j'attends qu'elle sorte de l'immeuble afin que je puisse en avoir le cœur net, en fouillant notre appartement. Maman va au marché à partir de 15 heures tous les dimanches pendant environ une heure. Karl travaille jusqu'à 18 heures, ce qui me laissera le champ libre pendant un bon moment.

La voilà !

Étant donné qu'ils ne possèdent qu'un véhicule pour deux, elle se dirige tranquillement vers l'arrêt de bus le plus proche dans son petit manteau vert. Je n'attends pas plus et sors de ma cachette. Je rentre dans l'immeuble sans me faire repérer, en regardant toutes les secondes dans la direction de la silhouette élancée de ma génitrice. Arrivée devant la porte, je remercie le ciel de ne pas avoir encore rendu le double que Karl m'avait laissé quand j'étais restée avec Izaak à l'appartement, après notre non-dîner.

Ça y est. Il ne reste plus qu'à chercher.

On pourrait penser que, plus l'espace est petit, et plus j'aurai de chance de trouver des choses. Mais l'ennui, c'est qu'il faut redoubler d'ingéniosité pour cacher ce qu'aucun œil ne devrait voir.

Je me dirige instinctivement vers sa chambre à coucher. C'est la pièce dans laquelle j'entrais le moins à l'époque où je vivais ici : si elle veut me cacher quelque chose, c'est sans doute là qu'elle le mettrait.

Je commence mes recherches en observant les lattes du parquet. Je sens déjà le malaise m'envahir : je vais fouiller dans chaque millimètre carré de l'intimité de ma mère.

Il faut le faire.

Une latte craque un peu plus que les autres sous mon poids. Je me jette sur le sol et commence à l'examiner. Mes doigts passent dessus pour tenter de trouver une ouverture qui me permettrait de la décoller et de…

— Eliotte ?

Je me statufie. Ma tête se lève lentement vers la silhouette devant moi. Ma mère se tient debout et tient un couteau dans les mains.

— J'ai cru que c'était un cambrioleur !

— Non, juste moi, dis-je en me redressant. Désolée de t'avoir effrayée.

— Qu'est-ce que tu fais ici ?

— Je… hum…

Vite, un mensonge. Vite, vite, vite…

— J'ai oublié de laisser le double de Karl, débité-je. Je pensais te trouver là.

— Mais pourquoi tu es dans notre chambre ?

D'habitude, ça me vient toujours simplement.

Mais là, le mensonge peine à se formuler. Rien ne s'immisce dans mon esprit, comme si ce dernier ne voulait pas que je mente, mais que je fasse tout l'inverse.

— Maman… Il faut qu'on parle.

Je m'assieds au bord du lit et tapote la place à côté de moi pour l'inviter à mes côtés.

— De quoi veux-tu parler, exactement ? dit-elle en me rejoignant.

— De papa.

Son visage se creuse soudain.

— Je n'aime pas en parler, Eliotte.

— Ça fait quinze ans, maman. Tu ne crois pas qu'il est temps d'en parler ?

— Il n'y a rien à dire.

Elle a le regard fuyant, braqué sur la latte de parquet que je voulais arracher.

Je soupire. J'ai déjà vécu cette scène un million de fois quand j'avais environ seize ans.

Un matin, comme si je venais de sortir du coma, je m'étais réveillée avec une douleur déchirante à la poitrine. Il semblait qu'un vide se creusait au fond de moi-même depuis mon enfance et venait soudain d'atteindre le bout de mon corps, ne trouvant plus aucune chair à siphonner. J'étais tellement en colère, perdue… et avide de réponses. Ma mère me rabâchait cette même phrase : il n'y a rien à dire. Parfois calmement, parfois plus agressivement ou entre deux sanglots. « Il n'y a rien à dire, Eliotte. »

Rien, rien, rien.

J'ai fini par abandonner et, dans la même période, je suis tombée amoureuse d'Ashton.

Mais aujourd'hui je vais briser le cycle du silence. C'est terminé.

— Papa a laissé quelque chose derrière lui avant de partir, dis-je d'une voix maîtrisée, malgré les mauvais démons qui remontent.

— Quoi donc ?

— Quand j'étais petite il m'a offert un carton rempli de livres censurés par le gouvernement. Dans l'un d'eux, j'ai découvert qu'il y avait caché une puce électronique… tu ne devineras jamais le contenu de celle-ci.

— Ce carton, je croyais qu'il s'en était débarrassé…

— Tu étais au courant ?

— Vaguement, dit-elle d'une petite voix. Et… q-qu'est-ce qu'il y avait dans cette puce ?

— Tu sais ce que c'est l'homosexualité ?

Son visage se fige. Une longue seconde s'écoule, avant qu'elle ne le cache avec ses mains.

— Maman ?

— Oui, Eliotte, murmure-t-elle. Oui je sais ce que c'est. Ton père me l'a appris un peu après notre mariage.

Elle me fait de nouveau face, les yeux larmoyants.

— Nous étions vraiment deux meilleurs amis… Un couple fusionnel. J'étais folle de lui et je pensais que c'était réciproque, mais quand il m'a expliqué qu'il était « différent »… je suis tombée des nues.

— J'imagine…

— Mais je l'ai accepté, et nous étions heureux. Enfin… c'est ce que je croyais. Ton père traversait parfois des moments extrêmement difficiles, de grandes crises existentielles. Ça le torturait un peu plus de jour en jour, de devoir mentir et se cacher.

— Il est parti pour ça, pas vrai ?

— Eliotte…

Des larmes coulent sur ses joues.

— Je ne pense pas qu'il soit… parti.

— Qu'est-ce que tu veux dire ?

— Ton père s'est suicidé.

Mon cœur tombe sur le sol et rebondit sur le parquet rayé. Je fixe ma mère, la mâchoire détachée.

— Quoi ? Mais comment peux-tu me dire ça comme ça ? Et comment peux-tu en être si sûre ?

— S'il était parti ailleurs, il me l'aurait dit. On ne se cachait rien. Je l'aurais même suivi… J'étais au courant de tout. Et avant de disparaître, du jour au lendemain, j'ai découvert sur notre lit une lettre de sa part.

— Qu'est-ce qu'elle disait ?

— Je l'ai brûlée. Je ne pouvais pas supporter de la voir… pourtant ses mots tournent souvent en boucle dans ma tête, dit-elle d'une voix brisée. Elle disait : « Je ne suis pas ton âme sœur, et tu le sais. Tu es ma meilleure amie et je t'aimerai jusqu'à la fin des temps. Pardonne-moi ce que je vais faire, je t'en supplie. »

Et ma mère éclate en sanglots.

Je la regarde s'effondrer, les poumons compressés.

C'est impossible, non, non, non…

Ce sont mes yeux, maintenant, qui brûlent à cause des larmes qui menacent d'arriver. Je mords ma lèvre inférieure, sentant ma poitrine se soulever, puis se s'abaisser violemment. Quelque chose craque en moi, je me sens imploser.

— M-Mon père s-s'est… tué, et toi, pendant toutes ces années… tu as préféré me faire croire qu'il s'était barré ?

Je ne reconnais même pas ma voix. Mes cordes vocales sont si comprimées dans ma gorge.

— C'est la même chose, Eliotte ! s'exclame-t-elle en relevant son visage humide. Il nous a laissées !

— Quoi ? Pourquoi tu m'as menti ?

Je bondis du lit pour me placer en face d'elle. Mon cœur tape, tape, tape dans ma poitrine. Une douleur foudroyante me comprime les organes.

— Pourquoi ? répété-je.

Les larmes commencent à embuer ma vue, mais je m'en fous. Il n'y a que ma mère, assise sur le lit, et le chaos qu'elle vient de déchaîner en moi.

— Tu as préféré me laisser croire toute ma vie que j'étais un putain de boulet, que je ne valais rien et que tout le monde m'abandonnerait comme lui l'avait fait… Comment t'as pu me faire ça, maman ?

— Je ne pouvais pas t'expliquer tout ça, c'était beaucoup trop dur…

— Parce que tu crois que ce n'était pas dur de penser qu'on était une famille cassée ? Que mon père était un lâche qui ne m'avait jamais aimée ?

— Il était un lâche, oui ! vitupère-t-elle en se redressant pour me faire face. Il a choisi la mort plutôt que sa famille !

— Comment tu peux dire ça ? I-Il vivait un enfer ici… À tel point que la seule solution pour lui était de quitter cette terre ! Tu te rends compte ? Mon père était courageux, au contraire !

— Courageux ? Tu n'es pas sérieuse ! Il m'a menti pour ensuite me laisser croire que tout irait bien… Il m'a abandonnée ! Il n'a pensé qu'à lui !

— *Tu* n'as pensé qu'à toi, maman !

Un sanglot me déchire le ventre. Les larmes se mettent à couler, sans que je puisse les arrêter. J'ai mal, tellement mal. Un courant électrique me traverse tout entière, brûle chaque cellule, carbonise chaque atome.

Mon père est mort. Il souffrait tellement qu'il en est mort.

Je n'arrive plus à respirer… J'essaye de prendre une inspiration, en voyant mon monde se flouter derrière mes pleurs.

— Si j'avais su la vérité, dès le début… tout aurait pu être différent, murmuré-je entre les hoquets de tristesse. *Tout.*

— Je t'ai dit la vérité, Eliotte : ton père était un égoïste qui nous a abandonnées.

— Tais-toi, pitié… ! m'exclamé-je en m'essuyant les yeux. Tu ne réalises pas ce que ça m'a fait de croire à ces mensonges pendant toutes ces années. Tu ne réalises pas…

— El…

— Ça m'a flinguée ! Tu comprends ça ? craché-je en m'approchant d'elle. J-J'aurais pu être une gosse normale, mais à cause de toi je me suis trimballée ce vide béant dans la poitrine ! Je croyais que je l'avais fait fuir, que je ne valais rien ! Je croyais qu'il avait une nouvelle famille ! Tu réalises ?!

Je renifle, en essayant de sécher mes larmes du revers du poignet ; en vain, elles reviennent encore et toujours.

— Il m'aimait, en vérité, murmuré-je en hoquetant. Il m'aimait.

— Pas assez, Eliotte ! Il ne nous aimait pas assez ! Il n'aurait pas fait ce choix, sinon, il serait resté…

Elle se laisse tomber sur le lit, en cachant son visage de ses mains. Ses épaules tressaillent sous les spasmes qui lui secouent le corps.

— Il serait resté avec moi…, murmure-t-elle.

Mes doigts tremblent. Non, tout mon corps tremble. La pièce tremble. Tout est sous l'eau. Tout vacille.

Papa, je suis tellement désolée…

Nos sanglots se confondent dans l'air dans une symphonie assourdissante. Je fais un pas en arrière, la poitrine en feu.

Comment elle a pu me faire ça ?

Je ne peux plus voir son visage. Je n'y arrive pas.

Je recule davantage et me mets à courir hors de l'appartement, hors de l'immeuble. L'air glacé enflamme mes poumons dans ma course.

Les sanglots remuent mes lèvres gercées par le vent qui me fouette le visage. Mes pas me ramènent à la gare abandonnée. Je me retrouve rapidement sur son toit, les pieds ballants entre les barres du garde-fou. Imaginer le visage flou de mon père autour d'une corde me rend malade. L'imaginer avec un flingue dans la bouche encore plus. Mon regard dévie sur les rails rouillés. J'arrive à voir sa silhouette agonisante sur ceux-ci, avant qu'il ne lâche son dernier soupir de détresse, puis de soulagement.

Je n'arrive pas à y croire.

Mon père est mort. Algorithma l'a tué. Cette société tout entière l'a tué. La foule qui marche aveuglément au même pas l'a tué.

En ne se rebellant pas, on l'a tous tué.

Je serre les poings en essayant de réguler ma respiration. Mais j'étouffe. Je suffoque.

Je ne peux pas vivre ici. Je ne peux pas continuer de respirer dans ce pays au système défaillant.

J'essuie prestement mon visage humide et brûlant.

Mais je ne vais pas partir. Je vais rester. Je vais tout détruire. Et je vais reconstruire sur les décombres une société dans laquelle tu aurais eu entièrement ta place, papa. Une société dans laquelle tu n'aurais pas eu à te tuer pour enfin pouvoir vivre.

Je pince mes lèvres en fixant les rails de train.

Je te le promets.

Je ne sais pas combien de temps je reste assise ici, à entendre mes pleurs et mes cris étouffés résonner dans l'air froid. Ni comment je me retrouve au loft.

Je vais dans ma salle de bains me rafraîchir le visage.

Il faut que je commence par trouver tout ce qu'il a laissé derrière lui. Ses expériences, ses travaux, ses notes, ses affaires... Tout.

Je lève les yeux sur la glace devant moi. J'observe mon visage dégoulinant d'eau. Je n'ai jamais autant aimé mes cheveux bruns et mes yeux bleus, bouffis par le sel. Parce que je sais qu'ils étaient comme les siens.

Je m'essuie avec l'unique serviette accrochée ici, en soupirant.

Izaak.

Après que je lui avait prêtée, il me l'avait lavée comme promis, pliée soigneusement puis déposée sur l'étagère en bois.

Un rire m'échappe. Il a hurlé quand je suis entrée dans la salle de bains alors qu'il était en train de se doucher. Je l'ai vu quasiment nu – bon, peut-être tout nu – sous l'eau.

J'adorerais partager avec lui mes découvertes, pleurer sur son épaule, le laisser essayer de me faire rire à sa manière et de me galvaniser.

Mais il n'est pas là.

Et c'est très bien comme ça.

De toute façon, je serai bien obligée de lui parler pour que je puisse m'engager chez les Libérâmes. Oui, il faut que *j'agisse*. Je veux détruire de mes propres mains ce système empoisonné qui m'a arraché mon père.

Je vais m'enfermer dans ma chambre, pour éplucher dans un premier temps chacun des fichiers qui étaient contenus dans la puce. Et ce, pour peut-être reprendre ses résultats et ainsi réussir à faire ce qu'il souhaitait réaliser depuis le début : prouver scientifiquement que les âmes sœurs pourraient être de même sexe, et tourner en notre faveur le contre-argument scientifique. Publier ces résultats serait une des premières choses qui pourraient faire bouger le système.

Je parlerai à ma mère plus tard dans la semaine pour lui demander si elle a gardé les affaires de mon père. Là, je suis tout bonnement incapable de la revoir.

Pendant plusieurs heures je lis et annote chaque document de la puce. Je ne sais pas s'il a réuni assez de preuves qui permettraient, avec leur seule publication, de mettre en pièces les procédés d'Algorithma. Quoi qu'il en soit, le travail colossal que mon père a laissé me fascine. En dehors des thèses scientifiques qu'il tentait de démontrer avec ingéniosité et précision, il a écrit quelques essais philosophiques sur l'amour, le pouvoir ou encore la liberté de penser. Il était brillant.

En mangeant mes nouilles instantanées d'une main, je fais glisser le curseur de mon ordinateur de l'autre, pour que la liste des fichiers sur la clé défile. Entre les feuilles éparpillées devant moi et mon réveil digital affichant 23 heures, j'ai l'impression d'être de retour en période d'examens.

Qu'est-ce que c'est que ça ?

Il y a un fichier compressé que je n'avais pas encore ouvert. Je ne me demande même pas comment ça se fait, et double-clique dessus.

C'est une vidéo. Je la mets en marche, en me rendant compte que mes doigts tremblent sur le pavé tactile.

Pendant plusieurs secondes, le champ de la caméra est réduit à une pièce aux tons gris. Il y a des paillasses et un tableau blanc au mur sur lequel on a griffonné au marqueur. J'ai la ferme sensation d'avoir déjà vu cette pièce.

Soudain, je sursaute.

38. Partir

Mon père apparaît à l'écran. Ma main couvre ma bouche, sous le choc. Ça faisait tellement longtemps que je ne l'avais pas vu. J'avais oublié les contours de son visage, certains de ses traits, quelques-unes de ses rides, la profondeur de ses yeux et leur couleur exacte.

Des mèches noires aux reflets chauds tombent sur son front. Le bleu pâle de ses yeux ressort au-dessus de ses cernes. Il a toujours eu cet air fatigué, d'aussi loin que je me souvienne. Son expression est dure, sérieuse… Mais les pattes d'oie autour de ses yeux le trahissent. C'était un bel homme qui dégageait une aura tellement douce. Elle transparaît derrière l'écran et sa lumière bleue.

— Je suis le Dr Eric Edison. L'objectif de ce journal vidéo est de laisser une trace de mes avancées dans l'expérience que je mène. Celle-ci vise à affirmer l'hypothèse suivante : les âmes sœurs de même sexe existent.

Sa voix grave fait vibrer mon cœur. Une vague de souvenirs me renverse, et des perles d'humidité naissent au coin de mes yeux.

La vidéo ne dure pas plus de cinq minutes. Des avant-propos clairs et concis, une sorte de plan détaillé des prochaines étapes. Je parcours les fichiers de la clé à la recherche d'autres clips de ce type. Mais c'est le seul.

Il a pourtant parlé d'un « journal »…

En cliquant une autre fois sur la vidéo pour pouvoir la revisionner, un menu déroulant s'affiche. La localisation de l'endroit où la vidéo a été tournée est disponible : 4385 25th Ave SW, Seattle, Nouvelle-Californie.

Seattle…

Est-ce que ça pourrait être l'adresse de mon ancienne maison ? Ça expliquerait pourquoi le décor de la vidéo m'est si familier. Si mon père a tourné cette vidéo là-bas, il doit y avoir laissé d'autres choses liées à son expérience.

Il faut que j'aille à Seattle.

Je n'ai pas assez d'argent pour prendre un bus jusque là-bas…

Je pourrais voler la voiture de Karl ?

Non je ne peux pas les mettre au courant de mon départ…

Je passe une main dans mes cheveux en soupirant. Mon pied joue avec ma chaise de bureau pour la faire légèrement tourner. Comment je vais faire ?

Pense, Eliotte. Pense…

« Si tu as besoin, appelle-moi. »

Je sors mon téléphone du tiroir dans des gestes brusques et fais défiler mes contacts. Il est tard, peut-être qu'il dormira, mais je ne peux pas m'empêcher d'essayer. Je n'aurai jamais le cœur tranquille, sinon.

S'il te plaît, décroche… S'il te plaît…

— Allô ?

Je sursaute et me retiens de sourire comme une idiote.

— Ça te dit un week-end à Seattle ?

— T'es bourrée, Wager ?

— Je suis plus sobre que jamais, Matt. Je dois *absolument* aller dans mon ancienne maison.

— Ça a un rapport avec ton père, je me trompe ?

— Tu as tout juste. Tu peux simplement m'y déposer si tu veux, et venir me chercher le lendemain.

— Pas moyen, grosse folle. Tu c…

Ses mots disparaissent dans un long bâillement.

— Tu dormais, Matt ? Je t'ai réveillé ?

— Non, non du tout… Bref. Et Izaak ? Il vient avec nous ?

Je ne sais pas pourquoi je ne réponds pas tout de suite. Je reste bloquée sur son prénom, et cette réalité parallèle que

Matthew vient d'ouvrir : Izaak et moi, à Seattle. Comme un duo. Des complices dans le crime.

— Il… a des choses de prévues, dis-je après quelques secondes. Il ne peut pas m'accompagner.

— Et il est OK avec le fait que je t'y emmène ? Il ne va pas me traquer une fois qu'on sera revenus, ou un truc dans le style ?

Je pouffe.

— Il n'a pas son mot à dire, de toute façon : j'ai bien le droit d'aller où je veux avec qui je veux ? Mais, rassure-toi : tout est OK… Alors ? Tu es partant ?

Le petit rire cassé de Matt résonne à travers le micro.

— On part quand, Wager ?

— On a trois heures de route, alors… disons demain matin, 8 heures ?

— Je serai là.

— Merci, Matt. T'es le meilleur.

— Arrête, j'ai les chevilles assez grosses comme ça. Tu m'aides pas.

Il finit par raccrocher.

Waouh.

Je pars demain à Seattle. Ma ville d'enfance.

Izaak n'est pas rentré hier soir. Je ne sais pas où il est ni ce qu'il fait, et je déteste m'en soucier parce que, dans le fond, je devrais respecter sa décision et commencer dès maintenant à accepter qu'on n'a plus rien à se dire, lui et moi.

Mais je n'y arrive pas.

Debout devant mon lit, je plie mes vêtements de rechange avant de les fourrer dans mon sac à dos. Je ne sais pas pour combien de temps je partirai, mais je veux voyager léger. J'emporte également mes notes et la clé USB. J'ai tellement peur de la perdre à nouveau, et je me dis que j'en aurai peut-être besoin une fois là…

— Qu'est-ce que tu fais, brunette ?

Mes mains se figent dans leur mouvement au-dessus de mon sac. Je déglutis.

Ne le regarde pas.

— Bonjour, Izaak.

Il avance dans la pièce et s'invite sur mon lit. Il s'assied tranquillement juste en face de moi, près du sac que je remplis. Je suis bouche bée. Quel grand fou. On n'est pas censé être aussi à l'aise avec les gens qu'on doit éviter. Je me force à ne pas le regarder et continue de plier bagage.

— Tu fais quoi ? demande-t-il.

— Attends… On ne m'a pas prévenue, moi ! dis-je d'une voix faussement étonnée. J'ai des comptes à te rendre, Izaak ? Depuis quand ? Il fallait me mettre au courant.

Le sarcasme est sa langue maternelle, j'espère qu'il a compris.

— Toujours aussi matinale ?

Quoi ?

Je lève mon regard, prête à lui répondre… et m'arrête net.

— Izaak, c'est quoi ça ? dis-je en approchant mes mains de son visage.

Je ne devrais pas, mais je ne peux pas m'empêcher de lui prendre la joue pour l'examiner de plus près. Il a la lèvre fendue, des écorchures sur les joues et un bleu sur la pommette.

— Ce ne sont rien que des égratignures.

— Tu as besoin de glace ? demandé-je. De pansements ?

— Non, juste que tu me dises ce que tu es en train de faire.

— Je prépare mon départ pour Seattle.

Sur ces mots, je lâche son visage, pour me reconcentrer sur mon sac.

— Hein ? Seattle ? s'exclame-t-il en se levant.

Mon sac bouclé, j'enfile ma veste en jean en regardant Izaak s'agiter.

— Tu comptes partir, maintenant ? Tu prévois ça depuis quand ? Pourquoi tu ne m'en as pas parlé ?

Sa voix est beaucoup moins douce qu'il y a quelques secondes.

— Izaak, pourquoi je devrais répondre à tes questions, au juste ? Le message est passé, je te laisse faire ta vie, maintenant lâche-moi aussi.

— Oh ! oh, oh ! Attends, quoi ? Quel message ?

— Ce message ! dis-je en le désignant. Toi qui te barres sans rien dire pendant presque deux jours !

Il me scrute en plissant les yeux, l'air surpris.

— Tu n'as pas vu mon post-it..., murmure-t-il. Bien sûr que tu n'as pas vu mon post-it !

Je fronce les sourcils.

Hein ?

Il me prend le poignet et me traîne jusqu'à l'étage principal. Il me plante devant le tableau de post-it et de morceaux de papier accrochés près du réfrigérateur. Il y a même l'amende que j'ai reçue pour non-port d'alliance. Le tableau est recouvert de carrés fuchsia, jaune fluo ou marron. Il n'y a qu'Izaak qui le consulte, étant donné que ce sont *ses* notes.

— *Ce* post-it ! s'exclame-t-il en décollant du mur un plus grand que les autres.

Il me le lit :

— « Eli, je dois partir. Mais t'en fais pas, je rentre bientôt. Pourrai pas utiliser mon tél. Si besoin contacte Charlie (numéro au dos). Je sais que je vais incroyablement te manquer, mais tu es forte. Prends soin de toi, petit tarsier de mes deux. Pas de conneries s'il te plaît, reste en vie. » Voilà le *seul* et *unique* message que j'ai essayé de faire passer !

Je demeure bouche bée, je n'arrive pas à la fermer. Je dois avoir l'air encore plus débile.

— Mais comment j'étais censée voir ce post-it ? m'exclamé-je en tapant sur le tableau d'une main. Je n'utilise jamais ce truc, c'est le tien ! Et puis tu pars comme ça, du jour au lendemain... Tu aurais pu me mettre au courant quelques jours avant, non ?

— Mon départ n'était absolument pas prévu, Eliotte, crois-moi. Francis m'a envoyé au Grand-Texas avec une partie du groupe. J'ai été pris de court. J'ai essayé de te réveiller mais tu dormais à poings fermés… Alors j'ai paniqué et écrit ce post-it à la va-vite avant de partir.

Je laisse mon dos s'appuyer sur le rebord du comptoir de la cuisine. Je me retiens de sourire comme une idiote. Izaak n'est pas parti sans rien me dire volontairement…

« Prends soin de toi, petit tarsier de mes deux. »

— Qu'est-ce qui était si urgent ? m'enquiers-je. Rien de grave ?

— Le groupe de Liberâmes au Grand-Texas a lancé la première phase de manifestations publiques. On a fait une parade dans la rue, avec des pancartes, des banderoles… C'est une pratique ancienne. Une partie des nôtres nous ont rejoints pour grossir les rangs.

— Quoi ? Vous vous êtes montrés ouvertement contre le système ? Mais… personne n'en a parlé. Ni dans les médias, ni ailleurs.

— Tu imagines bien que ces enflures n'ont pas laissé un tel événement être médiatisé… Mais ça fait doucement du bruit, Eliotte. Les choses commencent à changer, on le sent.

— C'est incroyable, Izaak… Mais votre manifestation n'était pas pacifiste, du coup ?

— Si. Les représailles de la police, non.

Je fronce les sourcils.

— C'est eux qui t'ont fait ça ? dis-je en fixant les hématomes sur sa mâchoire.

— C'est parti en castagne… Ils ont frappé sans raison certains manifestants – Francis a pris très cher, d'ailleurs – et tout s'est envenimé.

— Tu crois qu'ils pourraient retourner l'affaire, et faire de vous un groupe de fanatiques violents ?

— On en a peur, oui… Mais la vérité finira par éclater, Eliotte. Que ce soit dans le chaos ou dans le silence.

Ses mots me font presque frissonner – par leur puissance et la conviction avec laquelle ils ont été dits. Ses idées vivent dans chaque cellule de son corps.

Et un peu plus dans les miennes, maintenant.

Soudain, le sourire d'Izaak se fane et son visage s'assombrit. Il fixe le sol.

— J'arrive pas à croire que tu m'aies cru capable de partir sans rien dire…

— Après notre conversation de la veille, ça me semblait évident, dis-je d'une petite voix.

— Mais sérieux, Eliotte… Moi ? Partir ? Et tu penses vraiment que je me serais barré sans *ma* jeep ?

— Je…

— Ou pire : sans toi ?

Je lève le regard sur son visage, incapable de parler. Il fait un pas vers moi et s'approche de mon corps qui recule contre le mur simultanément.

— Je ne serais *jamais* parti sans te le dire, souffle-t-il. Tu m'entends, Eliotte ? Jamais.

Sa main chaude trouve la mienne et je me laisse aller dans le vert de son regard, complètement absorbée.

— Je ne pars pas, moi, murmure-t-il. Quand je suis là, je reste. Et je viendrai toujours te chercher si je sais que tu m'attends quelque part dans ce monde.

Ses yeux fouillent les miens, mais je les baisse pour me sauver de la noyade.

— Je ne me serais jamais barré en te laissant derrière, Eliotte. Je ne suis pas comme ton père.

Mon père.

Une poigne de fer se referme autour de mon cœur.

— À ce propos, Izaak… J-J'ai fait des découvertes. C'est la raison qui me pousse à partir.

Il penche la tête sur le côté.

— Dis-moi tout.

On part s'asseoir sur le canapé et, dès lors que mes fesses touchent le cuir du siège, je me mets à parler, parler, parler… Je crevais de le faire. J'avais envie, plus que tout au monde, de partager ce qui m'arrive avec Izaak.

Le brun m'écoute attentivement, parfois en me posant des questions pour que je précise quelque chose ou – ce qui m'étonne – pour que je lui confie mon ressenti. Quand je termine le récit de mes découvertes, Izaak se tait un instant, avant de lâcher :

— Bon… je vais faire mon sac.

Il quitte sa place et monte à l'étage.

Il m'accompagne.

Je le regarde s'éloigner en souriant. Avant que mon cerveau se remette à fonctionner normalement.

Matthew et Izaak. Dans la même voiture. Pendant trois heures.

Oh ! mon Dieu.

39. Se retourner

Quand nous sortons de l'immeuble, j'aperçois la voiture de Matthew garée à quelques mètres. J'y accours, le sourire aux lèvres.

— Prêt pour le départ, acolyte ? m'exclamé-je en me penchant vers la vitre côté conducteur.

Le sourire de Matt est étincelant.

Il cogne son poing contre le mien

— Et comment, Wager !

— C'est Wager-Meeka, maintenant, lance Izaak en apparaissant derrière moi.

— C'est marrant que tu dises ça, répond-il. Je l'ai aussi fait remarquer à Eliotte, et elle m'a dit de l'appeler comme je le voulais. J'ai choisi *Wager* tout court. Ça sonne beaucoup mieux.

— Je vais mettre les sacs dans le coffre ! dis-je en tendant la main vers Izaak, pour qu'il me donne le sien et n'entre surtout pas dans le jeu de Matthew.

— Non, laisse, *mon cœur*. Je vais le faire.

Son emphase sur le nom affectueux m'arrache un autre sourire désespéré, qu'il me rend, avant de prendre mon sac. Il s'en va le ranger dans le coffre et revient aussitôt en lançant :

— Matthew, je vais te demander de sortir du véhicule.

Je me statufie.

Izaak, qu'est-ce que tu vas faire encore…

— Pourquoi ça, monsieur l'agent ?

Je passe les mains sur mon visage, me préparant au pire.

— Tu n'imagines quand même pas que je vais te laisser conduire pendant trois heures alors qu'il y a ma femme et ma personne dans la voiture.

Matt le dévisage intensément, en retroussant les lèvres, l'air outré. Ou complètement perdu. Oui, c'est ça, il ne comprend pas à qui il a affaire, ou plutôt pour qui Izaak se prend.

— Euh… Non ?

Izaak inspire et se tourne vers moi.

— Tu peux raisonner ton ami s'il te plaît ?

Je ne devrais pas rire. Je ne devrais *vraiment* pas rire, même. Mais leur expression faciale, le ton d'Izaak, la tension dans l'air… Un rire s'échappe de ma cage thoracique. Les deux garçons me considèrent, dépassés.

— Tu veux pas aller à l'arrière avec moi, Izaak ? dis-je alors.

Silence.

— OK, je prends ma jeep, dit-il en se tournant vers le garage.

— Non, Izaak ! dis-je en lui attrapant le bras. Reste là ! On ne va pas prendre deux voitures, c'est ridicule.

— Pas plus que de le laisser conduire.

Matthew lève les yeux au ciel et ouvre la portière.

— Voilà, monsieur Meeka ! crache-t-il en sortant. T'es content ?

— « Soulagé » est le bon terme.

Matt croise les bras contre son torse et appuie son dos contre la portière arrière. Il baisse la tête en tapant du pied. Un mal-être plombant me gagne en un instant. Je l'embête déjà pour qu'il m'accompagne, à des heures d'ici, tôt le matin, en pleine semaine… Et il faut en plus qu'il se fasse humilier par mon « mari ».

— Izaak, je vais conduire, lancé-je alors. Et tous les deux, vous allez à l'arrière.

— Pardon ?

— Passer un trajet ensemble va faire de vous les meilleurs amis du monde.

Matthew ricane.

— J'adore cette fille. Tellement naïve et pleine de bonne volonté… C'est bien que tu gardes ton âme d'enfant, Wager.

Après quelques jurons et protestations, nous entamons enfin notre voyage vers Seattle, moi au volant et les deux meilleurs ennemis à l'arrière.

Izaak reste silencieux pendant le trajet, alors que Matt et moi discutons de tout et de rien en nous esclaffant, comme toujours. Je me doute qu'Izaak ne veut pas prendre part à la conversation de peur qu'elle ne s'envenime naturellement ; la haine est spontanée chez eux. Dans le fond, je ne peux pas nier que les rapports entre Matt et Izaak m'attristent. Ils sont les deux seuls amis que j'ai vraiment. J'aurais adoré pouvoir passer du temps avec eux *en même temps* sans risquer la vie de l'un ou de l'autre.

Mais ça finira par s'arranger avec le temps. Je sais qu'Izaak ne supporte pas Matthew parce qu'il ne le pense pas fiable. Il sera bien forcé de voir tôt ou tard que Matthew est une personne de confiance. Un ami de confiance.

Maintenant que j'y pense, je me souviens qu'il m'a dit après la fête qu'il le jalousait à cause de notre proximité.

Oui, il m'a vraiment dit ça.

Repenser à cet aveu me donne des bouffées de chaleur. Mon regard ne peut pas s'empêcher de dévier vers le rétroviseur quelques secondes. J'y vois dans le coin Izaak, enfoncé dans son siège, en train de lire un livre censuré dont je ne vois pas la couverture – je parie que c'est *1984*. Une mèche rebelle titille son front plissé par la concentration. Son air fermé et hautain me rappelle celui qu'il arborait le jour de notre rencontre.

Les choses ont bien changé depuis.

— Donc, à ce moment-là, tu sais ce que me répond Jacob ? poursuit Matt d'une voix enjouée.

Mon attention dirigée sur la route, je marmonne :

— Non ?

— « J'en sais rien, je suis italien, mon pote » ! Meeec, non ! C'est pas un motif, ça ! Le pire c'est que…

Sa sonnerie de téléphone le coupe. Il l'éteint aussitôt et reprend :

— Le pire, c'était le ton avec lequel il a dit ça. Ce mec est vraiment incroyable. Tu adorerais le rencontrer. Enfin… si tu te décidais à boire un peu. Tu n'approches jamais personne avec moins de 0,6 gramme d'alcool dans le sang.

Je m'apprête à répliquer mais son téléphone sonne à nouveau. Je vois dans le rétro qu'il raccroche sans même lire le nom du contact et m'invite à poursuivre.

— Je sais… Mais je veux changer ça, lui dis-je alors. Pas l'alcool, mais le fait de m'ouvrir un peu plus aux autres.

— C'est vrai ? Tant que tu ne t'y sens pas forcée, je ne peux être que fier de toi, Wager.

Je souris et regarde le GPS sur le tableau de bord tactile. Nous serons à destination dans dix petites minutes. Depuis que nous sommes en ville, j'essaie de ne pas trop faire attention au décor : on n'est jamais à l'abri d'un souvenir qui pourrait surgir sans crier gare, et me faire perdre le contrôle du véhicule.

Mais plus nous approchons, et plus mon cœur tape dans ma poitrine. Cette ville est le nœud vital de tout ce que je suis aujourd'hui. Dans chacune de ces rues fourmillent des petites pièces de moi, que j'ai abandonnées – ou qu'on m'a arrachées je ne sais pas trop – il y a quinze ans. Être à nouveau ici, c'est les ramasser une par une, et les ranger dans mon cœur avant de pouvoir leur retrouver précieusement une place en moi, quand tout se sera calmé.

Quand nous passons au carrefour de Pinehurst, je ne peux plus faire l'indifférente. Quelque chose vient de crépiter dans mes veines. Le quartier de Lake City – *mon* quartier – n'est plus très loin. Ça y est. Revoir ces rues où j'ai passé mes après-midi à jouer avec mes voisins, ce square où je me suis cassé le bras ou encore cette supérette à laquelle mon père m'amenait acheter une glace tous les vendredis, c'est…

Je sens de l'eau perler au coin de mes yeux.

Heureusement que je leur ai dit d'aller à l'arrière…

Au bout de quelques minutes, je finis enfin par apercevoir une rue qui me retourne le ventre, puis l'esquisse d'une bâtisse qui ne m'est que trop familière… et enfin, ma maison. La vraie. Mes mains se referment sur le volant, alors qu'une bouffée de nervosité me secoue le corps.

Mon chez-moi.

Je serre mes lèvres pour retenir les larmes avant de reprendre mon souffle.

— On y est, les garçons, dis-je en me garant dans la rue déserte.

Nous sortons tous les trois et restons un moment immobiles devant la bâtisse, nos sacs sur le dos. On fixe ces murs délavés et recouverts de graffitis, les plaques de bois clouées aux ouvertures, les plantes sauvages qui grimpent sur les fissures des briques. Je savais que ma mère ne l'avait pas mise en vente après notre départ, incapable de s'en séparer – ça avait été un sujet de dispute, parfois, quand nos fins de mois étaient un peu trop serrées. C'était évident que la maison allait finir en squat, ou en ruine, mais de le voir là, en vrai, ça me compresse les poumons.

— On va essayer d'ouvrir une des fenêtres condamnées, lâche Izaak en créant un nuage de fumée dans l'air froid. On aura plus de chance qu'avec la porte en béton armé.

— On te suit, dit Matthew en talonnant le brun dans la cour avant.

Grâce aux outils que je lui ai conseillé d'apporter avec lui, on finit par dégager une entrée latérale. Matthew entre par la fenêtre en premier, avant de me tendre la main pour m'aider à sauter à l'intérieur de la maison.

L'air poussiéreux me fait tousser. Je plisse les yeux pour scruter l'endroit.

Waouh, sacrée baraque.

Petite, je ne me rendais pas compte du confort dans lequel on vivait. Cette maison est immense. Nous nous trouvons dans le vaste salon, dans lequel on a laissé du mobilier. Je me souviens maintenant, ma mère ne voulait pas déménager certains meubles, qui lui rappelaient « trop de mauvais souvenirs ». Je n'arrive pas à croire que je suis à nouveau dans ce même salon au sein duquel j'ai passé mes journées à dessiner à même le sol, ou à écouter mon père jouer du pia…

Où est le piano ?

Je me tourne instinctivement vers la droite, près des grandes fenêtres aujourd'hui condamnées – là où il demeurait. Je me détends aussitôt que je l'aperçois. Il est toujours recouvert d'un drap blanc. Je l'en découvre sans même réfléchir. Dans mon mouvement brusque, des petits fantômes de poussière viennent flotter dans l'air, éclairés par un rayon de soleil timide. Mes doigts passent lentement sur les touches restées intactes. Je peux presque voir ses mains danser à toute vitesse sur le clavier. Elles sont là, en train de jouer des mélodies incroyables que je fredonnais toute la journée. J'étais convaincue que mon père était un magicien.

— Bon ! m'exclamé-je en me tournant vers les garçons. Par quoi on commence ?

Je papillonne des yeux pour que ces foutues larmes restent tranquilles. Izaak et Matthew se tiennent droit en face de moi, à une distance exagérée l'un de l'autre. Izaak avec son col roulé moulant et ses bras croisés, Matt avec son teddy jaune de toujours et ses mains dans les poches.

Quel duo…

Je suis si reconnaissante de leur présence ici. Ils sont mes seconds points d'ancrage… le premier étant ma propre colonne vertébrale.

Tu es, depuis toutes ces années, ta propre amie avant tout, Eliotte.

— Est-ce que vous voulez qu'on se sépare pour couvrir un maximum de choses ? propose Matt.

— Ça peut être une idée, répond le brun. Mais avant je veux faire un tour un peu partout pour m'assurer qu'il n'y ait personne.

— La maison était condamnée, Izaak. On est *safe*.

— Je préfère être prudent.

Il emporte avec lui le pied-de-biche qui nous a servi à libérer la fenêtre et emprunte le grand escalier central, pour aller à l'étage.

— Oh ! Immense, la bibli ! s'exclame Matt en s'approchant des longues étagères.

— Mon père adorait lire, l'informé-je en le regardant tourner sur lui-même comme un labrador de trois mois.

— Et ça, j'adore, s'exclame-t-il en s'asseyant sur le petit fauteuil du piano. Je peux en jouer ?

— Je ne savais pas que tu étais musicien !

— Je suis plein de surprises…

Il claque des doigts théâtralement, se redresse sur le siège, et se met à appuyer aléatoirement sur les touches.

Bon, OK. Matthew ne sait clairement pas jouer du piano.

— C'est un tout nouveau genre musical, me dit-il en continuant son fiasco. J'ai passé des heures à élaborer ce style… Je l'ai appelé le Rivera Musical.

— Chez moi on appelle ça du vacarme, lance Izaak de l'escalier. J'ai tout vérifié : RAS.

Matthew appuie de plus belle sur toutes les touches de l'instrument et je m'esclaffe. On dirait moi petite, quand je tentais d'imiter mon père.

Izaak me rejoint et pose une main sur mon épaule. Des petites bulles explosent au creux de mon ventre. Il n'a rien fait pourtant, si ce n'est un simple geste, et plutôt amical.

— Je vais commencer mes recherches ici, lancé-je. L'un de vous peut aller à l'étage voir s'il trouve quelque chose.

— Je me dévoue, décrète Matt en quittant le piano. Je vous appellerai avant de toucher à quelque chose, si ça m'a l'air trop personnel.

— Merci.

Il monte quatre à quatre les marches de l'escalier avec son énergie habituelle, qui me fait du bien. Surtout dans un tel lieu qui fait remonter autant de souvenirs au bord de mes yeux, sous la forme de perles d'humidité.

Je tourne les talons pour commencer à inspecter la pièce, mais Izaak m'interpelle.

— Ça va ? fait-il doucement, la main sur mon avant-bras.

Je soupire.

— C'est... intense. Mais j'essaye de ne pas trop réfléchir pour ne pas perdre de vue mon objectif.

— Eli... si tu veux qu'on s'asseye cinq minutes ou trois heures pour souffler, on le fait. OK ?

Je tourne la tête pour croiser son regard et opine du chef. Je voudrais poser ma main sur la sienne. Mais je n'ose pas.

J'entame alors mes recherches dans le salon, en retirant les draps des quelques meubles laissés ici. Je ne sais pas exactement ce que je cherche, et ça complique la tâche. Un objet, de vieux documents, n'importe quoi.

— Eliotte, je crois que j'ai quelque chose..., me lance Izaak, le souffle court.

J'entends un grand grincement qui fait presque vibrer le sol, et fait volte-face vers le brun. Ma mâchoire se détache. Il a littéralement ouvert une partie de la bibliothèque... qui est en fait une porte. Il m'attend fièrement devant, un bras appuyé sur le côté.

— Vu ta tête, je devine que tu ne connaissais pas l'existence de ce passage.

— Clairement... J'arrive pas à croire que je jouais aux petites voitures sur les étagères de cette bibliothèque presque tous les jours, sans jamais imaginer ce qui se cachait derrière.

— Après toi, brunette, dit-il en se penchant légèrement en avant, une main tendue vers l'entrée.

— Merci, cher tarsier, réponds-je en ouvrant la marche théâtralement.

Un escalier en béton nous attend. Il descend sur plusieurs mètres et est plutôt exigu. Je prends mon téléphone et allume la lampe-torche de celui-ci pour nous guider dans la descente. Je sens mes mains devenir moites à mesure que j'avance.

C'est incroyable. Il y a un passage secret dans ma maison. Un putain de passage secret. Je vivais dans la baraque de Philippe Ier, nom de Dieu. Je vais sûrement bientôt découvrir qu'il y a un cachot et des douves secrètes dans ma chambre.

Qu'est-ce que tu nous cachais là-dessous, papa ?

L'air est froid ici, et chacun de nos pas résonne contre les murs. Arrivés en bas de l'escalier, nous découvrons une lourde porte en métal à côté de laquelle est fixé un boîtier. Je tapote dessus pour l'examiner, et il s'allume instantanément d'un bleu vif. Je sourcille.

— L'alimentation électrique de cette pièce doit être indépendante… Ce qui se trouve derrière cette porte devait être allumé à toute heure, peu importent les intempéries.

— Manque plus qu'à trouver le code, Eliotte. Et je doute que ce soit 1-2-3-4.

Je tape sur l'écran, et alors que je m'attendais à avoir un pavé tactile numérique, une empreinte digitale s'illumine.

— Fait chier…

— Essaie quand même, me lance Izaak.

Je pose mon index sur l'écran bleuté.

— Je ne suis jamais venue ici, je n'ai pas pu enregistrer mon emprei…

Un bip sourd m'arrête. Il est suivi de cliquetis de ferrailles avant qu'une voix robotique énonce :

— Bienvenue, Eliotte Edison.

40. Laissé(s) derrière

— Hum… Je… Merci, bégayé-je, sous le choc.

C'est quoi, ce bordel…

Mon épaule s'appuie contre la porte et je la pousse d'un léger coup. Après ce mouvement, des néons blancs au plafond clignotent pendant quelques secondes avant de s'allumer complètement. Izaak et moi nous regardons, pantois, avant de pénétrer dans une grande pièce aux tons blancs.

Le laboratoire personnel de mon père.

J'avance lentement, un pas après l'autre, complètement estomaquée.

Il voulait que tu sois là. Que tu voies ces tables blanches, ces étagères et ces ordinateurs, toutes ces machines…

Mon regard émerveillé balaye la salle de fond en comble. Il y a des feuilles volantes sur le bureau, d'autres en boule dans une petite poubelle. Des piles de livres et de chemises cartonnées, éparpillées ici et là.

Mais…

— Pourquoi est-ce qu'il a laissé son laboratoire dans cet état avant de partir ? demandé-je à haute voix.

— Ce qui est certain, c'est qu'il voulait que tu puisses avoir accès à ses travaux, Eliotte.

Mon abdomen se contracte, dans une inspiration.

Je secoue la tête en essuyant mes mains moites sur mon jean. J'ai l'impression que mon corps va imploser. C'est tellement d'émotions en si peu de temps.

Ressaisis-toi. Tout va bien.

— Je vais regarder l'ordinateur, annoncé-je en me dirigeant vers le long bureau blanc au fond de la pièce.

— OK, j'inspecte les documents qui traînent, puis ceux qu'il a classés sur les étagères.

Je m'installe sur l'immense chaise de bureau en cuir, en imaginant la sensation que mon père éprouvait en s'y asseyant. Maintenant, ça me revient, il arrivait qu'il disparaisse tout un après-midi pendant ses journées libres. Quand je le questionnais, il me disait qu'il faisait la sieste… Je sais aussi qu'il se couchait très tard. Il devait travailler sur ses travaux personnels toutes les nuits. Ce qui explique aussi son air fatigué chaque matin… et surtout, sa tasse de café à la main.

Je prends la souris d'une main tremblante. Mon père est sûrement le dernier à l'avoir touchée. Elle est froide contre ma peau brûlante. Je me concentre sur l'écran, déterminée. On doit à nouveau entrer une empreinte digitale. J'essaye la mienne, le cœur battant…

Oui !

Quand la page d'accueil s'ouvre, je me liquéfie sur place. Mon visage poupin apparaît sur le fond d'écran. Je suis assise sur les épaules de mon père, à la plage. Je souris de toutes mes dents. À chaque fois qu'il venait travailler, c'est moi qu'il voyait sur son ordi. *Moi.*

Je mords l'intérieur de ma joue, en retenant mes larmes. J'expire lentement pour vider mes poumons et reprends mes recherches. Il y a plusieurs dossiers sur le bureau de la page d'accueil. Avant même de regarder le nom de chacun d'eux, l'un me saute aux yeux :

Pour Eliotte

Je clique dessus immédiatement. Je reconnais les noms des fichiers que j'ai copiés sur la puce… sauf un. Une vidéo. Je la mets en marche, sentant le sang battre à mes tempes. Ma tête tourne.

Mon père est face à la caméra. Il a une barbe de trois jours – alors qu'il la rasait tous les matins, de mémoire – et des cernes plus creusés que d'habitude.

— Alors… ça filme ? Eh oui, ça filme. Quelle entrée en matière, tu dois te dire, ma chérie…

Je ris doucement, alors que les larmes me piquent encore plus fort les yeux. Je n'arrive pas à croire qu'il s'adresse à *moi*.

Tout de suite, mon cœur se serre.

C'est un message d'adieu. Juste avant qu'il ne se tue.

— Je ne sais pas quand tu visionnes cette vidéo, quel âge tu as. Est-ce que je devrais te parler comme je te parle aujourd'hui ? Ou est-ce que je peux m'exprimer comme je le ferais avec une adulte ? Bon. Je ne sais pas… Je…

Il passe une main sur son visage en soupirant.

— Tu es stressé de parler à ta fille, alors qu'elle n'est même pas devant toi… Incroyable, Eric !

Et là, il se met à rire.

Mon cœur va exploser.

Une larme roule le long de ma joue. Je n'aurais jamais cru entendre ce son de nouveau. Cette berceuse pour mon cœur.

— Je vais commencer par le commencement, ça me semble pas mal comme plan. Je fais cette vidéo au cas où il m'arrive quelque chose, ma puce. Mais j'espère de tout mon cœur que tu n'auras jamais à la voir… Je suis peut-être en taule, actuellement. Voire banni derrière les frontières ? Ou en hôpital psychiatrique ?

Quoi ?

— Tout d'abord sache une chose : il y a 99 % de chances pour qu'ils t'aient *tous* menti. Ils t'ont fait croire que j'étais un fauteur de troubles perverti, voire peut-être même un malade mental. Mais c'est faux. Tu as sûrement trouvé ma puce dans les romans que je t'ai laissés. J'espère que tu les as lus, d'ailleurs… Sinon ce que je m'apprête à t'annoncer va sûrement te choquer. Mais si tu es la fille de ton père, tu les as lus… et tu les as adorés.

Il rit à nouveau.

— Ma chérie, tu dois savoir que… je suis *gay*. C'est-à-dire que je suis attiré par les hommes et ne peux tomber amoureux que d'eux. Malgré tout, j'aime follement ta mère… mais pas comme ils le voudraient tous. Si tu savais combien cette femme est la prunelle de mes yeux, elle est ma *famille*. Mais… je ne peux pas. J'ai essayé pourtant.

Il soupire avant de poursuivre :

— Sache également que je ne suis pas le seul à être comme ça. Nous sommes plusieurs – et en très bonne santé. Rien ne cloche chez nous. J'ai mis énormément de temps à le comprendre… J'ai même cru être une erreur de la nature. Un humain cassé et déformé…

Une ombre passe sur son visage qui se contracte de douleur.

— Mais maintenant, je sais qui je suis, et j'en ai assez de me taire, déclare-t-il, soudain plus confiant. Je m'apprête à envoyer à la presse mes recherches sur l'homosexualité pour révéler à tous que nous existons. Je ne sais pas comment le monde va réagir, ma fille… Et je dois t'avouer que ça me terrifie. J'ai peur de perdre ceux que j'aime. Toi, Angela… *lui*.

Un sourire béat illumine son visage. Le seul fait de parler de cet homme a éclairé son âme, à tel point que la lumière traverse sa peau.

— J'ai rencontré mon âme sœur, Eliotte. Il y a des années maintenant. On s'aime énormément… mais dans le noir. On se cache pour vivre notre amour. Et on a été obligés de construire chacun nos vies séparément : lui est marié à une grande journaliste et il a déjà deux petits bonshommes adorables. Il est maire de Portland, et moi, je suis un scientifique pour Algorithma le jour, et un scientifique fou la nuit. Tu comprends donc que…

Un bruit sourd éclate dans l'air. Je me retourne sur ma chaise pour voir Izaak. Il a fait tomber les boîtes d'archives qu'il tenait à la main.

— C-C'est lui ton père ?

Son visage est blême.

— Ça va, Izaak ?

Sans rien dire, il s'approche de moi et prend la souris que j'avais laissée sur le côté.

— Tu…

Il se racle la gorge.

— Est-ce qu'on voit ses mains à un moment de la vidéo, jusque-là ?

— Je crois, oui… Pourquoi ? Qu'est-ce qu'il y a, Izaak ?

Je vois son torse se soulever brusquement sous les longues inspirations qu'il tente de maîtriser. Cette fois, je ne réfléchis même pas et lie mes doigts aux siens.

— Est-ce que tout va bien ?

— J-J'ai juste besoin de voir ses mains, Eli.

Je hoche la tête et le considère du coin de l'œil, abasourdie.

Merde qu'est-ce qui lui arrive, tout à coup ?

Je ne supporte pas de le voir comme ça. Izaak rembobine la vidéo rapidement, et la met soudain sur pause quand mon père s'essuie le visage sous l'effet du stress. Il zoome sur la main droite de ce dernier. Celle sur laquelle il a une grande brûlure, qu'il s'est faite à un feu de camp quand il était adolescent alors que…

Soudain, Izaak se met à inspirer fort, au bord de la suffocation.

— Eh ! m'exclamé-je. Ça va ?

Il fixe l'écran d'ordinateur, et je réalise tout à coup que ses mains tremblent.

Putain, il fait une crise d'angoisse…

Je me lève de mon siège et le pousse à s'y asseoir à ma place. Ses yeux sont gorgés de larmes.

— Eliotte…

— Oui ? Parle-moi.

J'ai essayé de canaliser plus d'une fois les crises d'angoisse d'Ashton, lorsque nous étions ensemble. Mais toutes sont différentes, et encore plus d'une personne à l'autre. Mes yeux se posent partout, à la recherche de quelque chose de froid qui pourrait créer un choc thermique et apaiser la crise.

Merde, il n'y a rien !

Désespérée, je prends son visage entre mes mains et le regarde dans les yeux. J'ai envie de pleurer avec lui.

Qu'est-ce qui t'arrive ?

— Izaak, murmuré-je d'une voix la plus calme possible, écoute-moi. Ne regarde que moi, oublie la pièce. Je suis là, tout va bien. Il faut que tu inspires un maximum d'air pendant un… deux… trois… et quatre. Maintenant, expire pendant un… deux…

Il essaye de suivre mes mouvements, les lèvres tremblantes.

— Inspire à nouveau. Je suis là, Izaak. Un… Deux…

Il baisse les yeux, et soudain ses sanglots éclatent dans la pièce. Mon cœur se déchire.

Il se jette dans mes bras.

Izaak…

Je sens son grand corps pris de spasmes. Je caresse sa tête puis son dos, et à nouveau ses mèches brunes en priant pour que cette terreur s'évapore au plus vite.

Ma joue contre ses cheveux, je susurre, en m'efforçant de prendre une voix calme et détachée :

— Je ne sais pas ce que tu vois dans ta tête, Izaak, mais je suis là. Je suis là.

Ses doigts s'agrippent plus fermement à mon T-shirt à manches longues.

— Eliotte, c'était lui…

Je continue mes caresses, en l'attirant encore plus contre ma poitrine.

— C'était lui… C'était ton père…

Quoi ?

Je serre les dents en déglutissant.

C'est mon père qui l'a brisé comme ça ?

— C'était lui, Eliotte, putain…

Qu'est-ce qu'il a fait ? Qu'est-ce qu'il a fait pour lui faire autant de mal ?

J'essaye de me concentrer sur Izaak mais mon esprit est déchaîné. Mon père a fait du mal à Izaak ? Mais pourquoi ? Comment ?

On reste là, dans les bras de l'autre jusqu'à ce que je sois sûre que sa respiration est régulière et que ses larmes ont séché. Quand il se détache de moi, je place mes mains sur ses joues.

— Est-ce que tu veux en parler maintenant ?

Il ferme les yeux en pinçant les lèvres.

— Il le faut, Eliotte.

— Si ça te coûte trop on peut en parler plus tard, quand tu iras mieux. Ça peut attendre… Repose-toi, Izaak.

Il sourit à demi et serre ma main sur son visage.

— Assieds-toi, Eli.

Sur ces mots, il quitte la chaise pour se mettre en tailleur à même le sol, laissant son dos reposer contre un tiroir du bureau. Je l'imite, les jambes flageolantes.

— Tu… Tu te souviens quand je t'ai dit que j'avais vu une chose qui a tué le petit garçon que j'étais ? commence-t-il d'une voix cassée par le chagrin et la peur.

Je serre les poings, la gorge palpitante.

— Bien sûr.

— Cette chose, c'était…

Il souffle en plongeant sa tête dans ses mains et je devine, avant même qu'il poursuive, à quel point son secret est sombre et lourd à porter.

41. L'ordre des choses

— Quasiment tous les deux mois, mon père nous amenait faire des randonnées à la Gifford Pinchot National Forest. Il affirmait que c'était pour faire de nous des hommes et nous rappeler les vraies valeurs de la vie… Un jour, il nous a amenés camper dans un coin qu'on ne connaissait pas, Ashton et moi. Je sentais qu'il était différent, beaucoup plus tendu que d'habitude. La soirée s'est passée tranquillement et puis…

Ses yeux se mettent de nouveau à briller. Je prends sa main dans la mienne, sans même le commander à mon corps.

— J'ai entendu du bruit au milieu de la nuit. Ashton dormait… Mais la tente de mon père était vide. Alors j'ai suivi le bruit dans le noir, jusqu'à un petit ruisseau à plusieurs dizaines de mètres et…

Son souffle vacille avant qu'il reprenne d'une voix étriquée qui me fout un coup dans le ventre :

— C'étaient des sanglots, des bruits de suffocation… La terre qu'on battait, aussi. J'en ai encore des sueurs froides, Eliotte. Ces sons me hantent presque toutes les nuits. Je… Je me suis caché derrière un buisson, et là, je l'ai vu. Mon père était éclairé par une lanterne qu'il avait posée sur un rocher… sous lequel il avait creusé un putain de trou. Il tenait dans ses bras un corps en pleurant.

Quoi ?

— Mon père pleurait, le visage couvert de sang. Il en était recouvert, Eliotte. Tout était rouge, e-et il y avait cette mare de sang sous ses pieds et…

Les secousses reprennent de plus belle.

— J'étais terrifié et, en même temps, je n'avais jamais vu mon père pris d'un tel désarroi. C'était un cauchemar. Et puis quand j'ai aperçu le visage du corps inerte… J'ai vomi entre les arbres. Je le voyais de loin et les traits n'étaient pas marqués sous la lueur de la lampe, mais, en revanche… quand mon taré de père a commencé à enterrer le corps, j'ai vu un bras dépasser. La lumière l'éclairait parfaitement. Je n'oublierai jamais cette main qui sortait de terre.

Mon cœur tape sous ma poitrine, menaçant de sortir de sa cage à tout moment. Ma vision se floute. Je ne vois plus que des taches de couleurs sombres.

Parce que je commence à comprendre.

Izaak m'attire à lui en reniflant.

— C'était la main de ton père, Eliotte, susurre-t-il d'une voix étranglée. C'était la même brûlure. Et j'ai reconnu son visage. Je le connais par cœur, parce que je le vois tous les soirs dans mes cauchemars.

Quelque chose en moi se plie et se rompt d'un coup sec.

C'est impossible.

Mon corps qui se gonfle depuis que j'ai mis un pied dans la voiture de Matthew, depuis que j'ai découvert cette puce, implose. Il implose et emporte tout dans ses éclats tranchants. Les larmes coulent, coulent, coulent.

Pourquoi ?

— Je suis tellement désolé, Eliotte… Je suis désolé…

Thomas Meeka a tué mon père.

Avec la dernière once de force qu'il me reste, je serre les poings. Mes ongles griffent ma paume qui commence à me piquer. Je crois que je saigne, je ne sais pas, je n'en sais rien, je n'en ai rien à foutre.

Il a été assassiné.

— C'est pas ta faute si ton père est un monstre, réponds-je d'une voix brisée. C'est moi qui suis désolée que tu aies dû vivre sous son toit en sachant ça… en ayant vu tout ça…

Je me réfugie dans les bras d'Izaak, comme si le monde autour de moi avait explosé avec mon corps. Il n'y a plus rien autour. Le néant total. Mon père a été assassiné. Des sons bourdonnent à mes oreilles. Je ferme les yeux un peu plus fort. On lui a ôté la vie, alors qu'il voulait vivre.

Il ne méritait pas ça, putain… Pas lui !

Soudain, un éclair me traverse.

Thomas Meeka pleurait.

Mon corps se détache de celui d'Izaak pour que je le regarde.

— Est-ce que ton père a été maire de Portland avant d'être Gouverneur ? m'enquiers-je, paniquée.

— Hum… Oui… Oui, il l'était. Oui.

Ma main se pose contre ma bouche.

Mais ça n'a aucun putain de sens !

— Mon père et le tien étaient amants, Izaak. Ou âmes sœurs, plutôt…

— T'as dit quoi ?

— Ils s'aimaient ! m'exclamé-je en bondissant sur mes jambes. Ils s'aimaient comme des dingues, d'après ce que me dit mon père.

Je remets en marche la vidéo au moment où il évoque le fameux « lui ». Izaak visionne le passage, sidéré.

Mon père poursuit son message en m'expliquant ses recherches et comment il compte procéder pour le reste. Il évoque même le groupe des Liberâmes, qu'il n'ose pas encore rencontrer avant d'avoir publié officiellement ses articles.

— Enfin, ma chérie, il faut que tu saches que je t'aime de toute mon âme. Et j'espère du fond de mon cœur que tu ne me détestes pas pour ce que je suis, ni pour ce que j'ai fait. Je ne voulais pas faire voler en éclats notre famille mais… je ne pouvais plus continuer ainsi. C'était ça ou la mort. J'espère que tu me comprends. C'est la seule solution que j'ai trouvée : dire la vérité au monde entier… et peut-être réussir à tout changer. Je t'aime, ma puce. Je t'aime. Et je t'avoue espérer au fond de moi qu'un jour peut-être tu seras fière de ton papa.

Son regard larmoyant me transperce de longues secondes. Et je vois mon père me sourire pour la toute dernière fois.

Puis plus rien.

Je t'aime aussi, et de tout mon être, papa.

S'il savait à quel point je suis fière de lui, et à quel point je le comprends.

À quel point je l'aime.

J'essuie mes yeux, en sentant cette boule incompressible dans ma gorge.

— De quand date la vidéo ? demande Izaak.

Je vois à son regard que les pensées fusent dans sa tête.

— Le 28 juillet, dis-je après avoir double-cliqué sur la vidéo.

Le brun passe la main dans ses cheveux et commence à faire les cent pas.

— Mon père nous a amenés camper le 1er août, marmonne-t-il comme pour lui-même. Nos pères se sont vus entre ces deux dates, alors que le tien comptait révéler à la presse ses recherches…

— Il s'est utilisé comme cobaye pour ses expériences… il a donc dû aussi se servir de ton père pour prouver sa thèse, non ? Si la presse avait découvert que le maire de Portland, fervent défenseur d'une politique conservatrice et scientifique, était un « criminel d'amour »… Il aurait dit adieu à sa carrière, et surtout à sa liberté.

— C'est vrai. Sachant que la déontologie scientifique exige l'anonymisation des cobayes, ton père n'aurait pas révélé le nom de ses sujets dans ses articles, alors pourquoi mon père craignait-il quelque chose ? Pourquoi tuer un homme qu'il est censé aimer ?

— Il nous manque une pièce du puzzle, Izaak.

Son regard me transperce. Il est à nouveau habité. Des flammes lèchent les contours de ses iris verts.

— Il faut qu'on la trouve au plus vite, Eliotte. Je veux comprendre pourquoi mon père est un monstre. Et surtout, je veux que le monde entier le sache aussi. Car, ce dont je suis sûr, c'est que j'ai vécu pendant vingt-trois ans avec le plus grand hypocrite du monde. Le mec nous bassinait tous les jours avec ses putains d'idées politiques de merde, alors qu'il allait quitter sa famille pseudo-parfaite tous les soirs pour retrouver un homme qu'il appelait son « âme sœur ». Tout ça pour accomplir des objectifs bidons en étant poussé par des convictions qui ne sont même pas les siennes. Il me dégoûte. C'est une ordure.

— On va l'exposer, Izaak. Et on lui fera payer ce qu'il nous a fait.

— Toi et moi.

— Toi et moi, répété-je.

Son regard s'attache au mien un instant, avant qu'Izaak reprenne les feuilles volantes qu'il avait réunies sur le sol. Il s'accroupit en passant les doigts dans ses cheveux. Je le rejoins et pose ma main sur sa large épaule.

— J'ai trouvé ça dans la poubelle… Des ébauches d'une seule et même lettre. Ton père cherchait ses mots ou alors il était dans la panique.

Entre quelques gribouillis et des ratures, j'arrive à comprendre plusieurs phrases sur les quatre feuilles froissées :

Mon amour… Si tu savais à quel point écrire ces mots m'est dur… Je t'aime tellement, Tom… Je t'en supplie, pardonne-moi. Je devais le faire… Comprends que je n'ai jamais vraiment eu le choix. C'était ça ou la mort… On a beaucoup à perdre mais tant à gagner… Tout va changer… Je t'aime quoi qu'il arrive.

— Il a envoyé une lettre à mon père pour lui annoncer qu'il allait publier les résultats ? fait Izaak.

Mes yeux s'égarent sur une brochure du Parti républicain scientifique, abandonnée entre deux dossiers.

Ce monde doit changer. Drastiquement. Même ses propres dirigeants n'y adhèrent pas, dans le fond.

Izaak et moi allons changer les choses, réduire à néant cette société.

— C'est fou ! lâche une voix derrière nous. Un laboratoi… Ouh là, ça va, Wager ? Tu as pleuré ?

Le brun à mes côtés lève la tête vers Matthew. Ce dernier se décompose.

— Est-ce que tout va bien ? Je peux faire quelque chose ?

Sa voix réchauffe mon cœur en un instant.

— On a appris que… que le Gouverneur Meeka était un grand malade, dis-je.

— Comment ça ? demande Matthew en s'approchant de nous.

— Je pensais que mon père n'était pas parti, mais s'était suicidé. En fait, il n'a même jamais compté se donner la mort. Il a été tué… par le Gouverneur.

— Mais pourquoi ? C'est… dingue. Comment ils se connaissaient ?

Je regarde Izaak, incertaine de ce que je dois dire. Ce secret n'implique pas que moi. Et je ne sais pas non plus si Matthew est prêt à entendre la vérité sur la sexualité humaine. Le brun ne dit rien et fait mine de lire le reste des feuilles devant lui.

— On t'expliquera plus tard, dis-je alors.

Matt s'accroupit devant moi, le visage soucieux.

— Vous voulez que je poursuive les recherches dans cette pièce ? Ou que j'aille nous acheter à manger ? Je… Comment je peux me rendre utile ?

Je souris.

— Être là, c'est déjà beaucoup. Merci, Matt.

Il m'ébouriffe les cheveux en faisant apparaître ses fossettes dans un grand sourire.

— En tout cas… J'ai trouvé quelque chose en haut.

Izaak reporte son attention sur mon interlocuteur.

— Cette horreur ! s'exclame-t-il en sortant de la poche de son sweat une petite peluche.

— Oh mon Dieu ! Chanel ! m'écrié-je en la prenant dans mes bras. Je l'ai cherchée pendant des années, je croyais l'avoir perdue !

Je regarde le petit caniche en peluche. Son pelage est censé être rose bonbon, il est maintenant grisâtre. Il a un air blasé et, à cause de mes raccommodages au fil, on croit qu'il fronce les sourcils.

— Aussi ronchon que toi, Wager. T'as vu ça ?

Un rire m'échappe.

J'ai tellement besoin de ses blagues et de ses taquineries idiotes.

Matthew est allé nous acheter à manger après avoir tenté d'alléger l'atmosphère à coups de plaisanteries plus mauvaises les unes que les autres. Je crois même qu'il a réussi à faire sourire Izaak, à un moment. Celui-ci a insisté pour qu'on prenne à nouveau des sushis pour le dîner. Matthew était d'accord – alors que, comme moi, il n'aime pas le poisson cru –, et on s'est retrouvés tous les deux à manger des nouilles à côté des boîtes de sushis qui s'empilaient devant Izaak.

On a décidé d'aller dormir au motel du coin. Mais j'ai peur d'aller me coucher. Parce que je sais que c'est pile à ce moment-là que mon cerveau se remettra à analyser tout ce qui m'est arrivé aujourd'hui. Et je revivrai cette souffrance une nouvelle fois, pendant des heures.

Mais je traverserai sûrement ça avec Izaak. Ses traumatismes d'enfance sont remontés à la surface et j'ai peur que l'iceberg ne se révèle complètement ce soir, quand on sera seuls face à nos pensées.

Je sais pertinemment qu'il prend sur lui depuis tout à l'heure. Je le connais. Mais si seulement il savait à quel point son état m'impacte, comme si son corps était le mien.

Izaak pousse la porte de notre chambre commune.

— J'ai demandé des lits séparés, mais le mec de l'accueil m'a dit que l'hôtel ne propose pas ce type de chambre pour les couples mariés.

Il pose nos sacs sur la commode en poussant un long soupir.

— Je dormirai sur le canapé.

— Honnêtement, je crois que je n'arriverai pas à dormir ce soir, avoué-je. Alors autant que tu restes avec moi sur le lit.

Son visage pivote brusquement vers moi.

— T'es sûre que ça ne te gêne pas ?

— Je crois même que ça me rassurerait.

Un sourire tendre fend ses lèvres. Une douceur incroyable émane de ses iris. Ma poitrine est comprimée. Des fourmillements pullulent au creux de mon ventre.

— J-Je vais me doucher, balbutié-je, déboussolée, en avançant vers le fond de la pièce.

Quand mon regard se détache de lui, je m'arrête net face à la cloison qui sépare la chambre de la douche. La moitié est en verre. Je la contourne et découvre la « salle de bains », qui est en réalité ouverte. Je retiens ma respiration en remarquant le pommeau de douche suspendu près de la cloison : si je me douche debout, une partie de mon corps nu sera visible à travers le verre.

Je me tourne vers Izaak, qui retient un rire.

— Ne t'avise pas de me regarder.

— Pourquoi ? On sera quittes, comme ça.

— Quoi ? Mais tu persistes avec cette histoire ! Très bien. Je vais me doucher assise, dis-je en disparaissant derrière la cloison.

— Là, il n'est pas question d'un verrou mais carrément d'une porte, Eliotte. Ce serait *si* simple de te rendre la pareille… Quelques pas et justice serait faite.

Je fais dépasser ma tête sur le côté pour croiser son regard fourbe. Quel gamin.

— Fais ça, et je vais dormir avec Matthew. Lit simple ou non.

— Mais tu es libre de faire ce que tu veux, brunette…

— OK, je reformule : fais ça, et *tu* iras dormir avec Matthew.

Il fronce les sourcils et prend un oreiller pour l'enfoncer sur son visage. Mon rire résonne contre les murs de la pièce avant que je ne me mette à retirer mes vêtements timidement…

Izaak n'a pas cédé à la tentation de se venger et m'a laissée tranquille tout le long de ma douche. Quand c'est à son tour, je m'en vais m'allonger sur le lit après m'être changée. Je m'immobilise quand j'entends sa ceinture se défaire et claquer sur le sol, quand ses vêtements tombent sur le carrelage humide. Son soupir grave, quand l'eau chaude touche enfin sa peau, me fait frissonner. Malgré la vitre embuée, j'arrive à apercevoir sa silhouette derrière, jusqu'au niveau de ses abdominaux. Les gouttes d'eau sur la vitre et... *Nom d'un chien.* Il appuie sa grande main humide contre la paroi pour s'étirer le bras.

Ferme les yeux, Eliotte. Ferme-les.

Bon sang, je les ouvre.

Il fait glisser sa main sur la vitre avant de s'en écarter, sûrement pour attraper un shampoing.

Ferme. Ces. Putains. D'yeux. Eliotte.

Je me retourne sur le flanc afin d'être dos à la douche. J'ai le visage en feu. De longues minutes s'écoulent avant qu'il me demande de lui apporter son sac resté sur la commode et que je m'exécute en tendant le bras précautionneusement derrière la cloison.

Une fois habillé, il vient s'écrouler sur le matelas en poussant un long soupir. Le lit vacille sous son poids. Je pivote pour lui faire face.

Oh ! non, il n'a pas osé mettre un haut moulant sans manches.

Si, bien sûr qu'il a osé. Ce genre de vêtement ne devrait pas être commercialisé. C'est *dangereux.* Il s'installe au milieu du matelas. Quelques secondes s'écoulent puis, lentement, Izaak se glisse près de mes hanches et pose sa tête sur mon abdomen. Mon corps se contracte de surprise une fraction de seconde avant de se détendre complètement. Ses grands bras ceinturent ma taille quelques secondes, dans un empressement presque compulsif, avant qu'ils ne se détachent.

— Tu sais..., fait-il tout bas, la joue contre mon thorax. J'ai été soulagé que tu acceptes que je dorme là. Tu n'imagines pas à quel point ça me rassure de ne pas être seul sur le canapé. J'ai peur de revoir des images de… cette nuit-là.

Cet aveu lui fait baisser les yeux. Et me comprime le cœur.

— Si tu parviens à t'endormir et que ça arrive tu *dois* me réveiller, dis-je en lui prenant la main. OK ?

Il lève la tête pour croiser mon regard.

— OK.

J'inspire en battant des paupières. Je suis épuisée, complètement essorée. Mais je me sens bien à côté de lui. Oui, je suis à la fois détendue et totalement éveillée. Mes mains dévient sur sa tête et caressent ses boucles.

— À propos de ce matin, dans la cuisine, fais-je en rouvrant les yeux. Tu sais, quand tu m'as dit que tu ne… partirais jamais et que tu viendrais toujours me chercher si je t'attendais quelque part dans ce monde.

Izaak se redresse, et vient s'allonger sur son flanc, tout près de moi. Il s'appuie sur son coude qu'il place à l'arrière de ma tête. Son biceps contracté la frôle à présent.

— Ça m'a… ça m'a beaucoup touchée. Et je n'ai pas pu te répondre, j'étais estomaquée, puis on a parlé de mon père et tout s'est enchaîné.

— Il n'y avait rien à répondre, Eli. Ce que je t'ai dit est une vérité universelle, brunette : « Izaak sera là pour Eliotte. Izaak ne partira pas. » Point. Parce que, avant tout ce qu'on pourrait être, on est amis, toi et moi.

Il coince une mèche de mes cheveux derrière mon oreille, en souriant légèrement. Une forte chaleur se répand sur mes joues.

Mince, je le crois. Je le crois fermement.

Il soupire.

— L'entière vérité, Eli, c'est que… J'ai essayé de te détester pour m'assurer qu'Algorithma avait foiré. J'ai essayé de détester ton caractère qui me faisait tourner la tête, tes sourires francs, tes yeux espiègles ou encore la manière dont tu arrives à me faire rire malgré moi à chaque fois qu'on est dans la même pièce. J'ai essayé de te détester, mais je n'y arrive pas. Je ne peux *pas* te détester, Eliotte. Personne ne le peut, je crois.

Il baisse les yeux.

— En tout cas, moi, je ne peux que faire le contraire. C'est codé dans mes gènes, paraît-il.

Son regard retrouve le mien. Sa main frôle ma joue dans une caresse d'une intimité qui me cloue aux draps froissés.

— C'est ce que j'ai conclu l'autre soir, poursuit-il d'une voix douce. Après avoir passé deux jours à te chercher partout dans la foule, alors que je savais pertinemment que tu ne pouvais pas être avec moi au Grand-Texas. J'ai l'air con mais… tu m'as terriblement manqué. Tu ne peux pas imaginer à quel point.

Il sourit, sans détacher son regard du mien, comme s'il voulait me dire tout un tas d'autres choses avec ses deux émeraudes. Dans la lumière tamisée de la chambre, leur couleur tire presque vers un gris ensorcelant.

— C'est juste que, quand quelqu'un fait partir ton cerveau en vrille à sa simple pensée, tu ne restes pas là à attendre que ça passe. Parce que ça ne passe pas – j'ai essayé, crois-moi. T'avoir auprès de moi n'est pas simplement un besoin. C'est suivre l'ordre des choses. Se plier à mon instinct qui ne me hurle qu'une chose… *toi*.

Il déglutit. Et je peux presque entendre dans le silence qui suit : « Ça y est, c'est dit. »

— Tout ce que je sais c'est que… mon cœur a besoin de toi.

Son cœur.

Je sens le mien tambouriner.

Je lève mon bras pour passer une main dans ses cheveux encore humides. Au même moment, il se penche vers moi et colle son front au mien. Il est à quelques millimètres de mes lèvres. Je peux sentir son gel douche à la fleur d'oranger se confondre avec son odeur naturelle.

— Mon cœur aussi a besoin de toi, Izaak. Profondément besoin de toi.

42. Son cœur

Nos lèvres se scellent en un instant. Je l'attire encore plus à moi en tirant sur son T-shirt et sens tout le poids de son corps basculer sur le mien. Il a un petit rire étonné qu'il étouffe dans un autre baiser.

Et il arrive, ce souffle chaud, douloureusement délicieux. Il ne prend pas le temps de s'installer, non, il débarque et retourne tout sur son passage. Tout. Je laisse mes mains se balader sur son large dos, et il laisse échapper un soupir rauque. *Mon Dieu, ce son…* L'onde brûlante se répand partout en moi à une vitesse folle et crée des vagues quand sa langue titille doucement la mienne, et que ses mains empoignent ma taille. Il mordille ma lèvre inférieure puis se détache complètement de ma bouche avide de lui. Son regard me sonde avec une intensité que je n'avais jamais vue auparavant.

— Embrasse-moi encore, Izaak, murmuré-je en prenant son visage. Embrasse-moi partout.

Ma phrase le fige une microseconde avant qu'il ne dépose un baiser sur mes lèvres, puis sur ma mâchoire. Un frisson me traverse l'échine quand il glisse jusque dans mon cou. Je pourrais entendre ma peau crépiter partout où il s'arrête.

— Tout ce que tu voudras, Eliotte. Absolument tout ce que tu voudras.

Mes mains agrippent sa nuque alors que mes paupières se ferment sous les sensations qui m'envahissent.

Soudain, sa langue glisse le long de mon cou et s'arrête derrière mon oreille. Je sens son souffle chaud tout près de moi.

— Tu n'as qu'à me dire où et comment, et je m'exécuterai.

Je tressaille quand ses dents mordillent doucement mon lobe, avant qu'il m'embrasse à nouveau dans le cou.

Nom de Dieu.

— Je ne te connaissais pas aussi serviable, le taquiné-je.

— C'est que j'aime préparer comme il faut mon terrain, brunette.

Un soupir se faufile entre mes lèvres qui veulent déjà retrouver les siennes. Cette source chaude dans mon ventre descend plus bas en moi… beaucoup plus bas. Je serre mes cuisses pour la canaliser.

Tout à coup, ses mains glissent sous mon T-shirt et se baladent de mon ventre à ma poitrine. De haut en bas. Son regard se plante dans le mien. Haut… Bas… Je ne sais plus comment respirer.

— Est-ce que je peux voir de plus près ce cœur qui « a besoin » de moi ? dit-il avec un petit sourire, tout en jouant avec le bas de mon T-shirt.

Je revêts le même sourire, complètement hypnotisée par… par *lui*.

— Je n'ai rien d'autre en dessous, lui dis-je.

— Tu peux aller mettre un soutien-gorge… que je dégraferai dans cinq secondes maximum si je me retiens et que tu m'y autorises…, souffle-t-il en s'approchant de mes lèvres. Ou alors… tu peux dès maintenant me laisser voir d'encore plus près ce cœur.

Ses iris verts se verrouillent aux miens.

Pour toute réponse, je me redresse et m'installe sur les genoux. Sans plus réfléchir, je retire mon T-shirt et le balance à l'autre bout de la pièce, impatiente. Je ne sais pas quand je suis devenue aussi à l'aise avec mon corps. Mais avec lui, j'ai l'impression d'être avec moi-même.

J'ai les joues rouges. Peut-être même tout le visage. Oui, j'ai chaud, mon Dieu. Je suis en culotte devant lui. Devant Izaak…

Je n'ai pas le temps de réfléchir plus longtemps qu'il se jette sur moi.

— C'est un *très* beau cœur que tu as là.

Je ris, en plaquant à nouveau mes lèvres sur les siennes.

— Je suis sérieux. Tu es magnifique, Eli.

— Izaak…

Mes mains se faufilent sous son haut, sur sa peau brûlante.

— J'ai tellement envie de te le retirer.

Alors, en un clin d'œil, il le fait pour moi.

— Moi, j'ai tellement envie de toi, murmure-t-il. Depuis si longtemps.

Je regarde son torse, éclairé par la faible lumière orangée des lampes de chevet. Ses muscles sculptés sont d'autant plus saillants sous l'éclat doré de sa peau.

Il se penche vers moi et mon cœur manque un battement.

— Bien trop longtemps… Tu m'as fait dépasser toutes les putains de limites que je m'étais tracées.

Le temps se suspend. Un, deux, trois secondes… À nouveau, le monde autour de nous est aspiré dans le vert incandescent de ses yeux. Une mèche de ses cheveux chatouille mon front.

— Si tu savais à quel point je te veux, Eliotte. À quel point j'en meurs, murmure-t-il. Hier, ce soir, et demain encore.

Ses mots ne me font pas simplement quelque chose. Ils me secouent entièrement.

— Moi aussi, Izaak.

— Toi aussi, quoi ? Dis-le-moi.

— Je te veux.

Et il m'embrasse en poussant un râle. Ses larges mains plaquées sur ma poitrine prennent toute la place et remuent au rythme de mes respirations. Je me liquéfie dans ses bras. Je soupire en m'agrippant à son dos contracté sous mes doigts presque tremblants.

— Bordel, Eliotte…

Sur ces mots, son ventre glisse sur ma peau. Ses mains foutent le feu aux câbles électriques de mon corps. Court-circuit sur court-circuit.

Ses doigts se perdent entre mes cuisses, font claquer l'élastique de ma culotte, et bientôt il n'y a plus rien qui me sépare de lui. À nouveau, sa bouche suit le chemin de ses mains, et… j'ai les pensées à l'envers.

Qu'est-ce que je, que, qui, quoi, mais, tu, pour, de… Comment je m'appelle ?

— Ouvre un peu plus ces cuisses pour moi, brunette, murmure-t-il de cette voix aux tons chauds qui me donne le tournis.

La plante froide de mes pieds glisse sur le drap un peu rêche.

Soudain, ses bras s'enroulent autour de mes jambes ; ses mains empoignent fermement mes hanches. Et ses lèvres se mettent à danser un ballet sur ma peau.

Putain de bordel de merde.

Je ne vois plus que la courbe de ses épaules puissantes se mouvoir, quelques-unes de ses boucles frôler mon bas-ventre alors que sa tête remue en rythme. Entre deux soupirs graves, ses doigts se plantent plus profondément dans ma chair. Cette vue me rend complètement dingue. Alors qu'il me demande comment je me sens, je suis à peine capable de répondre. De formuler une phrase intelligible. Chacun de ses mouvements me remplit d'une énergie dévorante, qui me consume, qui m'enivre tellement, qui me…

— Ne t'arrête pas, Izaak…

Il s'esclaffe légèrement en disant tout contre ma peau :

— Alors là, tu peux compter sur moi.

Je m'enfonce dans l'oreiller en m'agrippant au lit. J'ai l'impression que je vais décoller et rejoindre d'un bond l'espace.

— Regarde-moi, Eli… Ne me quitte pas des yeux.

Je souris et m'exécute.

Alors, lentement ses doigts se joignent à la partie.

Je crois que. Je vais. M'effondrer.

Ses cheveux chatouillent ma peau. J'ai l'impression d'être devenue une boule de nerfs incontrôlable. Je n'ai même plus le temps de respirer, tant cette vague monte, monte, monte…

Je la sens soudain imploser dans mon ventre, puis partout en moi. Je lâche un juron, en étirant les jambes.

Waouh, waouh, waouh.

Izaak lève la tête, accroche mon regard, et passe un pouce sur sa lèvre inférieure.

— Exquis.

— Mon cœur s'est arrêté de battre au moins trois fois. Non, en fait quatre, avec ce que tu viens de faire avec ton pouce, là.

Il rit et revient au-dessus de moi. Je retrouve sa bouche, en un instant.

— Le mien, au moins six.

Ses jambes glissent sur mes mollets. Je hume la peau de son cou, en fermant les yeux. La cerise. La menthe poivrée. Il sent l'été. Son bassin se presse contre mes hanches qui remuent déjà. Je mords ma lèvre en inspirant par le nez pour calmer cette onde puissante entre nos deux corps. Mes mains caressent les muscles de ses bras contractés, puis ses abdominaux, ses pectoraux… Combien de fois est-ce que j'ai crevé de les toucher, quand ils étaient emprisonnés dans le tissu de ses cols roulés moulants ?

— Ça va ? me demande-t-il en déposant un baiser sur ma clavicule.

Il est si tendre.

— Ça ira quand tu auras retiré ce bas.

Son rire chatouille ma peau.

— Toi, ça va ?

— Oh ! oui…

Et il accède à ma requête. Je regarde le tissu tomber contre la moquette près du lit, dans l'obscurité, avant de me concentrer sur lui. Entièrement nu.

OK, d'accord.

— Cinq fois, lâché-je. Cinq fois que mon cœur déraille ce soir.

Il s'esclaffe de nouveau en s'approchant de moi.

— Je peux plus attendre, Eliotte. Encore une seconde et mon nez se met à saigner.

On rit en chœur alors qu'il se détache de moi, pour fouiller dans un tiroir de la table de chevet.

Bingo. Ils en ont mis à disposition – c'est une « chambre couple ».

L'emballage se déchire. L'étui en latex se déplie.

Et, dans un battement de cils, l'Univers se remet à l'endroit. Nos deux mondes, rentrés en collision il y a des semaines, s'emboîtent parfaitement. Sous la lumière tamisée du motel, tout ondule dans une énergie violente, urgente. Nos soupirs se mêlent aux grincements effrénés du lit, aux claquements suaves et aux bruissements du dehors. Mon cœur bat à mille à l'heure contre le sien.

— Tiens-moi la main, Eli. Accroche-toi à moi.

Mes doigts enlacent les siens avant qu'Izaak se redresse, son bras déjà appuyé sur la tête du lit. Il me regarde. Je caresse sa joue, perdue dans ses yeux paisibles.

On nous a appris que, pendant un rapport, l'hypothalamus sécrète de l'ocytocine et de la dopamine, permettant aux corps de planer dans un plaisir intense. Peut-être que c'est ce qui nous arrive, en ce moment. C'est même sûr. Pourtant, j'ai la certitude de ressentir plus que des shoots d'hormones et des réactions chimiques. À vrai dire, je ne sais pas vraiment ce qu'il y a entre nous en ce moment même, mais j'en ai presque les yeux qui piquent, le cœur qui explose, mon monde qui se renverse. Je me sens tellement liée à lui, d'une manière incompréhensible, et pourtant si évidente. Pour une raison qui nous dépasse, moi et le cosmos, et qui est hors de la portée de n'importe qui. *Moi,* lui. *Lui,* moi.

Il m'embrasse à nouveau et je me laisse entraîner dans ses bras. Je me cramponne à lui, sens ses mains dans mes cheveux emmêlés, ses soupirs qui me cajolent l'épaule quand il laisse tomber son front contre ma clavicule.

Je n'arrive pas à croire que ça se passe vraiment. Lui et moi, ici.

Malgré la fenêtre fermée, j'entends les grillons dans le calme de la nuit et le vent souffler dans les feuilles des arbres sur le parking. Je me mets à fermer les yeux sous les sensations troublantes qui me secouent le corps. *Qu'est-ce que…*

Son souffle rauque s'accélère, par petites cadences. Mes muscles se tendent, ma poitrine est sur le point d'exploser.

Et soudain, je sens le ciel tomber sur moi.

On se noie tous les deux, accrochés l'un à l'autre, dans une vague de chaleur et de plénitude. Il m'embrasse comme si ma bouche contenait tout l'oxygène de cette pièce, et je me retrouve au-dessus de lui. Cette fois, c'est moi qui le regarde, essoufflée.

Je n'ai jamais ressenti ça.

Ses mains caressent mon dos, puis la chute de mes reins, sans que son regard s'échappe du mien. Il est d'une douceur délicate et franche. Pour la première fois, je m'autorise à m'y noyer complètement.

Jamais.

Dans le silence, seulement brisé par nos respirations saccadées, on est là, l'un contre l'autre à se regarder. Je passe peut-être une heure dans ses bras, deux, trois, ou une multitude d'éternités… Ce que je sais, c'est que je ne me vois pas le quitter. Ni ce soir ni plus tard.

Izaak attrape mon visage pour me ramener vers lui et dépose un long baiser sur mon front.

— Bonne nuit, Eli, fait-il avant de basculer sur le flanc avec moi.

Il m'attire contre son torse, de sorte que je me retrouve dos contre sa peau.

— Bonne nuit, Izaak.

Il referme un peu plus son bras autour de moi et murmure mon prénom en jouant avec mes cheveux, l'autre main sur mon cœur.

Le lendemain

— C'est moi, ou la serveuse te drague depuis tout à l'heure ? lancé-je à Matthew avant de reprendre une bouchée des pancakes d'Izaak.

Nous prenons notre petit déjeuner dans le *diner*[1] du coin. Depuis le début, Izaak a à peine touché à sa commande – *pis*, à sa tasse de thé. Il me lance des coups d'œil discrets, tout en caressant ma main sous la table, comme pour me signifier qu'il me touche, non pas parce que Matt est là et qu'il doit prétendre quoi que ce soit, mais parce qu'il en a *envie*.

Je l'embrasserais bien si je n'étais pas occupée à me remplir le ventre et que Matthew et le reste des clients n'étaient pas là avec nous, surtout. Maintenant, j'ai l'impression de ne plus jouer un rôle. Alors chacun de mes actes est un peu plus lourd, car un peu plus vrai.

— Mais bon, j'imagine que ça ne te fait plus rien maintenant que tu as Hanna, dis-je en faisant référence à la fille qu'il fréquente depuis son test-paire. D'ailleurs, où ça en est ?

Il baisse les yeux sur ses œufs brouillés.

— Je l'ai quittée, il y a peu. On a beau être compatibles à 65 %, je sais pas… je ne nous vois pas mariés tous les deux.

Merde.

— Et tu as commencé à voir d'autres filles ?

— Je les ai déjà toutes vues et… rien. Il va falloir que je rencontre quelqu'un avant cet automne, répond-il en soupirant avant de passer une main sur sa nuque.

Il a l'air totalement flippé par cette idée.

1 Type de restaurant traditionnel américain.

J'aimerais tellement qu'il comprenne que tout ça n'est que de la poudre aux yeux, que ce système entier n'est que du vent – et je ne parle même pas de ses dirigeants.

— Et si tu ne le faisais pas ? lâché-je alors. Et si personne ne parvenait à voler ton cœur avant le mariage de majorité… est-ce que ce serait si grave ?

Il repose sa tasse de café. Izaak me considère avec un sourcil arqué.

— Bah je… enfin… Je serais obligé de me marier dans tous les cas.

En disant ça, son visage se voile. Il passe les doigts sous ses yeux fatigués.

— C'est bien là où je veux en venir…, ajouté-je. C'est incroyablement stressant de devoir se marier, une fois la majorité atteinte. C'est dommage qu'on soit *forcés* comme ça.

Izaak me fait un petit coup de pied sous la table.

— Dans tous les cas, la Science me…

Matthew s'arrête en entendant retentir la sonnerie de son portable. Il regarde prestement l'écran mais refuse l'appel, avant de reporter son attention sur moi.

— La Science saura me trouver la bonne personne. Si elle n'est pas dans cet État-District, elle est dans un autre, je peux faire une demande de transfert. J'ai la foi.

Je me retiens de soupirer. J'espérais que mes mots le feraient un rien tilter.

— Je ne voulais pas dire ça pour te stresser, Matt. Je suis sûre que tout va bien se passer.

Je lui souris. Son téléphone se remet à sonner. Il raccroche une nouvelle fois sans même regarder l'interlocuteur qui tente de le joindre.

— C'est peut-être urgent ? suggéré-je, inquiète.

— Non, t'inquiète… C'est rien. Bon ! Je vais attaquer ces gaufres, moi. Leur chantilly a l'air incroya…

Nouvel appel. Matthew soupire.

— Pourquoi tu ne réponds pas ?

Je regarde le brun qui vient de parler, enfoncé dans son siège. Izaak dévisage Matthew avec méfiance, les bras croisés contre son torse.

— Je trouve ça irrespectueux de répondre devant vous alors qu'on est en train de manger tous ensemble.

— Pas grave. Réponds.

— J'ai pas la tête à ça, Izaak…

La sonnerie retentit toujours.

Tout à coup, Izaak étire son bras et attrape le téléphone de Matthew, sous ses yeux éberlués. Il prend l'appel sans hésiter et porte le smartphone à son oreille.

Une seconde passe.

Sa mâchoire se contracte.

Il écarte le téléphone de son visage et raccroche.

— Matthew, dit-il solennellement. Tu vas te lever. Et on va sortir d'ici, toi et moi.

— Pourquoi ?

— Je ne le répéterai qu'une fois : lève-toi et sors d'ici avec moi.

Quoi ?

Matt s'apprête à répliquer quand Izaak bondit de la banquette et le soulève de son siège. Il le maintient par le col de sa veste, les dents serrées.

— C'est bon je suis debout ! Lâche-moi, crache Matt.

Je me lève à mon tour alors qu'Izaak le pousse en avant, vers la sortie du *diner*.

— Mais putain, qu'est-ce qu'il se passe ? lancé-je.

Pas de réponse. Izaak est si furieux qu'il n'a même pas dû m'entendre.

Je les suis et nous nous retrouvons dans un coin isolé du parking. Je n'ai même pas le temps de questionner à nouveau Izaak qu'il assène un coup à Matthew. Celui-ci se cogne la tête contre le poteau électrique derrière lui et gémis de douleur.

— Izaak ! m'écrié-je.

— Je t'ai toujours trouvé louche ! s'écrie le brun en m'ignorant, comme s'il n'y avait plus que Matthew sur terre. Je me suis dit pendant un temps que c'était juste ma méfiance naturelle. Et puis j'ai remarqué que tu avais cette manie de jouer avec le col de ton teddy de merde, parfois même ave ses boutons… j'ai mis ça sur le dos de la paranoïa. Mais je viens d'avoir la confirmation de ce que je craignais !

La mâchoire de Matthew se décolle sous le poing d'Izaak. J'attrape alors ce dernier par-derrière et essaye de maintenir ses bras pour qu'il cesse de frapper.

— Qu'est-ce qui se passe ? Arrête ça !

— Tu vas tout de suite me donner les informations que tu as récoltées pour le Gouverneur ! s'écrie Izaak en se débattant pour que je le lâche. Parle !

Quoi ?

Je regarde mon ami, le visage figé. Mon cœur bat la chamade.

— De… de quoi il parle, Matthew ?

Il essuie son nez plein de sang et serre les dents, sans quitter Izaak des yeux.

Le brun se tourne vers moi, hors de lui.

— J'ai reconnu la voix du Gouverneur en prenant l'appel… et je connais les méthodes de travail de mon père.

— Qu'est-ce que tu veux dire, Izaak ?

— Le Gouverneur doit te voir comme une potentielle menace depuis le début, sûrement à cause de ton père. Il a sans doute embauché Matthew pour récolter un maximum d'infos sur toi, Eli… Cette enflure a peut-être essayé de te faire dire des choses compromettantes que mon paternel pourrait utiliser contre toi, à coup sûr pour te faire chanter si jamais tu apprenais la vérité sur ce qui est arrivé à ton père. Matthew avait tout ce temps un putain de micro sur lui ! Peut-être même qu'il a mis un traceur sur ton téléphone et je ne sais quelles autres conneries !

Mon regard pivote lentement au-dessus de l'épaule d'Izaak pour rencontrer le visage de Matthew. Son regard est dur et froid. Je ne l'ai jamais vu comme ça.

— Il dit vrai ? Tu… tu travailles pour Thomas Meeka ?

Je voudrais que ma voix ne soit pas aussi tremblante.

— Oui.

Un bourdonnement perfore l'air.

Ai-je bien entendu ? Il a dit « Oui » ?

La seule putain de raison pour laquelle il s'est rapproché de moi, pour laquelle il était si gentil, attentionné, pour laquelle il m'a tant soutenue… c'est parce qu'il a été payé ?

J'ai envie de pleurer. De m'effondrer sur le goudron.

Mais à la place, je dépasse Izaak et, d'un revers du poignet, je gifle Matt.

— J'en ai vu des connards dans ma vie…, m'écrié-je le poussant, puis en tapant partout où je peux. Mais toi, Matthew ! Toi… !

Je n'arrive pas à croire que celui à qui j'ai accordé pleinement ma confiance, celui qui me permettait de me dire « Je ne suis pas seule », celui que je défendais quand Izaak me mettait en garde… est aussi celui qui va compromettre mes plans de révolte. Qui va tout foutre en l'air. Qui va *me* foutre en l'air.

La puce qu'il a trouvée avec les recherches de papa, toutes nos conversations privées, le laboratoire souterrain, les preuves du crime du Gouverneur, tout, tout, tout, putain…

Avec tout ce que je lui ai révélé, Matthew peut causer notre perte, à Izaak et moi. Et j'ai bien peur qu'on ne puisse plus l'arrêter.

À suivre.

Remerciements

La première personne que je tiens à remercier, et du fond de mon cœur, c'est : *toi*. Merci d'avoir donné sa chance à Eliotte, Izaak, Ashton et tous les autres. Sans toi pour la lire, cette aventure n'aurait pas le moindre sens. N'hésite pas (vraiment pas) à m'écrire à ton tour sur les réseaux sociaux ; que ce soit pour me faire un simple coucou, m'envoyer un mème, ou partager avec moi les réflexions que tu as eues pendant ta lecture. Et puis, j'aimerais vraiment savoir : toi, tu aurais écouté ton cœur ou la Science ?

Avec *I'm Not Your Soulmate,* j'ai envie d'explorer l'amour, ses frontières, ses formes, ses couleurs – qu'il soit fraternel, romantique, amical… Je veux également regarder de plus près la pression de la société, du devoir et de tous ces autres poids invisibles qui planent sur les épaules de chacun, sans que nous en ayons la moindre idée. J'espère sincèrement avoir pu t'embarquer dans cet univers qui pourrait, qui sait, être un jour le nôtre… Tu n'imagines pas à quel point j'ai hâte de te faire connaître la suite !

Je ne peux pas écrire ces remerciements sans penser à mes lecteurs wattpadiens, que ce soient ceux qui m'ont découverte sur la plate-forme en lisant les premiers mots de cette histoire ; ou ceux, il y a plus longtemps, avec *Un visage pour deux*, ma première saga. Merci, merci, merci d'être là. Votre soutien vaut le monde entier. Je vous aime tellement !

Ne rangez pas encore les violons, je dois remercier mes parents. C'est vrai : sans eux je ne serais même pas devant mon ordinateur à vous écrire ces mots. Merci pour tout, vous êtes ma lumière.

Je tiens également à remercier, du plus profond, Maya, Amel, Samy, Sherazade, Mehdi, Maria(h), Shaimae et

Amande. Ces personnes me comblent tous les jours et, sans leur soutien et leur amour, je n'aurais jamais rien accompli.

Un immense (vraiment géant, vous voyez) merci à toutes les personnes formidables et inspirantes chez HarperCollins, qui ont tant travaillé pour permettre à *The Perfect Match* d'exister.

Et enfin, bien évidemment, merci à Borrys, mon chat, qui m'a tant soutenue pendant mes séances d'écriture – en m'ignorant ou en miaulant pour que je pourvoie à ses besoins dérisoires en croquettes.

Composé et édité par HarperCollins France.

Imprimé en mars 2024
par CPI Black Print (Barcelone)
en utilisant 100% d'électricité renouvelable.
Dépôt légal : avril 2024.

FSC
www.fsc.org
MIXTE
Papier issu de
sources responsables
FSC® C159065

Pour limiter l'empreinte environnementale de ses livres, HarperCollins France s'engage à n'utiliser que du papier fabriqué à partir de bois provenant de forêts gérées durablement et de manière responsable.

Imprimé en Espagne.